Klaus Kordon

Joss oder Der Preis der Freiheit

Für sein schriftstellerisches Gesamtwerk erhielt Klaus Kordon den Sonderpreis 2016 des Deutschen Jugendliteraturpreises.

Klaus Kordon

Joss

oder
Der Preis der Freiheit

Roman

GULLIVER
von BELTZ & Gelberg

MIX
Papier aus verantwortungsvollen Quellen
FSC® C089473
www.fsc.org

Dieses Buch ist erhältlich als:
ISBN 978-3-407-74802-7 Print
ISBN 978-3-407-74505-7 E-Book (EPUB)

in der Verlagsgruppe Beltz · Weinheim Basel
Werderstraße 10, 69469 Weinheim

Lektorat: Frank Griesheimer
Neue Rechtschreibung
Einbandgestaltung: Rothfos und Gabler, Hamburg
Bildnachweis: akg images (Hintergrund), Mary Evans Picture Library (Junge)
Gesamtherstellung: Beltz Bad Langensalza GmbH, Bad Langensalza
Printed in Germany
1 2 3 4 5   21 20 19 18 17

Weitere Informationen zu unseren Autoren und Titeln
finden Sie unter: www.beltz.de

Inhalt

Erster Teil Siebeneichen

Vom Himmel gefallen

Wer ich war. Woher ich kam. Wie alt ich war.

Lange konnte mir diese Fragen niemand beantworten. Ich war ein Findelkind, wurde im Wald aufgegriffen. Mutter Marie und Vater Mewes, Bauersleute aus dem Dorf Siebeneichen, kamen gerade vom Caminer Markt, als sie mich fanden. Elias, ihren alten, schon sehr grauen Esel vor den Karren gespannt, knarrten und schwankten sie den herbstlichen Waldweg entlang. Zuvor hatten sie all ihre Kartoffeln, alles Gemüse und auch noch das letzte Hühnerei verkauft. Der Karren war leer, holperte und schwankte wie ein Floß auf einem wild bewegten Fluss.

Damals ein Kind von nicht mehr als sieben, acht Jahren, bin ich heute ein junger Mann, der einen Beruf erlernt und beste Aussichten hat, ein erfülltes, glückliches Leben führen zu dürfen. Doch möchte ich mir klarmachen, wie es dazu kam. Wie ich zu dem wurde, der ich heute bin. So habe ich mich entschlossen, meine Geschichte aufzuschreiben – für mich selbst und für das Mädchen, das ich über alles liebe.

Und beginnen will ich mit jenem Herbsttag, an dem ich sozusagen zum zweiten Mal geboren wurde.

In meiner Erinnerung erscheint mir dieser in Wahrheit kalte, graue Tag wie ein warmer, flimmernder Lichtstrahl, der das tiefe Dunkel meiner frühen Jahre durchbrach: der alte Elias, wie er sich über den unebenen Waldweg quälte, Mutter Marie und Vater Mewes, die einen ihrer langen, sehr anstrengenden Markttage hinter sich hatten – und dann ich, der kleine, über und über verdreckte Junge im mit Brandflecken übersäten Nachthemd, der vor ihnen davonlief, als erwartete er von keinem Menschen mehr etwas Gutes …

Bereits auf dem Weg nach Camin hatten sie es beobachtet, dieses ängstliche, kleine Gespenst, das da wie von aller Welt verlassen durch den Wald irrte. Auf dem Rückweg huschte ich ihnen wieder davon. Jetzt zog Vater Mewes die Zügel straff und Mutter Marie sprang vom Karren und kam mir nachgelaufen. Mit dem halb nackten Kind, das da vom frühen Morgen bis zum späten Mittag durch den Wald lief, konnte doch etwas nicht stimmen.

»Jungchen!«, rief Mutter Marie. »Warum läufst du denn weg? Mein Mewes und ich, wir haben noch keiner Fliege was zuleide getan. Du aber, du musst doch frieren. Und sicher hast du Hunger. Zeige dich uns, rede mit uns. Ich geb dir auch einen Apfel und ein Stück Brot.«

Ihre raue Stimme klang weder fordernd noch bedrohlich, dennoch versteckte ich mich hinter einem Baum; hoffte wohl, die beiden Bauersleute würden weiterfahren, wenn sie mich nicht fanden.

Doch Mutter Marie gab nicht auf. Sie lief zum Karren zurück, nahm einen besonders schönen, rotbäckigen Apfel in die Hand und näherte sich mir erneut. In der Hoffnung, ich müsste nur den Apfel sehen, um zutraulich zu werden.

»Na, na!«, redete sie weiter auf mich ein. »Du wirst doch vor mir alten Glucke keine Angst haben. Ich fresse keine kleinen Jungen.« Sie lachte leise. »Und warum nicht? Na, weil ihr nicht schmeckt. Und warum schmeckt ihr nicht? Na, weil ihr euch viel zu selten wascht. Und gerade du, Jungchen, siehst aus, als hättest du noch nie einen Waschzuber gesehen.«

Bis auf drei Schritte ließ ich sie herankommen, dann lief ich wieder fort. Doch muss ihre so freundlich klingende Stimme dafür gesorgt haben, dass ich nicht allzu schnell lief. Und bald wieder stehen blieb. Und als ich zum ersten Mal in ihr sonnengegerbtes, breites Gesicht mit den gütigen braunen Augen blickte, da muss ich gespürt haben: Vor dieser Frau brauchst du dich nicht zu fürchten. Und vorsichtig griff ich nach dem Apfel und biss ohne jedes Zögern hinein.

Ich muss tatsächlich großen Hunger gehabt und sehr gefroren haben. War ja, wie ich heute weiß, zuvor eine ganze Nacht und fast den ganzen darauffolgenden Tag über windige, kalte Felder und Landstraßen und durch dichte Wälder geirrt. Und trug am Leib nichts als dieses dünne, zerrissene und überaus schmutzige Nachthemd.

Schweigend, mir aber immer wieder aufmunternd zunickend, beobachtete Mutter Marie, wie ich aß. Sie wollte mich nicht bedrängen und mir damit vielleicht wieder Angst einjagen. Auch hatte ihr der Anblick dieses so gierig in den Apfel beißenden, hellblonden Bürschchens, jetzt, da ich so dicht vor ihr stand, wohl die Sprache verschlagen. Mein über und über von Flammen versengtes Nachthemd, die Brandwunden an meinen Händen und Beinen, das aschebestäubte Haar, es stand außer Frage: Ich musste aus einem brennenden Haus entwichen sein.

Erst als von dem Apfel nur der nackte Stiel übrig geblieben war, versuchte sie, mich auszufragen. Was denn passiert sei, wollte sie wissen, woher ich komme und wie ich heiße und weshalb ich so ganz allein durch den Wald laufe.

Ich jedoch, so schilderte sie mir später unsere erste Begegnung, solle sie nur mit großen Augen angestarrt haben.

»Aber wo sind deine Eltern?«, drang sie weiter in mich. »Sollen wir dich zu ihnen bringen?« Und als wieder nichts kam: »Weißt du denn nicht einmal, wie euer Dorf heißt? Oder kommst du aus der Stadt?«

Doch erntete sie nichts als verständnislose Blicke.

Ein Weilchen überlegte sie, dann versuchte sie es noch einmal: »Aber wie du heißt, das wirst du doch wissen? So klein bist du ja nicht mehr.«

Und da, endlich, auf diese Frage hin, soll ich ganz leise »Joss« gesagt haben.

»Joss?«, wunderte sich Mutter Marie. »Ist das dein Name?«

Zur Antwort soll ich nur heftig genickt und noch einmal »Joss« gesagt haben.

»Gut!« Mutter Marie überlegte nicht länger. Kurz entschlossen hielt sie mir die Hand hin. »Mein Name ist Marie und mein Mann heißt Mewes. Ich glaube, das Beste ist, du steigst erst mal auf unseren Karren. Hast ja Hunger wie ein Bischof. Auf dem Karren haben wir Brot und auch noch ein Stückchen Wurst. Iss erst mal! Zu Hause reden wir weiter.«

Ja, und da soll ich, noch immer ganz verstört, doch schon ein bisschen zutraulich geworden, brav ihre Hand genommen und mit ihr mitgegangen sein. Und stand kurz darauf zum ersten Mal Vater Mewes gegenüber.

Auf dem Karren sitzend, die Zügel in der Hand, musterte er mich so ernst, dass ich mich an Mutter Maries Hand festklammerte. Um ihren Schutz zu suchen. Wie hätte ich mich vor diesem fremden, großen, kräftigen Mann mit der durch eine Krankheit entstellten Blumenkohlnase, dem langen Haar und dem dichten Vollbart denn nicht fürchten sollen? Wer Vater Mewes nicht kennt, hält ihn leicht für einen Grobian.

»Er heißt Joss«, sagte Mutter Marie nur, und dann nahm sie schon einen Kanten Brot und ein Stückchen geräucherte Wurst aus ihrem Verzehrbeutel und reichte mir beides. Vater Mewes nicht aus den Augen lassend, biss ich ein viel zu großes Stück von dem Kanten ab, kaute hastig, schluckte – und rang nach Luft. Das Brot war mir im Hals stecken geblieben.

»Aber Jungchen! Was machst du denn da?« Gleich hieb Mutter Marie mir so kräftig auf den Rücken, dass ich beinahe hingestürzt wäre. Das Stück Brot flog heraus und ich konnte wieder atmen. Und in diesem Augenblick, so Mutter Marie, soll ich vor Erleichterung zum ersten Mal ganz vorsichtig gelächelt haben. Und in dieses Kleine-Jungen-Lächeln habe sie sich dermaßen verliebt, dass ihr zum ersten Mal der Gedanke kam, ich, »der vom Himmel direkt in ihren Schoß gefallene kleine Joss«, könnte ihr Sohn werden.

Doch war das nur ein erster, ganz kurz in ihr aufgeflackerter Wunsch, den sie gleich wieder von sich fortschob. Jedes Kind, ob vom Himmel gefallen oder nicht, hatte Eltern. Nicht sie, bis zu diesem Tag kinderlos, hatte mich zur Welt gebracht. Irgendwann, so sagte sie sich, würden ihr Mann und sie meine Eltern gefunden und damit für mich getan haben, was sie tun mussten. Nichts anderes konnte ihre Aufgabe sein.

Nicht mehr ganz so hastig aß ich weiter, Vater Mewes noch immer im Visier. Wie er mir später gestand, wagte er kaum, eine Augenbraue zu heben, nur damit ich aus Angst vor ihm nicht wieder das Weite suchte.

So kam ich nach Siebeneichen, jenes Dorf, in dem Vater Mewes und Mutter Marie noch immer leben. Irgendwann, so heißt es, sollen am Ufer des Siebeneichener Sees tatsächlich einmal nur sieben Eichen gestanden haben. Inzwischen sind es mehr als zwanzig und alle sind sie hoch und weit ausladend gewachsen und schon von Weitem zu sehen.

Mutter Marie und Vater Mewes sind hier geboren und aufgewachsen und in ihrem Leben nur selten weiter als bis zum Caminer Markt gekommen. Als junges Paar waren sie in das niedrige, reetgedeckte Haus gezogen, das der junge Mewes von seinen Eltern geerbt hatte und in dem später auch ich aufwuchs, und immer hatten sie sich Kinder gewünscht. Doch egal wie oft die junge Marie Gott drängte, ihr einen Sohn oder eine Tochter zu schicken, nie wurde ihr Wunsch erhört. Erst als sie mich fand, so scherzte sie später oft, hat er sich wohl den Schmalz aus den Ohren gekratzt und mich in ihren Schoß plumpsen lassen.

Ich gefiel ihnen. Ich war ein Sohn nach ihrem Geschmack. Dennoch gaben Mutter Maria, Vater Mewes und der alte Pfarrer Rohrmoser sich alle erdenkliche Mühe, meine Herkunft zu ermitteln. Immer wieder sprachen sie mit mir, um meiner Erinnerung auf die Sprünge zu helfen. In meinem Kopf aber war alles wie in einem tiefen, dunklen Brunnen verschüttet. Kein Bild, kein Name, kein Ort drängte sich mir auf. Sie mussten auf andere Weise versuchen, meine Herkunft zu ermitteln, und so fuhr Vater Mewes mit mir in alle Dörfer der näheren und weiteren Umgebung und auch in die kleineren und größeren Städte rund um Camin. Immer in der Hoffnung, dass die Leute in dem Ort mich wiedererkennen würden, wenn mir dort schon alles fremd war. Nicht einmal der in diesem Jahr so besonders kalte Winter mit all dem Schnee, Eis und Matsch brachte Vater Mewes dazu, diese Fahrten aufzugeben.

Das Muttermal an meinem rechten Schenkel machte ihm Hoffnung. Es hat die Form eines Ahornblattes. Wer mich gekannt hat, wer mich, den zu jener Zeit Sieben- oder Achtjährigen, als ganz kleinen Jungen nackt auf einer Wiese mit anderen Kindern spielen gesehen hatte, vielleicht würde der sich an dieses Muttermal erinnern.

Doch nein, nirgendwo erkannte man mich und im Frühjahr gab Vater Mewes die Suche auf. Die Felder mussten bestellt und das Dach musste repariert werden. Der stürmische Herbst und der arge Winter hatten sehr am Reet genagt. Und wo hätten wir denn auch noch suchen sollen? Es wusste ja niemand, wie weit ich gelaufen war. War ja Krieg gewesen in jenem Jahr 1806, in dem Mutter Marie und Vater Mewes mich fanden; ein Krieg, in dem viel durcheinandergeraten und zerstört worden war.

Der Feind, der »Franzmann«, war durchs Land gezogen, und hatten Dörfer oder Städte sich nicht willig gezeigt, die fremden Soldaten zu beherbergen und zu beköstigen, hatte er kein Mitleid gekannt. Wer sich ihm entgegenstellte, wurde erschossen; wer nicht bereit war, ihm die Tür zu öffnen, dessen Haus, Kate oder Hütte wurde niedergebrannt. So stand bald fest, dass ich, der kleine, elternlose Joss, nur eines der vielen, vielen Opfer dieses Krieges war. Anders waren das brandfleckenübersäte Nachthemd und die Brandwunden an meinen Händen und Beinen nicht zu erklären.

Mutter Marie stimmte es traurig, dass meine Herkunft nicht zu ermitteln war. Doch hatte sie sich insgeheim wohl auch ein wenig darüber gefreut, dass ich auf diese Weise noch länger ihr »Jungchen« bleiben würde. Als ob ich ihr vielleicht nur für wenige Monate oder Jahre geliehen worden war, behütete sie mich. Oder wie eine Vogelmutter. Ständig steckte sie mir ein Stückchen Wurst oder Käse in den Mund oder schmierte mir ein Schmalzbrot, nur damit ich ein großer, kräftiger Junge wurde und meine wahre Mutter, sollte ich sie eines Tages wiederfinden, ihr keine Vorwürfe machen konnte.

Verwöhnt allerdings wurde ich nicht. Ich wuchs als Bauernjunge auf – und Bauernjungen müssen von früh an mitarbeiten. Während Vater Mewes sich um seine drei kleinen Felder kümmerte und Mutter Marie im Gemüsegarten, in der Räucherkammer und in der Küche ihr Zepter schwang, wurden mir schon bald der alte Elias, die Kuh Merle, die beiden Schweine Timke und Brax, die Gänse, Enten und Hühner anvertraut. Ich musste sie füttern und die Ställe ausmisten.

Nicht lange, und die Tiere kannten den fremden kleinen Jungen, der sie betreute, und keines lief mehr vor mir weg. Im Gegenteil, sie kamen mir entgegengelaufen und fraßen mir aus der Hand.

Nein, keine schlechte Zeit, doch führten Vater Mewes, Mutter Marie und ich oft ein sehr mühseliges Leben. Das vor allem im Frühjahr und Herbst, wenn gesät und geerntet wurde, aber auch im Sommer, wenn ich auf den staubheißen Feldern bei der Ährenlese helfen musste.

Dennoch, bei Mutter Marie und Vater Mewes ging es mir gut. Hätte ich vergessen können, dass ich nicht schon seit meiner Geburt ihr Sohn war, vielleicht hätte ich eine glückliche Kindheit gehabt. Die Ungewissheit, wer ich war und woher ich kam, nagte jedoch an mir. Ich begriff ja noch so wenig. Was zu meiner Verwaisung geführt hatte, fand keinen Platz in meiner Kinderwelt. Auch war der Krieg, dem ich zum Opfer gefallen war, bald weitergezogen. Es wurde nicht mehr gebrandschatzt, gemordet und geplündert, nur geredet wurde noch viel über die Franzosen, die so viel Leid, Verwüstung und Unordnung über die Menschen gebracht hatten. Und so hörte denn auch der kleine Joss bald immer öfter diesen einen, von den Siebeneichener Bauern nur voller Zorn und Verachtung ausgesprochenen Namen: *Napoleon Bonaparte.*

Der Kaiser der Franzosen, so hieß es, trüge die Schuld daran, dass ich nicht wusste, woher ich kam und wer ich war, keine

Eltern und nicht mal einen richtigen Namen hatte. So war es nicht verwunderlich, dass ich mir diesen Napoleon schon bald als leibhaftigen Teufel vorstellte; einen Mann, dem ich, wäre ich nur endlich erwachsen, ohne Bedenken ein Messer in sein schwarzes Herz stoßen würde.

Nur ein Traum?

Denke ich heute an jene Zeit zurück, frage ich mich manchmal: Bin das wirklich ich gewesen, dieses Findelkind, das etwas so Furchtbares erlebt haben musste, dass es sich an die Zeit davor nicht mehr erinnern wollte?

Oft war ich sehr ernst, und Mutter Marie versuchte, mich zu trösten, indem sie sagte: »Jungen wie du sind ganz besondere Kinder. Sie müssen stärker sein als andere, und du – das sehe ich dir an – bist gewiss einer von den ganz, ganz Starken.«

Sie wollte mir Mut machen, mich aufrichten, doch gelang ihr das nur selten. Allein eines erleichterte mir mein neues Leben: Da ich mich an meine wirklichen Eltern nicht erinnern konnte, vermisste ich sie nicht. Nur so eine Art unbestimmte Sehnsucht war in mir, eine Sehnsucht nach lieben Menschen, die es gegeben haben musste und die mir verloren gegangen waren. Egal wie viel Jahre vergingen, ich grub und grub in meinem Gedächtnis, doch fand ich keinerlei Bilder und empfand diese vergebliche Suche oft als quälend schmerzhaft.

Meine Neugier jedoch hemmte das nicht. Meine Herkunft und auch alles andere, das mit dem Krieg zu tun hatte, der mir meine Eltern geraubt hatte, beschäftigte und interessierte mich. Und da Vater Mewes und Mutter Marie nicht gern über diese Zeit sprachen, hörte ich in jenen Tagen besonders Pfarrer Rohrmoser sehr aufmerksam zu.

Pfarrer Rohrmoser war ein sehr freundlicher, bescheidener Mann, den mein Schicksal betrübte. Ich sehe noch seine rundliche Figur mit dem genauso kugelrunden, rothäutigen, von dünnen, weißen Haaren umkränzten und mit einer schwarzen Kappe bedeckten Kopf vor mir. Oft tröstete er mich, indem er sagte, dass ich nicht traurig darüber sein sollte, mich nicht an meine Herkunft erinnern zu können. Allein weil er mich nicht verhärten wollte, hätte der liebe Gott alle Erinnerungen an den schlimmen Verlust, den ich erlitten, und die Grausamkeiten, die ich erlebt haben musste, in mir ausgelöscht.

Pfarrer Rohrmoser war die Güte selbst. Nur in einem Fall kannte er kein Vergeben und Vergessen – wenn es um den Kaiser der Franzosen ging, jenen Napoleon I., den auch ich mir nur als listiges Raubtier in Menschengestalt vorstellen konnte.

»Dieser gottlose Korse mit der Stirnlocke«, schimpfte er eines Tages, als ich schon älter war, von der Kanzel unserer kleinen Dorfkirche herab. »Wer will er denn sein? Ein Hannibal? Ein Cäsar? Ein Alexander der Große? Ein moderner Dschingis Khan? Aber sind diese Gestalten aus der Historie denn nachahmungswürdige Vorbilder? – Nein, allesamt waren sie kriegslüsterne Eroberer und damit nicht nur die Mörder derer, die sie ohne jeden Funken Nächstenliebe im Herzen zu ihren Feinden erklärt hatten, sondern auch die Mörder ihrer eigenen von ihnen in den Tod getriebenen Landsleute. Oder glaubt etwa einer von euch, dass die Mehrzahl der Franzosen, die dieser Unhold in alle Welt hinausgeschickt hat, damit sie für ihn Krieg führen, nicht lieber zu Hause bei Frau und Kind und Handwerk oder Scholle geblieben wären?«

Jene Worte habe ich noch deutlich im Ohr, denn an diesem Tag wurde mir zum ersten Mal bewusst, dass der Kaiser der Franzosen gar kein gebürtiger Franzose war, sondern von der Insel Korsika stammte. Was mir diesen Mann noch unheimlicher machte. Ein fremder Tyrann von einer Insel im Mittelmeer, der sich angeschickt hatte, die ganze Welt zu erobern? Und der sich eines Tages selbst zum Kaiser gekrönt hatte?

»Erst zitiert er den Papst aus Rom nach Paris, damit der ihm die Krone aufs Haupt setzt«, so Pfarrer Rohrmoser, »dann dauert ihm dieser weihevolle Akt zu lange, und frech nimmt er sie dem, der sich Stellvertreter Gottes auf Erden nennt, aus der Hand, um sie sich eigenhändig aufzusetzen. – Nein, dieser machtgierige Emporkömmling ist kein von Gott gesalbter Fürst! Er ist ein Kaiser von Teufels Gnaden, kommt aus der Gosse und wird in der Gosse enden. Denn das, liebe Gemeinde, ist unbestreitbar: Wer sich selbst krönt, der wird unter der Last dieser Krone zusammenbrechen.«

Siebeneichen ist eine protestantische Gemeinde und Pfarrer Rohrmoser war alles andere als ein Freund des Papstes. In diesem Fall aber war er ganz auf seiner Seite. Und ich war auf Pfarrer Rohrmosers Seite! Ja, dieser Kaiser der Franzosen war nichts anderes als ein gottloser Räuber und Mörder, der seinen Landsleuten befahl, wehrlose Menschen zu überfallen, auszuplündern und – wenn sie sich wehrten – niederzumetzeln. Es war eine Tugend, ihn zu hassen.

Meinen Alltag bestimmten aber nicht Pfarrer Rohrmosers Predigten; die Arbeit in den Ställen und später immer mehr auch die auf den Feldern nahm mich bald ganz in Anspruch.

Arbeit, so Vater Mewes, gehört zum Leben. »Gott schenkt uns unsere Arbeitskraft, den fruchtbaren Boden und all die Sonne und den Regen doch nicht, damit wir diese Gaben nicht nutzen«, brachte er mir früh bei. »Ob es dem, der lieber den Müßiggang pflegt, gefällt oder nicht, die Welt ist nun mal so eingerichtet: Wer leben will, muss essen. Und wer essen will, muss sich sein Brot, wenn nicht mit seinem Verstand, dann eben mit den Händen verdienen.«

Ich musste mir nur Vater Mewes erdfarbene und Mutter Maries rote, rissige Hände ansehen, um zu wissen, wie viel Arbeit das Brot kostete, das wir aßen. Auf den Höfen ringsherum war es nicht anders. Überall wurde hart gearbeitet und das betraf uns Kinder ebenso wie die Erwachsenen. An einen Schulbesuch, an Schreiben- und Lesenlernen, war nicht zu denken. Die nächste Schule befand sich in Camin. Dorthin fuhr man einmal in der Woche auf den Markt, jedoch nicht, um Tag für Tag seine Kinder zur Schule zu bringen, die doch auf den Feldern, in den Ställen oder im Haus gebraucht wurden.

Das ist auch heute noch nicht anders. In Siebeneichen gibt es außer dem Herrn Pfarrer, dem Schmied und dem Stellmacher nur Bauern – ärmere wie Mutter Marie und Vater Mewes, die ihren kleinen Besitz selbst bewirtschaften, und wohlhabende, die mit Knechten und Mägden auf die Felder ziehen oder in den Ställen arbeiten. Einen Lehrer gibt es nicht.

Aber es ist ein schönes Dorf. Längs der Landstraße zwischen dem Siebeneichener Wald und dem Siebeneichener See zieht es sich hin. Rechts Felder, Häuser und Höfe, links Felder, Häuser und Höfe.

Der Wald ist dicht und hügelig und im Sommer so trocken, dass es bei jedem Schritt laut knackt. Der lang gestreckte See ist tief und fischreich; viele Siebeneichener Bauern sind im Nebenerwerb Fischer.

In meinem ersten Siebeneichener Herbst und Winter allerdings bekam ich von der Schönheit der Umgebung nicht viel mit. Da verkroch ich mich, wenn Vater Mewes und ich von unseren Fahrten über Land zurückkehrten oder ich meine Arbeit getan hatte, am liebsten hinterm Ofen. Dort, so Mutter Marie, saß ich, um mit tiefen Stirnfalten und heißen Augen Löcher in die Wände zu brennen.

Lange wollte ich von den anderen Dorfbewohnern nichts wissen, um nicht ständig ausgefragt zu werden. Es gab ja kaum einen im Dorf, der nicht meinte, mit besonders geschickten Fragen doch noch etwas über meine Herkunft aus mir herauskitzeln zu können.

Erst im Frühjahr änderte sich das. Da saß ich anstatt hinterm Ofen lieber auf der Wiese am See und starrte die Wellen an, die sich am Ufer brachen oder im Wind kräuselten. Oder ich stakste langsam durch das flache, so durchsichtige, von viel Schilf umgebene Wasser, um die oft nur wespengroßen kleinen Fische und Krebse zu beobachten, die in hellen Scharen vor mir davonstieben. Am See war es still und ruhig, hier konnte ich meinen Gedanken nachhängen.

Ja, der See wurde meine liebste Zufluchtsstätte. Der Wald hingegen machte mir Angst. Ich weiß noch, wie ich eines sehr frühen Morgens auf der Suche nach einem weggelaufenen Huhn durch die stille Waldeinsamkeit lief. Kein Grashalm, kein Blatt bewegte sich zu dieser frühen Stunde, keine Tannennadel fiel zu Boden. Die Stille nahm mir den Atem, Kälte stieg in mir hoch, mein Nacken versteifte sich. Hörte ich irgendwo Flügelschlagen, zuckte ich zusammen: Ein Greifvogel? Eine späte Eule?

Als ich das Huhn endlich gefunden hatte, brach die Sonne durch die Wolken und zeichnete ein helles Muster auf den moosigen Waldboden. Ein Bild, das mich aber auch nicht beruhigte. Das Huhn im Arm, hastete ich, so schnell ich konnte, ins Dorf zurück.

Was war da mit mir passiert, fragte ich mich später oft. Andere Kinder waren doch nicht so furchtsam. Hatte diese Angst mit meinem nächtlichen Umherirren in jenem anderen Wald zu tun – der kleine Joss im zerrissenen Nachthemd?

Bald hielten die Leute im Dorf mich für ein scheues, ihnen fremdes, von vielerlei Geheimnissen umgebenes Kind. »Joss aus dem Wald«, riefen sie mich. Bei manchen klang das freundlich-neugierig, bei anderen schwang Ablehnung mit. »Wer ist denn der? Was wissen wir über ihn? Was für einer Familie entstammt er?«, fragten sie sich.

Vater Mewes kümmerte dieses Gerede nicht. »Die Dummen sterben nicht aus«, sagte er nur, wenn Mutter Marie sich bei ihm über jene, wie sie sagte, herzlosen Nachbarn beschwerte. Und erntete resoluten Widerspruch: »Keiner darf sich mit Dummheit herausreden. Oder er soll sich zu den Schafen stellen, nur dann ist er entschuldigt.«

Wer mich nicht ablehnte, sondern öfter nur sehr aufmerksam ansah und auf diese Weise schon bald mehr über mich wusste als ich selbst, das war Grotmudder Tattermusch, die steinalte Hebamme des Dorfes.

Grotmudder Tattermusch hauste in einer armseligen, überaus baufälligen Lehmkate am Waldrand und war schon so alt, dass sie völlig zahnlos war und allein von in Milch eingeweichtem Roggenbrot lebte. Es gab im Dorf kaum jemanden, dem sie nicht auf die Welt geholfen, und erst recht keine Frau, der sie nicht bei der Entbindung zur Seite gestanden hatte. Auch kannte sie sich mit Heilkräutern aus.

Von Kopf bis Fuß schwarz gekleidet, trippelte sie, auf ihren krummen Eichenstock gestützt, durchs Dorf. Immer trug sie denselben alten, langen Rock, dieselbe weite Bluse, dieselbe rüschenverzierte, schon ein wenig fadenscheinige Seidenhaube. Ihre langen, weißen Haare, wie Fransen quollen sie unter dieser Haube hervor. Dazu der storchendünne Hals, die trockene Pergamenthaut und die so altershellen, wieselflink umherhuschenden Augen – für uns Kinder war sie eine Hexe. Gute Feen, davon waren wir überzeugt, sahen anders aus.

Ging wer an Grotmudder Tattermusch vorüber – egal ob Mann, Frau, Kind oder Greis –, fragte sie denjenigen gern nach seinem Wohlbefinden. Klagte einer der Dörfler über irgendwelche Beschwerden, wusste sie Rat und tauschte die Kräuter, die sie im Wald fand oder die in ihrem Garten wuchsen, gegen Milch und Brot ein. Es gebe keine Krankheit, gegen die Grotmudder Tattermusch kein Kräutlein wisse, schwärmte Mutter Marie oft. Dieses Wissen jedoch habe ihr niemand beigebracht, das habe sie sich in ihrem langen Leben selbst erworben, indem sie sich schon früh nicht mit einem Mann, sondern mit dem Wald und all seinen Tieren, Bäumen, Büschen, Kräutern und Pilzen vermählt und ihm so, durch vielerlei Ausprobieren, alle seine Geheimnisse entrissen habe.

Für Mutter Marie war Grotmudder Tattermusch fast so etwas wie eine Heilige, für den kleinen Joss blieb sie lange eine Hexe. Und daran trug nicht wenig ihr immer wieder mal ganz plötzlich aufblitzender, sehr heftiger Zorn die Schuld. In solchen Fällen verzerrte ihr Gesicht sich zur Fratze und ihre Augen sprühten Funken; ein Zorn, der immer dann aufflammte, wenn ihr etwas zutiefst missfiel, und nicht selten geschah das im Zusammenhang mit Tieren.

Grotmudder Tattermusch liebte alle Tiere. Sogar so hässliche wie Asseln oder Spinnen genossen ihren Schutz. Beobachtete sie, wie Kinder Insekten quälten oder einem herrenlosen, halb verhungerten Hund etwas Ekliges zu fressen gaben, ging sie mit dem Stock auf sie los. Einmal, ich war dabei, spuckte sie einem der Übeltäter zur Strafe mitten ins Gesicht.

Das alles hätte bereits genügt, um sie zu fürchten, es gab aber noch einen Grund, sie zu respektieren: Alle im Dorf wussten, dass Grotmudder Tattermusch die Gabe besaß, in die Zukunft wie in die Vergangenheit zu blicken. Beweis dafür: Bereits Monate zuvor hatte sie den Siebeneichenern den Krieg mit den Franzosen vorausgesagt.

Eines sehr frühen Abends soll das passiert sein. So hat es Mutter Marie oft erzählt. Der See lag schon unter einem Grauschleier, der Wald war nur noch als eine einzige düstere Wand zu erkennen, da sei Grotmudder Tattermusch ohne ihren Krummstock, dafür aber mit für sie sehr langen Schritten und in der Luft herumfuchtelnden Armen mit einem Mal auf den Dorfbrunnen zugeeilt. Mühsam habe sie sich an der Winde hochgezogen, um danach, auf dem Brunnenrand stehend, mit schriller Stimme auszurufen, was ihr inneres Auge ihr verraten hatte.

»Der Franzos wird kommen!«, so habe es Grotmudder Tattermusch an jenem grauen Abend dem Dorf verkündet. »Er wird über uns kommen, und wir werden uns ihm nicht erwehren können. Den Tod hat er im Tornister, an unserem Blut wird er sich satt trinken, Witwen und Waisen wird er hinterlassen.«

Zu jener Zeit, so Mutter Marie, hätten viele noch gelacht oder abgewunken. Als die Franzosen dann aber tatsächlich gekommen waren, von diesem Tag an hätte auch der Letzte gewusst, dass Grotmudder Tattermusch Dinge und Geschehnisse sehen konnte, die gewöhnliche Sterbliche nicht sahen.

Natürlich hatte Mutter Marie schon früh daran gedacht, mich Grotmudder Tattermusch vorzustellen. Wenn eine das Geheimnis meiner Herkunft enträtseln konnte, dann sie.

»Wenn sie dich nur lange genug anschauen und berühren

darf, vielleicht erblickt sie etwas, das uns weiterhilft«, bat sie mich ein ums andere Mal. »Das tut ja auch gar nicht weh, das ist wie Streicheln.«

Doch nein, mit Händen und Füßen wehrte ich mich dagegen, zu Grotmudder Tattermusch zu gehen. Ich war verängstigt genug, die unheimliche Alte erschien mir nur eine neue Prüfung zu sein, die ich bestehen sollte. Weder wollte ich von ihr angeschaut noch gestreichelt werden. Eines mutigen Sommermorgens jedoch – ich lebte nun schon ein Dreivierteljahr bei Mutter Marie und Vater Mewes – war die Neugier stärker als alle Furcht, und so erklärte ich mich endlich doch bereit, mich ihr vorführen zu lassen.

Ein Tag, wie er schöner nicht sein konnte, dieser helle, lichtblaue Junisonntag. Lerchen stiegen trillernd auf, Schwalben jagten durch die Luft, das satte Wiesengrün, betupft mit gelben und weißen Blüten, lag wie ein dicker Teppich unter unseren Füßen. Dennoch war mir beklommen zumute, immer fester klammerte ich mich an Mutter Maries Hand, immer wieder musste sie mir beruhigende Worte zuflüstern. »Grotmudder Tattermusch ist eine gute Frau, eine sehr gute sogar. So viele Kinder hat sie schon heil und gesund zur Welt gebracht. Und als ich mal böse krank war, hat sie mich geheilt. Wer kein schlechter Mensch ist, der hat von ihr nichts zu befürchten.«

Ich machte trotzdem immer kleinere Schritte. Und als wir den Waldrand erreicht hatten und ich Grotmudder Tattermusch in ihrem von einer hohen Ginsterhecke umgebenen Kräutergarten sitzen und mit ihren, wie mir schien, fast geisterhaft hellen Augen in die Sonne blinzeln sah, da blieb ich ganz stehen.

Doch hatte sie uns schon gesehen. »Joss aus dem Wald!«, rief sie mit zarter Stimme. »Joss aus dem Wald! Kommst du mich mal besuchen? Das ist aber schön. Hab lange auf dich gewartet.«

Joss aus dem Wald! Aus ihrem Mund klang das nicht nach Neugier oder Ablehnung, sondern so, als würde uns eine große Gemeinsamkeit verbinden. Grotmudder Tattermusch war mit dem Wald vermählt, wie Mutter Marie gesagt hatte, und ich, war ich nicht so etwas wie ein Kind des Waldes?

Mutter Marie packte meine Hand fester und zog mich weiter. Drei Schritte vor der mit wildem Wein bewachsenen Kate, die nur eine Tür und ein einziges Fenster besaß, blieb ich wieder stehen.

Grotmudder Tattermusch sah mir meine Angst an, lächelte über ihr ganzes, von einem Netz vieler feiner Fältchen durchzogenes Gesicht, und mit ihrem grashalmdünnen, altersfleckenübersäten Zeigefinger winkte sie mich weiter heran. Als ich endlich dicht genug vor ihr stand, nahm sie meine beiden Hände in die ihren und befühlte und betastete sie lange. Und blickte mir dabei unentwegt in die Augen.

Und ob ich wollte oder nicht, ich musste diesen Blick erwidern, war wie gebannt, konnte einfach nicht wegschauen.

Lange, unendlich lange sagte sie nichts, blickte nur immer tiefer in mich hinein. Bis sie auf einmal laut aufseufzte und ein Weilchen nur den Kopf wiegte, als müsse sie sich erst mit sich selbst beraten, bevor sie den Mund aufmachte. Schließlich murmelte sie etwas vor sich hin, das weder Mutter Marie noch ich verstanden, blickte mir wieder fest in die Augen – wenn auch auf ganz andere Weise als zuvor – und sagte: »Du bist dem Feuer entronnen. Die Welschen, unser Ewigfeind, haben dein Heim dem Flammenfraß übergeben. Ja, ja, in deinen Augen leuchtet viel Rot, viel schlimmes, grelles, tödliches Rot.«

Dazu gehörte keine große Hellseherkunst. Auch Mutter

Marie und Vater Mewes vermuteten, dass ich aus einem Ort weggelaufen war, den die Franzosen in Brand gesetzt hatten. Weshalb sonst wäre, als sie mich fanden, mein Nachthemd so versengt gewesen, weshalb sonst all diese Brandwunden und die Krone aus Asche?

Gleich darauf aber sagte Grotmudder Tattermusch noch etwas – etwas, das mich ganz starr werden ließ.

»Deine lieben Eltern sind tot«, sagte sie, »gestorben und verdorben. Von deinen Geschwistern aber lebt noch eines – ein Bruder, älter als du, groß und stark und tapfer.«

Durfte ich das glauben? Woher wollte sie das denn wissen? Es fehlte nicht viel und ich hätte zu weinen angefangen.

»Aber wie viele Geschwister hat er denn gehabt?«, fragte Mutter Marie nur leise.

Grotmudder Tattermusch streckte eine Hand in die Höhe und kniff den Daumen weg. Vier Geschwister? Also waren wir zu fünft gewesen?

Was für eine Geschichte! Ich wusste nicht, wie mir geschah. Was ich an diesem Morgen zu hören bekam, war so entsetzlich, am liebsten wäre ich davongelaufen. Doch konnte ich mich nicht bewegen, konnte weder meinen Beinen noch meinen Händen irgendwas befehlen. Woher wusste die alte Frau das nur alles? Hatte sie das wirklich in meinen Augen gesehen oder an meinen Händen ertastet? Oder alles nur erfunden?

Sie erriet meine Gedanken und lächelte milde. »Ja, ja, Söhnchen, du hast noch einen Bruder. Er war in jener Nacht nicht im Haus, eines Tages aber, das ist gewiss, wirst du ihn wiederfinden.« Und sie legte mir ihre zarte, trockene Hand an die Wange, um mich ganz vorsichtig zu streicheln und mir weiter Hoffnung zu machen. »Du musst ihn auch gar nicht erst suchen, deinen Herrn Bruder. Wenn die Zeit heran ist, wird er zu dir kommen und dir sagen, wer du bist.«

»Ja, aber wie heißt er denn, dieser Bruder?«, wollte Mutter Marie wissen. Sie war von dem, was wir zu hören bekommen hatten, nicht weniger beeindruckt als ich. »Und wo könnten wir ihn finden, wenn wir ihn suchen wollten?«

Doch da winkte Grotmudder Tattermusch nur ab, als hätte ihre Kunst sie allzu sehr ermüdet. »Du verlangst zu viel von mir, Marie. Ich sehe ihn vor mir, diesen Bruder, aber die hohen Berge in seinem Rücken sind mir fremd. Ja, und Namen? Namen kann keiner sehen. Namen sind nichts als Stempel, die uns aufgedrückt werden. Wenn wir wollen, können wir sie abwaschen.«

Sagte es und schloss die Augen, als wollte sie uns bitten, wieder zu gehen. Und Mutter Marie blieb nichts anderes übrig, als sich herzlich zu bedanken und mit mir heimzukehren.

In der Nacht nach dieser Weissagung träumte ich Furchtbares.

Ich lag in einem mir sehr vertraut erscheinenden Bett, es war Nacht und laute Schreie weckten mich. Kaum aber hatte ich die Augen aufgeschlagen, blendete mich eine grelle, rote Helligkeit. Vor dem Fenster züngelten Flammen zu mir hoch, und mir war so heiß, dass ich kaum noch Luft bekam. Um mich herum ein lautes Knistern und Knacken, in meiner Nase ein scheußlich klebriger Brandgeruch.

Hastig sprang ich aus dem Bett, stürzte zum Fenster und riss es auf – und sofort schoss mir die Glut direkt ins Gesicht. Ich rannte zur Tür und öffnete sie – und aus dem Treppenhaus schlugen mir ebenfalls Flammen entgegen.

Vor Entsetzen ohne jede Sprache, ohne jeden Hilfeschrei, lief ich zum Fenster zurück, der einzige Ausweg, der sich mir bot.

Die Glut nahm mir den Atem, doch zögerte ich nicht länger, sondern sprang mitten durch die Flammen, die ihre Krallen nach mir ausstreckten. Ich spürte, wie ich mir Hemd und Haut versengte, doch fingen die Büsche unter dem Fenster meinen Sturz ab. Nur ein paar Schrammen hatte ich mir zugezogen und das Hemd zerrissen.

Was aber sah ich: Das ganze Dorf – oder war es eine Stadt? – brannte. Die Kirche, die Häuser – ein einziges Flammenmeer. Der rote Hahn, das Feuer, musste von Dach zu Dach gesprungen sein. So blieb mir gar keine andere Wahl: Ich musste heraus aus dieser Straße, heraus aus der Stadt oder dem Dorf, irgendwohin weit weg, ins Freie. Und so lief ich zusammen mit vielen anderen Menschen, die ebenfalls voller Panik vorwärtshasteten, durch die wild lodernden Brände. Das Fauchen der Flammen, die Aschefunken, die auf uns Fliehende herabregneten, das Krachen der einstürzenden Gebäude, alles, alles, alles trieb mich vorwärts.

Irgendwann versuchte ich, die Gesichter um mich herum zu erkennen, suchte nach meinen Eltern, von denen ich doch aber gar nicht wusste, wie sie aussahen. Da, dieses im Feuerschein rot glänzende Frauengesicht, die angstgeweiteten Augen, die aufgelösten Haare, der starr aufgerissene Mund – war das meine Mutter? Doch nein, wäre sie es gewesen, wäre sie dann so fremden Blickes an mir vorübergehastet?

Erst als wir die brennenden Häuser hinter uns gelassen hatten, blieben die Leute um mich herum stehen und blickten zurück. Ich aber lief weiter, immer weiter, mir war, als griffen die Flammen noch immer nach mir … Ich lief und lief, bis ich erwachte, schweißgebadet und so heftig keuchend, als wäre ich wirklich um mein Leben gerannt.

Lag da und hörte mein Herz klopfen, als wollte es mir die

Brust sprengen. Dieser Traum! Was hatte er zu bedeuten? War es wirklich so gewesen, hatte Grotmudder Tattermusch mir einen Teil meiner Erinnerungen wiedergegeben? Oder hatte ich diese ganze Fluchtgeschichte nur geträumt, weil sie etwas Ähnliches gesehen haben wollte?

Wenn aber alles so war, warum war ich in diesem Traum allein? Wo waren meine Eltern und Geschwister? Hatte ich sie nicht sehen können, weil sie in irgendwelchen anderen Räumen dieses Hauses vom Feuer überrascht worden waren?

Außerdem: Wie bin ich in jener Nacht in den Wald gekommen? Wie lange soll ich gelaufen sein? In den Dörfern der näheren und weiteren Umgebung und auch in den Städten hatte sich doch niemand an mich erinnert.

Nein, die mich so sehr bewegenden Fragen »Wo komme ich her?« und »Wer bin ich?«, Grotmudder Tattermusch hatte sie mir nicht beantworten können. Sie hatte mir nur Bilder in den Kopf gesetzt; Bilder, von denen ich nicht einmal wusste, ob sie nicht doch nur Fantasiegemälde waren.

Jeppe. Und Maicke!

In Siebeneichen gab es viele Kinder, doch hatte ich nur wenige Freunde. Ich war ein viel zu ernster, oft nachdenklich in sich hineinstarrender Junge, um mich unter den Jungen und Mädchen allzu großer Beliebtheit zu erfreuen. Zwei von ihnen allerdings wurden für mich mehr als nur gute Freunde.

Ich will mit Jeppe Jessen beginnen. Jeppe, nur wenig jünger als ich, doch sehr viel kleiner und schmaler, flüchtete sich ebenfalls öfter mal an den See. Wir waren beide noch Holzpantoffelkinder, als ich ihn zum ersten Mal dort sitzen sah: ein Junge mit einem Berg rabenschwarzer Haare auf dem Kopf, großen, ewig fragend blickenden Augen und dick aufgeworfenen Lippen, der offensichtlich genau wie ich mit sich allein sein wollte.

Ich sprach ihn nicht an und er sah nicht zu mir her. Mutter Marie erzählte mir später von seinem Vater, einem kurzbeinigen, korpulenten Mann, »hart wie Granit«. Die Mutter war bei Jeppes Geburt gestorben, und für seinen Vater waren Jeppe und seine fünf älteren Geschwister nichts anderes als Knechte und Mägde, denen er keinen Lohn zu zahlen brauchte. Die vier Jungen ließ er auf den Feldern schuften, bis sie zu müde für den Heimweg waren, Jeppes Schwestern kamen aus den Ställen und der Küche nicht heraus.

Jeppes Geschwister, so Mutter Marie, hielten dieses harte Leben aus und wurden dabei selbst immer härter, Jeppe nicht. Sein Vater glaubte, seine Kinder mit Strenge und Prügel zu tüchtigen Bauern erziehen zu können. Immer wieder drohte Jeppe, unter diesem Tyrannen zusammenzubrechen.

Oft lief er weg. Und das, obwohl er wusste, dass er ja doch bald wieder heimkehren und für jede dieser kleinen Fluchten mit Schlägen »belohnt« werden würde. Doch gab es immer wieder Zeiten, in denen Jeppe seinen Vater nicht länger aushielt.

Mutter Marie bedauerte die Jessen-Kinder und vor allem Jeppe. Aber durfte sie oder einer der anderen Dörfler einem Vater in die Erziehung seiner Kinder hineinreden?

Ich will ehrlich sein: Anfangs berührte mich Jeppes Geschichte nicht sehr, ich hatte meine eigenen Sorgen. Doch sah ich ihn so oft einsam und allein am See sitzen, dass ich mich eines Tages – es war noch in meinem ersten Siebeneichener Sommer – einfach zu ihm setzte. Und das, ohne erst lange darüber nachzudenken, warum ich das tat.

Jeppe, die Ellenbogen auf die Knie und den Kopf in die Hände gestützt, schien mich gar nicht wahrzunehmen. Ich sagte ja auch nichts, saß still neben ihm und schaute den Libellen zu, die wie kleine Engel über das Wasser und durchs Schilf huschten. Nicht lange und er stand auf und ging. Alles, ohne ein einziges Wort zu sagen.

Ein paar Tage später war er es dann, der zögernd näher kam und sich zu mir setzte. Wieder ohne etwas zu sagen.

Ich tat, als wäre es das Normalste von der Welt, dass er sich zu mir gesetzt hatte. Erst nach einer ganzen Weile fragte ich ihn, als hätten wir schon oft miteinander gesprochen: »Kannst du schwimmen?«

Er erschrak darüber, dass ich so plötzlich den Mund aufgemacht hatte, und schüttelte nur still den Kopf.

»Ich auch nicht«, sagte ich, und dann schwiegen wir wieder, bis ich fragte: »Wie heißt du eigentlich?«

Ich kannte die Antwort, wollte nur weiter mit ihm reden.

»Jeppe«, antwortete er so leise, dass es wie Grasgewisper klang. Und bevor ich meinen Namen sagen konnte, um das Gespräch weiter in Gang zu halten, fügte er noch hinzu: »Und du heißt Joss und bist ein Findelkind. Ich weiß das schon lange.«

Darauf gab's nichts zu erwidern, also schwiegen wir weiter, bis er mich fragte: »Ist es schlimm, ein Findelkind zu sein?«

Das hatte mich noch niemand gefragt, die Antwort fiel mir nicht leicht. Endlich sagte ich: »Nein, schlimm ist es nicht. Hab ja Vater Mewes und Mutter Marie. Aber schön ist es auch nicht.«

Einen Moment lang dachte er nach, dann seufzte er laut. »Aber als Findelkind gehörst du niemandem, also kann dir keiner etwas Böses tun.«

Er dachte an seinen Vater, und vielleicht erwartete er eine Frage von mir, um weiter über seine Not reden zu können. Doch war ich zu jener Zeit viel zu sehr mit mir selbst beschäftigt, um mich auf ein solches Gespräch einzulassen. »Ja, jetzt tut mir niemand was, aber bevor ich gefunden wurde, da ist viel Schlimmes passiert«, antwortete ich ausweichend. »Ich weiß nur nicht, was.«

Wieder schwieg er, dann sagte er leise: »Er schlägt uns. Er hat einen Siebenstriemen.«

Ein Siebenstriemen, heute weiß ich das, ist eine am Griff zusammengeflochtene, siebensträhnige Peitsche. Nie zuvor hatte ich etwas über ein solches Folterwerkzeug gehört, dennoch ahnte ich sofort, dass es sich bei Schlägen mit diesem Striemen um eine sehr grausame Strafe handeln musste. Aber was hätte ich dazu sagen sollen?

Ich sagte gar nichts, starrte nur auf meine Hände.

Jeppe hatte auch keine Antwort erwartet. Vielleicht fand er

es sogar gut, dass ich nicht viel redete. Irgendwie spürten wir in diesem Augenblick, dass wir verwandte Seelen waren. Und so rückten wir in den nächsten Tagen und Wochen immer enger zusammen. Bei jeder Gelegenheit, die sich uns bot, trafen wir uns am See. Und schon bald redeten wir über alles Mögliche – unser Dorf, die tiefste Tiefe des Sees, die Anzahl der Sterne am Himmel. Es war schön, dass da einer war, der sich ähnliche Fragen stellte und den anderen so gut verstand.

Unser Stammplatz wurde die kleine Wiese hinter dem Schilf. Dort konnte uns Jeppes Vater nicht sehen. Aber natürlich, irgendwann fiel unser häufiges Beisammensein auf. »Jeppe und Joss«, witzelten die Dorfkinder, »zwei Äpfel vom Ross.« Allerdings trauten sie sich das nur, solange wir zu den Kleineren gehörten. Später verkniffen sie sich jeden Spott, da wussten sie: Wer Jeppe angriff, bekam es mit Joss zu tun. Und der war nicht klein und zierlich, sondern schon früh ein ziemlich großer Kerl, der zupacken und, wenn es sein musste, auch zuschlagen konnte.

Was mir an Jeppe ganz besonders gefiel? Wenn er mir mit seiner sanften, leisen Stimme seine Träume erzählte.

Es waren alles Tagträume und nichts anderes als ebenfalls Fluchten aus dem Gefängnis seines Vaters. Wenn er allein am See saß, flüchtete er sich in diese Träume, oder wenn er eine Arbeit erledigen musste, zu der er nur seine Hände, nicht aber seinen Kopf benötigte.

Einer dieser Träume handelte von einem großen Vogel, der in unser Dorf gekommen war; ein Vogel, so groß, wie es sie in Wirklichkeit gar nicht gibt. Auf dem Rücken dieses Vogels – Jeppe nannte ihn den Vogel Überall – reisten Jeppe und ich in ein Land, das ebenfalls Überall hieß. In diesem Land war immer Sommer, und wenn es mal regnete, war der Regen so warm, dass alles, was die Menschen in diesem Land zum Leben brauchten, bestens gedieh.

Im Land Überall war es verboten, Kinder zu schlagen oder sie im Übermaß arbeiten zu lassen. Sogar die Erwachsenen mussten freundlich miteinander umgehen. Krankheiten gab es dort nicht, und wenn Menschen starben, dann nur, weil sie schon sehr, sehr alt geworden waren.

Ich bin Jeppe noch heute dankbar, dass er mich auf seine Traumreisen mitnahm. Er hätte ja auch ganz allein diesen Wundervogel besteigen können. Aber nein, er nahm mich mit. Ich hingegen sollte ihn – Jahre später – im Stich lassen.

Jetzt darf ich von Maicke erzählen. Darauf habe ich mich schon lange gefreut.

Früh lernten wir uns kennen. Ich war noch keine zwei Stunden im Haus von Mutter Marie und Vater Mewes, da sah ich sie zum ersten Mal. Mutter Marie hatte mich gerade erst mit viel Wasser und Seife von all dem Schmutz und der klebrigen Asche befreit, die mir überall anhaftete, und meine Brandwunden mit Salbe behandelt, als mit einem Mal ein Mädchen die Küche betrat. Sie war in meinem Alter, hatte eine für ein Dorfmädchen ungewöhnlich weiße Haut, sehr schmale und ein wenig schräg stehende, grüne Augen und struppige, weit vom Kopf abstehende, kupferrote Wuschellocken. Verwundert starrte sie mich an. »Wer ist denn der fremde Junge?«

»Er heißt Joss«, antwortete Mutter Marie, während sie mich in eine von Vater Mewes' Hosen steckte, in der ich fast versank, obwohl sie die Hosenbeine hochkrempelte. Später schneiderte sie mir aus Stoffresten neue Kleider, doch konnte ich bis dahin ja nicht nackt herumlaufen. »Wir haben ihn im Wald gefunden. Jetzt wollen wir sehen, zu wem er gehört.«

Unverwandt starrte das Mädchen mich an. »Hat er denn keine Eltern?«

»Doch«, tröstete Mutter Marie sie und mich. »Alle Kinder haben Eltern. Wir müssen sie nur finden.«

Da schwieg das Mädchen, wandte aber keinen Blick von mir.

Mutter Marie zog mir zu der Hose auch eines von Vater Mewes' Hemden über und erklärte vergnügt: »Siehst du, nun hast du schon unsere Maicke kennengelernt, die Nachbarstochter. Sie ist ein kleiner, roter Irrwisch und hat leider allzu oft ihren ganz eigenen Kopf. Und wenn ein Pferd sie tritt, dann tritt sie zurück.«

Über diese Worte musste sie selber lachen, und begütigend fragte sie das Mädchen: »Nicht wahr, Maicke, du tust immer nur, was du willst?«

Erst krauste Maicke nur ihre hohe Stirn, dann widersprach sie ernst: »Nicht ›immer‹, Tante Marie, nur meistens.« Und damit drehte sie sich um und lief aus der Tür.

Doch schon am nächsten Morgen sollte ich sie wiedersehen. Da stand sie mit einem Mal vor Merles Stall, als hätte sie auf mich gewartet.

Vater Mewes hatte herausfinden wollen, ob ich melken konnte, und musste bald feststellen, dass ich es nicht konnte. Nun meinte er, dass ich vielleicht doch nicht vom Dorf, sondern eher aus einer Stadt kam. Ganz sicher war er sich dabei aber nicht, denn nicht alle Bauernkinder lernen früh melken.

Weil er mich von meinen trüben Gedanken ablenken wollte, zeigte er mir dann, wie es ging, und ich bemühte mich, es ihm recht zu machen. Und da Merle gegen meine kleinen Kinderhände nichts einzuwenden hatte, ging es ganz gut. Vor Eifer geriet ich sogar ins Schwitzen; als wir den Stall wieder verließen, muss ich einen glühend roten Kopf gehabt haben.

Und was sagte Maicke in diesem Augenblick zu mir? Sie sagte ganz einfach: »Da bist du ja wieder!«

Verwirrt starrte ich sie an, denn Vater Mewes war weitergegangen. Ich aber wagte nicht, dieses Mädchen, das ganz offensichtlich meinetwegen gekommen war, so mir nichts, dir nichts stehen zu lassen.

Sie senkte nicht den Blick, lächelte nur honigsüß und fragte wie selbstverständlich: »Wollen wir Freunde werden?«

Mir blieb nichts anderes übrig, als zu nicken. Das Mädchen gefiel mir, und das vielleicht gerade deshalb, weil ihr Kittel bereits am frühen Morgen so über alle Maßen verdreckt war, dass jeder sofort sah, dass eine wie sie kein Abenteuer scheute.

Und richtig, kaum hatte ich genickt, schon nahm sie meine Hand. »Komm, ich zeig dir was.« Und dann liefen wir zum ersten Mal gemeinsam durchs Dorf – ich, der Junge in der viel zu großen, mit einem Strick festgebundenen Hose und dem bis zu den Knien reichenden Hemd, dem viele neugierig nachblickten, weil sie schon von dem Findelkind gehört hatten; sie, das Mädchen, dem die Dorfbewohner wegen ihrer grünen Augen und roten Haare und ihres selbstbewussten Wesens alles Mögliche zutrauten, vor allem viel Ungehöriges.

Sie lief mit mir zu einem Heuschober, wir kletterten die Schrägleiter hinauf und krochen wie Eidechsen durchs Heu – hin zu einer großen Katzenfamilie: eine Mutter mit fünf noch ganz blinden Jungen.

»Das ist Kat«, flüsterte Maicke mir ins Ohr, dass es kitzelte. »Hab sie versteckt. Wenn der Heisterkamp sie findet, ersäuft er die Jungen. Das hat er voriges Jahr auch getan, denn da hat Kat auch Junge bekommen.«

Ich begriff nur langsam. Der Heisterkamp, das musste irgendein Bauer aus dem Dorf sein. Und er mochte keine Katzen oder sie wurden ihm zu viel. Maicke aber wollte sie retten. Auch das gefiel mir. Und so nahm ich eines der blinden Kätzchen ganz vorsichtig auf, presste es an meine Brust und streichelte es.

»Sie sind so niedlich, sie dürfen nicht sterben«, flüsterte Maicke mir zu und kam mir dabei mit ihrem Mund so nah, dass ich ihren Atem riechen konnte; ein sehr angenehmer Geruch, so als ob sie gerade erst etwas Süßes gegessen hatte. Ja, und da konnte ich nicht anders, ich musste sie anlächeln.

Maicke strahlte zurück, legte mir den Arm um die Schultern und wisperte mir direkt ins Gesicht: »Jetzt kennst du mein Geheimnis, jetzt sind wir wirklich Freunde.«

So kam es und so sollte es bleiben.

Was haben wir in den folgenden Jahren nicht alles miteinander angestellt! Um Obst zu stehlen, kletterten wir in die höchsten Bäume, oder wir schwammen und tauchten im See, bis unsere Lippen blau wie Heidelbeeren waren – es war Maicke, die Jeppe und mir das Schwimmen beibrachte. Den Dörflern, die wir nicht leiden konnten, spielten wir die allerschlimmsten Streiche, und wollten wir von der Welt verschwinden, verkrochen wir uns in die Steinhöhlen des Waldes und tarnten den Eingang mit Ästen und Zweigen, bis wir uns unauffindbar glaubten.

Mit Maicke an meiner Seite machte mir der Wald keine Angst. Wir planten sogar, eines Tages unsere Kinder im Wald großziehen zu wollen, weil es doch im Wald so viel schöner war als im Dorf. Es stand ja früh für uns fest: Waren wir erst erwachsen, wollten wir heiraten, um für immer zusammenbleiben zu dürfen.

Wir waren Kinder. Wir wussten noch gar nicht, was wir uns

da schworen. Doch als wir elf oder zwölf Jahre alt waren, küsste Maicke mich das erste Mal.

»Das muss so sein«, erklärte sie mir danach feierlich. »Wenn zwei sich nicht küssen, haben sie sich nicht lieb.«

An jenem Tag aber wusste ich schon: Ich hatte Maicke lieb, sehr lieb sogar. Von mir aus hätten wir uns noch viel öfter küssen können. Umso schlimmer, dass ich nicht nur Jeppe, sondern auch sie eines Tages bitter enttäuschen musste.

Einer, der nicht weint

Ich muss etwa zwölf, dreizehn Jahre alt gewesen sein, da gewann ich zu Jeppe und Maicke noch einen dritten guten Freund, der mir fürs Leben wichtig werden sollte: Henning Struve.

Eine sehr ungewöhnliche Freundschaft. Auf der einen Seite der so nachdenkliche Junge, der nicht wusste, wer er war, auf der anderen der sich auf Krücken stützende, einbeinige, aber noch immer stattliche Kriegsinvalide mit dem scharf geschnittenen Gesicht. Als ganz junger Mann hatte Henning sich zu den Husaren gemeldet; er wollte mithelfen, die fremden Eroberer aus dem Land zu vertreiben. Später – die Franzosen hatten längst gesiegt – zogen er und eine kleine Schar tapferer Männer, die sich dem Feind nicht ergeben wollten, erneut gegen sie zu Felde. Bis ihm ein Geschoss das rechte Bein wegriss.

Zuvor, so erzählte mir Mutter Marie, sei er ein ewig lachender junger Bursche gewesen, der der blonden Fine vom Jörns-Hof schöne Augen machte. Doch sei er nicht der einzige Freier gewesen. Der alte Jörns besaß ja nicht nur das größte Siebeneichener Anwesen, er war auch ein in ganz Mecklenburg bekannter Pferdezüchter. Beim Jörns einzuheiraten, davon hätten viele geträumt.

Eines Tages aber sei der Henning ganz plötzlich verschwunden gewesen, und niemand hätte gewusst, wohin. Bis bekannt wurde, dass er zu den Soldaten gegangen war. Gleich wäre gemunkelt worden, die hübsche Fine, die ja öfter mal die stolze Prinzessin spielte, hätte ihn abgewiesen und nur deshalb sei er fortgegangen. Und später hätte es geheißen, dass der Henning wohl niemals mehr heimkehren würde, da der Krieg ja nun vorüber war und er, lebte er noch, doch sicher auf den Hof seiner Eltern zurückgekehrt wäre.

Ein, zwei Wochen bevor Henning und ich uns miteinander anfreundeten, war er jedoch wiedergekommen – und alle hatten gesehen, was ihm widerfahren war. Und nun wurde gestaunt und gerätselt: Die Wunde sei ja noch ganz frisch, wie hatte das denn passieren können, da der Krieg doch längst vorüber war?

Fragen, auf die Henning keine Antwort gab, da er mit niemandem reden wollte. Und auch seine über das Schicksal ihres einzigen Sohnes mit Gott hadernden Eltern gaben keine Auskunft. »Fragt ihn, wenn er sich genug ausgeruht hat«, beschieden sie alle Neugierigen. »Er hat viel nachzudenken und will nicht aus dem Haus.«

Dass dann ausgerechnet ich es werden sollte, dem Henning als Erstem sein Herz öffnete, erscheint mir noch heute als kleines Wunder. Und obwohl ich vieles von dem, was uns beide verband, inzwischen ein wenig anders sehe, bin ich ihm noch immer dankbar für seine Freundschaft mit dem so viel jüngeren Joss.

Der Tag, an dem wir uns das erste Mal sahen: Es war schon Herbst, aber noch warm. Ich saß auf der Wiese am See, war ganz allein und spürte der frühen Abendstimmung nach. Jeppe und Maicke hatten sich nicht zu mir gesellen können, da die Erntearbeiten im vollen Gange waren; auch Vater Mewes und ich waren gerade erst vom Feld gekommen.

Zweige wiegten sich im Abendwind, allen möglichen Zugvögeln konnte ich nachschauen, im Schilf Gewisper und Geknister. Ein Abend, nach all der Arbeit gerade richtig zum Träumen und Nachdenken. Längst war ich in irgendwelche fernen Gedanken abgeglitten, als Schritte in meinem Rücken mich aufschrecken ließen. Doch waren das keine gewöhnlichen, sondern eher springende und gleichzeitig tapsende Schritte. Ich fuhr herum – ein Mann auf Krücken kam herangehinkt. Und wer hätte das sein können, wenn nicht Henning Struve, der Kriegsinvalide, über den so viel geredet wurde?

Henning bemerkte mich, kam heran und warf die Angel, die er sich am Rücken durch den Hosengurt gezogen hatte, neben mir ins Gras. Und die beiden hölzernen Krücken gleich dazu. Und dann setzte er sich, indem er sich mit beiden Händen auf der Wiese abstützte, zu mir, als gäbe es nichts Selbstverständlicheres.

Ich starrte nur dorthin, wo er sich das Hosenbein hochgebunden hatte. Er bemerkte meinen Blick, reagierte aber nicht darauf, fragte nur freundlich: »Bist du der Joss, den der Mewes im Wald gefunden hat? Meine Mutter hat mir von dir erzählt.«

Ich nickte still, und ein Weilchen schwieg er, bis er mir mit einem Mal seltsam ernst zulächelte und sagte: »Na, da haben wir ja einiges gemeinsam – mir hat der Franzose ein Bein weggeschossen, dir gleich die Familie geraubt.«

Was hätte ich dazu sagen sollen? Fast schämte ich mich dafür, noch beide Beine zu besitzen. Was war denn schlimmer: als Einbeiniger durch die Welt hüpfen zu müssen oder einer Familie nachzutrauern, an die man sich nicht mehr erinnern konnte?

Er hatte auch keinerlei Antwort erwartet, dachte ein, zwei Minuten nach und fragte schließlich nur, ob ich ihm beim Angeln helfen wolle. »Wenn einer beide Arme für seine Tatzen braucht, in welcher Hand soll er dann die Angel halten?«

Ich war sofort bereit, ihm zu helfen – und musste bald feststellen, dass er meine Hilfe gar nicht benötigte. Zwar sollte ich seine »Tatzen« halten, während er am See auf dem Steg sitzend die Angel auswarf, doch hätte er seine Krücken ja ganz einfach neben sich legen können. Er wollte wohl nur nicht allein sein an jenem Tag, an dem er sich zum ersten Mal aus dem Haus gewagt hatte, und da kam ich ihm gerade recht. War ja einfacher, sich anstatt mit den neugierigen Dörflern mit einem Jungen zu unterhalten, der nicht wagte, ihn nach seinem verlorenen Bein zu fragen oder danach, wie es ihm denn nun so ging als einbeinigem und damit doch recht hilflosem und arbeitsunfähigem Bauern.

Viele Fische fingen wir an diesem Abend nicht, nur drei recht ansehnliche Rotfedern. Doch ging es Henning nicht ums Angeln; er hatte nur endlich seine selbst gewählte Gefangenschaft hinter sich bringen wollen. Und da ich nicht wagte, ihn irgendetwas zu fragen, wollte er viel von mir wissen: Ob meine ungewisse Herkunft mich sehr bedrückte, ob Vater Mewes mir ein guter Vater war, wer meine Freunde waren und immer so weiter.

Als alles gesagt war, schwieg er lange. Bis er kurz entschlossen auf einen der am Ufer liegenden Kähne deutete. »Siehst du den da, den grünen? Den mache ich mir vielleicht flott und dann fahre ich damit auf den See hinaus, bringe Reusen an und werfe Netze aus.«

Und wieder lächelte er so seltsam ernst. »Wird wohl mein neuer Beruf werden. Zum Fischer taugt so einer wie ich noch allemal.«

Ja, im Boot war er nicht auf seine Beine, sondern allein auf seine zwei kräftigen Arme angewiesen. Eine Idee, die mir gefiel, und vielleicht nickte ich deshalb etwas zu begeistert, was ihn gleich ein wenig breiter lächeln ließ. »Gut, Joss! Dann mach ich das.« Er hielt mir die Hand hin. »Und wenn du willst, kannst du mir beim Fischen helfen. Beim Netzeinholen ist es besser, vier Arme zu haben anstatt nur zwei. Außerdem ist's zu zweit nicht so langweilig.«

Ich zögerte keine Sekunde, schlug gleich ein, war ja stolz auf diese Auszeichnung. Ich, noch ein Kind, sollte Abend für Abend mit einem Kriegshelden zusammen sein dürfen? Henning Struve, über den so viel geredet und gerätselt wurde, weil er sich vor allen anderen versteckt hielt, hatte mich, ausgerechnet mich, ausgewählt, sein abendlicher Begleiter zu sein? Das war, als hätte er mir einen Orden an die Brust geheftet. Wie die liebe Sonne um die Mittagszeit muss ich Henning angestrahlt haben, als seine kräftige, warme Hand die meine umschloss.

Wie verabredet, so kam es: Tagsüber ließ Henning sich nach wie vor nirgendwo blicken, doch setzte die Abenddämmerung ein, kam er zu mir, und dann fuhren wir auf den See hinaus, um die Reusen zu überprüfen und Netze auszuwerfen.

Vater Mewes und Mutter Marie unterstützten diese ungewöhnliche Freundschaft, indem sie dafür sorgten, dass meine Arbeit auf dem Hof oder auf den Feldern bis zum frühen Abend getan war.

»Der Henning ist ein feiner Kerl.« Mit diesen Worten gab Mutter Marie mir ihren Segen. »Dem könnte der Franzos auch noch das andere Bein wegschießen, er würde auch dann nicht seinen Mut verlieren.«

Das war nicht übertrieben. Nie beklagte Henning sich über sein schweres Schicksal, nie bemitleidete er sich. Was ihm widerfahren war, betrachtete er als Opfer – ein Opfer, das er seinem Vaterland gebracht hatte und auf das er stolz war.

»Hätten alle so gekämpft wie wir«, sagte er eines Abends zu mir, »hätten die Franzmänner, diese Brandstifter, Diebe und Mörder, uns nicht in so vielen Schlachten geschlagen.«

Ein Abend, der mir in fast jeder Einzelheit im Gedächtnis geblieben ist. Wir waren schon auf dem Rückweg, sachte tauchten wir unsere Paddel in den dünnen Nebel, der über dem See lag, da fragte ich Henning, ob denn wirklich nur der Kaiser der Franzosen ein solcher Teufel wäre. Pfarrer Rohrmoser würde allein auf diesen Napoleon schimpfen, der sei an allem schuld. Aber könne das denn stimmen? Die Brandfackeln auf das Haus meiner Eltern hätte doch nicht der Kaiser selber geworfen.

»Wer sich zum Mörder machen lässt, ist ein Mörder.« Henning musste nicht lange überlegen. »An dieser Weisheit gibt's nichts zu rütteln. Mag dieser Napoleon auch an vielem schuld sein, die Brandfackeln hat nicht er geworfen, und deshalb sind alle, die ihm dienen, um keinen Deut besser als er.«

Nichts anderes hatte ich hören wollen. Henning sah mir das an, und zum ersten Mal erzählte er, wie es zu seiner Verwundung gekommen war.

Er hatte sich, als er aus unserem Dorf verschwunden war, bei den Husaren gemeldet. Die hatten den guten Reiter sofort genommen. Doch nachdem der Krieg verloren war, war der Major, in dessen Regiment Henning gegen die Franzosen gekämpft hatte, mit der Politik der deutschen Fürsten nicht einverstanden. Er wollte es nicht hinnehmen, dass sie sich Napoleon unterworfen hatten und zum Teil sogar zu seinen Verbündeten geworden waren. Dieser Major, ein Herr von Schill, Ferdinand von Schill, glaubte, dass es nur weniger beherzter Männer bedurfte, um ganz Deutschland zu Aufständen gegen die französischen Besatzer anzustacheln. Es müsste, so seine Worte, nur einer ein Zeichen setzen. Und dieser eine wollte er sein. Dem preußischen König jedoch, seinem obersten Kriegsherrn, der sich nach dem verlorenen Krieg Napoleon gegenüber für neutral erklärt hatte, erschienen Napoleons Heere als viel zu mächtig, um gegen sie bestehen zu können. Weshalb er seinem querdenkenden Major befahl, sich mit seinem in Berlin stationierten Regiment nach Königsberg zurückzuziehen.

»Aber da kannte er unseren Major schlecht.« Hennings Stirn, zuvor umwölkt, glättete sich wieder. »Was tat von Schill? Er sagte sich, zu gehorchen ist leicht, sich gegen seinen König zu entscheiden schwer – und wählte den schweren Weg! Zwar rückten wir brav aus Berlin ab, kaum aber hatten wir das Hallesche Tor passiert, ließ der Major halten und verriet uns, dass der Zeitpunkt gekommen sei, an dem nicht allein für den König, sondern für das gesamte deutsche Vaterland gehandelt werden müsse. Er jedenfalls – und das meinte er bitterernst – werde gegen das französische Joch ankämpfen, solange noch ein einziger Tropfen Blut in ihm sei. Doch stelle er jedem frei, sich anders zu entscheiden.«

Stolz sah Henning mich an. »Was aber war unsere Antwort? Nichts als lauter Jubel und Begeisterung! Keiner entschied sich gegen den Major, kein Offizier und keiner von uns einfachen Husaren. So ritten wir weiter – aber nun als Vogelfreie, denn die Franzosen, diese so überaus edlen Herren, erklärten uns zur Räuberbande und setzten auf unseres Majors Kopf eine Belohnung aus. Und dann, ja, dann jagten sie uns! Im Volk aber – in unserem deutschen Volk! – waren wir beliebt. Wo wir auch hinkamen, überall wurden wir mit Begeisterung empfangen.«

Sagte es, lachte noch stolzer – und wurde ernst, sehr ernst. »So war es, bis wir Magdeburg erreicht hatten. Dort stießen wir auf den Feind. Aber nein, nicht, was du denkst! Nicht Franzosen, sondern westfälische Truppen – Deutsche!«

Jetzt sprach er, als hätte er etwas Bitteres im Mund. Ich aber hörte an diesem Abend zum ersten Mal, dass das deutsche Land Westfalen, das ich nicht einmal dem Namen nach kannte, längst von einem Franzosen regiert wurde, einem Bruder Napoleons, der sich »König von Westfalen« nennen ließ.

»Wir schickten einen Parlamentär«, so Henning. »Die westfälischen Truppen, so hofften wir, würden diesem Bruder Lustig, wie sie jenen König von Napoleons Gnaden gern verspotteten, nicht gehorchen, standen sie doch Landsleuten gegenüber … Verdammt noch mal, sie sollten sich uns anschließen, um gegen ihren wahren Feind – die Franzosen! – zu kämpfen. Doch nein, was taten sie, unsere herzigen deutschen Brüder? Sie schossen unseren Parlamentär nieder. Schossen ihn ab wie einen Hasen oder wildernden Hund. Wir waren ihnen nicht mal ein Gespräch wert. Da, Joss, kochte die Wut in uns hoch, mit gezogenem Säbel und lautem Hurra ging's vorwärts, hinein in den Kugelhagel. Viele, sehr viele Kameraden fielen, doch ritten wir weiter, ritten alles nieder, bis die Hundsfotte endlich die Flucht ergriffen.«

Voller Unverständnis schüttelte er den Kopf. »Da sprichst du dieselbe Sprache, singst dieselben Lieder – und sie schießen auf dich, ihren Landsmann. Und warum? Nur weil ein fremder Kaiser es ihnen befiehlt.«

Ich wagte kein Wort zu sagen. Was er mir da erzählte, wie sollte ich das einordnen, ich, Joss aus dem Wald, noch ein Kind? Doch habe ich seine Stimme noch immer im Ohr. – Über das Bein, das er dem Krieg gegen die Franzosen geopfert hatte, sprach er nie so bitter, nie so schmerzerfüllt.

Nach jenem Gefecht bei Magdeburg war die Schillsche Freischar arg zusammengeschmolzen. Doch aufgeben? Sich in alle

Winde zerstreuen, um von den Franzosen nicht gefasst zu werden? Kein Gedanke! Die Husaren ritten weiter – bis vor die Tore der Stadt Stralsund. Dort gelang es ihnen, die französische Besatzung zu überrumpeln und die Stadt zu ihrer Festung zu machen. Doch waren sie viel zu wenige, bereits nach einer Woche rückten sechstausend Franzosen an, um die Stadt zurückzuerobern.

»Sechstausend gegen sechshundert – und nach sechs Tagen fiel Stralsund!«, sinnierte Henning. »Nein, die Zahl Sechs hat uns kein Glück gebracht ... Andererseits aber hatte wohl von vornherein schon festgestanden, wie die Sache ausgehen würde.«

Zu schlimmen Straßenkämpfen war es gekommen, und unter den Toten, die danach in den Gassen und Höfen aufgelesen wurden, befand sich auch Hennings Major.

»Ein Tod, den er uns vorausgesagt hatte. Entweder würde er den Franzosen in die Hände fallen, die ihn wie die Pest hassten, oder dem preußischen Kriegsgericht. Beides hätte er nicht überlebt. Er hatte nun mal die Kriegsgesetze gebrochen, und damit war er schuldig – und das vor Freund und Feind.«

Wir waren längst am Bootssteg angelangt, blieben aber noch im Kahn sitzen. Henning wollte weiterreden, wollte endlich einmal seinem Herzen Luft machen. Den hellen Mond in seinem Rücken, um uns herum das Plätschern des längst nachtschwarzen, im Mondschein glitzernden Sees, erzählte er mir, wie der Kampf um Stralsund zu Ende gegangen war.

»Die Niederlage war ja nicht das Schlimmste. Viel schlimmer war, wie die Franzosen mit uns umgegangen sind. Die meisten unserer Offiziere wurden hingerichtet, alle Kameraden, die aus Westfalen stammten, also Napoleons lustigem Brüderchen unterstanden, erwartete das gleiche Schicksal. Und wer am Leben und unversehrt geblieben war, der wurde verbannt – als Sträfling auf die napoleonischen Galeeren.«

Er holte tief Luft. »Mich rettete der Franzmann, der mir die Granate vor die Füße warf. Mit einem Einbeinigen wollten sich die Herren Sieger nicht belasten. Also: ein scharfer Schnitt, um den traurigen Rest zu entfernen, ein Ast als Krücke – und nun sieh zu, wie du nach Hause kommst, Räuber Struve.«

Ich wollte nicht noch mehr hören; es war alles viel zu schlimm. Henning aber fuhr mit dumpf klingender Stimme fort: »Und weißt du, was sie danach gemacht haben, diese napoleonischen Metzgergesellen? Sie haben unserem toten Major den Kopf abgeschnitten, ihn in Spiritus gelegt und in einem Museum ausgestellt – als ›Warnung‹ und ›Mahnung‹ zwischen den Köpfen und Körperteilen anderer ›Missgeburten‹.«

Tränen stiegen ihm in die Augen. »In Berlin«, stieß er nur noch mühsam hervor, »haben sie unserem Major, der in so vielen Schlachten geglänzt hatte, die Steigbügel geküsst, die Franzosen aber kennen es nicht, dieses Ehre-wem-Ehre-gebührt. Nie, hörst du, nie werde ich ihnen das verzeihen!«

Schweigend machten wir den Kahn fest, schweigend trug ich die Körbe mit unserem Fang zum Struve-Hof, während Henning, die leeren Netze über der Schulter, auf seine Krücken gestützt, neben mir her hinkte.

Erst als wir vor dem Hoftor angekommen waren, machte er wieder den Mund auf. »Hab dir schlimme Sachen erzählt, was? Aber du hast ja selbst Böses erlebt und irgendwann musste ich darüber reden.«

Ich nickte nur still. Wusste ich denn nicht längst, dass es auf der Welt und ganz besonders in einem Krieg oft sehr grausam zuging?

Er sah mich an, als fiele es ihm schwer, sich nach diesem

Gespräch von mir zu trennen. »Weißt du«, sagte er dann, »ich denke noch immer, dass es richtig war, was wir getan haben. Wenn wir auch nicht siegen konnten, so haben wir doch wenigstens gezeigt, dass wir uns zu wehren verstehen.«

Worüber dachte ich in der darauffolgenden Nacht nicht alles nach! Es ehrte mich, dass ich es war, dem Henning als Erstem seine Geschichte erzählt hatte, obwohl sie mir Angst machte. Nach diesem Gespräch wurde er – den ich ja zuvor schon bewundert hatte – erst recht mein Held.

Was sich auch in der Folgezeit nicht ändern sollte. Wie denn auch? Henning war keiner, der sein Schicksal beklagte, jammerte oder mit Gott haderte. Nie hörte ich ihn sich darüber beschweren, dass er etwas nicht mehr konnte, was ihm in den Jahren zuvor doch so selbstverständlich leichtgefallen war. Im Gegenteil, er machte sich über seine Benachteiligung lustig. »Ohne meine Tatzen«, so spottete er über seine Krücken, »müsste ich mich wie eine Blindschleiche vorwärtsbewegen.« Oder er sagte zu einem ganz besonders neugierig seine Ersatzbeine anstarrenden Dörfler: »Wenn ich sie ins Wasser stelle, fangen sie an zu blühen. Willst du ein Sträußlein von mir?«

Selbst wenn ihm das fehlende Bein mal wieder sehr schmerzte, klagte er nicht, sondern schimpfte nur halb böse, halb belustigt mit diesem »Stück von ihm«, das ihn quälte, obwohl es doch längst im Grab ruhte. »Warum, Schuft, tust du mir das an? Bin ich schuld daran, dass du mir nicht mehr dienen darfst? Es waren doch die französischen Froschfresser, die dich unter die Erde befördert haben. Piesacke sie, aber nicht mich!«

Einmal konnte ich nicht anders, da musste ich ihm sagen, wie sehr ich ihn bewunderte. Doch winkte er nur ab. »Was der Mensch nicht ändern kann, das muss er wohl oder übel ertragen. Hab ja noch Glück gehabt, die Granate hätte mich ja auch ganz und gar zerreißen können … Nein, Joss, zwei Beine zu haben, ist eine feine Sache, darf ich aber eines gegen's Weiterleben eintauschen, ist das kein schlechtes Geschäft.«

Blieb die Frage, die sich alle Siebeneichener stellten: Was wurde denn nun aus ihm und Fine Jörns? Noch hatte sie keinem der Freier, die sie umschwirrten, ihr Jawort gegeben. Kam Henning, der ja kein vollwertiger Bauer mehr sein konnte und sich vielleicht gerade deshalb vor ihr versteckte, für sie denn überhaupt noch infrage?

Die meisten sagten Nein. Oder warum sonst hatte die stolze Fine nicht ein einziges Mal nach dem Heimkehrer geschaut, obwohl doch auch sie gehört hatte, was ihm widerfahren war?

Niemand wagte es, Henning nach Fine zu fragen. Ich erst recht nicht. Das blieb so, bis bekannt wurde, dass der Franz Spiegel bei Fines Vater um ihre Hand angehalten hatte. Mutter Marie und Vater Mewes hatten sich darüber unterhalten und so wusste auch ich Bescheid. Mehr besorgt als neugierig sah ich Henning an diesem Abend an.

Er verstand meinen Blick richtig und seufzte traurig. »Kann es etwas Schlimmeres geben, als die Frau von diesem Bierfass Spiegel zu werden? Dieser Dorfkrugglucker würde doch auch eine Eselin heiraten, Hauptsache, sie besitzt ein paar Morgen Land.«

Ich sagte dazu nichts, war ja noch ein Kind. Doch wünschte ich mir, dass Henning einfach mal vor Fine hintrat, um sie zu fragen, ob sie nicht doch seine Frau werden wolle, da sie doch in all der Zeit, in der er fort war, keinen anderen erhört hatte. Auf dem Jörns-Hof gab es Knechte und Mägde, was war so schlimm daran, dass er nicht mehr alle Arbeiten selbst verrichten konnte?

Ich sagte das nicht, doch vielleicht sah Henning mir an, was ich dachte. Am nächsten Morgen, alle konnten es sehen, humpelte er auf seinen Krücken so eilig zum Jörns-Hof, dass jeder wusste, was ihn dort hintrieb.

Fine, gerade erst aus dem Haus getreten, wurde bei seinem Anblick ganz bleich. Er jedoch sagte nichts, blieb vor ihr stehen und sah sie nur an. Das aber weder fragend noch bittend, sondern voller Stolz. Und da soll Fine mit einem Mal ganz rot im Gesicht geworden sein, wie alle, die dabei waren, berichteten; rot wie ein gekochter Krebs. Sie ließ den Korb fallen, den sie gerade in der Hand hielt, stürzte auf ihn zu und fiel ihm um den Hals. Sie hatte, wie es bald überall die Runde machte, Tag für Tag auf diesen Besuch gewartet, es nur nicht fertiggebracht, den ersten Schritt zu tun.

Fines Vater freute diese Wahl nicht, doch kannte er seine Tochter. Er wusste, dass er ihr den einbeinigen Henning nicht ausreden konnte. So gab er am Ende nach und nur wenige Wochen später wurde Hochzeit gefeiert; eine große, sehr große und sehr lustige Dorfhochzeit mit viel Gebratenem und frisch Gebranntem.

Die Kirchenglocke läutete, Musikanten spielten auf, und Maicke, Jeppe und ich und all die anderen schon etwas älteren Kinder durften bis zum späten Abend dabeibleiben und zusehen, wie die Erwachsenen immer weiter tranken und tanzten. Und als dann zu später Stunde Henning die Krücken fortwarf und, sich an Fine festhaltend, mit ihr einen schnellen Galopp tanzte, wie um allen zu beweisen, dass auch ein Einbeiniger tanzen konnte, wenn er eine hatte, die ihn stützte, da war ich nicht weniger glücklich als er.

Blut gegen Blut

Ich freute mich für Henning, obwohl ich befürchtete, dass er bald keine Zeit mehr für mich haben würde. Und, ja, vielleicht auch gar kein Interesse mehr daran hatte, sich mit einem Jungen meines Alters abzugeben.

Doch kam es anders. Schon bald bat er mich, Fine und ihn öfter mal zu besuchen. Und so ruderten wir an manchen Abenden weiter auf den See hinaus – und an anderen wurde der Jörns-Hof mein zweites Zuhause.

Was mir auf diesem großen Hof am meisten gefiel? Die Pferde!

Fines Vater, der bald nach der Hochzeit seinem hohen Alter erlegen war, als hatte er Henning Platz machen wollen, war nebenbei auch Pferdezüchter gewesen. Von überall her kaufte und nach überall hin verkaufte er seine Tiere. Eine Zucht, die Henning weiterbetrieb. Zwar kam er ohne fremde Hilfe nicht mehr in den Sattel, doch wenn er erst mal drin saß, war es wie im Fischerkahn – dann war er kein Tatzen-Henning mehr.

Oft machte er weite Ausflüge auf Hera, seiner so stattlichen, braunweiß gesprenkelten Stute mit den Glutaugen. Als Reiter, so sagte er mal zu mir, gehöre die Welt wieder ihm. Und besonders Hera lobte er oft. »Es ist, als ob sie wüsste, dass mir auf der rechten Seite etwas fehlt, um Druck auszuüben. Sie gehorcht mir blind.«

Nicht lange, und er begann, auch mir das Reiten beizubringen. Nie werde ich vergessen, wie ich zum ersten Mal auf einem Pferderücken saß. Zwar war es nur die lammfromme Hilla, der vorsichtige Grauschimmel, auf dem ich meine ersten Reitversuche unternahm, doch wurde ich mit der Zeit ein wirklich guter Reiter; ein sehr guter sogar, wie Henning meinte.

Zu werden wie Henning, das war mein großes Ziel. Und nicht zuletzt deshalb kam es zu dem großen Schwur, den ich ihm eines Tages leistete; ein Schwur, der mein ganzes weiteres Leben bestimmen sollte.

Vorausgegangen war der Besuch eines reisenden Krämers. Mit einem Planwagen voller Mäntel und Hosen, Jacken und Joppen kam er ins Dorf gefahren, und schon nach wenigen Minuten riss er sein Berliner Maul auf, um uns »Landeiern« seine »hochmodischen und besonders für Bauersleute sehr praktischen« Kleidungsstücke ans Herz zu legen.

Ein lustiger Vogel, dieser Berliner Krämer. Mit seinen Sprüchen kitzelte er uns, bis wir lachten und die eine oder andere Frau ihm mehr abkaufte, als sie benötigte. Er brachte aber auch eine uns zutiefst bestürzende Nachricht mit: Die preußische Königin Luise, die allseits beliebte, noch so junge, hübsche und kluge Frau und Mutter vieler Kinder, die doch fast jeder von irgendwelchen Bilderdrucken her kannte, war gestorben.

Henning traf diese Nachricht bis ins Mark. Er wollte sie zuerst gar nicht glauben. Er verachtete den preußischen König Friedrich Wilhelm III., schimpfte ihn weich und unentschlossen und »schwankendes Schilfrohr«; die Königin hingegen betete er an. »Sie ist ja nicht nur Preußens Luise«, hatte er mir mal vorgeschwärmt, »sie ist vor allem unsere Luise.« Und er hatte mir erzählt, dass die preußische Königin eine geborene Prinzessin von Mecklenburg-Strelitz war und nicht mal der Kaiser der Franzosen sich ihrem Zauber entziehen konnte, als sie ihn nach dem verlorenen Krieg um mildere Friedensbedingungen bat. Nur sei dieser größenwahnsinnige Möchtegern-Kaiser auf ihre Wünsche nicht eingegangen, sondern habe sie wie eine Dienstmagd behandelt.

Ich wusste von dieser Schwärmerei. Wie Henning auf die Todesnachricht reagierte, bestürzte mich dennoch. Erst sah er den Krämer nur schief an, dann schrie er mit einem Mal los: »Narr! Was erzählst du für Märchen? Das kann ja gar nicht sein, sie ist ja noch viel zu jung, um schon ... um schon ...« Er brachte das »zu sterben« nicht über die Lippen.

Der Krämer, ein dicklicher Mann in städtischer Kleidung und mit frech blinzelnden Schweinsäuglein, lächelte über so viel Einfalt. »Ach!«, rief er vergnügt aus. »Sterben in Seinem Dorf nur die Alten? Dann – Hut ab! – lebt Er in einem glücklichen Dorf. Überall sonst auf der Welt ist es anders. In Berlin werden manchmal sogar Kinder beerdigt und keiner fragt sie nach ihrem Einverständnis.«

Als wollte Henning sich mit einer seiner Tatzen auf den fein gekleideten Dicken stürzen, so zorngerötet starrte er den Krämer an. Doch riss er sich zusammen. »Ihr habt recht«, gab er mit beherrschter Miene zurück. »Mancherlei ist möglich, egal ob es uns gefällt oder nicht. Aber wenn Ihr wollt, dass ich Euch glaube, erzählt mehr.«

Der lustige Dicke vergaß seine Röcke, Jacken, Kleider, Schuhe, Stiefel und Schals, stellte sich mitten unter uns, schob beide Daumen in die Armlöcher seiner über dem Bauch spannenden, grün glänzenden Weste und begann zu erzählen. Und das lang und breit, und alles, alles, alles wollte er mit eigenen Augen mit angesehen haben.

Vor neun Monaten erst, so sein Bericht, einen Tag vor Heiligabend, sei das Königspaar nach Berlin heimgekehrt. Zuvor – das wusste ich von Henning – war es vor den Franzosen erst ins ostpreußische Königsberg und danach bis nach Memel geflohen. »Endlich«, so der Krämer, »hatten sie heimgefunden in ihr geliebtes Heimatschloss, wenn auch erst nach über einem Jahr des Zögerns und Zagens. Denn – das wird ja auch bis in euer Dorf vorgedrungen sein – die Franzmänner waren schon im Jahr zuvor von uns abgezogen worden, weil ihr Herr Kaiser seine Truppen mal wieder woanders benötigte.«

Er machte eine Pause, um die Spannung zu erhöhen, dann fuhr er, prahlerisch zwischen uns auf und ab schreitend, fort: »Nun, wir Berliner sind großzügige Leute, wir haben sie dennoch herzlich empfangen, unsere gute Luise und ihren Zitterfritz. Die ganze Stadt war auf den Beinen, überall waren Ehrenpforten aufgebaut. Sogar die Fenster wurden vermietet, und das bei immerhin acht Reichstalern für einen einzigen schmalbrüstigen Fensterplatz.« Er streckte den Zeigefinger aus, um ein Ausrufezeichen zu setzen. »Ja, und als sie dann endlich kamen, liebe Bauersleute, was meint ihr, wie viel Schüsse Ehrensalut da abgefeuert wurden? – Nicht weniger als einhundert! Ein Donnern und Krachen war das, so manches kleine Kind wird sich vor Schreck in die Hosen gemacht haben.«

Ein Raunen ging durch die Reihen. Einhundert Schüsse Ehrensalut! Und acht Taler? So viel Geld, nur um einen Blick auf das heimkehrende Königspaar zu erhaschen?

»Aber das war ja auch ein Anblick!«, begeisterte sich der dicke Krämer, der offensichtlich alles wieder vor sich sah. »Wie da alle brüllten und die Hüte oder Schnupftücher schwenkten, als der feierliche Zug an uns vorüberfuhr ... Meine Wenigkeit stand direkt am Straßenrand, hab dem Königspaar direktemang ins Gesicht sehen können. Zuerst kam unser Flitzefritz geritten, natürlich mit großem Gefolge. Hin und wieder hielt er an und winkte. Dahinter – ich möchte weinen, wenn ich daran denke! – kam sie, unsere gute, liebe, nun leider allzu früh dahingeraffte Luise. In einer mit lila Samt ausgeschlagenen, silberverzierten und von acht Rössern gezogenen Equipage saß sie … Ach, und dann, am Abend, wie erstrahlte da die ganze Stadt im Lichterglanz! Überall war illuminiert worden und alle waren wir glücklich … Na ja, wie hätten wir denn auch wissen können, dass schon der Tod nach ihr griff?«

Er schüttelte den Kopf, als wäre er selbst der Witwer, und wischte sich eine Träne aus den Augen.

»Was für ein Gernegroß!«, flüsterte Henning mir zu, doch sah ich ihm an, dass er dem Krämer endlich glaubte.

Mutter Marie, die ebenfalls aufmerksam zugehört hatte, wollte wissen, woran sie denn nun gestorben sei, die gute Königin Luise.

Eine Frage, die der Krämer nicht beantworten konnte. Ärgerlich hob er die Arme und ließ sie wieder sinken. »Kann ich das wissen? War ich dabei? Unsereins weiß nur, dass sie tot ist und von ganz Berlin beweint wurde und dass sie ein Mausoleum gebaut bekommt, in dem sie ruhen darf, bis der Tag der Auferstehung heran ist. Auch ein Denkmal, so heißt es, wird für sie geschaffen, ganz und gar aus weißem Marmor soll es sein.«

Zwei, drei Minuten starrte Henning den Krämer noch an, dann hinkte er, auf seine Tatzen gestützt, so hastig davon, dass ich Mühe hatte, ihm zu folgen. Als ich ihn endlich eingeholt hatte, glaubte er, dass er mir eine Erklärung schuldig war. Doch wollte er, so kurz nachdem er diese Nachricht erhalten hatte, noch nicht darüber reden.

»Wir sprechen morgen darüber, ja?«, bat er mich. »Morgen Abend, auf dem See. Jetzt muss ich erst mal ein bisschen mit mir allein sein.«

Der Tag danach war ein besonderer Tag – mein dreizehnter Geburtstag! Mutter Marie war der festen Überzeugung, dass auch ein Junge, der seinen wirklichen Geburtstag nicht kannte, einmal im Jahr sein Ältergewordensein feiern musste. Und dieser Tag sollte Jahr für Jahr jener sein, an dem Vater Mewes und sie mich im Wald gefunden hatten.

Es gab keine große Feier, das war im Dorf nicht üblich. Nur Hochzeiten und Beerdigungen waren Großereignisse. Ein Apfelkuchen wurde gebacken, es war ja Herbst, und als Geschenk wurde mir die neue Hose überreicht, die Mutter Marie dem Krämer tags zuvor abgekauft hatte. Und am Abend fuhren Hennig und ich auf den See hinaus, um die Netze auszuwerfen und die Reusen zu leeren.

Es war einer dieser schönen Herbstabende. Ein heller Mond schwamm im See, die Sterne blinkten, als wollten sie uns grüßen. Ich hatte Henning ein Stück Geburtstagskuchen mitgebracht; während er aß und ich ruderte, wartete ich auf das, was er mir sagen wollte. Doch wollte er, kaum hatte er aufgegessen, erst noch einmal alles über meine Findelkind-Geschichte wissen.

Am Ende nickte er dann nachdenklich und sagte wieder: »Ja, ja, dir und mir, uns beiden hat der Franzmann böse in die Suppe gespuckt.«

Ich wartete ab, was noch kommen würde, und da sagte er auch schon: »Weißt du, weshalb ich um unsere Luise trauere? Weil sie ein Kerl war! Eine hübsche, junge Frau – und doch viel mehr Kerl als ihr so schwacher, wankelmütiger Mann.«

Und dann sprach er wieder davon, wie »unsere« Königin vor Napoleon hingetreten war, als es in Tilsit um die Friedensbedingungen ging, die Napoleon den Preußen und auch den Russen, gegen die er ja ebenfalls Krieg geführt hatte, auferlegte.

»Dieser sogenannte Frieden von Tilsit, Joss, war nichts anderes als ein großer Raubzug. Trotz all der Bitten unserer Luise hat dieser Teufelsknecht Napoleon sich halb Preußen einverleibt und am Ende auch noch eine Kriegsentschädigung verlangt, so hoch, dass sie in fünfzig Jahren noch nicht abgezahlt sein wird.«

Ich hatte die Ruder niedergelegt, um besser zuhören zu können; mit einer Handbewegung bat Henning mich, mit dem Weiterrudern noch zu warten. »Und unsere deutschen Fürsten von Napoleons Gnaden, was tun sie? Sie nehmen diese Demütigung zur Kenntnis und parieren! Dieser korsische Hundsfott regiert in Deutschland wie der Fuchs im Hühnerstall, setzt Könige ein und stürzt Minister, unsere Fürsten aber hocken auf ihren Thronen und hoffen nur auf eines: Hoffentlich beißt er *mich* nicht. Und damit er sie nicht beißt, paktieren sie mit ihm. Was aber ist das Ergebnis dieser Tu-mir-nichts-Politik? Uns einfachen Leuten stehlen die Franzosen die Wurst vom Brot, den Fürsten plündern sie die Schlösser leer. Und dennoch lecken sie dem Tyrannen die Finger ab, als klebte süße Soße dran.«

Für Pfarrer Rohrmoser war an allem allein der Kaiser der Franzosen schuld, die deutschen Fürsten, vor allem aber den Preußenkönig verteidigte er. »Friedrich Wilhelm ist ein gutherziger Mann«, hatte er schon mehrmals von der Kanzel gepredigt. »Wären alle Fürsten wie er, gäbe es keine Kriege. Schande über den Kaiser der Franzosen, nicht aber Schande über jene, die des lieben Friedens willen zu seinen Opfern wurden.«

Vorsichtig fragte ich Henning, ob denn der Herr Pfarrer mit seiner Ansicht nicht auch recht habe. Ein wenig vielleicht.

Hennings Antwort: »Meinetwegen darf der Berliner Fritze ein Herz aus Gold haben, nur, verdammt noch mal, er sollte überhaupt eins haben. Preußen, Joss, war doch mal ein starkes Land. Der ›Alte Fritz‹, Friedrich II., das war ein König! Unter dem war Preußen eine Macht. Was aber ist daraus geworden? Ein Duckmäuser-Staat! Und haben wir Deutschen denn eine andere Hoffnung? Wenn nicht Preußen oder Österreich, welches deutsche Land sollte sich dann gegen Napoleon erheben? Mit Nachgiebigkeit nach dem Motto ›Schlägst du mir auf die eine Wange, halte ich dir auch noch die andere hin‹ weist du keinen Feind in die Schranken. Mit einer solchen Politik sorgst du allein dafür, dass seine Gelüste immer größere Ausmaße annehmen.«

Er verstummte, um längere Zeit still in sich hineinzustarren, und vorsichtig ruderte ich weiter, bis er erneut die Hand aufs Ruderblatt legte. Ernst wie nie zuvor sah er mich an. »Joss, wenn wir Deutschen irgendwann wieder in Freiheit leben wollen, dann müssen wir sie uns erkämpfen. Niemand wird sie uns schenken. Und haben wir sie nicht mit unserem Blut erkämpft, haben wir sie nicht verdient. Mein Major wird recht behalten: Es gibt keinen anderen Weg, morgen oder übermorgen müssen wir, das einfache Volk, uns bewaffnen und die Franzosen aus dem Land jagen. Und das, ohne erst die allergnädigste Erlaubnis unserer Fürsten einzuholen. Wir müssen unsere hohen Herren dazu zwingen, sich zu ihrem Volk zu bekennen. Sonst bleiben wir auf ewig Sklaven der Franzosen.«

Ich wollte den Blick senken, konnte diese brennenden Augen nicht länger ertragen; er hob mein Kinn an, um mir weiter bis in den Grund meiner Seele blicken zu können. Und dann fragte er auch schon: »Wenn es eines Tages darum geht, uns von der französischen Pest zu befreien, bist du dabei? Wirst du dich und mich und deine Eltern und Geschwister rächen? Schon bald bist du alt genug dafür.«

Der nachtschwarze See, der helle Mond, die glitzernden und blinkenden Sterne und die Rufe der Nachtvögel aus dem nahen Wald – hätte es eine eindrucksvollere Kulisse geben können, um mir diese Frage zu stellen?

Stumm, aber mit fest entschlossenem Blick nickte ich.

Henning genügte das nicht. »Schwöre es!«, bat er mich mit heiserer Stimme. »Schwöre mir, dass du mithelfen wirst, uns beide, deine Eltern und Geschwister, unsere Königin und unser ganzes unfreies Deutschland zu rächen, wenn erst der Tag dafür gekommen ist. Und sage es laut, ein Schwur muss laut ausgesprochen werden.«

»Ich schwöre es!« Ich sagte es laut, sogar viel zu laut. Meine Stimme hallte weit über den See.

»Gut!« Endlich war er zufrieden. »Ich wusste, dass du nicht kneifst. Und glaube mir: Der Tag wird kommen! Und hätte ich noch beide Beine, ich wäre der Erste, der wieder gegen den Franzmann ziehen würde. Blut gegen Blut, anders werden wir unsere Ehre nicht zurückerlangen.«

Was hätte ich darauf antworten sollen? Henning Struve – er hatte mir mal wieder aus dem Herzen gesprochen.

Zweiter Teil Die Schwarze Schar

Ins Feld! Ins Feld!

Ich war kein Schwätzer und ich war kein Angeber. Der Schwur, den ich Henning geleistet hatte, war mir heilig. Wann es aber so weit sein würde, mein Versprechen einzulösen – darüber dachte ich nicht nach. Es gab so viel anderes, das mich beschäftigte.

Da war die tägliche Arbeit im Stall und auf den Feldern. Da war Jeppe, der sich in jeder freien Minute zu mir gesellte, um mir von seinen Träumen zu erzählen. Und da war Maicke. Vor allem Maicke! Je älter wir wurden, desto häufiger hockten wir zusammen.

Nichts, so dachte ich in jenen Jahren, würde Maicke und mich je trennen können. Heute frage ich mich, weshalb ich, wenn ich mit Maicke zusammen war, kein einziges Mal von meinem Schwur sprach. Wir redeten doch sonst über alles Mögliche, hatten keinerlei Geheimnisse voreinander. Schob ich den Gedanken daran fort, weil ich jede Trennung von Maicke fürchtete? Oder beschämte mich schon jetzt die Enttäuschung, die ich ihr eines Tages bereiten musste?

Im Oktober 1812 feierte ich meinen fünfzehnten »Geburtstag«. Aber ob ich in Wahrheit nicht längst sechzehn oder älter war? Ich war so groß geworden, dass ich auf Vater Mewes und Mutter Marie herabblicken konnte. Mein ehemals sehr helles Haar war nicht mehr ganz so blond, meine Augen blickten selbstbewusster. Aus dem Kind, das sie im Wald gefunden hatten, so staunte Mutter Marie ein ums andere Mal, sei über

Nacht ein junger Mann geworden. Nicht selten lobte sie meinen Fleiß und meinen Verstand vor anderen so überschwänglich, dass es mich genierte.

Es kam der Sommer 1813. Und damit jener Tag, an dem mein Leben eine Wendung nehmen sollte.

An diesem frühen Augustmorgen zog Vater Mewes mit mir zur Heumahd hinaus. Sense über der Schulter, Wetzstein im Brotbeutel, so schritten wir der gerade erst am Horizont aufgehenden roten Morgensonne entgegen, und nichts, aber auch gar nichts deutete darauf hin, dass die Zeit heran war, meinen Schwur zu erfüllen.

Das rhythmische Sausen der Sensen, als Vater Mewes und ich nebeneinanderher über die noch taufeuchte Wiese schritten, ich habe es noch im Ohr. Wetzte Vater Mewes seine Sense, tat ich es ihm nach. Alles schweigend, alles wie immer. Ein friedlicher Tag – bis mit einem Mal ein großer Trupp schwarz gekleideter Reiter auf uns zugeritten kam.

Ich erschrak nicht wenig. Waren das Franzosen?

»Nein«, beruhigte mich Vater Mewes. »Siehst du nicht die Tschakos? Das sind Unsrige.«

Im lockeren Trab kamen die Reiter näher, und zwei von ihnen zügelten ihre Pferde erst, als sie direkt vor uns standen. Der eine ritt einen wunderschönen Schimmel und trug mit goldenen Tressen eingefasste Schulterklappen – ein Offizier –, der andere saß auf einer stämmigen Fuchsstute und silberne Tressen schmückten ihn.

»Sag Er mir, wie das Dorf heißt«, verlangte der Offizier ohne jeden Morgengruß und wies auf das etwas unterhalb unseres Feldes gelegene Siebeneichen, das aus dieser Entfernung nur schwach zu erkennen war.

Vater Mewes runzelte erst nur die Stirn, dann antwortete er.

Diese Männer, das sah ich ihm an, gefielen ihm nicht. Er hätte sie lieber vorbeireiten sehen.

Ich hingegen war voller Bewunderung. Jener noch so junge, hoch aufgeschossene, schlanke Offizier auf seinem Schimmel – eine imposante Erscheinung! Dunkle, fast schwarze Locken waren unter dem hohen Tschako zu erkennen; ein schmaler Backenbart und ein eleganter Schnurrbart zierten sein Gesicht. Mehrere blasse Narben an den Wangen – Studentenschmisse, wie ich später erfuhr – verliehen ihm einen Hauch Verwegenheit.

»Und wie groß ist es, dieses Siebeneichen?«, fragte der Offizier weiter, doch klang seine helle Stimme trotz Vater Mewes unwilliger Auskunft nicht unfreundlich. »Ist Verpflegung möglich?«

»Wir sind ein eher kleines Dorf, Herr Leutnant«, so Vater Mewes mit noch immer mürrischem Gesicht. »Reiten Sie doch weiter nach Camin, in der Stadt ist besser biwakieren.«

»Überlass Er das uns, wir sind nicht erst seit gestern im Krieg«, mischte sich da mit strenger Miene der Reiter mit der Fuchsstute ein, ein noch bartloser, doch auf mich bereits sehr männlich wirkender Jüngling. Die großen, aufmerksam blickenden Augen, die kühn geschwungene Adlernase, das ausgeprägte Kinn; ein Gesicht, wie für den Krieg gebacken.

Vater Mewes blickte erst den einen, dann den anderen an. Schließlich nickte er. »Das glaub ich Euch gern. Die schwarzen Uniformen verraten die Herren Jäger.«

Die Herren Jäger? Hatte ich richtig gehört? Ich musste in diesem Augenblick ein so verdutztes Gesicht gemacht haben, dass der Leutnant sich ein Lächeln nicht verkneifen konnte. »Ja, wir sind die Schwarzen Jäger«, rief er so stolz, dass seine Stimme noch heller klang. »Und wir jagen keinen Geringeren als den, der noch immer Herr der Welt sein will. Dürfen wir hoffen, dass Er und alle Siebeneichener mit ihren Herzen auf unserer Seite sind?«

Von den Schwarzen Jägern hatte ich schon gehört. Henning Struve hatte mir von ihnen erzählt. Sie waren keine regulären Militärs, sondern allesamt Freiwillige aus allen möglichen deutschen Ländern. Der Auftrag, den sie sich selbst erteilt hatten: den napoleonischen Truppen im Rücken so viel Schaden zuzufügen wie nur möglich. Anfangs waren sie – wie Jahre zuvor Hennings Regiment – bei der Obrigkeit nicht sehr gelitten. Man traute ihnen nicht, weil jeder Einzelne von ihnen nicht auf den preußischen König, sondern auf das deutsche Vaterland vereidigt war. Im Frühjahr jedoch, so Henning, habe der preußische König seine Politik geändert und den Franzosen endlich den Schandfrieden von Tilsit aufgekündigt. Und als da der Major von Lützow, der die Schwarze Schar anführte, den Antrag stellte, ein »Königlich Preußisches Freikorps« bilden zu dürfen, um ebenfalls gegen die Franzosen zu Felde zu ziehen, wurde dem stattgegeben. Ebendiesen Major aber kannte Henning gut, weil auch der Herr von Lützow einst zu den Schillschen Husaren gehört hatte. Erst nach dem Gefecht bei Magdeburg, als er sich – durch einen Schuss in die Brust schwer verwundet – vor dem Feind verstecken musste, hatten sich ihre Wege getrennt.

An all das musste ich denken, als die beiden Männer in den kurzen, schwarz gefärbten, rot abgesetzten und mit goldenen Knöpfen verzierten Röcken von ihren Rössern auf Vater Mewes und mich herabblickten. Hinter ihnen, einem schwarzen Wall gleich, etwa hundert weitere Uniformierte. Die hohen, oft abenteuerlich ausgebeulten Tschakos. Die Fangschnüre und breiten Schulterriemen mit den Patronentaschen. Am Koppel jeder seinen Hirschfänger, auf dem Rücken den Tornister mit dem Mantel und dem Kochgeschirr, dazu all die Säbel und Gewehre … Mein Herz schlug höher. Ich wusste oder ahnte es: Der Zeitpunkt, an dem ich meinen Schwur einlösen durfte, er war gekommen. Einzige Frage: Würden diese Männer mich mitnehmen?

Ob Vater Mewes mir meine Begeisterung ansah? Ihm war dieser Besuch nach wie vor unwillkommen und so wollte er dem Leutnant seine letzte Frage nicht beantworten. Auf das Verbergen und Bewirten der Schwarzen Jäger hatten die Franzosen die Todesstrafe ausgesetzt. Für sie waren diese Männer keine Freiheitskämpfer, sondern *brigands noirs* – Schwarze Banditen. Wer sich mit ihnen abgab, brachte sich, seine Familie, ja sogar sein ganzes Dorf in Gefahr.

Der Leutnant wurde ungeduldig. »Alter«, sagte er, »wir wollen nicht ewig in Seinem Dorf Quartier nehmen. Wir verlangen nichts als ein Stück Wiese für einen Tag und eine Nacht und ein bisschen was für den Magen. Ist Er nun Deutscher oder nicht?«

Wieder sah Vater Mewes erst den Leutnant und dann den Bartlosen an. Endlich rieb er sich mit zwei Fingern die Nase. »Nun gut! So reitet weiter. Am See ist eine Wiese, und in unseren Vorratskammern wird sich schon was finden lassen, wenn Ihr wirklich nur einen Tag bleiben wollt.«

Da lachte der Leutnant laut. »Wir werden Ihm seine Vorräte schon nicht wegfressen, sind ja keine Franzosen. Auch hat Er Glück! Wir sind nur eine Streife und nicht das ganze Korps. Aber immerhin: Er sei bedankt.«

Der Bartlose mit den silbernen Tressen lachte nicht. »Gibt es in Seinem Dorf junge Männer, die mit Säbel und Gewehr umgehen können?«, fragte er Vater Mewes mit gekrauster Stirn.

»Oder solche, die ein mutiges Herz haben und den Umgang mit Waffen erlernen wollen?«

Worte, die mich wie ein Blitz durchzuckten. Ich – wer, wenn nicht ich? – war ein solcher junger Mann.

Vor Freude muss ich unruhig geworden sein. Doch bevor ich etwas sagen konnte, warf Vater Mewes mir schon einen mahnenden Blick zu, sodass ich lieber den Mund hielt. »Natürlich gibt's in unserem Dorf junge Burschen«, antwortete er dem Bartlosen heiser. »Doch die werden gebraucht. Die Ernte steht an. Aber fragt nur, wer mit euch reiten will. Wofür einer sein Leben einsetzen will, das muss jeder selbst entscheiden.«

Erneut lachte der Leutnant. »Er ist mir ja ein schöner Philosoph. Wenn alle so dächten, lebten wir Menschen wie die Vögel – jeder in seinem Nest allein die eigenen Eier ausbrütend.« Sagte es, lachte noch mal und ritt zusammen mit dem Bartlosen zu seinen Kameraden zurück. Vor einem Offizier mit kurzem, lockigem Vollbart erstattete er Meldung, dann ritt der Trupp auf unser Dorf zu.

Ich starrte ihnen nach, bis sie hinter einem flachen Hügel verschwunden waren. – Würden sie mich aufnehmen? Waren sieben Jahre des Ausharrens und Wartens auf den Tag der Rache genug?

Vater Mewes sah mich an – und seine Stirn umwölkte sich noch mehr. »Was spukt da in deinem Kopf?«, fuhr er mich an. »Wieso schaust du ihnen nach, als wüssten sie den geraden Weg ins Paradies? Sie wollen diesen Napoleon verjagen. Na gut, sollen sie es tun! Was ändert sich dadurch an unserem Leben? Ob nun dieser Napoleon, irgendein Friedrich, Wilhelm oder August, uns regieren andere Fürsten – Fürsten mit Namen Frühjahr, Sommer, Herbst und Winter.«

Er legte den Arm um mich. »Joss! Die Herren in ihren Schlössern wechseln. Ist der eine weg, müssen wir unter einem anderen weiterleben. Wir haben Glück, sind niemandes Knecht, unsere Scholle ist klein, aber sie gehört uns. Sollen die da oben sich doch bis aufs Blut bekämpfen, wir haben unsere eigenen Gefechte auszutragen.«

Sagte er das aus Überzeugung? Nein! Ich sah es ihm an: Es war allein die Angst um mich, seinen Sohn, die ihn so reden ließ. Und da brach es auch schon aus ihm heraus: »Ja, es ist gut, wenn die Franzosen endlich aus den Ländern vertrieben werden, in denen sie so viel Unheil angerichtet haben. Doch lohnt es sich, dafür sein Leben einzusetzen, wenn man noch so jung ist wie du?«

Wusste er, was ich Henning Struve geschworen hatte? Ahnte er, dass ich Rache üben wollte?

Ich blickte ihm in die Augen und sah: Er wusste es nicht! Aus ihm sprach allein die Sorge um den Sohn. Ein Grund, mich zu schämen. Doch ein Schwur war ein Schwur. Ich musste und wollte ihn einlösen.

Den ganzen langen Tag auf der Heuwiese war ich ungeduldig und nervös. Immer wieder sah ich die Schwarzen Jäger herangeritten kommen, sah ich die beiden jungen Männer vor mir, die mit Vater Mewes gesprochen hatten.

Vor allem das Gesicht des Bartlosen konnte ich nicht aus dem Kopf bekommen. Was, wenn er der Bruder war, von dem Grotmudder Tattermusch gesprochen hatte? Fast wünschte ich mir das. Warum sollte es solche Zufälle denn nicht geben? Hatte sie denn nicht gesagt, ich müsste ihn nicht suchen, er würde mich finden?

Am Abend hätte ich müde und erschöpft sein müssen, doch

hellwach strich ich um das Biwakfeuer der Freischärler herum. Die Flammen schlugen hoch, das Holz prasselte und knackte und mit hitzegeröteten Gesichtern sangen die Männer in den schwarzen Röcken ihre Lieder.

»Frisch auf, ihr Jäger, frei und flink!
Die Büchse von der Wand!
Der Mutige bekämpft die Welt.
Frisch auf den Feind! Frisch in das Feld!
Fürs deutsche Vaterland!«,

sangen sie und:

»Ins Feld, ins Feld! Die Rachegeister mahnen.
Auf, deutsches Volk, zum Krieg!
Ins Feld! Ins Feld! Hoch flattern unsre Fahnen.
Sie führen uns zum Sieg.«

»Ins Feld, ins Feld!«, summte es auch in mir. Durfte ich denn abseitsstehen? Ich, Joss aus dem Wald, dem der Feind alles genommen hatte, was sich nur denken ließ?

Der schöne Leutnant gab den Ton an. Mit dem Offiziersdegen an der Seite, den goldenen Tressen auf den Schulterklappen und dem im Schein des Feuers glänzenden schwarzen Samtkragen saß er mitten unter den jungen und älteren, zumeist bärtigen Männern. In den Händen eine Gitarre. Geschickt glitten seine schmalen Finger über die Saiten, mit leidenschaftlich lauter Stimme übertönte er alle anderen. Den Text, so erfuhr ich später, hatte er selbst gedichtet.

Mit im Kreis: Henning Struve. Ich hatte gesehen und gehört, wie der Offizier mit dem kurzen, lockigen Vollbart, der, wie ich nun wusste, der Major von Lützow selbst war, ihn begrüßt hatte. »Einer meiner alten Kameraden«, hatte er zu seinen Männern gesagt. »Ein tollkühner Kerl! Von dem könnte sich so mancher eine Scheibe abschneiden.«

Rot wie ein kleiner Junge war Henning geworden, als er so über sich reden hörte. Er musste erzählen, wie er die Gefechte um Stralsund miterlebt und dabei sein Bein verloren hatte; jetzt saß er zwischen all den Männern, denen er sich zugehörig fühlte, und glücklich stimmte er in jeden Gesang ein.

Unterdessen suchte ich meinen »Bruder«. Doch konnte ich ihn lange nirgends entdecken. Der bartlose Jäger mit den silbernen Tressen war mit zwei anderen Jägern im Dorf unterwegs, um nach jungen Burschen Ausschau zu halten, die Lust hatten, sich der Schwarzen Schar anzuschließen. Als seine Kameraden und er sich danach wieder dem Feuer näherten, war sein Gesicht von Enttäuschung gezeichnet.

Der Leutnant unterbrach Gesang und Gitarrenspiel. »Na, Thies?«, fragte er lächelnd. »Wenn dein Gesicht nicht lügt, war deine Mission vergeblich.«

»Es war, als hätten wir versucht, Steine anzuzünden.« Jener »Thies« lachte böse. »Da glimmte nichts. Immer nur: Erntezeit, die Felder, das Vieh … Proviant wollen sie uns geben, mehr als unsere Gäule tragen können. Aber sonst? Wasch mir den Pelz, aber mach mich nicht nass.«

Der Major, ebenfalls am Feuer sitzend, zuckte bedauernd die Achseln. »Es sind keine unredlichen Gründe, die sie anführen. Bauern dürfen nun mal nicht einfach alles im Stich lassen. Außerdem«, er winkte ab, »was nützen uns Kämpfer ohne Kämpferherz? Lieber tausend Jäger, die heißen Herzens voranstürmen, als hunderttausend, die beim ersten Schuss zu Hasen werden.«

Jener Thies biss sich auf die Lippen. Es war ihm deutlich anzusehen, dass er mit dem, was der Major gesagt hatte, nur teilweise übereinstimmte. »Aber Herr Major«, wandte er nur leise ein, »muss denn jetzt nicht jeder über seinen Schatten springen? Oder leben unsere Bauern in einem anderen Vaterland? Sie haben doch Väter und Mütter oder Frauen und Kinder, die auf die Felder gehen können. Und so mancher besitzt ein Pferd und ist ein guter Reiter. Genügend Säbel und Büchsen hätten wir bald erbeutet.«

»Ach, Thies!« Der Leutnant griff wieder in die Saiten, um ein paar Töne anklingen zu lassen. »Mit dir ist's immer dasselbe: Du stellst zu hohe Anforderungen. Wir Menschen sind nicht alle gleich. Der eine stemmt sich dem Druck, der auf ihm lastet, entgegen, der andere ist zufrieden, solange er nicht völlig niedergedrückt ist. Und der Bauer klebt nun mal an seiner Scholle fester als am Herrn im Himmel.«

Und damit stimmte er ein neues Lied an.

Mit aufgestellten Ohren hatte ich den drei Männern zugehört. Dieser Thies hatte mir aus dem Herzen gesprochen. Als er sich nicht zu den anderen setzte, sondern sich zu den Wachen begeben wollte, die dafür sorgten, dass keiner der Männer uns Dörflern etwas wegstahl, trat ich ihm in den Weg.

»Herr Offizier!«, stotterte ich vor Erregung. »Heute Morgen habt Ihr gesagt, es dürften sich auch solche den Jägern anschließen, die den Umgang mit der Büchse und dem Säbel erst noch lernen müssen. Ich … ich will das lernen. Ich … ich möchte mitreiten.«

Mit erstaunt hochgezogenen Augenbrauen sah er mich an. »Sei Er nicht so aufgeregt, Junge. Wie alt ist Er denn?«

»Siebzehn«, log ich – und ärgerte mich auch schon über

mich selbst: Warum hatte ich nicht achtzehn gesagt? Groß genug war ich doch.

Längere Zeit musterte er mich, dann sagte er: »Ich bin nur Oberjäger, nicht Offizier. Ja, und hat Er denn ein Pferd? Zwar gehört zu uns auch Infanterie, aber die ist weit. Und wer von ›mitreiten‹ spricht, der will ja wohl ein Jäger werden.«

Ich hatte kein Pferd, hoffte aber, eines geliehen zu bekommen. Von Henning. Wenn er wollte, dass ich ihn und mich und unser ganzes Vaterland rächte, weshalb sollte er mir nicht helfen, den mir abverlangten Schwur zu erfüllen? Noch dazu, da es seiner Fine und ihm an Pferden nicht mangelte.

»Ich hab eins«, log ich weiter. Und fügte noch hinzu: »Und ich bin ein guter Reiter. Das sagen alle, die mich kennen.«

Hoffnungsvoll sah ich den Oberjäger an. Warum sollte er mich denn nicht nehmen? Er hatte doch gerade erst gesagt, wie schlimm er es fand, dass er im Dorf niemanden gefunden hatte, der sich der Schwarzen Schar anschließen wollte. Und ich war groß und kräftig und nicht ohne Pferd; meine Bereitschaft, ein Jäger zu werden, musste ihn freuen.

Ach, am liebsten hätte ich diesen bartlosen Thies noch im selben Augenblick gefragt, ob er denn keine Geschwister hatte und ob sich darunter nicht auch ein vermisster Junge in meinem Alter befand. Nur leider: Das durfte ich nicht, hatte ich ihm doch vorgelogen, bereits siebzehn zu sein. Der vermisste Bruder aber durfte höchstens fünfzehn oder sechzehn sein.

Eine Hoffnung und ein Traum, von dem der junge Oberjäger nichts ahnte. Er blickte nur nachdenklich.

Zweifelte er an dem Alter, das ich ihm genannt hatte? Der Statur nach siebzehn, dem Gesicht nach vierzehn? Schließlich fragte er leise: »Was denkt Er denn, was Krieg bedeutet? Glaubt Er, der Franzmann schießt mit Kartoffeln? Zum Krieg gehört auch Sterben. Und ist Er dafür nicht noch ein bisschen zu jung?«

Das klang nicht sehr viel anders als das, was erst wenige Stunden zuvor Vater Mewes zu mir gesagt hatte. Vor Angst, damit endgültig abgewiesen worden zu sein, verlor ich alle Hemmungen und erzählte diesem Thies meine ganze Geschichte – bis hin zu dem Schwur, den ich Henning Struve geleistet hatte.

Aufmerksam hörte er mir zu, und erneut keimte die dumme Hoffnung in mir auf, er könnte womöglich der tapfere ältere Bruder sein, von dem Grotmudder Tattermusch gesprochen hatte. Vielleicht erinnerte ihn meine Geschichte ja an seine eigene Familie?

Doch nein, er fühlte sich an nichts erinnert. Meine Geschichte machte ihn nur betroffen. Mitleid sprach aus seinem Blick – und fast schon Zuneigung. Und da machte ich, um ihn vollends für mich zu gewinnen, einen großen Fehler: Ich sprach von meinem Hass auf die Franzosen und dass ich möglichst vielen von ihnen den Garaus machen wollte, um meine Familie zu rächen.

Sofort verschloss sich sein Gesicht. »Aha!«, sagte er mit belegter Stimme. »Er will seine Familie rächen?«

Ich begriff, dass meine letzten Worte ihm nicht gefallen hatten, konnte aber nicht anders, als begeistert zu nicken. War denn am Feuer nicht von mahnenden Rachegeistern gesungen worden? Ins Feld! Ins Feld! Was konnte er dagegen haben, wenn auch ich mich für das, was meiner Familie und mir angetan worden war, rächen wollte?

Forschend sah er mir in die Augen. »Er hasst die Franzosen?«

Ich konnte wieder nur nicken. Was sollte diese völlig überflüssige Frage? Alle im Dorf hassten die Franzosen; die einen mehr, die anderen weniger. Wie sollte denn ausgerechnet ich, Joss aus dem Wald, dem sie alles genommen hatten, was man einem nur nehmen konnte, sie nicht hassen?

Er sah zu Boden – und als er den Kopf wieder hob, blickte er so streng, als hätte ich ihm mit diesem Nicken einen ganz persönlichen Schmerz zugefügt. »Nun, dann hör Er gut zu: Ich – hasse – die Franzosen – nicht!«

Mir blieb die Luft weg. Was hatte er da gesagt? Wollte er sich über mich lustig machen? »Aber Ihr kämpft doch gegen sie. Sie sind unsere Feinde.«

»Ja«, so seine Antwort. »Ich kämpfe gegen sie. Doch das allein, um mich von ihrer Herrschaft zu befreien, nicht weil ich gern Franzosen umbringe.«

Sagte es, dachte kurz nach und zuckte die Achseln. »Doch will ich Ihm zugestehen, dass es unter uns viele gibt, die nicht anders denken als Er. Nur bei mir, da ist Er leider an den Falschen geraten.«

Und damit drehte er sich um und ging.

Siegen oder sterben

Wie verwirrt ich war! Mit Henning Struves Worten im Ohr war ich zutiefst überzeugt davon gewesen, dass die Schwarzen Jäger vom gleichen, abgrundtiefen Hass auf die fremden Eroberer erfüllt waren wie er und ich. Und nun hatte dieser Oberjäger so ganz anders gesprochen und mich danach stehen lassen wie einen abgestorbenen Baum.

Aber konnte man denn überhaupt auf Leben und Tod gegen einen Feind kämpfen, ohne ihn zu hassen? Zutiefst verstört hörte ich den Freischärlern zu, die noch immer rund ums Feuer saßen und ihre mutigen, todesverachtenden Lieder sangen. Sie wollten, sollte es notwendig werden, ihr Leben der Freiheit ihres Vaterlandes opfern. Ich aber war zurückgewiesen worden. Und das nicht, weil ich für zu jung befunden worden war, sondern allein weil diesem Thies nicht gefallen hatte, wie ich über die Franzosen dachte …

Es war längst finster geworden, das Feuer loderte dadurch umso heller, der Gesang – befeuert durch die Getränke, die den Jägern gereicht worden waren – wurde immer lauter. An einen Baum gelehnt, hörte ich ihnen zu. Und hatte nur eine Hoffnung: Henning. Ich musste mit ihm reden. Der Tag, an dem ich meinen Schwur erfüllen konnte, er war gekommen. Es durfte nicht sein, dass dieser Oberjäger mich so kalt abwies. Vielleicht würde Henning bei dem Major ein gutes Wort für mich einlegen.

Der lange Tag auf der Heuwiese, meine Arme, mein Rücken, die Beine, alles schmerzte mir. Doch war ich noch hellwach.

Was sangen die Männer denn da? Sie sangen davon, dass das ganze Volk sich gegen die fremden Eroberer erheben müsse. Vom Sturm, der losbricht, sangen sie, von Ehre und Blut, von Flammenzeichen am Himmel und den tapferen Herzen, die in ihrer Brust schlugen. Und da sollte ich, Joss aus dem Wald, weiter abseitsstehen? Schlug denn in meiner Brust kein tapferes Herz?

Ich wartete und wartete. Die Männer am Feuer aber wurden des Singens und Trinkens nicht müde. Erst gegen Mitternacht zog sich einer nach dem anderen zurück, um sich, mit Decken und Mantelsäcken bewehrt, zum Schlafen niederzulegen. Und da, endlich, griff auch Henning nach seinen hölzernen Tatzen, um zu seiner Fine heimzukehren.

Ich lief ihm nach und hielt ihn fest. Und im mattroten Schein des niederbrennenden Feuers erzählte ich ihm von meinem Gespräch mit dem Oberjäger.

Henning hatte auch getrunken, doch war sein Blick klar und fest. »Lass dich nicht irre reden«, munterte er mich auf, noch immer stolz und glücklich über sein Zusammentreffen mit den Lützowern. »Hast ja recht, die Zeit des Gehorchens und Abwartens ist vorüber. Was ich heute an neuen Nachrichten erfahren habe – ach Joss, wie hat das gutgetan!«

Und voller Begeisterung erzählte er mir von den preußischen Siegen, die dafür sorgen würden, dass der »große Kaiser der Franzosen« bald nur noch ein »Zwerg-Kaiserlein« sein würde, das allein in seinen Pariser Gärten Soldat spielen durfte. »Bei Möckern, bei Großgörschen und bei Luckau haben wir ihn geschlagen. Und wieso war das auf einmal möglich? Weil der Berliner Zitterfritze endlich den Hintern von seinem Prunksessel bekommen hat. Alle Männer zwischen siebzehn und vierzig Jahren, sofern sie keine armen Hunde sind, die auf Tatzen laufen müssen, hat er zur Landwehr einberufen. Ach Joss!« Er ließ seine Krücken fallen, umarmte mich und presste seine heiße Wange an mein Gesicht. »Endlich, endlich geht's wieder los! Noch fehlt's an Waffen, aber der Kampfeswille ist da. Dieser preußische Fritz, ja, er musste zum Jagen getragen werden! Aber jetzt *ist* endlich er der Jäger und der Kaiser der Franzosen ist der Gejagte.«

Wie schlug mein Herz da gleich wieder etwas höher, wie machten diese Worte mir Mut! Nur schade, dass Siebeneichen nicht zu Preußen gehörte. Dann hätten unsere jungen Männer sich nicht drücken können und ich, groß wie ein Siebzehnjähriger, wäre ganz bestimmt Soldat geworden.

»Wem aber haben wir zu verdanken, dass nun wenigstens die Preußen keine feigen Deutschen mehr sein wollen?«, schwärmte der glückselige Henning weiter. »Den Russen! Ganz allein den Russen! Sie haben dem großen Schlachtenlenker Napoleon das Genick gebrochen. Ohne den Sieg der Russen hätte der preußische Fritz es nie gewagt, sich mit ihnen zu verbünden, und wir hätten weiter unter der Knute der Franzosen stöhnen dürfen.«

Davon hatte er mir bereits erzählt. Im Jahr zuvor war Napoleon in Russland einmarschiert – mit dem größten Heer, das sich denken ließ: Sechshunderttausend Soldaten! Doch dienten in seiner *Grande Armée* nicht nur Franzosen, sondern in der Überzahl die Soldaten seiner Zwangsverbündeten: Spanier, Schweizer, Holländer, Italiener, Polen und viele, viele Bayern und Sachsen und lange auch die Soldaten der preußischen Hilfstruppen. Bis nach Moskau mussten sie marschieren. Dann, in Moskau, geschah das Wunder: Die Moskauer brachten es fertig, ihre eigene Stadt anzuzünden, nur um den Kaiser der Franzosen wieder daraus zu vertreiben. Und so musste er am Ende einen schmählichen Rückzug antreten, der Mann, der über ganz Europa herrschen wollte. Durch den eiskalten russischen Winter flohen seine Truppen heimwärts, zigtausend Soldaten und Pferde starben, Wagen und Kanonen blieben in Schnee und Eis stecken. Er selbst flüchtete im Schlitten und in Kutschen bis nach Paris …

»Ach Joss!« Henning freute sich immer weiter. »Bald ist Schluss mit der Knechtschaft! In einem heiligen Krieg werden wir das fremde Joch abschütteln. Nur schade, dass ich als Jäger nicht mehr zu gebrauchen bin … Siegen oder sterben, so lautet die Parole der Lützower. Siegen oder sterben … Oder sollen wir Deutschen etwa nur Beifall klatschend zuschauen, wie die Russen uns befreien? Berlin haben sie bereits genommen und um Hamburg und Lübeck wird gekämpft. Fehlt nur noch ein kräftiger Tritt in des Korsen Arsch – und er sitzt wieder in Paris.«

Mir glühte der Kopf. Das Feuer in mir, Unmengen neuer Nahrung hatte es erhalten. »Aber ich!«, rief ich. »Was soll ich denn tun, wenn sie mich nicht mitnehmen? Willst du nicht mal mit dem Major reden? Oder mit dem Leutnant? Er hat so schön vom Kampf und von der Freiheit und den Rachegeistern gesungen.«

»Wozu erst lange reden?« Henning kannte keinen Zweifel. »Schließ dich ihnen einfach an. Wer kämpfen will, der darf. Keiner, nicht mal dein Oberjäger, wird dich zu Mutter Marie und Vater Mewes zurückschicken. Sie sind froh über jeden, der zwei Beine, zwei Arme und ein Pferd mitbringt.«

»Aber ich hab ja kein Pferd«, sagte ich da nur noch leise.

»Du hast kein Pferd?« Henning starrte mich an, als hätte ich gesagt, ich hätte auch keine Beine und keine Arme. »Wie kannst du so etwas sagen? Hab ich dir das Reiten beigebracht? Hab ich dir den Schwur abgenommen? Natürlich hast du ein Pferd. Komm nur morgen früh rechtzeitig in den Stall. Sie wollen rasch weiter, sind auf Streife, halten Ausschau nach französischen Nachschublieferungen. Den möcht ich sehen, der dich fortschickt, wenn du auf meiner Hera sitzt.«

Hera? Er wollte mir seine braunweiß gescheckte, glutäugige Hera geben? Nicht die lammfromme Hilla, auf der ich reiten gelernt hatte?

»Na, was denn sonst? Ich gebe dir meine Hera. Die Hilla ist kein Pferd für die Kavallerie. Zieh mit Hera in den Kampf, und bring sie mir zurück, wenn dieser korsische Hundsfott endlich um Gnade winselt.«

Ich hätte ihn umarmen mögen. »Aber«, wandte ich nur noch zaghaft ein, »was ist, wenn ich sie nicht zurückbringen kann?« Lautete die Parole der Lützower denn nicht »Siegen oder sterben«?

Da wurde er böse. »So was darfst du nicht sagen«, wies er mich zurecht. »So was darfst du nicht mal denken. Zum Helden muss man geboren sein, zum Feigling macht man sich selber. Merk dir das! Und vergiss nie: Wer den Feind nicht aus ganzem Herzen hasst, wird ihn auch nur halbherzig bekämpfen. Und wer nur mit halbem Herzen kämpft, der fällt zuerst.«

Wie hätte ich in jener Nacht schlafen sollen? Lange bekam ich kein Auge zu. Ich sah mich mit den Schwarzen Jägern fortreiten, sah mich im Kampf mit den Franzosen, von denen ich noch nicht mal wusste, wie ihre Uniformen oder Gesichter aussahen. Weshalb ich mir die napoleonischen Soldaten allesamt südländisch vorstellte, braunhäutig und noch schwarzhaariger als Jeppe. Wolfsnaturen mit Fuchsaugen.

Später schweiften meine Gedanken ab, hin zu Mutter Marie und Vater Mewes. Der Abschied, der mir bevorstand! Was würde ich zu hören bekommen, wenn sie erfuhren, dass ich ein Lützower werden und mein Leben vielen Gefahren aussetzen wollte? Sie liebten mich, wie ich sie liebte, durfte ich ihnen das antun?

Mutter Marie würde sicher sehr erschrecken, vielleicht auch weinen. Vater Mewes würde sehr enttäuscht sein und mir wieder ins Gewissen reden wollen, nicht anders als während der Heumahd. Er war ein so gütiger, schlicht denkender Mann. Sein Lieblingsspruch: Wer Kartoffeln hat und Brot, kennt sein Lebtag keine Not. Wir hatten Kartoffeln und Brot, wie sollte er mich verstehen können?

Und Jeppe? Und Maicke? Wem sollte Jeppe fortan von seinen Träumen erzählen, und wie würde Maicke mich anschauen, wenn ich ihr sagte, dass ich sie für lange Zeit verlassen wollte – und vielleicht niemals mehr wiederkehren würde?

Wie hatten die Jäger am Lagerfeuer gesungen:

Drum, muntre Jäger, frei und flink,
wie auch das Liebchen weint!
Gott hilft uns im gerechten Krieg!
Frisch in den Kampf – Tod oder Sieg!
Frisch, Brüder, auf den Feind!

Wie auch das Liebchen weint … Ich gebe es zu: So groß mein Wunsch nach Rache und Genugtuung war, in dieser Nacht überfielen mich Zweifel. War das Opfer, das ich meinem Wunsch nach Rache bringen wollte, denn nicht zu groß? Mir ging's doch nicht schlecht bei Mutter Marie und Vater Mewes. Ja, und würde ich unter den Lützowern denn solche Freunde finden wie Henning Struve und Jeppe Jessen? – Und Maicke! Vor allem Maicke! Fiel ich im Kampf, würde sie sicher bald einen anderen Burschen kennenlernen und sicher nur noch selten an mich denken …

Ich steckte in der Zwickmühle, ich wollte Maicke nicht verlieren und ich durfte meinen Schwur nicht brechen. Oder galt ein Schwur, der in noch sehr jungen Jahren geleistet worden war, nicht für alle Zeit?

Aber verflucht noch mal, wer war ich denn, wenn ich all meine Rachewünsche beiseitedrängte, nur um bei Maicke bleiben zu dürfen? Einen Joss, der sich selbst so wenig ernst nahm, den würde doch bald auch Maicke nicht mehr achten können.

Gegen Morgen, als ich endlich doch noch eingeschlafen war, quälte mich wieder jener Traum, von dem ich nicht wusste, ob ich ihn schon mal erlebt oder Grotmudder Tattermusch ihn mir nur eingeredet hatte: das brennende Haus, die Flammen, die nach mir greifen, der Sprung aus dem Fenster. Ein Traum, der mich inzwischen schon öfter gequält hatte und der auch diesmal nur wenige Minuten gedauert haben konnte. Doch wusste ich nach dem Erwachen endgültig, dass ich gar keine andere Wahl hatte, als mich den Lützowern anzuschließen.

In jener Nacht, in der die Franzosen die Brandfackel in das Haus meiner Eltern warfen, hatten sie mein Schicksal vorbestimmt.

Als es Zeit zum Ankleiden war, zog ich als Letztes meine feste Bauernjoppe über, die jetzt – Mitte August – noch viel zu warm war. Aber wusste ich denn, wie lange ich fortbleiben würde?

Bemüht, Mutter Marie und Vater Mewes nicht zu wecken – erst wenn die Lützower losritten, wollte ich sie um ihren Segen bitten –, schlich ich mich in die Küche, um ein Stück Brot und ein kleines Stück Schinken als Wegzehr in mein Sacktuch zu wickeln. Gleich darauf trat ich durch die Tür und blickte zur Seewiese hin. Dort hatten die Schwarzen Jäger ihr Biwak errichtet. Doch was war das? Ich glaubte, meinen Augen nicht trauen zu dürfen: Die, die meine Kameraden werden sollten, waren bereits fort. Allein die verkohlten und zum Teil noch qualmenden Holzreste grüßten spöttisch zu mir her.

Hatte ich zu lange gewartet? Aber der Tag war doch eben erst erwacht, noch ganz dunkelgrau war der Himmel.

Voller Panik lief ich zum Struve-Hof. Henning kam mir schon entgegengehinkt. »Sapperlot!«, rief er. »Verfluchte Hundescheiße! Sie müssen schon mitten in der Nacht aufgebrochen sein. Aber keine Sorge: Du holst sie rasch ein, reite nur immer nach Norden, meine Hera ist eine gute Galopperin.«

Schon bestieg ich die braunweiße, so schlanke und doch stark gebaute und hohe Hera, die, bereits gesattelt, am Struve-Tor festgebunden war. Mutter Marie, Vater Mewes, Jeppe und Maicke – ich dachte nur kurz an sie. Die Bestürzung darüber, dass ich den Aufbruch der Lützower verpasst hatte, ließ mich alles andere vergessen.

Henning, Hera zum Abschied den Hals klopfend, sah mich noch einmal fest an. »Reite los, Junge! Schnapp dir die Franzmänner! Wetz den Säbel auf den Stufen ihrer Schlösser und Kathedralen, und wenn sie fliehen, kenne keine Gnade! Sie haben sie nicht verdient.«

Und dann gab er Hera auch schon einen Klaps und sie galoppierte mit mir davon, hinein in den Morgennebel des Waldes.

Thies Marwick

Ich sehe mich noch durch diesen frühen Morgen reiten. Feuchter, kalter Wind schlug mir ins Gesicht. In der Nacht musste es geregnet haben und vielleicht waren die Schwarzen Jäger allein deshalb noch vor Tagesanbruch weitergeritten.

Ich spürte, mit welcher Laune, ja Abenteuerlust Hera vorwärtsgaloppierte, glaubte sogar, an meinen Schenkeln ihr heißes Blut zu spüren. Einmal strich ich ihr über den Hals, wie um sie zu fragen, ob sie mit mir als Reiter einverstanden war. Und da wieherte sie so laut, als sei sie mir dankbar für unsere Flucht aus dem Dorf. Glücklich über diese Aufmunterung legte ich mein Gesicht an ihre Kruppe. Von unserer Freundschaft hing so viel ab; kein Reiter, so Henning, leistet mehr als sein Pferd.

Doch waren da in mir nicht nur Freude und Neugier, wie alles werden würde. Die Gedanken an Mutter Marie, Vater Mewes, Jeppe und Maicke, wie setzten sie mir zu. Ohne jedes Abschiedswort war ich fortgeritten. Musste ich Mutter Marie und Vater Mewes nicht als zutiefst undankbar erscheinen? Sieben Jahre hatten sie mich umsorgt, leibliche Eltern hätten nicht mehr für mich tun können …

Und auch Maicke musste sich von mir verraten fühlen. Meine einzige Hoffnung war, dass sie und auch Jeppe, Mutter Marie und Vater Mewes irgendwann mit Henning sprechen und erfahren würden, weshalb keine Zeit zum Abschiednehmen geblieben war. Mich auf diese Weise selbst beruhigend, schob ich alle Skrupel von mir fort und redete mir Mut zu: Ich, Joss aus dem Wald, war auf dem Weg zu den Jägern! Unter mir die heißblütige Hera, über mir der Himmel, der langsam blau wurde, in mir das Lied der Lützower:

Frisch auf, ihr Jäger, frei und flink!
Die Büchse von der Wand!
Der Mutige bekämpft die Welt.
Frisch auf den Feind! Frisch in das Feld!
Fürs deutsche Vaterland.

Wie mich dieses Lied erhob! War ich denn nicht so etwas wie ein junger Adler, der endlich seine Flügel ausprobieren durfte? Ich rief mir in Erinnerung, was Henning am Abend zuvor zu mir gesagt hatte, und hoffte, dass die anderen Jäger tatsächlich anders dachten als dieser bartlose Thies.

Wie schlimm, wenn ich – erneut abgewiesen – in unser Dorf hätte heimkehren müssen, dem Spott all derer ausgesetzt, die sich nicht hatten anwerben lassen?

Durch dunkle Wälder und zwischen gelb und prall im morgendlichen Wind wogende Weizenfelder ging der Ritt. Endlich, in einer weiten, baumlosen, bereits von der Frühsonne beschienenen Heidelandschaft hatte ich die Schwarze Schar erreicht. Hera zügelnd, ritt ich nur noch langsam weiter. Ich wollte die Männer vor mir erst mal nur beobachten.

Immer zwei nebeneinander ritten sie, stumm und keinesfalls wirkend, als wären sie auf Franzosenjagd. Nicht lange und sie hatten mich bemerkt. Der Tross hielt und ein Reiter kam mir entgegengesprengt.

Mir klopfte das Herz so laut, dass ich es hören konnte. Was würde passieren, mit wem würde ich sprechen müssen? Hoffentlich nicht wieder mit diesem Thies.

Doch nein, der Lützower, der mir entgegengeritten kam, war ein schon etwas älterer Mann mit brustlangem, rotem Räuberbart und neugierig zwinkernden Augen. Zuerst sah er mich gar nicht an, er musterte nur anerkennend die so imposant gebaute Hera. »Wohin des Weges?«, fragte er danach mit rauer Stimme.

»Wohin?«, gab ich zurück, als hätte er mich etwas ganz Dummes gefragt. »Ich will zu den Schwarzen Jägern, will auch gegen die Franzosen reiten.«

Ich hatte mir vorgenommen, von Anfang an nicht den vom heldenhaften Ruf der Lützower eingeschüchterten jungen Burschen zu spielen. Lieber zu frech als zu verzagt.

Der rote Räuber, der in Wahrheit ein Rittmeister war, dessen Namen, wie ich später erfahren sollte, Rudolf Irritje lautete – »Rudolf irrt nie«, wie er sich selber nannte –, zwinkerte erneut. Diesmal belustigt. »Potz Blitz!«, rief er. »Er denkt, weil Er einen prächtigen Gaul reitet, ist Er schon ein Jäger. Doch nicht mal aus hundert Mäusen wird ein Kater.«

»Ich bin aber keine Maus«, verteidigte ich mich mit stolz erhobenem Kopf. »Und heißt es denn nicht, die Lützower nehmen auch solche, die das Schießen und Fechten erst erlernen müssen?«

»Und warum will Er unbedingt die Franzosen hetzen?«

»Dafür gibt es einen guten Grund.« Ich spielte weiter das Hähnchen, das schon ein Hahn sein will. »Aber den sag ich Euch nicht, den sage ich nur dem Herrn Major.«

Wie hätte ich mich anders geben sollen? Meine Erfahrung mit diesem Thies hatte mich gelehrt, dass es nicht klug war, als Bittsteller aufzutreten. Ich musste mit dem Stiefel gegen die Tür treten, damit mir geöffnet wurde.

»Na, dann!« Mein Räuber Rotbart schmunzelte noch immer.

»Dann will ich Ihn mal vor den Herrn Major führen. Vielleicht hat er ja Verwendung für Ihn. Wir suchen noch einen Fänger.«

Verwirrt ritt ich neben ihm her. »Ein Fänger? Was ist denn das für einer? Was hat er zu tun?«

»Der Fänger«, erklärte mir der Rittmeister mit erhobenem Zeigefinger und ernstem, bedeutungsvollem Gesicht, »das ist der, der mit dem Sack hinter uns herläuft, um die Äpfel aufzufangen, die unsere Rösser verlieren. Sie würden dem Feind sonst verraten, wo wir entlanggeritten sind.«

Oh, wie gern hätte ich ihm darauf mit gleicher Münze heimgezahlt. Doch fiel mir nichts Gleichwertiges ein. Und als ich sah, wie gutmütig er über seinen Scherz lachte, lachte ich mit. Wenn, abgesehen von jenem Thies, alle Jäger so waren wie dieser Rotbart, musste ich mich nicht fürchten.

Nicht viel später standen Hera und ich vor dem Major mit dem lockigen Vollbart. Steif saß der kräftige, gedrungene Mann, der über mein Schicksal entscheiden sollte, auf seinem hochbeinigen Rappen – eine schlimme Verwundung, so erfuhr ich später, war der Grund für diese Steifheit –, tief senkte seine große, leicht höckerige Nase sich auf die Oberlippe, streng blickte er mich an. Als Erstes die Frage nach dem Woher und Wohin.

Mit einem Schlag fiel alles Getue und Gehabe von mir ab. Hatte ich mich vor dem Rittmeister noch aufgebläht, pfiff vor diesem Mann alle Luft aus mir heraus. Verlegen stotterte ich, dass meine Eltern und Geschwister brandschatzenden Franzosen zum Opfer gefallen waren und dass ich – nun siebzehn Jahre alt – ihr Schicksal rächen wollte. Und fügte noch hinzu, dass der ehemalige Husar Henning Struve, den der Herr Major ja kenne, mir geraten habe, mich den Lützowern anzuschließen, und ich sein bestes Pferd ritt.

Auch der Major, so wie fast alle anderen Jäger, hatte Hera schon einige Male bewundernd betrachtet. Kurz dachte er nach, dann blickte er mir in die Augen, und ich hatte das Gefühl, dass er mir bis auf den Grund meiner Seele schaute.

Gleich darauf wandte er sich an seinen Nebenmann, den jungen Leutnant, der mit Vater Mewes gesprochen und am Lagerfeuer so laut und leidenschaftlich gesungen hatte. »Nun, Leutnant Körner, was machen wir mit dem Burschen? Sollen wir uns mit ihm ›verstärken‹?«

Der junge Leutnant, sein Adjutant, wie mir bald darauf klar wurde, nickte lächelnd. »Verstärken wir uns. Der Bursch schaut aus, als ob er meint, was er sagt. Wenn Er uns also Gefolgschaft leisten und keine Gefahr und Strapazen scheuen will – Er sei uns willkommen!«

Ich atmete auf. Das war ja besser gegangen, als ich befürchtet hatte. Doch was geschah nun? Der Leutnant winkte jenen Oberjäger heran, der mir am Abend zuvor eine solche Abfuhr erteilt hatte.

»Oberjäger Marwick«, befahl er, »nehmt den jungen Mann unter Eure Fittiche. Aber passt auf, dass er die Reste der *Grande Armée* nicht ganz allein erledigt. Unsereins will auch noch ein paar Backpfeifen verteilen.«

Die Jäger quittierten diesen Scherz mit lautem Lachen. Ich aber erschrak: Ausgerechnet dieser Oberjäger Thies, der mit Nachnamen also Marwick hieß, sollte mein Ausbilder werden? Was für ein Schlag direkt in die Magengrube! Wären da nicht all die jungen und älteren Männer gewesen, die, auf ihren Rössern sitzend, mal Hera, mal mich mit wohlgefälligen Blicken bedachten, vielleicht hätte ich in diesem Augenblick Hera die Sporen gegeben, um wie der Wind nach Siebeneichen zurückzupreschen. Doch da kam jener Thies schon auf mich zugeritten, zügelte seine Fuchsstute und betrachtete mich stirnrunzelnd.

Unser Gespräch vom Abend zuvor! Wie hätte er das vergessen haben können? Doch ich, wie sollte ich mich nun geben? Verzagt? Schüchtern? Ängstlich? – Nein! Ein Oberjäger war kein Major. Wenn dieser bartlose junge Mann mit der kühnen Nase mein Lehrer werden sollte, musste er von Anfang an wissen, dass mir bei seinem Anblick nicht die Hose flatterte.

So runzelte auch ich die Stirn und blickte genauso missmutig drein wie dieser Thies Marwick.

Er verstand mich richtig, sagte kein Wort, gab mir nur einen Wink: Ich sollte neben ihm reiten. Schweigend befolgte ich den Befehl und gleich darauf setzte der Tross sich wieder in Bewegung.

Wie es in mir brodelte! Hätte es denn schlimmer kommen können? Ausgerechnet jener Jäger, der nicht gewollt hatte, dass ich ein Lützower wurde, war mir zum Ausbilder bestimmt! Ich dachte an Mutter Marie und Vater Mewes, an Henning Struve, Jeppe und Maicke und fragte mich, ob ich nicht doch eine Dummheit gemacht hatte. Eine riesengroße Dummheit sogar. Vielleicht hatten der Major und sein Leutnant mich ja gar nicht meinetwegen, sondern allein Heras wegen genommen. Wenn mir etwas passierte, hatten sie ein wunderbares Pferd mehr.

Dumme Gedanken, die nur durch meine Unsicherheit zu erklären sind und darin gipfelten, dass ich noch längere Zeit erwog, ohne erst lange Adieu zu sagen, wieder zu verschwinden. Würden die Jäger etwa versuchen, mich aufzuhalten? – Nein! Sicher würden sie nur über mich lachen. Allein: Wer war ich dann? Ein prahlerischer Windbeutel und Schwätzer; ein Bursche, den selbst ich mit Er anreden müsste, weil er so tief unter mir stand.

Eine gehörige Portion Sturheit erwachte in mir. Wie ein bockiges kleines Kind ritt ich neben dem Oberjäger her. Nein, ich würde vor diesem Thies Marwick nicht davonlaufen. Das war es ja gerade, was er wollte. Aber da hatte er Pech gehabt, von nun an würde ich mich von niemandem mehr aufhalten lassen. Erst recht nicht von einem Oberjäger, der nur wenige Jahre älter war als ich.

Lange, sehr lange schwiegen dieser Thies Marwick und ich uns an. Die Sonne stand bald hoch am Himmel, die Augusthitze nahm uns die Luft, für jeden schattigen Waldpfad waren wir dankbar; dieses gegenseitige Schweigen aber war die größte Last.

Auch die anderen Jäger – noch am Abend zuvor so vergnügt und sangesfreudig – ritten still vor sich hin. Sagte doch mal einer ein Wort, klang es, als wollte er nur mal Mund und Zunge bewegen, damit ihm seine Stimme nicht einschlief.

Als ich Hunger bekam, nahm ich mein Sacktuch aus der Satteltasche, um mir etwas von dem Brot abzubrechen, das ich mir eingesteckt hatte.

Der Oberjäger bemerkte es und endlich machte er den Mund auf. Er wies auf Hera und sagte: »Er reitet ein stolzes Pferd. Muss ein großzügiger Freund sein, der Ihm das geliehen hat.«

Glaubte er etwa, ich hätte Hera gestohlen? Zuerst wollte ich stur weiterkauen. Sollte er denken, was er wollte. Außerdem: Hatte Henning mir nicht erzählt, dass die meisten Pferde der Schwarzen Jäger auch nur Beute waren? Doch dann juckte es mich, ihm zu antworten und dabei durchblicken zu lassen, dass mein großer Freund Henning ein ganz anderer Kerl mit ganz anderen Ansichten war als er. Auch dass Henning mit dem Major von Schill geritten war und in den Straßen von Stralsund ein Bein, aber nicht seinen Mut verloren hatte, berichtete ich. Und zum Schluss, als dieser schwierige Thies dazu nichts sagen wollte, erzählte ich ihm von dem Schwur, den ich Henning geleistet hatte.

Ich hatte nichts zu verbergen, und es gab nichts, dessen ich mich schämen müsste. Sollte er meine Auskünfte bewerten, wie er wollte.

Der Oberjäger dachte längere Zeit nach, dann seufzte er und sagte ernst: »Du scheinst mir ein aufrichtiger Bursche zu sein. Ich will mir Mühe geben, dir ein guter Lehrer zu werden. Deine Hassgefühle aber solltest du bekämpfen. Im Kampf sind sie eher hinderlich. Zum heißen Herzen gehört ein kühler Kopf, sonst wirst du diesem Henning nie seine schöne Hera zurückbringen können.«

Das war das genaue Gegenteil von dem, was Henning Struve gesagt hatte, nämlich dass, wer nur halbherzig hasste, auch nur halbherzig kämpfte und sich auf diese Weise erst recht in Gefahr brachte. So hätte ich widersprechen müssen, doch hatte etwas anderes mich viel mehr aufhorchen lassen: Dieser Thies Marwick hatte mich geduzt! Zum ersten Mal hatte er nicht Er zu mir gesagt! Ich hatte schon bemerkt, dass die anderen Jäger einander duzten, aber dass der Oberjäger mir so ganz nebenbei das freundschaftliche Du angeboten hatte? Mit einem solch raschen »Friedensschluss« hatte ich nicht gerechnet.

»Du darfst mir glauben«, redete er mit düsterem Blick weiter, »ich hab dir nicht ohne Grund abgeraten, in den Krieg zu ziehen. Hab schon zu viele Burschen wie dich im Kampf fallen sehen. Alles Feuerköpfe, die nicht wussten, worauf sie sich einließen … Deshalb: Du musst mich nicht mögen, Junge, doch beherzige meine Ratschläge. Ich will dir beibringen, wie du dich möglichst gut vor den Kugeln und Säbeln unserer Feinde schützen kannst. Solltest du aber einer von denen sein, für den jede Vorsicht Feigheit bedeutet, werden wir keine Freunde.«

Kurz sah er mich an, dann hielt er mir die Hand hin. »Na denn – auf gute Kameradschaft!«

Und da war mir wieder wie zu Anfang unserer Bekanntschaft, als ich mir ihn zum Bruder wünschte. Sofort schlug ich ein.

Wir ritten den ganzen Tag hindurch. Nur zweimal gab es eine kurze Rast, um die Pferde zu versorgen und selbst ein wenig zu essen und zu trinken. Je höher aber die Sonne stieg, desto gesprächiger wurden die Männer um mich herum.

Einmal, es ging zwischen weiten, bis zum Horizont freien Feldern hindurch, sangen sie sogar. So hörte ich zum ersten Mal das Lied von Lützows wilder, verwegener Jagd, auch von Leutnant Körner gedichtet. *Wildherzige Reiter schlagen die Schlacht,* hieß es darin, *und der Funke der Freiheit ist glühend erwacht und lodert in blutigen Flammen.*

Wildherzige Reiter! Würde ich denn wirklich bald einer von ihnen sein? Ich war als Kind kein Feigling gewesen, den Lützowern aber drohte, wie ich von Henning wusste, sollten die Franzosen sie gefangen nehmen, die Todesstrafe. Kein schöner Gedanke.

Doch musste, wer in den Krieg zog, nicht in jedem Fall damit rechnen, sein Leben zu verlieren? Ob ich im Kampf fallen würde oder standrechtlich erschossen wurde, worin lag der Unterschied? Außerdem: War denn nicht meine gesamte Familie – bis auf einen einzigen Bruder, wie Grotmudder Tattermusch gesehen haben wollte – den Franzosen zum Opfer gefallen? Welches Recht hatte ich, mich an mein Leben zu klammern? Meine Aufgabe war es, den Tod meiner Eltern und Geschwister zu rächen. Und wenn ich ihm dabei selbst zum Opfer fiel, dann wenigstens in dem Bewusstsein, kein schlechter Sohn und Bruder gewesen zu sein.

Die norddeutsche Landschaft mit ihren flachen Hügeln und weiten Tälern. Die glühenden Wälder. Die Getreidefelder, die im hellen Mittagslicht zischelten und flimmerten und sich im heißen Wind bogen. Die so stark duftenden Heuwiesen. Die sattgrünen Kartoffeläcker. Nicht zuletzt die Flüsse, in denen wir die Pferde tränkten – nie werde ich diesen ersten Ritt mit den Lützowern vergessen. Mir war, als hätte mein Leben erst jetzt einen Sinn bekommen.

Doch, natürlich, dieser erste Tag im Sattel war zu viel für mich. Am Abend schmerzten mir Beine, Schultern, Arme, Rücken und Hintern. Steif, als wäre ich eine Gliederpuppe, führte ich Hera nach dem Absitzen zu den anderen Pferden an den nahen Bach, ließ sie trinken, streichelte sie und flüsterte ihr zu, wie stolz ich auf sie war, weil sie doch von allen Lützowern so sehr bewundert wurde.

Thies Marwick beobachtete mich, sagte aber nichts.

Später, am Feuer, aßen die Männer von dem Schinken und dem Brot aus Siebeneichen und dem, was sonst noch so in ihren Satteltaschen steckte. Auch ich – hungrig wie ein Wolf – verschlang, was ich zugeteilt bekam. Gleich danach – einige hatten sich ihr Pfeifchen angezündet, andere unterhielten sich leise miteinander – begann der Oberjäger mit dem Unterricht. Es war ja noch hell, und wann sonst hätte er versuchen sollen, einen Schwarzen Jäger aus mir zu machen?

Er brachte mir eine Büchse und einen Säbel, und ich fragte gar nicht erst, wem beides zuvor gehört hatte. Sicher einem im Kampf gefallenen Kameraden. Mit ruhiger Miene erklärte er mir die Büchse – wo kam die Kugel rein, wie musste ich zielen, wo abdrücken. Wir wiederholten das mehrfach, abdrücken aber durfte ich nicht. Jeder Schuss hätte uns verraten.

Dann: der Säbel. Wie ihn halten, wie damit einen Hieb parieren, wie selber zuschlagen. Er spielte den Feind, und ich merkte bald, wie hoffnungslos unterlegen ich ihm gewesen wäre, hätte ich ernsthaft gegen ihn fechten müssen.

Wir übten, bis die Dunkelheit hereinbrach und, wer nicht Wache stand, von dem Branntwein trank, der durch die Reihen ging.

Auch Thies nahm den einen oder anderen Schluck von dem scharfen Zeug. Als mir die Flasche gereicht wurde und ich sie wortlos an den nächsten Jäger weiterreichte, lachten die Männer. »Ja, Jungchen«, rief der rotbärtige Rittmeister, der mich in Empfang genommen hatte, »mit Milch können wir leider nicht dienen. Da hätte Er schon Seine Kuh mitbringen müssen.«

Wieder lachten die Männer. Doch war es ein gutmütiges Gelächter, keinerlei Häme oder Spott lag darin. Und als ich mitlachte, zwinkerte mein Oberjäger mir zu, als wollte er mir zu verstehen geben: Gut gemacht! Nur nicht die Mimose spielen. Bei uns herrscht ein rauer Ton, daran musst du dich gewöhnen.

Das ermutigte mich, ihn ein wenig auszufragen. Aus welcher Gegend kam er? Hatte er schon einen Beruf?

Bereitwillig erzählte er, dass er von der Ostsee kam – aus der Stadt Wolgast – und dass er, bevor er sich den Jägern angeschlossen hatte, Jura studiert habe. In der Universitätsstadt Göttingen.

Wenn erst die Franzosen aus dem Land waren, so sagte er, wolle er weiterstudieren. »Recht und Gesetz, das hat mich schon immer interessiert.«

Aufmerksam sah er mich an. Fragte er sich, ob ich, der Dorfjunge, ihn auch richtig verstand? »Wir Menschen brauchen solche Festschreibungen«, fügte er noch hinzu. »Wenn Recht und Gesetz uns nicht auf der einen Seite Freiheiten zugestehen, auf der anderen aber Zügel anlegen, in welcher Barbarei lebten wir dann?«

Das war ein ganz anderer Thies Marwick als der vom Vortag. Zwar ein Universitätsstudent, aber weder eingebildet noch besonders stolz auf sein Wissen.

Wieder sah er mich an – und bemerkte, dass ich ihn doch noch nicht so ganz verstanden hatte. »Gäbe es nur Freiheiten, aber keine Zügel«, erklärte er mir bereitwillig, »würden viele Menschen das schamlos ausnutzen. Die Starken würden die Schwachen unterjochen, nicht anders als die Franzosen uns. Es würde Sklaverei und Mord und Totschlag geben und Diebstahl und keinen Funken Moral mehr. Gibt es aber nur Zügel und keinerlei Freiheit, ist das besser?«

Er wartete ab, ob ich ihm diese Frage beantworten wollte; als nichts kam, fuhr er fort: »Nein, das ist nicht nur nicht besser, das ist sogar noch verheerender. Wir Menschen brauchen gewisse Bahnen, in denen wir uns bewegen dürfen wie der Fluss in seinem Bett. Diese Bahnen aber müssen vernünftig und gerecht gestaltet sein, ansonsten würden wir an unserer Unfreiheit ersticken. Oder wir werden gezwungen, uns mit aller Gewalt gegen diese Zwänge zu wehren. Und auch das würde zu Mord und Totschlag führen.«

Ich hatte ihn noch immer nicht ganz verstanden, nickte aber, um mir keine Blöße zu geben.

Er lächelte. »Du bist nie zur Schule gegangen, nicht wahr?«

Eine Frage, die ich für ziemlich dumm hielt. In welchem Dorf gab's denn eine Schule?

»Nun«, sagte der Oberjäger da ganz einfach zu mir, »wenn wir mal Zeit dafür haben sollten, will ich dich gern auch das lehren. Ich finde, jeder Mensch sollte lesen und schreiben können.«

Scherzte er? Oder meinte er das ernst? Ich wusste nicht, wie ich auf dieses Angebot reagieren sollte.

»Was ist?«, fragte er neugierig. »Willst du nicht Lesen und Schreiben lernen?«

Also war dieser Vorschlag ernst gemeint? »Doch!«, konnte ich nur stottern. »Aber wie geht denn das ohne Tinte, Federkiel und Papier?«

Er wiegte den Kopf, als sei das unsere geringste Sorge. »Kommt Zeit, kommt Rat! Nur ist es im Augenblick sehr viel klüger, dir den Umgang mit der Büchse und dem Säbel beizubringen. Was nützen dir alle gelehrten Künste, wenn ein Franzose dir gegenübersteht? Er wird dir keinen Brief schreiben wollen.«

Er lachte, aber das war ein eher trauriges Lachen. Deshalb stimmte ich nicht mit ein.

Die erste Nacht im Biwak der Jäger! Eingehüllt in der Decke, die Thies mir gegeben hatte, versuchte ich zu schlafen, war ja von der fast ganz und gar durchwachten Nacht zuvor und diesem endlosen Ritt todmüde. Doch bekam ich lange kein Auge zu. Bei jeder Bewegung verspürte ich Schmerzen, meine Sinne waren hellwach.

Ich hörte die Pferde schnauben und versuchte, Hera herauszuhören; Hera, die mich so treu als ihren Herrn akzeptiert hatte. Dann schrie ein Käuzchen. Immer wieder schrie es. Oder waren hier gleich mehrere Nachtvögel unterwegs? Auch sie – Jäger!

Irgendwann sah ich wieder Mutter Marie und Vater Mewes vor mir: Mutter Marie, wie sie mit verständnislos-traurigem

Blick vor der Tür stand und unentwegt nach mir Ausschau hielt; Vater Mewes, der, die Sense über der Schulter, mit leerem Gesicht allein aufs Feld hinauswanderte.

Als ich am Morgen losgeritten war, hatte ich schon nach kurzer Zeit alle Gewissensbisse beiseitegeschoben, jetzt waren sie wieder da. Mutter Marie und Vater Mewes, sie hatten meine Untreue nicht verdient. Ja, ich war vom frühen Abmarsch der Lützower überrascht worden und hatte mich nur deshalb nicht von ihnen verabschieden können, dennoch: Ich hätte nicht sofort losreiten dürfen, hätte ihnen unbedingt Dank und Lebewohl sagen müssen.

Später sah ich Jeppe am See sitzen. Sein Gesicht! Er wollte nicht glauben, dass ich ihn im Stich gelassen hatte. Wer verteidigte ihn denn nun vor all den anderen im Dorf? Wer redete mit ihm, wenn er unter seinem Vater oder seinen Geschwistern litt? Ja, auch unter seinen Geschwistern! Ich erinnerte mich daran, wie sie ihn mal mit Faustschlägen und Fußtritten übers Rübenfeld gejagt hatten. Er hatte ihnen beim Rübenziehen zu langsam gearbeitet. Wohl weil er wieder mal träumte. Ich war hingelaufen, um ihn zu beschützen, und hatte mich am Ende mit Bertel, seinem ältesten Bruder, geprügelt, weil der von diesem grausamen Spiel einfach nicht ablassen wollte.

Doch hätte ich Jeppe etwa mitnehmen sollen? Jeppe – ein Schwarzer Jäger? Noch dazu ohne Pferd? Das war undenkbar.

Dann – egal wie sehr ich mich dagegen wehrte – schob sich Maickes Gesicht vor meine Augen. Ihr roter Wuschelkopf, ihre schmalen, schrägen, ganz verwundert blickenden Augen. Auch sie hatte ich – ihr Joss! – im Stich gelassen. Ganz besonders sie! Und noch dazu ohne ein einziges Abschiedswort. Ich hätte heulen mögen. Warum nur hatte der Herr im Himmel gewollt, dass ich so überstürzt aufbrechen musste?

Am Morgen darauf schmerzten mir Rücken, Beine, Schultern, Arme und Hintern noch heftiger. Ich glaubte, keinen einzigen Schritt gehen zu können. Und doch lag ein neuer langer Tag im Sattel vor mir.

Thies sah mir an, wie es um mich bestellt war. »Das mit den Beinen, Schultern und Armen geht vorüber«, beruhigte er mich. »Das ist nichts als ein böser Muskelkater. Auf deinen Hintern aber müssen wir achtgeben.«

Und damit griff er in seine Satteltasche und reichte mir ein Kaninchenfell. »Steck's dir in die Hose, mit dem Fell nach oben. Hat mir auch geholfen.«

Am liebsten hätte ich ihn vor Dankbarkeit umarmt. Wie hatte er mich anfangs abgelehnt – und nun war er nicht nur mein Ausbilder, sondern auch mein Samariter geworden. Und das, obwohl ich mich ihm als guter Reiter angepriesen hatte. – Ach, bis dahin hatte ich ja noch nicht mal gewusst, dass ein wirklich guter Reiter vor allem eins haben musste: Hornhaut auf dem Hintern.

In der Falle

Das Kaninchenfell half. Zwar hatte ich auch an den folgenden Tagen noch unter Muskelschmerzen und Wundreibungen zu leiden, mit der Zeit aber ließen all diese Beschwerden nach. Die Büchse auf dem Rücken, den Säbel und inzwischen auch einen Hirschfänger an meiner Seite, ritt ich bald immer unternehmungslustiger neben Thies Marwick her.

Wie würde alles weitergehen? Wann würde ich den ersten Kampf miterleben? Und würde ich den Jägern ein wahrhafter Mitkämpfer sein – oder ihnen nur zur Last fallen?

Wir waren etwa hundert Mann, stellten also nicht mehr als eine kleine Streifschar dar. Insgesamt zählten zu den Lützowern, wie ich bald erfuhr, über sechshundert Kavalleristen und fast dreitausend Infanteristen. Alle hatten sie die Aufgabe, ständig in Bewegung zu bleiben, in kleinen Gefechten mit dem Feind Verwirrung zu stiften und den Franzosen und ihren Verbündeten mit List und Kühnheit auf alle erdenkliche Weise das Leben – und damit auch das Überleben! – schwer zu machen.

Natürlich war ich neugierig auf die Männer, mit denen ich ritt, und am meisten beschäftigten meine Fantasie der Major und Leutnant Körner. Beiden haftete etwas Heldenhaftes an. Ich beobachtete sie, hörte, wie sie mit den Jägern sprachen, ihnen Befehle erteilten oder mit ihnen lachten. Und wollte ich Näheres wissen, fragte ich Thies.

Unser Major – was für eine Genugtuung! – war ebenfalls Mecklenburger. Als Dreizehnjähriger war er, Sohn eines Generalmajors, in die preußische Armee eingetreten, mit sechzehn wurde er vom Korporal zum Fähnrich und nur zwei Jahre später zum Sekondeleutnant befördert. Erst war er bei den Grenadieren, später wechselte er zu den Kürassieren über, weil er nun mal Pferde über alles liebte. Deshalb der schwärmerische Blick, mit dem er Hera gemustert hatte.

Während der Schlachten bei Jena und Auerstedt, diesen allerschlimmsten Niederlagen der preußischen Armee, erhielt er einen Schuss in die Hand. Danach verteidigte er als einer der tapfersten Schillschen Husaren sechs Monate lang die Stadt Kolberg, wurde wieder verwundet und wegen seiner Tollkühnheit mehrmals hoch ausgezeichnet.

Weil er glaubte, wegen dieser letzten Verwundung nicht länger Soldat sein zu können, vor allem aber weil er unter dem Stiefel Napoleons keinen Dienst tun wollte, nahm er seinen Abschied aus der Armee. Um Forstwirt zu werden. Doch hielt er das stille Waldleben nicht lange aus, sondern schloss sich schon bald einer Geheimverbindung von Offizieren an, die sich nicht in das napoleonische Joch fügen wollten. Dabei stieß er erneut auf den Major von Schill. Spontan trat er dessen Freikorps bei, wurde vor Magdeburg ein drittes Mal verwundet und gefangen genommen und vor ein preußisches Kriegsgericht gestellt. Nun drohte ihm die Todesstrafe. Zu jener Zeit herrschte Waffenstillstand; wer dagegen verstieß, hatte sein Leben verwirkt.

Doch war unser Major ja Mecklenburger und kein Preuße und aus der preußischen Armee längst verabschiedet worden. So fiel er nicht unter die preußische Gerichtsbarkeit, wurde freigesprochen und zog sich erneut ins Zivilleben zurück. Heiratete sogar.

Im Frühjahr aber, nachdem der preußische König dem Kaiser der Franzosen den Fehdehandschuh hingeworfen hatte, war eine neue Situation eingetreten. *Die* Gelegenheit für unseren Major, ihn darum zu bitten, ein Königlich-Preußisches Freikorps aufstellen zu dürfen, um erneut gegen die Franzosen in den Krieg ziehen zu dürfen. Der König bewilligte den Antrag und seither führte unser Major wieder Krieg. Die Lützower, wie seine Jäger schon bald genannt wurden, überfielen Transporte der Franzosen oder der mit ihnen verbündeten Truppen, versperrten ihnen die Nachschubwege und nutzten jede Gelegenheit, ihnen kleine oder größere Nadelstiche zu versetzen. Das mit mal mehr, mal weniger großem Erfolg – und einmal auch von einer schlimmen Niederlage begleitet.

Unter dieser einem bösen Verrat geschuldeten Niederlage – sie war gerade erst zwei Monate her – litten die Lützower noch immer. Und obwohl ich mich dieser Aufgabe nur ungern unterziehe, muss ich auch davon berichten. Damit kein falsches Licht auf vieles von dem fällt, was ich später zu schildern habe.

Im Juni war zwischen den Kriegsparteien ein örtlich geltender Waffenstillstand vereinbart worden, von dem unserem Major, als er mit seiner Schar durch das Vogtland ritt, nichts bekannt war. Den Bestimmungen dieser Vereinbarung nach hätten die Lützower bereits zwei Tage zuvor wieder auf preußischen Boden zurückgekehrt sein müssen. Sie waren aber in Richtung Gera und Zeitz weitergezogen; Gelegenheit für die Franzosen, den *brigands noirs* mit ihrem *capitaine des voleurs* – den Schwarzen Banditen mit ihrem Räuberhauptmann – einen empfindlichen Schlag zu versetzen.

Auf gut Deutsch: Sie wurden in eine ganz erbärmliche Falle gelockt. Als nämlich, wie Thies mir erzählte, unser Major von dem Waffenstillstandsabkommen erfuhr, beschloss er, sofort hinter die preußischen Linien zurückzukehren, und erhielt auf seine Anfrage hin vom französischen Oberkommando auch die Zusage, ungehindert abziehen zu dürfen. Sogar ein sächsischer Marschkommissar wurde ihm zugeteilt – als Begleitschutz. Nicht weit von Leipzig jedoch, in der Nähe eines kleinen Dorfes namens Kitzen, stießen sie auf Feindestruppen – württembergische Soldaten unter dem Befehl eines französischen Generals.

Es wurde verhandelt und auch dieser General versprach unserem Major den ungehinderten Abzug. So setzte unsere Freischar sich wieder in Bewegung, erst die Husaren, dann die Fuhrwerke, danach die Infanterie. Am Schluss der Trupp Jäger, zu dem auch Thies gehörte. Ein langer Zug auf dem Weg zurück auf preußisches Territorium.

Es wurde gesungen, die Stimmung war friedlich. Mit einem Mal von links feindliche Kavallerie, im Rücken Infanterie, rechts Kürassiere und von vorn – weitere Kavallerie. Damit waren sie umzingelt und ganz und gar unvorbereitet einem möglichen feindlichen Angriff ausgesetzt.

»Ruhe bewahren! Waffen zurückstecken!«, befahl unser Major. Er hatte dem französischen General versprochen, keinerlei Feindseligkeiten zuzulassen. Auch standen er und seine Leute einer zehnfachen Übermacht gegenüber. Sie waren den Württembergern und ihrem französischen General auf Gedeih und Verderb ausgeliefert.

Doch was war das? Der Feind hielt sich nicht an sein Wort. Schon bald krachten überall Schüsse, Säbel wurden geschwungen und, an Häuser und Zäune gedrängt, konnten die Kameraden sich nicht ausreichend zur Wehr setzen. So wurden viele von ihnen binnen kurzer Zeit niedergemetzelt.

Voller Wut ritt Leutnant Körner auf Befehl unseres Majors mitten durch die wütend metzelnden Feinde, um den französischen General zur Rede zu stellen. Der ließ ihn gar nicht erst zu Wort kommen. »Der Waffenstillstand gilt für jedermann«, rief er nur hämisch lächelnd, »außer für Euch.« Und sogleich stürzten mehrere feindliche Reiter sich auf den Leutnant und hieben mit ihren Säbeln auf ihn ein. Am Kopf schwer verwundet, gelang es ihm nur noch, tief über den Hals seines Pferdes gebeugt, über die Wiesen davonzujagen. Er hatte noch nicht mal Gelegenheit gehabt, den Säbel zu ziehen.

Thies war nur davongekommen, weil er an der Spitze der Jäger ritt und durch die feindlichen Reihen hindurchpreschen konnte. Die Mehrzahl seiner Kameraden hatte dieses Gemetzel nicht überlebt, war böse verwundet worden oder in Gefangenschaft geraten.

»Hingeschlachtet von den eigenen Landsleuten«, stöhnte er mit zornrotem Gesicht, als er mir davon erzählte. »Anstatt sich gegen den wahren Feind zu erheben, bekämpfen sie ihre eigenen Brüder, die Württemberger nicht anders als die Sachsen und Bayern.«

Er spuckte aus. »Pfui Teufel, wozu sind wir Menschen nicht alles bereit, nur weil irgendwelche Fürsten es uns befehlen.«

So ähnlich hatte auch Henning Struve gesprochen. In diesem Fall verstörte Thies aber noch etwas anderes: Er fragte sich, wie es passieren konnte, dass unser Major nicht über das Waffenstillstandsabkommen informiert war. »Gibt es in der preußischen Heeresführung vielleicht Offiziere, die nicht wollten, dass er davon erfuhr? Vielleicht weil wir ihnen zu selbstständig, eigenwillig und frech sind?«

Er sah mich an, als wüsste ich die Antwort auf diese Frage. »Sag nicht, dass so etwas nicht möglich ist. Ehre und Moral, die gibt's in keinem Krieg, egal wie oft diese Worte von den Oberen im Munde geführt werden.«

Ach, am liebsten hätte ich von all dem gar nichts gewusst. Doch wie hätte ich dann verstehen sollen, weshalb viele meiner Kameraden so erbarmungslos kämpften? Die Wunde »Kitzen« brannte und schmerzte noch immer.

Unser Major wurde von den Männern verehrt, geliebt aber wurde ganz allein Leutnant Körner, der bei Kitzen so böse verwundet worden war.

Anfangs hatte ich die tiefe, rote Narbe auf seiner Stirn nicht gesehen. Eine dunkle Haarsträhne verdeckte sie. Später fiel sie mir auf, denn geriet der Leutnant in Zorn, leuchtete sie, als wollte sie alle Welt an den Verrat von Kitzen erinnern.

Die Geschichte, wie der Leutnant nach jenem Säbelhieb, der ihm fast den Schädel spaltete, den Württembergern entkommen war, wie oft wurde sie erzählt! Das Blut in seinem Gesicht machte ihn fast blind, doch ritt er weiter, bis er ein Wäldchen erreicht hatte, in dem er sich verstecken konnte. Er taumelte aus dem Sattel, sank zu Boden und griff als Erstes nach der Kriegskasse der Lützower. Sie steckte in seinem Mantelsack. Er wollte nicht nur sich selbst, er wollte auch die Kriegskasse retten.

Kameraden fanden ihn und legten ihm einen Notverband an. Kaum hatten sie ihr Werk beendet, hörten sie feindliche Reiter näher kommen. Und was tat er da, unser Leutnant? Er sprang auf und rief, so laut er konnte: »Vierte Eskadron vorrücken!«

Und tatsächlich, die Württemberger fielen auf diese Finte herein, glaubten, einer Eskadron des Feindes gegenüberzustehen, und jagten eiligst davon. Worüber unter den Lützowern noch immer viel gescherzt wurde. Der Ruf »Vierte Eskadron vorrücken!« war längst zum geflügelten Wort geworden.

Später wurde der Leutnant in ein nahe gelegenes Gutsgärtnerhaus geschafft und tags darauf im Boot zu einem Arzt nach Leipzig gerudert. Nach nur kurzer Genesungskur aber zog es ihn zurück zu den nun in unserer Gegend kämpfenden Lützowern. Nur dort war sein Platz.

Unser junger Leutnant – gerade mal zwanzig Jahre alt – hatte aber auch zuvor schon viel erlebt. Er hatte Philosophie und Geschichte studiert und danach, weil ihm das reine »Kopfstudium« zu langweilig geworden war, auch noch Geologie. Im Bergmannskittel und mit Grubenlicht, Schlägel und Fäustel war der junge Dresdener aus kultiviertem, bürgerlichem Haus zweihundert Meter tief in die Grube hinabgefahren, um mit seiner Muskelkraft Erz loszuhämmern. Das aber nicht nur drei Tage oder drei Wochen lang; vier Semester jeden Tag acht Stunden, von vier Uhr morgens bis zwölf Uhr mittags, hatte er das getan und anschließend in den Vorlesungen gesessen. Sein größter Wunsch aber war auch damals schon ein ganz anderer gewesen: Er wollte ein Dichter werden.

Als Kind hatte er Friedrich Schiller und sogar den großen Goethe kennengelernt – Namen, die mir, als Thies mir davon erzählte, weniger als nichts sagten. Sein Traum war es, in ihre Fußstapfen zu treten. Bei jeder Gelegenheit dichtete er. Sogar als er bei Kitzen so schrecklich verwundet worden war und glaubte, sein letztes Stündlein habe geschlagen, schrieb er ein Gedicht: *Abschied vom Leben.*

Thies bewunderte unseren Leutnant, doch stellte er ihn auch infrage. »Ja«, sagte er, »er hat das Zeug zum Dichter, neigt aber auch zum Tausendsassa, der aufpassen muss, kein Windbeutel zu werden.« Und er erzählte mir von den vielen Geliebten, die unser Leutnant in seinen Gedichten besungen hat, weshalb es einmal sogar zu einem Duell mit einem wütenden Ehemann gekommen sei. Doch sei er jetzt mit einer berühmten Schauspielerin verlobt, die in Wien auf seine Heimkehr wartete. »Vielleicht schafft sie es ja, ihm Zügel anzulegen.«

So erfuhr ich, dass unser Leutnant es trotz seiner jungen Jahre in Wien bereits bis zum Kaiserlich-Königlichen Hoftheaterdichter gebracht hatte. »Wo er hintritt, wachsen Blumen«, sagte Thies und lachte. »Doch ist er bei aller Flatterhaftigkeit kein leichtlebiger Schmetterling, denn was hat er getan? Kaum hatte der Major sein Freikorps ins Leben gerufen, wollte er dabei sein. Also: Ade, liebe Braut in Wien! Ade, nicht schlecht besoldeter Hoftheaterdichter! Vielleicht komme ich wieder, vielleicht auch nicht. Mein Platz aber, der ist bei den Lützowern!«

Mit diesem Schritt hatte der Sachse Theodor Körner sich selbst zum Hochverräter gestempelt, war doch der sächsische König noch immer ein Vasall Napoleons. Unser Leutnant hätte in der sächsischen Armee für den französischen Eroberer kämpfen müssen anstatt mit den Lützowern gegen ihn.

Doch sich dem Diktat eines fremden Eroberers unterwerfen? »Mein Leben«, so Leutnant Körner mal zu Thies, »ist nicht mein Eigentum – es gehört meinem Vaterland. Und mein Vaterland heißt nicht Sachsen, sondern Deutschland.«

Viele Heldentaten unseres Leutnants machten unter den Lützowern die Runde. Einmal hatten sie unter seiner Führung einem französisch besetzten, weithin berühmten Gestüt im Handstreich sämtliche Pferde gestohlen, ein andermal zu dritt zehn Franzosen in die Flucht geschlagen, indem sie ihnen vorgaukelten, die Vorhut eines ganzen Regiments zu sein. »Wie die gelaufen sind«, Thies musste noch immer darüber lachen, »nicht mal der schnellste Galopper hätte sie einholen können.«

Auch unser alter, kriegserfahrener Rittmeister war stolz auf den Leutnant, doch beobachtete er ihn oft voller Sorge. »Er ist wie ein Kessel, der mit zu viel Feuer angeheizt wird«, sagte er mal zu Thies. »Irgendwann kocht sein Blut über.«

Kameraden

Ja, unser Leutnant war der Liebling aller Lützower, doch sah ich ihn nicht anders als den Major immer nur von fern. Sie erschienen mir wie Götter auf einem hohen Berg irgendwo über den Wolken. Nie richteten sie ein Wort an den Dorfjungen Joss, mein Lehrherr war und blieb Thies Marwick.

Andere Kameraden lernte ich bald näher kennen; junge und ältere Männer, die über mich lachten, wenn ich mich ungeschickt anstellte, mir aber auch wertvolle Hinweise gaben, wie ich mit meinen Waffen umgehen sollte.

Sie kamen aus ganz verschiedenen deutschen Ländern: aus Mecklenburg, Hannover, Hessen, Württemberg, Sachsen, Bayern, Westfalen, aus der Pfalz und immer so weiter. Ihre Fürsten waren mit Napoleon verbündet, sie aber waren unerbittliche Feinde des Franzosenkaisers und nicht selten auch die ihrer Fürsten.

Von den Jüngeren waren viele Studenten. In Jena, Halle, Berlin oder Leipzig hatten sie studiert. Jetzt schwangen sie nicht mehr den Federkiel, jetzt schwangen sie den Säbel oder luden ihre Büchse. So mancher hatte sich einen dichten Bart stehen lassen; erst wenn »dieser Gnom« Napoleon wieder »in die Seine pisste«, wollten sie sich den stutzen.

Stolz darauf, nicht die Preußenfahne tragen zu müssen, sondern allen deutschen Ländern zu entstammen, wiesen sie auf die Farben ihrer Uniformen hin. »Schwarzrotgold, das ist deutsches Banner.« Seit der preußische König sie als reguläre Einheit in seine Nordarmee aufgenommen hatte, waren sie auf eine gewisse Weise allerdings doch »Preußen«. Was vielen gar nicht passte. Sie wären lieber »Banditen« geblieben.

Ihre Landsleute, egal aus welchen Gegenden Deutschlands, hatten lange für Napoleon kämpfen müssen oder zogen noch immer in seinem Namen in den Krieg – sie beharrten darauf, ganz allein für sich und ihre Ideale zu kämpfen. Wozu gehörte, dass sie nicht nur Napoleon vertreiben, sondern, war der Eroberer erst besiegt, fortan auch für mehr Freiheit und Gerechtigkeit in ihren Ländern eintreten wollten.

Und um dieses neue Leben schon mal auszuprobieren, taten sie etwas, was es zuvor noch nirgendwo gegeben hatte: Sie wählten sich ihre Offiziere selbst. Nur die klügsten und tapfersten Kämpfer durften sie anführen. Ohne die Zustimmung seiner Männer konnte der Major niemanden befördern. Worauf besonders Thies großen Wert legte. »Wen ich selbst zu meinem Leutnant bestimme«, sagte er, »den respektiere ich mehr als jeden, den mir meine Obrigkeit vor die Nase setzt.«

Es ritt aber nicht nur Mecklenburger neben Pfälzer und nicht allein Jung neben Alt; Studenten ritten neben Professoren, Künstler neben Beamten, junge Adlige neben jungen Bauern, Handwerksmeister neben Schullehrern.

Anfangs waren die Freikorps allein für die bemittelten und gebildeten Stände gedacht, weil nur die sich selbst einkleiden und bewaffnen konnten. Inzwischen durfte kommen, wer wollte; Waffen wurden genug erbeutet, und wer kein Pferd besaß, der ging zur Infanterie.

Ach, über jeden der Männer, die ich bei den Lützowern kennenlernte, ließe sich eine Geschichte erzählen. Ich will nur die vorstellen, mit denen ich näher in Berührung kam, und beginnen will ich mit Petrus Himmel.

Kein Scherz, da er mit Nachnamen »Himmel« hieß, hatten seine Eltern ihn Petrus getauft. Sie fanden das lustig und Petrus gefiel sein Name. »Wenn ich im Kampf falle, weiß ich wenigstens, dass ich nicht in die Hölle komme«, prahlte er oft. »Einen, der Petrus Himmel heißt, lässt der Teufel nicht ein.«

Der Potsdamer Bäckergeselle war von der preußischen Armee desertiert, weil er nicht für Napoleon nach Russland marschieren wollte, hatte sich aber als einer der Ersten von den Lützowern anwerben lassen – und war nun, nachdem die Lützowsche Schar der preußischen Nordarmee eingegliedert worden war, doch wieder bei den »Preußen« gelandet. Eine Strafe aber fürchtete er nicht. »Wer von meinen ehemaligen Offizieren weiß denn, wo ich jetzt stecke? Und vielleicht heiße ich in Wirklichkeit ja auch gar nicht Petrus Himmel, sondern Ferdinand Brackwasser?« Sagte es und lachte breit.

Da Petrus kein Pferd besaß, war er lange mit der Infanterie marschiert. Eines Tages jedoch hatte er sich von einem Baum auf einen an ihm vorbeireitenden Franzosen fallen lassen und ihm mit einer gemurmelten Entschuldigung seinen Hirschfänger in den Rücken gestoßen. Ein Heldenstück, über das noch immer viel geredet wurde. Und als Petrus danach verlangte, das eroberte Pferd behalten und ein Jäger werden zu dürfen, hatte ihm der Major das nicht abschlagen wollen.

Wer Petrus zum ersten Mal sah, musste sich das Lachen verkneifen. Dieser breite, fast einem Kürass gleichende Ledergurt, der seinen runden Leib umschloss! Die zwei gewaltigen Pistolen, die in diesem Gurt steckten! Der mächtige Pallasch an seiner linken Seite! Warum musste ein doch eher kleiner Mann ausgerechnet einen so großen Säbel mit sich herumschleppen? Und zu allem anderen die ewig fröhlich blinzelnden blauen Augen in dem so hellhäutigen, von einem weißblonden Zausebart bedeckten Gesicht. – Ja, über Petrus konnte man lachen, doch war es beinahe unmöglich, ihn nicht zu mögen. Und das, obwohl er seinem Nachnamen oft allergrößte Ehre erwies – indem er zum Himmel hoch stank.

Er wusch sich nur selten. Seine Uniform bestand aus gefärbten Lumpen, in seinem verfilzten Zausebart hätten Vögel nisten können. Wagte einer der Kameraden, ihn darauf anzusprechen, kniff er jedes Mal nur hoheitsvoll die Augen zusammen und antwortete vornehm: »Oh, Bruder! Wir Preußen hatten mal einen sehr klugen König. Der sagte, jeder solle nach seiner Fasson selig werden. Also bitte, lass mir meine Fasson! Sehe ich einen See und haben wir Zeit, springe ich hinein. Das ist mir große Wäsche genug. Ist kein See in der Nähe, warte ich, bis wir wieder auf einen stoßen. Und, bitte schön, wozu denn neue Kleider, wenn die alten noch ganz vorzüglich passen?«

Er verlangte »Toleranz«, war aber selber nicht sehr tolerant. Unentwegt lästerte er über den ruhigen, schmalen Koblenzer Kunstmaler Thomas Kelch, der das genaue Gegenteil von ihm war, sich sehr sauber hielt und deshalb für Petrus nichts als ein eitler Priesterschüler war.

Thomas mit dem großen Adamsapfel, der an eine weit hervorspringende Nase erinnerte, war der Meinung, dass der Mensch in allen Lebenslagen ein erfreuliches Bild abgeben müsse. Seine Füße steckten in reich verzierten Halbstiefeln, sein schönes, langes braunes Haar kämmte er jeden Morgen und jeden Abend so gründlich durch, als wäre er auf dem Weg zu einem Tanzvergnügen. Sogar die Fingernägel an seinen schlanken, weißen Händen waren gepflegt und oft roch er nach einem Duftwässerchen. Auf Petrus' Spott reagierte er meistens nicht. Und wenn doch, dann so fein schmunzelnd, als wäre es unter seiner Würde, einen solchen Schmutzfinken wie Petrus ernst zu nehmen. Machte er aber mal den Mund auf, spickte er seine Worte gern mit französischen Ausdrücken. Etwa wenn er über Petrus sagte: »Diejenigen, die von anderen verlangen, so leben zu dürfen, wie sie wollen, haben oft Schwierigkeiten damit, anderen die gleichen Rechte zuzugestehen – *n'est-ce pas?*« Ist es nicht so?

Ich liebte es, Thomas in den Rastpausen, wenn er Skizzen von uns und unserem Lagerplatz anfertigte, über die Schulter zu schauen. Mit wie wenigen Strichen er die Landschaft und all die verschiedenen Charaktere einfing. Mal zeichnete er uns beim Striegeln der Pferde, mal beim Büchsenputzen, mal beim müden Dahindämmern, das uns neue Kräfte bescheren sollte.

War er mit sich zufrieden, zwirbelte er seinen langen, dünnen Schnurrbart zu zwei spitzen Würsten rechts und links und sagte nur ein Wort: »*Superbe!*« Gelang ihm etwas nicht, schimpfte er: »*Mon dieu*!« Oder noch schlimmer: »*Quel malheur!*«

Beide, Petrus Himmel und Thomas Kelch, standen mir bald sehr nahe. Ihre Streitigkeiten nahm ich nur anfangs ernst, egal wie sehr sie manchmal ausuferten. An einen dieser Vorfälle kann ich noch heute nicht denken, ohne lachen zu müssen.

Es war am zweiten oder dritten Tag, nachdem ich zu den Lützowern gestoßen war. An diesem schönen, sonnenwarmen Nachmittag schaffte Thomas es nicht, über Petrus nur zu schmunzeln. – Was passiert war? Thomas hatte sich während einer Rast seiner schwarzen Uniformjacke entledigt, um sich an einem Bach zu waschen. Eine günstige Gelegenheit für Petrus, dem »übersauberen, eitlen Monsieur« einen Streich zu spielen. Auf dem Bauch kriechend, schlich er sich an Thomas' Jacke heran, stahl sie und legte sie über einen Ameisenhaufen.

Nach seiner ausgiebigen Reinigungskur suchte Thomas seine Jacke und fand sie nicht dort, wo er meinte sie hingelegt zu haben. Verwundert zwirbelte er sich den noch feuchten Schnurrbart und blickte sich um, bis er sie endlich entdeckte. Doch ahnte er nichts. Er glaubte wohl, nur vergessen zu haben, wo er sie hingelegt hatte. In irgendwelche ihn sehr beschäftigende Gedanken versunken, zog er sie an – und schon bald kribbelte, brannte und juckte es ihm am ganzen Körper. Rasch zog er nicht nur die Jacke, sondern all seine Kleider und Unterkleider aus und stand nackt und schmal und am ganzen Körper weiß wie frische Milch vor uns. Und sah die Bescherung. Und natürlich wusste er, wem er diesen unschönen Streich zu verdanken hatte. Und hätte er es nicht gewusst, Petrus' schadenfrohes Lachen hätte ihn darauf aufmerksam gemacht.

Nackt wie er war und mit vor Wut hochrotem Kopf lief er auf Petrus zu, riss ihm den Tschako vom Kopf und warf ihn im hohen Bogen in den Bach. Petrus musste seinem Prunkstück nacheilen, glitt im Bach aus und lag der Länge nach drin. Und noch bevor er sich wieder auf die Füße stellen konnte, war Thomas bei ihm, packte ihn am Kopf und tauchte ihn immer wieder unter, bis Thies einschreiten wollte, um Schlimmeres zu verhüten. Doch da hatte Thomas schon losgelassen, um sich selbst in den Bach zu werfen. Wie anders sollte er die unzähligen Ameisen vom Körper bekommen?

So lagen die beiden Streithähne am Ende nebeneinander im Bach, Petrus nach Luft ringend, Thomas sich im flachen Wasser hin und her wälzend, um die kleinen Nervtöter loszuwerden. Und wir übrigen Lützower? Wir hörten nicht auf zu lachen. Was für eine schöne Vorstellung hatten die beiden uns da geboten! Noch als Thomas seine Kleider nach Ameisen absuchte und sie immer wieder neu ausklopfte und nun auch Petrus nackt im Gras saß, um seine Kleider in der Sonne trocknen zu lassen, wurde gelacht. Solche Abwechslungen waren immer wieder hochwillkommen.

Petrus hatte seine Wut auf die Franzosen zu den Lützowern getrieben, Thomas seine »künstlerische Neugier«. Er wollte so viele Skizzen wie möglich machen, aus denen später große Gemälde werden sollten. Beide hatten sie ihre Marotten, doch kam ich mit beiden gut aus. Manch älterer Kamerad hingegen jagte mir mehr Furcht als Respekt ein.

Einer davon war Konrad Kohlsaat, ein Berg von einem Mann und zuvor begüterter Schmiedemeister in der Stadt Wittenberge. Ein »Eisenfresser«, den ich mir in einem anderen Beruf auch gar nicht hätte vorstellen können. Der dicke, rötliche Hals ließ an einen Puter denken, die riesige, stark behaarte Brust war voller weißer Wolle. Von Natur aus leicht erregbar, musste er, wenn etwas nicht nach seinem Willen ging, die Fäuste ballen, um nicht die Beherrschung zu verlieren. Allein der Major und Leutnant Körner waren vor seinem Zorn sicher.

Unter den Lützowern war es üblich, voller Hass von den Franzosen zu reden, doch keiner tat es so oft und so laut wie der Kohlsaat. »Wenn wir den gallischen Hahn erst haben«, dröhnte er gern, »rupfe ich ihm alle Federn einzeln aus. Nackt und bloß soll er vor mir stehen, bevor ich ihn überm Schmiedefeuer röste.«

Oder er spielte mit seiner Pistole, lächelte böse und sagte: »Ach, hätt ich ihn doch nur endlich vor mir stehen, den Kaiser der Franzosen! Keine Sekunde würde ich zögern und – Bum! Bum!«

Thies wendete sich jedes Mal ab, wenn der Kohlsaat mal wieder »Franzosen fraß«. Mir sprach der Schmiedemeister aus der Seele, obwohl ich ihn ansonsten lieber gehen als kommen sah.

Wer ständig neben dem Kohlsaat ritt? Der Burchard Voß. Die beiden passten zusammen wie ein paar wuchtige, schon ein wenig rissige, sehr ausgetretene Stiefel.

Der Kohlsaat war eines Nachts, im Bett liegend, von den Franzosen überfallen und dermaßen ausgeplündert worden, dass seine Frau, seine vier Töchter und drei Söhne lange dem Hungertod nahe gewesen seien, wie er immer wieder erzählte. Sein vierter Sohn, noch ein Säugling, sei ihm denn auch früh gestorben. Dem Voß wiederum, wohlhabender Magdeburger Getreidehändler, hatten die Franzosen den Bruder erschlagen. Sie hatten ihn aus dem Haus geholt und am Türgriff festgebunden und sich auf seine Frau und seine noch sehr junge Tochter gestürzt. Beide hätten geschrien und um Gnade gewinselt, die französischen Soldaten aber hätten nur gelacht, beide Frauen mehrfach geschändet und ihnen am Ende auch noch allen Schmuck geraubt. Und als sein Bruder sich befreien konnte, so der Voß, und sich auf die Schänder stürzte, hätten sie ihn erschlagen wie der Schlachter ein Stück Vieh.

Der ewig grübelnde Mann mit dem kürbiskahlen Schädel und der großen, violettfarben schimmernden Hakennase wurde diese Bilder nicht mehr los. Sah er mich an, wandte ich mich unwillkürlich ab. So als trüge ich irgendeine Mitschuld an seinem Leid.

Der Kohlsaat und der Voß waren Männer, die ich lieber mied, obwohl mich vieles mit ihnen verband. Ganz anders verhielt es sich mit dem Rittmeister, meinem rotbärtigen »Räuber«, der mich vor den Major geführt hatte. Rudolf Irritje war ein Mann mit übergroßem Herzen und viel Humor.

Fiel ich am Abend todmüde vom langen Ritt aus meinem Sattel, zwinkerte er mir zu, als wollte er sagen: »Siehst du, großer Joss, so verbringen wir unsere Tage. Aber hast du's anders gewollt? Also beschwer dich nicht. Alles, alles lernt sich, auch das Soldatenleben.«

War ich traurig, weil ich an Mutter Marie, Vater Mewes, Jeppe oder Maicke denken musste, dann heiterte er mich auf, indem er mir lustige Begebenheiten aus seiner langen Soldatenzeit erzählte.

Wo war er nicht überall gewesen! In welcher Schlacht hatte er nicht mitgekämpft, welchen berühmten General nicht kennengelernt – und oft furchtbare Fehler machen sehen; Fehler, die Tausenden seiner Kameraden das Leben gekostet hatten.

»Auch die klügsten Ärsche scheißen kein Gold«, so einer seiner Lieblingssprüche. Ein anderer: »Je mehr Orden so ein General an der Brust hängen hat, desto mehr Menschenleben hat er auf dem Gewissen.«

Obwohl er nie einen anderen Beruf als den des Soldaten ausgeübt hatte, sprach er nicht immer gut vom Soldatenleben. Das besonders, wenn er von Jena und Auerstedt erzählte, jener Doppelschlacht vor sieben Jahren, die für die Preußen so überaus verlustreich und für die Franzosen so siegreich endete. Die größte Schmach in der preußischen Militärgeschichte, so der Rittmeister.

»Jene Niederlagen«, erzählte er Thies und mir eines Abends am Feuer, »beruhten auf eigenem Versagen. Getrennt sind wir marschiert, getrennt wurden wir geschlagen.«

Sagte es und spuckte voller Verachtung seinen Tabakpriem aus, sodass der braune Saft hoch durch den Mondschein spritzte. »Alles lief schief! Nichts war so, wie es hätte sein müssen. Bei Weimar hatten wir unsere Zelte aufgeschlagen, warteten darauf, dass Lebensmittel verteilt wurden. Mit leerem Magen ist nun mal nicht gut Held sein. Aber holla, nichts da, kein Stückchen Brot bekamen wir zu sehen. Und was die Marketender für teures Geld anboten, wer von uns Kriegern mit den leeren Taschen konnte das bezahlen? Mit Wut im Herzen erwarteten wir die Schlacht. Dann, als es bereits auf den Morgen zuging und wir noch immer unseren knurrenden Mägen lauschen durften, endlich: Kanonendonner! Von Jena her. Wir glaubten: Jetzt geht's los, gleich können wir unseren Zorn an den elenden Franzmännern auslassen! Unser feiner Herr General aber rührte sich nicht. Donner und Doria: Wusste er nicht, was er tun sollte? Wussten all unsere Oberen nicht, welche Antwort die richtige war?«

Lange strich er sich den roten Bart, sah wohl alles wieder vor sich. »Als wir dann endlich losmarschieren durften, war schon heller Vormittag. Und wer kam uns entgegen? Die Kameraden der anderen Korps! In heilloser Flucht … Vertrieben von den französischen Kanonen und im Stich gelassen von der eigenen Generalität … Ach, hol's der Geier, kurz und klein haben sie uns geschlagen, die elenden Franzmänner, kurz und klein. Wir aber, wir einfachen Soldaten, hatten diese Niederlage nicht verdient. Unsere Generäle waren die Versager. Was ihnen dieser Hundsfott Napoleon, frech, wie er nun mal ist, am Ende ja auch bewies.«

Und mit vor Erregung zitternder Stimme schilderte er Thies und mir, wie der Kaiser der Franzosen die preußischen Generäle nach der Schlacht mit »viel Spaß an der Sache« über das Schlachtfeld mit all den zahllosen Toten und Verwundeten führte und ihnen mit weit ausgestreckten, mal in diese, mal in jene Richtung deutenden Armen nachwies, welche taktischen und strategischen Fehler sie gemacht hatten.

Nach dieser Niederlage hatte der Rittmeister den Dienst quittiert. Er, der sein Lebtag lang weder Ehemann noch Vater, sondern nie etwas anderes als Soldat gewesen war, hatte unter diesen Generälen nicht länger dienen wollen und sich in seiner Heimatstadt Brandenburg als Schulhausmeister verdingt. Erst als er von den Lützowern hörte, hatte er sich wieder »in Uniform geworfen«.

Thies war nicht in allem des Rittmeisters Meinung, respektierte aber den alten Soldaten. Ich hingegen verehrte Rudolf Irrt-nie wie einen gütigen Großvater, zu dem ich aufblicken konnte. Und er, er mochte mich auch. Eines Morgens, als wir gerade die Pferde sattelten, sah er lange meine Bauernjoppe an, um gleich danach auf seinen schwarzen Rock zu zeigen und mich zu fragen, ob ich nicht bald auch so einen tragen wolle. Natürlich nickte ich. Da sagte er leichthin: »Sollte ich in einem der Kämpfe der nächsten Tage fallen, gehört mein Rock Ihm.«

Mir wurde ganz kalt in der Brust. War ja kein angenehmer Gedanke, den mir inzwischen schon so vertrauten Rotbart tot auf der Erde liegen zu sehen. Und danach in seinem Rock weiterreiten? Nein, lieber nicht! Und das nicht nur, weil der ja dann vielleicht voller Blut war oder in der Brust ein Loch klaffte … Er solle doch lieber noch ein bisschen am Leben bleiben, bemühte ich mich zu scherzen, in seinen Rock müsste ich ja erst noch hineinwachsen.

Er lächelte und nickte zustimmend. »Gut! Dann muss Er warten, bis Er Gelegenheit hat, den Seinigen zu schwärzen.«

Blinde Wut

Ich erfuhr es bald: Wir befanden uns auf einem Erkundungsritt in Richtung Norden. Doch blieb es nicht dabei, schon nach wenigen Tagen holte uns ein Meldereiter ein, den ich lange mit dem Major und Leutnant Körner reden sah. Kurz darauf hörten wir von dem neuen Auftrag, der uns erteilt worden war.

Es ging um ein dänisches Hilfskorps der Franzosen, wir sollten ihm den Weg abschneiden und uns zuvor mit einer Eskadron Kosaken verstärken.

Gleich war ich voller Neugier. Kosaken, so wusste ich von Henning Struve, waren eine ganz besondere Art russische Kavalleristen. Verwegene Kerle, die die napoleonische Armee von Moskau bis Berlin verfolgt und die preußische Hauptstadt von den Franzosen befreit hatten. Als »wilde Männer« hatte ich sie mir vorgestellt, ferne, asiatische Märchengestalten. Jetzt sollte ich sie kennenlernen?

Ich war aber auch neugierig auf mich selbst: War es endlich so weit, würde ich bald ernsthaft zum Säbel oder zur Büchse greifen müssen? In meiner Brust kribbelte und flirrte es.

»Keine Sorge!«, beruhigte mich Thies. »Das wird keine große Schlacht. Außerdem sind die Kosaken nicht nur wunderbare Reiter, sondern auch beherzte Kämpfer. Mit ihrer Hilfe wird das Ganze ein Spaziergang. Einmal rund um den Dorfteich.«

Worte, die mir Mut machen sollten, ihr Ziel aber verfehlten. Was, wenn *ich* kein beherzter Kämpfer war? Wenn ich starr vor Todesfurcht auf meiner Hera sitzen würde, während die anderen ihre Säbel schwangen?

Die Büchse zu gebrauchen, das konnte ich mir vorstellen. Wer schoss, musste dem, auf den er zielte, nicht ins Gesicht schauen. Schwang ich den Säbel, sah ich ein Gesicht vor mir – und sollte drauf- und dreinhauen?

Ich würde es tun müssen, schon allein um mein eigenes Leben zu verteidigen, aber würde ich es auch können? Würde ich nicht viel zu lange zögern und dadurch von vornherein unterlegen sein?

Thies sah mir meine Sorgen an, und anstatt zu frohlocken: »Siehst du! Hab ich's dir nicht gesagt, damals in Siebeneichen?«, versuchte er, mich abzulenken, indem er weiter von den Kosaken schwärmte. »Tolle Burschen sind das! In fremden Ländern kämpfen sie für die Freiheit Europas. Und so, Joss, genau so muss es sein! Endlich erheben die Völker sich gemeinsam gegen den fremden Eroberer. Einzelne kleine Flammen, wie leicht sind die auszutreten. Jetzt wird die *Grande Armée* von vielen kleinen und größeren Flammen umzingelt; egal wie der Herr Napoleon und seine Generäle sich noch strecken und winden, sie müssen dorthin zurück, wo sie hergekommen sind.«

In der Nähe eines kleinen Dorfes, auf einer Waldlichtung, stießen wir auf die Kosaken. Niedrige, zottige Pferde ritten sie, weite, blaue Pumphosen und hohe Fellmützen trugen sie. Ich erkannte lange, struppige Bärte und hoch gezwirbelte oder tief herabhängende Schnurrbärte. Den meisten reichte das Haar bis in den Nacken.

Einer von ihnen – ihr Hauptmann, wie ich später erfuhr – kam auf unseren Major zugeritten, grüßte ihn militärisch knapp und sprach mit ihm.

Er hatte ein sehr sonnengebräuntes Gesicht, dieser Kosakenhauptmann, sein hellblonder Vollbart stach davon ab wie Maiskörner auf der blanken Erde. Die blauen Augen blickten durchdringend, aber nicht unfreundlich. Er lächelte sogar. Fast so, als wollte er sagen: »Na, deutscher Major, was haben wir da für einen Leckerbissen hingeworfen bekommen! Wir werden die Dänen für ihre Ergebenheit gegenüber den Franzosen büßen lassen, nicht wahr?«

Die Kosaken auf den kleinen Pferden mit den hohen Sattelkissen waren nicht weniger zahlreich als wir. Was Petrus Himmel, der froh darüber war, endlich wieder etwas zu tun zu bekommen, unternehmungslustig strahlen ließ. »Oh, Bruder!«, rief er gut gelaunt aus. »Das wird ein munteres Dreinhauen geben. Die und wir – dermaßen vom Pfarrer getraut, können wir es mit einer ganzen Armee aufnehmen.«

Konrad Kohlsaat blickte eher grimmig, Burchard Voß lächelte böse, Thomas Kelch spitzte den Mund, als wollte er pfeifen. Allein unser Rittmeister kraulte sich nur voller Gleichmut den roten Bart; er hatte schon ganz andere Gefechte erlebt.

Ich sah Thies an; er blickte entschlossen, aber weder besonders erregt noch begeistert. Wie hatte er mal zu mir gesagt? »Tapfer ist nicht, wer keine Furcht kennt. So einer ist nur dumm. Tapfer ist, wer seine Furcht besiegt!« In diesem Moment wusste ich, dass er recht hatte.

Die Kosaken und wir, nacheinander ritten wir weiter, bis wir am frühen Abend ein großes Rittergut erreicht hatten. Es trug den seltsamen Namen Gottesgabe. Petrus Himmel, ausgerechnet er, machte sich darüber lustig. »Hoffentlich eine gute Gabe Gottes, dieses Gut Gottesgabe!«

Das graue Schieferdach des Herrenhauses, das Gesindehaus, die strohgedeckten Katen der Bauern, die Scheunen und Heuschober – ich sehe noch alles vor mir. Der Gutsbesitzer und seine Familie waren vor den Kriegswirren in irgendeine Stadt geflohen, ein noch junges, aber bereits sehr streng wirkendes Fräulein stand dem Gesinde vor. Kräftig gebaut und pausbäckig, empfing sie uns eher feierlich als freundlich und sagte, für Speis und Trank sei gesorgt, wir sollten uns nur gründlich ausruhen.

Unsere Offiziere bezogen im so gut wie leer stehenden Herrenhaus Quartier, alle anderen, egal ob Lützower oder Kosaken, biwakierten im Hof oder machten es sich im Heu oder in den Scheunen gemütlich.

Die Pferde wurden gestriegelt, die Büchsen gereinigt und die Feldflaschen mit Wasser gefüllt. Es wurde geraucht, Briefe wurden geschrieben oder Würfelspiele gespielt. Alles nicht sehr viel anders als an den Tagen zuvor, und doch empfand ich an diesem Abend ein seltsames Gefühl von Spannung. Irgendwas lag in der Luft und legte sich mir auf die Brust.

Bald danach wurden Brot, Wurst und Schinken verteilt. Zufrieden kratzte Petrus Himmel sich den verfilzten Zausebart und sogar der Kohlsaat und der ansonsten stets mürrisch blickende Burchard Voß nickten der jungen Gutsverwalterin dankbar zu.

Bevor die Dunkelheit hereinbrach, bat unser Rittmeister die Kosaken, uns einige ihrer Pferdekunststücke vorzuführen. Im Nu bestiegen sie ihre kleinen, zottigen Pferde, und im vollen Galopp kamen sie herangeprescht, sich dabei mit der rechten Hand bis zur Erde niederneigend, um irgendwelche Tücher, Mützen oder andere kleine Gegenstände aufzuheben. Andere wirbelten ihre Lanzen so rasend schnell um die Köpfe, dass mir schon vom Zusehen schwindlig wurde. Und wie sie nach jedem gelungenen Kunststück lachten! Oft so übermütig, dass ich unwillkürlich mitlachen musste.

Mit Einbruch der Dämmerung wurde ein großes Feuer entfacht, und im Herrenhaus, in dem den Offizieren ihr Mahl bereitet worden war, wurden Kerzen angezündet. Still wurde es auf dem Gutshof, nur noch das Prasseln der Äste und Zweige im Feuer und das Schnauben und Scharren der Pferde war zu hören. Schwermut überfiel mich.

Was, wenn das der letzte Abend war, den ich miterlebte? Ich musste an Maicke denken, die nicht wusste, wo ich steckte, und die das vielleicht auch gar nicht mehr wissen wollte, weil ich sie so bitter enttäuscht hatte. Auch Mutter Marie, Vater Mewes, Henning Struve und Jeppe Jessen – vielleicht würde ich sie niemals mehr wiedersehen …

Bevor wir uns zum Schlafen niederlegten, nutzten Thies und ich die Gelegenheit, uns am Brunnen gründlich zu waschen und unsere Kleider auszuklopfen. Wir waren noch damit beschäftigt, als plötzlich Klavierklänge zu hören waren und kurz darauf Leutnant Körners helle, kräftige Gesangsstimme ertönte.

Im Herrenhaus wurde gefeiert. Der Meldereiter hatte uns ja nicht nur den neuen Kampfauftrag überbracht, er hatte auch von dem großartigen Sieg der preußischen Armee drei Tage zuvor berichtet. Bei Großbeeren, so hatte er unserem Major gemeldet, hätten die Preußen, obwohl nach anstrengenden Märschen noch müde, die zahlenmäßig weit überlegenen Franzosen vernichtend geschlagen. Eine Nachricht, die alle laut aufjubeln ließ. Jetzt, am Abend, feierten die Offiziere diesen Sieg mit Wein und Sekt aus dem Gutshaus.

Vom *heitren Blinken* des Schwertes *in seiner Linken,* sang unser Leutnant, von des *freien Mannes Wehr*, vom *lichten Eisenleben*. Er nannte das Schwert seine *Braut* und die Zeit vor der Schlacht die *Brautnachts-Morgenröte*.

Ein Schauer rann mir über den Rücken. Welche Leidenschaft erfüllte Leutnant Körner, welches Feuer glomm in ihm.

Auch Thies lauschte ergriffen. Diese kräftige, junge Stimme voller Pathos, sie drang jedem ins Herz. Doch als der Leutnant ein anderes Lied anstimmte, in dem es hieß: »*Und wenn sie winselnd auf den Knien liegen und zitternd ›Gnade‹ schrein: Lasst nicht des Mitleids feige Stimme siegen! Stoßt ohn' Erbarmen drein!*«, da verhärtete sich Thies' Gesicht, er warf sich Hemd und Rock über und ging raschen Schritts davon.

Ich hörte noch: »*Ha, welche Lust, wenn an dem Lanzenknopfe ein Schurkenherz zerbebt und das Gehirn aus dem gespaltnen Kopfe am blutgen Schwerte klebt*«, dann folgte ich ihm. – Was war mit Thies? Durfte der Leutnant so etwas nicht singen? War das zu grausam? Aber es war doch Krieg, sicher sangen die Franzosen ähnliche Lieder.

Konrad Kohlsaat hatte uns beobachtet. Breit und wuchtig trat er Thies in den Weg. »Gefällt dir wohl nicht, was der Leutnant da gedichtet hat?«, fragte er und krauste die Stirn, dass seine mächtigen, weißen Augenbrauen sich zu Adlerschwingen formten. »Aber warum reitet der Herr Franzosenfreund denn überhaupt noch mit uns, wenn er niemandem wehtun will? Allein mit Vaterlandsliebe, genährt im stillen Kämmerlein, treibt man keinen fremden Eroberer in die Flucht.«

Franzosenfreund – so war Thies vom Kohlsaat und vom Voß schon oft bezeichnet worden. An diesem Abend jedoch vibrierte Konrad Kohlsaats Stimme so voller Unverständnis und Ablehnung, dass ich erschrak. Und dann schaltete sich auch noch der Voß ein. »Will dem Wolf die Zähne ziehen, aber will ihm nicht das Maul aufreißen, unser Herr Wichtig.«

Thies wollte weitergehen, der Kohlsaat packte ihn am Arm. »Was stört an dem Lied? Sag es uns! Glaubst du etwa, dass der

Franzos, der uns unsere Häuser und Hütten über dem Kopf anzündet, unser Eigen stiehlt, unsere Frauen schändet und unsere Brüder mordet, unter Gewissensnöten leidet? Schöne Ideale kosten kein Geld und tun nicht weh, nur bekommt man damit nicht einmal eine Maus aus dem Haus.«

»Wozu antworten?«, fragte Thies nur leise zurück. »Haben wir uns nicht schon oft genug gestritten? Du willst mich nicht verstehen, ich kann deinen Zorn, aber nicht deinen Hass teilen.«

Burchard Voß spuckte aus. »Lass ab von dem Chorknaben! Hat zu viele fromme Bücher gelesen, der Herr Studiosus.«

Wie hoffte ich darauf, dass Thies sich endlich verteidigte. Zwar verstand ich ihn oft selber nicht, doch waren wir inzwischen viel zu gute Freunde geworden, um so einfach mit anhören zu können, wie er beschimpft wurde.

Thies aber lächelte nur traurig. Und dann nahm er Kohlsaats Hand, um sich aus seinem Griff zu befreien, und ging wortlos davon.

Der Kohlsaat und der Voß sahen ihm noch ein Weilchen voller Ablehnung nach, dann wandte Burchard Voß sich mir zu. »Ist nicht gut, wenn du dem Marwick folgst wie ein Hund seinem Herrn«, knurrte er. »Falsches Mitleid hat schon so manchem den Kopf gekostet. Ist nun mal so, kann keiner was dran ändern: Wer kein Erbarmen kennt, darf von niemandem Erbarmen erwarten.«

Falsches Mitleid! War es so? Hatte Thies ein zu weiches Herz? Oder tatsächlich nur zu viele Bücher gelesen?

Ich konnte mir das nicht vorstellen. Weder sprach Thies wie ein frommer Mann noch wirkte er auf mich wie einer. Nur dachte er eben wirklich oft ganz anders als die anderen Jäger. –

Was steckte dahinter? Warum hatten ihn Leutnant Körners letzte Liedzeilen so verletzt?

Sie waren sehr unterschiedlich, all die Männer, die sich unserem Major angeschlossen hatten. Alter und Beruf trennten viele. Aber eines verband alle: die große Wut auf die Franzosen, unter deren Knute die deutschen Länder nun schon so lange litten. Verstärkt wurde sie durch eine tief sitzende Unzufriedenheit: Inzwischen hatte es immer öfter große Schlachten gegeben, die für unsere Leute siegreich endeten. Wo blieb die große Schlacht der Lützower? Immer nur kleinere Geplänkel, immer nur Überfälle auf Proviantwagen und irgendwelche Außenposten der Franzosen. Immer nahe am Feind, aber ewiges Ausweichen und Sich-verstecken-Müssen. Verdammt noch mal, sie wollten endlich wirkliche Jäger sein!

Und Thies zeigte so deutlich, dass er mit dieser Wut, dem Hass und der Ungeduld nicht einverstanden war. Wie konnte er verlangen, dass der Kohlsaat und der Voß, zwei Männer, denen die Franzosen dermaßen übel mitgespielt hatten, Verständnis für ihn hatten?

Ich dachte noch darüber nach, als der Major aus dem Herrenhaus trat und befahl, das Feuer zu löschen. »Der Feind ist nicht fern und in der Nacht ist jeder Lichtschein auch auf große Entfernung gut zu sehen.«

Still verabschiedete ich mich von Hera zur Nacht, indem ich ihr die Kruppe klopfte und sie mit Koseworten streichelte, dann legte ich mich zum Schlafen nieder.

Doch war an Einschlafen mal wieder nicht zu denken. Ich wälzte mich auf meinem harten Lager hin und her und schimpfte auf den in dieser Nacht so ungeheuer großen, kupferroten Mond, der mir ins Gesicht schien, als wollte er mich noch zusätzlich quälen, bis ich sah, wie Thies leise aufstand und sich nahe beim Gesindehaus auf die Bank am Seerosenteich setzte.

Im Nu stand ich neben ihm. »Kann auch nicht schlafen. Darf ich mich zu dir setzen?«

Er nickte stumm.

Ich setzte mich, schwieg lange und fragte danach vorsichtig: »Warum hast du dich nicht besser verteidigt, als der Kohlsaat und der Voß mit dir stritten? Du bist doch so viel klüger als sie.« Und als allzu lange keine Antwort kam, fügte ich noch hinzu: »Ich … ich verstehe dich nicht immer. Deshalb hätte ich mich gefreut, wenn du gesagt hättest, was dir an dem Lied nicht gefallen hat.«

Zwei, drei Minuten lang sah er weiter nur schweigend vor sich hin, als sei es ihm lästig, etwas erklären zu müssen, was er als selbstverständlich empfand, dann seufzte er. »Ach, Joss! Ich mag solche Verse nicht – *das Gehirn aus dem gespaltnen Kopfe am blutgen Schwerte klebend* … Wörter sind wie Bienen, sie können Honig geben und stechen. Und ist dir erst mal ein falsches oder böses Wort entflogen, fängst du es nie wieder ein.«

»Aber die Franzosen singen doch sicher auch solche Lieder«, wandte ich ein. »Und sie waren es, die uns überfallen haben, und nicht umgekehrt. Und sind sie denn etwa nicht grausam?«

»Ja«, gab Thies zu. »Sie sind es, die auf die Anklagebank gehören. Doch dürfen wir deshalb in blinde Wut verfallen? Ist es klug, Gleiches mit Gleichem zu vergelten? Wenn der Kohlsaat und der Voß nicht anders handeln als die, die sie hassen, müssen sie sich dann, wenn sie ehrlich zu sich sein wollen, nicht eines Tages selber hassen?«

So hatte ich das bisher noch nicht gesehen. Meine Meinung war: Wer gezwungen ist, sich zu verteidigen, weshalb soll er dem Angreifer nicht mit gleicher Münze heimzahlen?

»Dieser steinerne Franzosenhass, wie ist er mir zuwider«, fuhr Thies nachdenklich fort. »Ja, dem Kohlsaat und dem Voß und auch dir ist schlimmes Leid zugefügt worden. Euer Zorn ist verständlich, eure Wut nur allzu berechtigt. Und deshalb will ja auch ich die napoleonischen Truppen aus dem Land haben. Aber muss ich deshalb die Franzosen, Sachsen oder Württemberger, die ja nur gegen uns in den Krieg gezogen sind, weil ihre Fürsten es ihnen befohlen haben, mit meinem Hass verfolgen? Was sie tun und getan haben, all dieses Morden, Brandschatzen und Plündern, ist ja nur Kriegshandwerk, so schlimm das auch klingt. Vergelten wir Gleiches mit Gleichem, sind wir um keinen Deut besser als sie.«

Das klang fast wie Pfarrer Rohrmoser. Thies sprach nur viel deutlicher und längst nicht so salbungsvoll. Doch fielen mir auch Henning Struves Worte von der Halbherzigkeit ein. Wie wollte Thies ohne jedes Hassgefühl einem Franzosen seinen Säbel über den Kopf schlagen?

Ich fragte ihn das, und da lächelte er so bitter, als hätte er Zahnweh. »Das, Joss, ist mein ganz persönliches Dilemma. Ich bin gegen jedes Kriegshandwerk – und muss doch dabei mittun. Die napoleonische Politik zwingt mich dazu. Will ich den fremden Herrn nicht länger ertragen und lässt er sich durch vernünftige Argumente nicht dazu bewegen, mir vom Buckel zu steigen, bleibt mir keine andere Möglichkeit, als ihn abzuwerfen. Das notfalls mit Gewalt. Hab mir diese Rolle aber nicht ausgesucht, wollte nie Soldat sein.«

Ich starrte zum Mond hoch, der über einem Baldachin aus Laub und Ästen hing, als wollte er sich vor uns verstecken. Zum ersten Mal öffnete Thies mir sein Herz, zum ersten Mal erfuhr ich, was er wirklich dachte und weshalb er oft ganz anders sprach als seine Kameraden.

Auch Thies schwieg. Bis er leise fortfuhr: »Hätte mich irgendein Kaiser, König oder sonstiger Fürst in seine Armee pressen wollen, glaube mir, ich wäre bis nach Amerika geflohen, um nicht sein Soldknecht werden zu müssen. Wir aber, wir Lützower, sind kein ins Heer geprügelter, vom militärischen Drill geformter Haufen. Wir sind freie Männer. Nichts als unser Gewissen befiehlt uns, in den Kampf zu ziehen. Hohe oder niedere Geburt – unwichtig! Bayer, Sachse oder Mecklenburger – keiner fragt danach! Und nur weil das so ist, konnte ich ein Lützower werden.«

Was für ein Gespräch führten wir in dieser Nacht! Wie ernst nahm Thies den Jungen vom Dorf, der mit großen, weit aufgesperrten Ohren neben ihm saß.

»Sie nennen mich Franzosenfreund«, sagte er irgendwann. »Na, warum denn auch nicht? Wird von uns Christenmenschen denn nicht verlangt, unsere Feinde zu lieben?« Er lachte laut auf, wurde aber gleich wieder ernst. »Ich sag dir jetzt was, das dich erschüttern wird: Die Franzosen sind keine Teufel! Und auch ihr Kaiser ist keine Ausgeburt der Hölle. Und – schlag mich nicht! – nicht alles, was sie uns beschert haben, ist schlecht.«

Ich glaubte, mich verhört zu haben. Die Franzosen hatten unser Land mit Krieg überzogen, gemordet und geplündert – und trotzdem sollte »nicht alles« schlecht gewesen sein?

Er sah mir meine Verblüffung an und nickte. »Wahrheit muss Wahrheit bleiben. Der so viel gehasste Napoleon hat seinem Volk Rechte beschert und auch bei uns durchgesetzt, die uns unsere Fürsten bislang verweigert hatten. Wir konnten viel von ihm lernen.« Und mit ruhigen Worten erklärte er mir, dass es in Frankreich schon lange keinerlei Unterschiede vor dem Gesetz mehr gab. »Egal welchem Stand du angehörst, ob Adliger, Bürger, Bauer oder Arbeiter: Wenn dir Unrecht geschieht, kannst du vor Gericht gehen und dein Recht einklagen. Auch bestimmt nicht mehr allein der Adel, was Recht und Gesetz ist – jeder Richter darf unabhängig urteilen. Und auch die Steuerlast wird gerechter verteilt – der Adlige muss ebenso zahlen wie der Kaufmann oder Handwerker. Eine staatliche Armenfürsorge wurde eingeführt, die Gewerbefreiheit und die freie Berufswahl. Und niemand, hörst du, niemand darf mehr aus religiösen Gründen verfolgt werden.«

Eine Eule kam geflogen und setzte sich in den Baum, der seine Zweige über uns ausbreitete. Ihr rundes, weißes Gesicht leuchtete im Mondlicht, der Ast, auf dem sie saß, schwankte. Ich sah zu ihr hoch und sie zu uns herunter. – Was Thies da sagte, war das alles denn wirklich so wichtig? Oder war ich nur zu dumm, die Bedeutsamkeit all dieser Reformen zu verstehen?

Thies bemerkte den Vogel nicht, redete immer weiter. »In der *Grande Armée* kann jeder Maurergeselle Kommandeur werden, sofern er die Gabe dazu besitzt, und kein Soldat darf mehr geschlagen werden. Und vielleicht haben die Franzosen nicht zuletzt deshalb bisher so viel besser gekämpft als wir. Wie war es denn noch bis gestern bei uns? Die Fuchtel und das Spießrutenlaufen bestimmten den Kasernenalltag. Und allein wer von Adel war, durfte Offizier werden. Und von welcher Höhe blickte der auf alle Nichtadligen herab.«

Was für ein Lobgesang! Mein Herz verhärtete sich immer mehr. Ich konnte Thies nicht mehr in die Augen schauen. Sollte denn alles, was ich zuvor über den Feind, den ich bekämpfen wollte, gehört und gedacht habe, falsch sein?

Thies sah mich an, doch wandte ich mich ab. Es war mir zu viel geworden, ich wollte nichts mehr hören.

Er legte mir die Hand auf die Schulter. »Versteh mich nicht falsch, das alles ändert nichts daran, dass dieser Napoleon vom Machtwahn besessen ist und wir voller Leidenschaft gegen ihn kämpfen werden. Doch kämpfe ich – wie so viele andere auch – nicht nur gegen die fremden Eroberer, sondern auch für ein gerechteres Deutschland. Eine Rückkehr zu den alten Fürstenprivilegien und all dem Mief und Muff, der über den deutschen Ländern lag, darf es nicht geben.«

Ich konnte dazu nichts sagen, war viel zu erschüttert, und da nahm er die Hand weg und lachte versöhnlich. »Wozu, Joss, bin ich denn Jurastudent? Etwa nur, um eines Tages als Richter oder Anwalt meine Familie ernähren zu können? Wer nicht nur einen Kopf, sondern auch ein Herz hat, der muss doch darauf hoffen, dass es eines Tages mehr Gerechtigkeit auf der Welt gibt.«

Da konnte ich mich nicht mehr beherrschen. »Und warum hast du das nicht dem Kohlsaat gesagt, wenn du das alles so genau weißt?«, platzte ich heraus. Glaubte Thies etwa, mir, dem Dorfjungen, der kein Student war und nicht mal schreiben und lesen konnte, irgendwelche schöngefärbten Franzosengeschichten auftischen zu dürfen, nur weil ich zu wenig wusste, um ihm widersprechen zu können?

Er dachte einen Moment nach, dann zuckte er die Achseln. »Warum wohl? Weil ich sie nun mal nicht mag, diese ewige Streiterei mit Leuten, die sich um keinen Preis der Welt von ihrer vorgefassten Meinung abbringen lassen wollen. Wozu denn gegen eine Wand anreden? Streit unter Leuten, die bereit sind, ihre eigene Ansicht auch mal zu überdenken, das kann eine spannende Sache sein. Irrtümer sind ja keine Verbrechen, und vielleicht ändere ich danach ja meine Überzeugung. Oder ich kann sie noch besser vertreten, weil ich gezwungen wurde, noch mal über alles nachzudenken. Auf den Kohlsaat und den Voß aber könnte ich drei Tage und drei Nächte einreden, sie tragen ihr Leid wie eine Fahne vor sich her und sind nicht geneigt, dem anderen wirklich zuzuhören.«

Er wartete darauf, dass ich weiterfragte. Als nichts kam, meinte er wohl, mich mit all dem Neuen, das da auf mich eingedrungen war, allein lassen zu müssen. Damit ich Zeit hatte, über alles nachzudenken. Leise wünschte er mir eine gute Nacht, ging zu seinem Platz zurück, rollte seinen Mantel zur Kopfstütze zusammen und streckte sich aus.

Wie betäubt starrte ich den Seerosenteich an, der im Mondschein glitzerte, als lebten irgendwelche verwunschenen Nixen darin. Wie es in mir brodelte! Ich wusste nicht mehr, was ich denken sollte. Thies hatte sich mir geöffnet wie vielleicht noch nie jemandem zuvor. Auch hatte er mich ernst genommen und nicht irgendwelche halbgaren Geschichten erzählt. Doch war seine Wahrheit die richtige? Hatten alle anderen – Henning Struve, der Kohlsaat, der Voß und Leutnant Körner – unrecht, nur weil sie anders dachten als er?

Vivat Victoria!

Noch in dieser Nacht nahm ich mir vor, mein Gespräch mit Thies gleich am nächsten Morgen, beim Weiterreiten, fortzusetzen. Ich wollte ihn besser verstehen können. Doch nur zwei Stunden nachdem ich mich erneut in meine Decke gerollt hatte, wurde ich wieder geweckt – und nicht sehr viel später befand ich mich in meinem ersten Gefecht.

Es war Thies, der mich wachrüttelte. »Es ist so weit«, flüsterte er mir mit düsterer Miene zu. »Bald darfst du dein Mütchen kühlen.«

Ich begriff nichts. Was wollte er mir damit sagen? Und warum weckte er mich mitten in der Nacht? Das Lager der Dänen sollte doch erst im Morgengrauen überfallen werden. Aber dann sah ich den Rittmeister von einem Kameraden zum anderen eilen, jeden leise wecken und hörte seine Mahnungen, ebenfalls leise zu sein, und schon kurz darauf saßen wir auf unseren Pferden, und ich erfuhr, worum es ging.

Nicht weit von uns, auf der Poststraße, die von Gadebusch nach Schwerin führte, war ein aus Richtung Hamburg kommender französischer Proviant-Transport gesichtet worden. Achtunddreißig Fahrzeuge, also eine nicht gerade kleine Jagdbeute erwartete uns. Sollten die Dänen ihrer Wege ziehen, jener Proviantzug lohnte mehr. Und weshalb sollte unser Überfall denn nicht erfolgreich sein? Zusammen mit den Kosaken, die ebenfalls bereits auf ihren Zottelpferden saßen, waren wir etwa zweihundert Mann. Und die »Musjöhs« ahnten ja nicht einmal, dass ihre Fuhrwerke so nah an uns vorüberrumpelten.

Der Mond war längst nicht mehr zu sehen, wir ritten durch eine wolkenverhangene, schwülheiße Nacht; Bäume und Büsche waren nur schemenhaft zu erkennen. Einer hinter dem anderen hielten wir uns, eine lange Reihe schweigsamer Reiter. Vor mir Thies auf seiner Fuchsstute, hinter mir Petrus Himmel, der immer wieder voller Unternehmungslust schnaubte, fast so, als wäre er selbst sein Ross. Endlich gab es wieder etwas zu tun, endlich hatte die leidige Warterei aufs nächste Gefecht ihr Ende gefunden, so stand's ihm ins Gesicht geschrieben.

Wie mir zumute war? Ich war längst hellwach, mein Herz klopfte zum Zerspringen. Es ging in den Kampf und ich war dabei und würde mich bewähren müssen.

Im weiten Bogen umritten wir den Transport der Franzosen und erreichten ein Waldgebiet, das dem Major geeignet erschien, den Überfall zu wagen. Auf der einen Seite der sandigen Landstraße erhoben sich hohe, dunkel schweigende Kiefern, auf der anderen zog sich eine dichte Schonung hin. Wir beabsichtigten, den Feind von mehreren Seiten anzugreifen. Die Kosaken sollten ihm den Weg nach Schwerin abschneiden, wir Lützower erhielten den Befehl, ihn im Rücken und von links und rechts in die Zange zu nehmen.

Leutnant Körner, Thies und ich, der Rittmeister, Konrad Kohlsaat, Petrus Himmel, Thomas Kelch und Burchard Voß, wir gehörten zu denen, die sich im Kiefernwald verstecken und den Feind von links angreifen sollten. Dort, im dunklen Tann, saßen wir ab und beruhigten unsere Rösser, indem wir ihnen Hals und Kruppe tätschelten. Sie spürten, dass uns ein Kampf bevorstand, jedes erregte Wiehern oder Schnauben hätte uns verraten.

Lange mussten wir warten. Ein oder zwei Stunden? Mein Zeitgefühl hatte ich längst verloren.

Thies sah mich immer wieder besorgt an, und einmal flüsterte er mir zu: »Halte dich, wenn's so weit ist, dicht an meiner Seite. Der Franzmann, der auf dich anlegt, fragt nicht lange, wie alt du bist.«

Mir wurde eng im Hals, und mehr als einmal griff ich nach meinem Säbel, um mich zu vergewissern, dass er noch griffbereit an meiner Seite hing. Inzwischen war Nebel aufgekommen, einer dieser dichten, hellgrauen Morgennebel. Ich versuchte, ihn mit meinen Augen zu durchdringen. Aus diesem Nebel heraus würden sie auf uns zugefahren kommen, die Fuhrwerke der Franzosen …

Auch Petrus ahnte, wie mir zumute war.

»Oh, Bruder!«, raunte er mir zu, als erwartete mich eines der schönsten Erlebnisse meines Lebens. »Wird das eine Hatz geben! Pass nur immer schön auf deinen Hintern auf. Ein Loch ist schon drin, schießen sie dir ein zweites rein, hast du eines zu viel.«

Und leise lachend kniff er ein Auge zu.

Mutig lächelte ich zurück – und konnte tatsächlich wieder etwas freier atmen.

Erst als ich schon glaubte, ein noch längeres Warten würden Hera und ich nicht aushalten, wurde gemeldet, dass die Wagenkolonne der Franzosen sich uns näherte. Und tatsächlich, nicht lange, und dumpfe Hufschläge und das Knarren und Rumpeln vieler schwer beladener Fuhrwerke waren zu hören. Wir saßen auf, der Major aber wollte den Befehl zum Blasen des Angriffssignals noch nicht geben.

Vor Aufregung begann ich zu keuchen. Die Geräusche der Wagenkolonne wurden immer lauter, doch noch war nichts zu sehen. Wann, verflucht noch mal, würde der erste Franzose oder der erste Wagen sich denn aus dem Nebel herausschälen?

Es sollte endlich losgehen, sonst preschte die schon unruhig tänzelnde Hera noch vor der Zeit mit mir davon.

Dann, mit einem Mal, fast wie ein Spuk, tauchte er aus dem Nebel auf, der erste Proviantwagen. Wir aber rührten uns noch immer nicht, warteten auf das Angriffssignal.

Dem ersten Wagen folgte ein zweiter, ein dritter, ein vierter ... Ein Wagen nach dem anderen rollte an uns vorüber. Nebenher marschierten Soldaten. Französische Soldaten. Die ersten Franzosen, die ich je zu Gesicht bekommen hatte; müde wirkende Männer in fremden Uniformen und mit übers wild wuchernde Haar gestülpten Hüten, in denen – wie verrückt! – jeder einen Löffel stecken hatte.

Sollten das die großen Helden sein, die, nachdem sie halb Europa überrannt hatten, am Ende bis nach Moskau marschiert waren? Ich war enttäuscht, diese Männer erinnerten mehr an hungrige Räuber als an todesverachtende Krieger.

Thies sah mich an – und lächelte erleichtert. Ich wusste, warum. Ihn freute, dass wir es mit keiner Kavallerie, sondern allein mit Infanterie zu tun bekommen würden! Das würde uns, wenn sie auch viele waren, eine mögliche Flucht erleichtern.

Endlich – der Trompetenstoß! Das Angriffssignal!

»Drauf!«, schrie Leutnant Körner und preschte als Erster aus dem Kieferngehölz hervor. Der hoch erhobene Säbel und sein auch im Dunkeln gut zu erkennender Schimmel wiesen uns den Weg, mit »*Vivat Victoria!*« folgten wir ihm einer nach dem anderen. Und vielleicht schrie ich am lautesten, um auch den letzten Rest Furcht in mir zu übertönen.

Auch die Kameraden, die die Kolonne im Rücken und von rechts angreifen sollten, waren vorgeprescht und von vorn – wie Gespensterreiter – kamen die Kosaken herangestürmt. So schnell konnte niemand schauen, wie die Fuhrleute – alles

Bauern, die von den Franzosen gezwungen worden waren, diesen Transport durchzuführen – von ihren Wagen gesprungen waren. Einige befreiten erst noch ihre Pferde aus den Strängen und verschwanden auf den ungesattelten Gäulen querfeldein im Nebel, andere flüchteten zu Fuß. Die von unserem Angriff ebenfalls überrumpelten Franzosen jedoch setzten sich zur Wehr. Im Nu waren sie zwischen den Fuhrwerken in Stellung gegangen und schon pfiffen uns die ersten Kugeln um die Köpfe.

Verwirrt, ohne zu wissen, was nun zu tun war, ritt ich, den Säbel in der Hand, immer weiter auf sie zu. In mir glühte alles, ich konnte keinen klaren Gedanken mehr fassen. Bis Thies mir in die Zügel griff. »Zurück!«, schrie er mich an. »Zurück! Oder willst du zur lebenden Zielscheibe werden?«

Im gleichen Augenblick wurde auch schon zum Sammeln geblasen. Unser erster Angriff, er war abgeschlagen. Die Franzosen lagen in guter Deckung, wären wir weiter auf sie zugeritten, hätten wir sie niedermetzeln können, jedoch nicht ohne selbst unzählige Opfer beklagen zu müssen. Noch immer den Säbel in der Hand, trieb ich Hera in den schützenden Kiefernwald zurück, während hinter uns her die französischen Kugeln pfiffen.

Das Signal zum Sammeln kam einem Befehl gleich; ein Befehl, dem nicht alle folgten.

Noch heute frage ich mich, ob Leutnant Körner das Signal zum Sammeln nur überhört hatte oder ob er es einfach nicht zur Kenntnis nehmen wollte.

»Rache für Kitzen!«, schrie er und: »Hurra, Jäger, vorwärts!« – und stürmte trotz des Signals zum Rückzug immer weiter voran, den Kohlsaat, den Voß und noch einige andere im Gefolge. Wie vom Himmel auf die Erde herabgesandte böse Rachegötter stürmten sie auf die Franzosen los, die wie wild um sich schossen; Beweis dafür, dass der Leutnant den Verrat von Kitzen, dem so viele seiner Kameraden zum Opfer gefallen waren und der auch ihm fast das Leben kostete, noch immer nicht verwunden hatte. All seine Wut über diese Schmach, sein Zorn und seine Trauer entluden sich in diesem Moment.

Der Rittmeister schrie noch: »Zurück, Herr Leutnant! Zurück!« Leutnant Körner aber hörte nicht auf ihn. Er wollte endlich seine Rache haben. Fast im gleichen Augenblick, das Bild steht mir noch vor Augen, streiften die Kugeln der Franzosen schon den Hals seines Schimmels, der sich wild aufbäumte, und danach traf es den Leutnant. Es riss ihn vom Pferd, er hing im Steigbügel, konnte sich nicht daraus befreien und wurde mitgeschleift …

Der Kohlsaat und der Voß, sofort sprangen sie ab, um dem Leutnant zu Hilfe zu eilen. Konrad Kohlsaat packte den Schimmel am Zügel, Burchard Voß löste den Fuß aus dem Steigbügel und trug den Leutnant – alles im unaufhörlichen Kugelhagel der Franzosen – in den Graben an der Straßenböschung. Erst dort, vor weiteren Kugeln geschützt, legte er ihn nieder. Und im Graben, so erzählte der Burchard später immer wieder, soll unser Leutnant ein letztes Mal die Augen aufgeschlagen, ihn angelächelt und wie mit Kinderstimme in seinem Dresdner Sächsisch gesagt haben: »Da haste nu eens – schad't aber nischt.«

Ich hatte alles nur mit vor Schreck weit aufgerissenen Augen verfolgt, unfähig zu begreifen, was wirklich passiert war.

Unser Rittmeister hingegen tobte. »Dieser dumme Junge!«, schrie er mit zorngerötetem Gesicht und geballten Fäusten. »Verdammt noch mal! Donner und Doria! Recht geschieht ihm! Hat er denn keine Ohren? Hat er nicht gehört, dass zum Sammeln geblasen wurde? Und all die anderen Ochsen, wozu mussten sie ihm nach? Nur um ihn forttragen zu dürfen? Ein gesicherter Rückzug ist der halbe Sieg. Wollen die Kerle das denn nie begreifen?«

Der alte Soldat, für den ein Befehl etwas war, dem unbedingt Folge geleistet werden musste, konnte nicht begreifen, wie die Rachsucht die Überhand gewinnen konnte. Noch als wir aus dem Wäldchen heraus das Feuer der Franzosen erwiderten, schimpfte er voll Erbitterung vor sich hin.

Hinter einem Baumstamm stehend, gab auch ich einen Schuss nach dem anderen ab. Doch war mir nicht bewusst, was ich da eigentlich tat. Wie einer, der sich selbst fremd ist, feuerte ich meine Kugeln ab. Ob ich einen der Franzosen traf? Ich weiß es nicht. Wenn, dann wohl mehr aus Zufall. Ich sah ja nie mehr als einen Feuerstrahl, der zwischen einem der Fuhrwerke aufblitzte.

Irgendwann war das Gefecht zu Ende – und wir hatten gesiegt. Die überlebenden Franzosen hatten ihre Proviantwagen im Stich gelassen und waren geflüchtet, durch die Schonung irgendwo ins freie Feld hinein, nur immer weiter von uns fort. Einige Kameraden, darunter der Kohlsaat und der Voß, setzten ihnen nach; sie wollten möglichst wenige entkommen lassen.

Ich musste mich, noch immer schwer atmend, erst mal zur Ruhe zwingen, bevor ich meine Büchse schultern und mich nach Thies umblicken konnte. Wo war er? Als wir fliehen mussten, war er hinter mir hergeritten, jetzt konnte ich ihn nirgends entdecken.

Lauthals seinen Namen rufend, lief ich auf die Landstraße hinaus – und stieß auf den weinenden Petrus Himmel. Breitbeinig saß er auf dem Sandboden, hielt Thomas Kelchs Kopf in seinem Schoß und streichelte ihm immer wieder das blutverschmierte Gesicht.

Starr vor Schreck, wagte ich nichts zu fragen. Aber hätte Petrus denn geweint, wenn der Thomas nur verwundet worden wäre? Hätte er ihm dann das Gesicht gestreichelt? – Kein Zweifel: Der immer so sauber gekleidete Thomas Kelch, der so gut zeichnen konnte und sich so oft mit Petrus gestritten hatte – er war tot! Aus seinen vielen Skizzen würden niemals mehr die großen Gemälde werden, von denen er geträumt hatte …

Mir wurde übel, meine Beine schwankten. Ich brach in die Knie und wusste nicht, was ich tun sollte. Bis die Angst um Thies mich wieder hochtrieb: War etwa auch er einer Kugel zum Opfer gefallen?

Ich suchte weiter und stieß auf Konrad Kohlsaat. Die Verfolgung der flüchtenden Franzosen hatte ihm kein Glück gebracht, eine Kugel war ihm in die Hüfte gedrungen, und Kameraden hatten ihn auf einen der Wagen gelegt, vor die noch Pferde gespannt waren. Dort lag er und sah mich an. Und trotz des bleichen Gesichts leuchteten seine Augen vor Triumph. Die Franzosen, so wollte er mir wohl bedeuten, hatten ihn nicht tödlich erwischt, aber dafür er viele Franzosen.

Und Thies?

Ich fand ihn bald – auf einem anderen der noch mit Pferden bespannten Wagen. Auch ihn hatte es getroffen.

Er lag da, sah mich an – und erkannte mich nicht. Die Kugel war ihm in den Rücken gedrungen, der starke Blutverlust hatte ihn geschwächt. Mir kamen die Tränen, und dumm, wie ich war, setzte ich alles daran, doch noch von ihm erkannt zu werden. »Aber Thies!«, rief ich immer wieder, seine matte Hand in meinen beiden Händen. »Ich bin's doch, Joss! Der Joss aus Siebeneichen ... Sieh mich doch nicht so fremd an, wir sind doch Freunde.«

Er hörte meine Worte, schien aber nach wie vor weder mich noch sich selbst zu kennen.

Ein Schauer lief mir über den Rücken. Würde er sterben? Und trug ich die Schuld daran? Die Kugel musste ihn ereilt haben, als er mich in den Wald zurückdrängte. Denn danach war er hinter mir hergeritten, als wollte er mein Schutzschild sein ...

Auch unser Leutnant war, nachdem die Kameraden ihn aus dem Graben gehoben hatten, auf einen der Wagen gelegt worden. Doch war er nicht wieder zu Bewusstsein gekommen, sondern auf sanfte Weise in den Tod hinübergeglitten.

Lange stand ich vor ihm und wollte es nicht glauben.

»Wozu die Aufregung?«, schien der Schlafende mich fragen zu wollen. »Es ist Krieg und im Krieg wird getötet und gestorben. Mach dir nichts draus, ich bin nur einer von vielen.«

Glück?

Nein, es war kein stolzer Siegeszug, der an jenem Morgen aufbrach, um die Toten und Verwundeten, die Gefangenen und die Beute in das Hauptlager der Lützower zu schaffen. Da nur vor wenigen Wagen noch Pferde gespannt waren, konnten wir allein diese Fuhrwerke in unseren Besitz bringen; alle anderen mussten wir auf der Landstraße zurücklassen.

Und hätten wir denn stolz auf unseren Sieg sein dürfen? Wir hatten große Mengen Zwieback und einige andere haltbare Lebensmittel erbeutet, doch welchen Preis hatten wir dafür bezahlt? Vier Tote und nicht wenige Verwundete.

Besonders Petrus Himmel starrte trübsinnig in sich hinein. Er hatte seinen Widerpart verloren: Thomas Kelch, mit dem er so oft gestritten hatte. Sie waren keine Freunde gewesen, doch hatten sie einander wohl mehr gebraucht, als sie vermutet hatten. Wenn es Petrus getroffen hätte, sicher wäre es Thomas nicht anders ergangen.

Da war es kein Trost, dass die Franzosen dreimal mehr Tote zu beklagen hatten als wir. Erst recht nicht für mich. Zum ersten Mal hatte ich erlebt, wie Menschen einander umbrachten und wie schnell ein zuvor noch heftig glühender Lebensfunke erlosch. Wie leicht hätte es auch mich treffen können! Eine Kugel nur, eine einzige Kugel, und für die Welt wäre es gewesen, als hätte es mich nie gegeben.

Vor allem aber: Thies! Ich empfand Schuldgefühle. Er hatte nicht gewollt, dass ich mich den Jägern anschloss, dennoch war er mein Lehrherr und Freund geworden. Und an diesem

Morgen hatte er mich mit seinem Leben beschützt … Würde ich, falls er wieder gesund wurde, diese Schuld jemals abtragen können?

Das derzeitige Hauptquartier der Lützower lag bei Wöbbelin, einem kleinen Ort in der Nähe von Ludwigslust. Ein Weg, der sich hinzog, denn wir kamen nur langsam voran, hatten wir doch die Wagen mit den Toten und Verwundeten und der Beute zu eskortieren.

Die Pferde der Toten und Verwundeten waren an den Fuhrwerken festgebunden; an den Händen gefesselt und mit hängenden Köpfen trotteten die jungen und alten gefangenen Franzosen hinter ihren Gäulen her.

So wurde es Abend, bis wir auf einen Vorposten der Lützowschen Infanterie stießen. Schnell verbreitete sich die Nachricht unseres Sieges in dem weitläufigen Soldatenlager. Überall erhob sich Lärm, und gleich kamen sie auf uns zugestürmt, all die Männer in den schwarz gefärbten Kleidern, die hier auf ihren nächsten Einsatz warteten. Dann, mit einem Schlag, verstummte aller Begrüßungsjubel: Unsere Toten waren entdeckt worden – und unter ihnen Leutnant Körner, der bei allen so beliebte Kämpfer, Dichter und Sänger.

In wie viele erschütterte, bestürzte, zornige Gesichter blickte ich! Warum, so schienen die Kameraden sich zu fragen, musste es ausgerechnet ihn treffen? Welcher Gott konnte so ungerecht sein oder so gleichgültig?

Unsere vier Toten wurden in eine Kate geschafft und mit Eichenlaub geschmückt, danach wurde Abschied genommen. Einer nach dem anderen trat vor die gefallenen Helden hin, um sich still zu verneigen.

Ich wich nicht von Thies' Seite. Immer wieder sah ich ihm

voller Hoffnung ins Gesicht: Wie ging es ihm nach diesem langen Transport auf dem hin und her schaukelnden, öfter über Steine holpernden Fuhrwerk? Bisher hatte er noch kein einziges Mal die Augen geöffnet; bewusstlos, das Gesicht weiß wie Schnee, lag er zwischen den anderen Verwundeten.

Ungeduldig bedrängte ich den emsig arbeitenden Feldscher mit der offenen braunen Weste über dem blutverschmierten Hemd, dass er sich möglichst bald auch um Thies kümmere. Als er endlich kam, schnitt er dem Bewusstlosen, ohne ihn erst lange zu betäuben, die Kugel aus dem Rücken und stillte die Blutung, indem er einen straffen Verband anlegte. Während der Operation hatte Thies einmal laut aufgeschrien, doch war er nicht zu Bewusstsein gelangt.

Mich vor Sorge und Aufregung fest in die geballte Faust beißend, hatte ich bei allem zugesehen und die Tränen nicht zurückhalten können. Der Feldscher hatte es bemerkt. »Sein Freund und guter Kamerad?«, fragte er, bevor er sich dem nächsten Verwundeten zuwandte.

Ich konnte nur still nicken und da seufzte er. »Nun ja, es hat ihn böse erwischt. Es wird ein Weilchen dauern, bis er wieder auf den Beinen ist.«

»Wird er … wird er …« Mehr brachte ich nicht heraus.

»Sterben?«, fragte der Feldscher. »Nein, nein! Das sicher nicht. Doch wird er lange weder reiten noch gehen können. Er braucht einen Kameraden, der für ihn sorgt.«

»Den hat er«, platzte ich sofort heraus.

»Hab ich's mir doch gedacht.« Nickend lächelte der Feldscher mir zu und beugte sich als Nächstes über Konrad Kohlsaat, der ihm schon erwartungsvoll entgegengeblickt hatte. Doch war er mit einer eher harmlosen Fleischwunde davongekommen und so konnte er weiter gegen die Franzosen wettern.

»Diese lächerliche Bagage!«, knurrte er, als der Feldscher ihm den Verband anlegte. »Nicht mal gute Schützen sind sie. Drei für einen haben sie bezahlt. Na, wenn das kein achtbarer Preis ist!«

Der Feldscher antwortete nichts und ich wandte mich lieber wieder Thies zu. Mir war jeder Preis zu hoch.

Thies lag da, die Augen geschlossen, und rührte sich noch immer nicht. Bis er mit einem Mal unruhig wurde und irgendwas in sich hineinflüsterte. Auf seiner Stirn glänzte Schweiß.

»Thies?«, fragte ich leise. »Bist du wach? Kannst du mich hören?«

Aber nein, er hörte mich nicht. Er wurde nur noch unruhiger und der Schweiß auf seiner Stirn perlte noch heftiger. Da überlegte ich nicht länger. Ich sprang auf, riss mir einen Streifen aus meinem Hemd und lief damit zum Brunnen, um das Stück Stoff anzufeuchten und ihm danach tropfnass auf die Stirn zu legen.

Im gleichen Augenblick seufzte er laut auf, und der Feldscher, der alles mitverfolgt hatte, nickte erneut. »Na also! Hat Er's gehört? Das war sein Dankeschön. Kümmere Er sich nur weiter so gut um den Freund, dann wird Er ihn auch behalten.«

Unter den Infanteristen gab es zwei Schreiner. Noch am selben Abend besorgten sie sich Holz und in der Nacht schreinerten sie vier Särge.

Andere hoben am Morgen Gräber aus, direkt unter zwei großen Eichen – eines für den Leutnant, ein weitaus größeres für Thomas Kelch und jene beiden mir nicht so gut bekannten Kameraden. Um die Mittagszeit fand die Beerdigung statt. Unter gedämpftem Trommelschlag wurden die Särge herangetragen und viele, sehr viele Kameraden folgten ihnen.

Kaum waren die Särge in die Gräber hinuntergelassen, beteten wir. »Hör uns, Allmächtiger!« Burchard Voß erschien das nicht genug. Er verlangte, dass wir eine Ehrensalve abgaben. Doch wollte der Major das nicht erlauben, konnte es doch sein, dass sich nicht weit von uns Franzosen oder mit ihnen Verbündete herumtrieben.

Allein mit einem Lied unseres Leutnants durften wir die Toten ehren: *»Das ist Lützows wilde, verwegene Jagd.«* Doch nein, kein munterer Stolz, keine Kampfeslust. Wir durften ja nur sehr leise singen. Aber auch wenn es anders gewesen wäre, vor den offenen Gräbern wäre kaum einer laut geworden.

Ich musste während dieser Zeremonie an Thies' Worte vom Glückskind denken. Unser Leutnant! Bisher hatte er tatsächlich immer nur Glück gehabt. Und jetzt? Jetzt hatte er so jung sterben müssen. Wirkten all die vorangegangenen Erfolge im Rückblick nicht wie Hohn? Die schönsten Erwartungen an die Zukunft – einfach weggeweht?

Es wurde dann aber doch noch eine Ehrensalve abgefeuert. Denn kaum war unser Lied verklungen, kamen die Kosaken herangesprengt. Vorneweg ihr Hauptmann. Vor den Gräbern zügelten sie ihre kleinen, zottigen Gäule, und dann riss der Kosakenhauptmann, ohne auf die abwehrenden Gesten unseres Majors zu achten, auch schon die Pistole aus dem Gürtel, um krachend in die Luft zu feuern.

»Dobry kamerad prusski!«, rief er im Gedenken an unseren Leutnant. *»Dobry kamerad prusski!«*

»Guter preußischer Kamerad«, hieß das. Aber woher hätten die Kosaken denn wissen sollen, dass unser für Preußen und Deutschland und ganz Europa gefallener Leutnant in Wahrheit ein Dresdner, also Sachse war?

Tags darauf brach unsere Kavallerie auf, um weiter im Rücken des Feindes zu kämpfen. Nur ich blieb bei Thies, wie ich es dem Feldscher versprochen hatte, kümmerte mich um ihn, um seine Fuchsstute und um Hera.

Petrus Himmel kam, um sich von Thies, der noch immer nicht wieder zu Bewusstsein gelangt war, zu verabschieden, und drückte auch mir lange die Hand. »Pass gut auf ihn auf, Bruder«, bat er mich mit ungewohnt ernster Miene. »Zwar ist er ein Querkopf, doch wie langweilig wäre die Welt, wenn alle so klug und vernünftig wären wie ich?«

Sagte es, kniff ein Auge zu und lächelte. Doch war das kein fröhliches Lächeln. Thomas Kelchs Verlust schmerzte ihn noch immer. Mit wem sollte er nun über all solche Nichtigkeiten wie Sauberkeit und Kleidung streiten?

Als er schon auf seinem Braunen saß, rief er mir noch zu: »Wir sehen uns wieder!«, und heftig nickend winkte ich ihm nach. Ich wollte ihn gern wiedersehen, den meistens so gut gelaunten Bäckergesellen, der seine ganz eigene Auffassung von den Notwendigkeiten des Lebens hatte. Ob wir uns aber wirklich noch einmal begegnen würden? Darüber würde ganz allein der Herr im Himmel entscheiden, und der, das wusste ich längst, entschied nicht selten ganz und gar gegen unsere Wünsche.

Auch unser Rittmeister kam, um sich zu verabschieden. »Junge«, bat er Thies, obwohl er sah, dass Thies ihn nicht hören konnte, »sei jetzt nur hübsch vernünftig! Kurier dich aus. Was nützen uns nicht einsatzfähige Helden?«

Zu mir sagte er: »Potz Blitz! Da wollte Er nun möglichst viele Franzosen totschießen und jetzt muss Er den barmherzigen Samariter spielen. Seltsame Wege weist uns Gott. Doch was bleibt uns anderes übrig, wir müssen uns fügen.«

Erst nach drei Tagen schlug Thies die Augen auf. Zuvor hatte der Feldscher noch zweimal nach ihm gesehen. Beide Male hatte er mir am Ende Mut gemacht. »Wird schon, wird schon! Die Wunde kennt die Zeit, die sie braucht, um zu heilen.«

An jenem frühen Morgen, an dem Thies endlich wieder zu sich kam – das Gras vor der Kate, in der er lag, war noch nass vom Tau –, brauchte er lange, um sich daran zu erinnern, wie es zu seiner Verwundung gekommen war.

»Pech gehabt«, flüsterte er, als ihm alles wieder vor Augen stand, »aber auch Glück. Oder?« Und bei dieser Frage sah er mich an, wie er mich zuvor noch nie angeschaut hatte.

»Ja«, sagte ich, »sogar sehr viel Glück.« Ein solcher Schuss in den Rücken, nur ein paar Zentimeter höher und weiter links, hätte auch sein Ende bedeuten können.

»Und?«, fragte er weiter. »Gab es viele, die nicht solches – Glück – hatten?«

So musste ich ihm von Leutnant Körner, Thomas Kelch und den anderen beiden Toten erzählen und ihm verraten, dass sie hier, unter den Wöbbeliner Eichen, begraben lagen.

Eine Weile starrte er mit ausdruckslosem Gesicht vor sich hin, dann schloss er die Augen, als wollte er in seine Bewusstlosigkeit zurückfliehen. Als er sie wieder aufschlug, lag Bitterkeit in seinem Blick. »Der Thomas! So ein feiner Kerl!«

Auch über die anderen beiden Toten wusste er nur Gutes zu sagen, allein über Leutnant Körner schwieg er lange. Dieser Tod, das sah ich ihm an, schmerzte ihn am heftigsten. Zwar hatten ihm manche Lieder unseres Leutnants nicht gefallen, doch hatte er ihn geliebt und bewundert wie alle anderen. Kein Lützower, so sagte er, als er endlich doch über ihn sprach, habe mehr aufgegeben als der Leutnant. Hoftheaterdichter in Wien, große Erfolge mit seinen Theaterstücken und eine wunderschöne und noch dazu sehr berühmte Verlobte – alles, alles aufgegeben, um sein Leben fürs Vaterland einzusetzen!

Sagte es und schloss wieder die Augen. Das lange Reden hatte ihn angestrengt.

Erst gegen Mittag erwachte er erneut. Eine helle, warme Sonne stand am Himmel. »Zieh mich ins Freie«, bat er. »Ich brauche Licht – und Luft.«

Vorsichtig packte ich ihn an den Füßen und zog ihn, der wie alle Verwundeten auf der blanken Erde lag, in das warme, satte Gras. Das muss ihn, sosehr ich mich auch bemühte, sanft mit ihm umzugehen, heftig geschmerzt haben. Doch biss er die Zähne zusammen und lächelte, als er endlich in der Sonne lag. »Danke, Herr Sanitäter!«

Ich ging auf den scherzhaften Ton ein. »Bitte, Herr Patient!«

Doch verschwand das Lächeln rasch wieder aus seinem Gesicht. Ihm musste wieder eingefallen sein, was ich über unsere vier Toten gesagt hatte. »Und die anderen?«, wollte er wissen. »Wo ist der Major? Und der Rittmeister? Warum lässt sich keiner blicken? Bin ich ihnen so gleichgültig?«

Ich erzählte ihm, dass die Kavallerie schon vor Tagen aufgebrochen war, um weiter Patrouille zu reiten, und dass Petrus und der Rittmeister sich zuvor von ihm verabschiedet hatten, er das aber verschlafen hätte.

Da blickte er mir tief in die Augen. »Und du? Warum bist du nicht mitgeritten?«

Eine Frage, die mich verlegen machte. »Weil ich dem Feldscher versprochen habe, dir zur Seite zu stehen, solange du Hilfe brauchst.«

Sein Blick ließ mich nicht los. »Und? Macht es Spaß, den Sanitäter spielen zu müssen, anstatt weiter Franzosen zu jagen?«

»Einer … einer muss es ja machen.«

Ich wich seinem Blick aus, starrte lieber zum blauen Himmel hoch. Aber dann konnte ich nicht länger an mich halten und sagte geradeheraus, was ich vermutete, nämlich dass er nur deshalb von dieser Kugel getroffen wurde, weil er als mein Schutzschild hinter mir hergeritten war. »Wärst du vor mir geritten, hätte die Kugel nur mich treffen können, nicht aber dich.«

»Nein!« Er wollte den Kopf schütteln, allein die Schmerzen hinderten ihn daran. »Einer musste ja hinten reiten. Oder hätten wir etwa neben- oder übereinander reiten sollen?«

Ein verunglückter Scherz. Auch glaubte ich ihm nicht, dass er nur zufällig hinter mir geritten war. Er sah mir das an, schwieg längere Zeit und sagte schließlich: »Dieser Angriff war übereilt geschehen … War doch klar, dass die Franzosen ihre Büchsen auf uns anlegen, wenn wir so einfach auf sie losstürmen … Siege, die durch allzu viele Opfer erkauft werden müssen, gefallen mir nicht.«

»Du hast doch bestimmt Hunger.« Ich wechselte lieber das Thema. »Soll ich dir Suppe holen?«

Er ging darauf nicht ein. »Weißt du, was das Schlimmste am Krieg ist?«, fragte er mich stattdessen – und beantwortete sich die Frage selbst: »Das Schlimmste ist, dass ein Einzelner nicht viel zählt. Und dabei ist doch jeder Einzelne sich selbst das Wichtigste auf der Welt. Oder etwa nicht?«

Wenige Tage später zog auch die Infanterie fort. Und damit musste für Thies, der, im Gegensatz zum Kohlsaat und anderen Verwundeten, noch längst nicht wieder in der Lage war, sich den Kameraden anzuschließen, ein Versteck gefunden werden, in dem er seine Verletzung auskurieren konnte.

Fest stand: In Wöbbelin oder einem anderen Ort der näheren Umgebung durfte er nicht bleiben. Die Gefahr, dass unser Lager über kurz oder lang von den Franzosen oder ihren Verbündeten ausgespäht und jede Ortschaft drum herum abgesucht wurde, war viel zu groß. Und das nicht zuletzt deshalb, weil einer der Jäger in die Eiche, unter der unser Leutnant begraben lag, mit tiefen Schnitten dessen Namen eingekerbt hatte. So würde jeder, der lesen konnte, bald wissen, dass wir hier biwakiert hatten.

Ich gestehe, ich war nicht traurig, als die Infanterie abzog. Sie war mit der Kavallerie nicht zu vergleichen. Es gab zu viele zwielichtige Gestalten unter ihnen, auch Landstreicher und ehemalige Zuchthäusler. Einer von ihnen, Jacob Handlos war er gerufen worden, ein stiernackiger Pfälzer mit rübenrotem, feistem Gesicht, hatte mal versucht, mich auszufragen. Woher ich komme, hatte er wissen wollen, und wer Thies sei. Sein Interesse, das sah ich sofort, richtete sich allein darauf, ob Thies vielleicht ein vermögender junger Herr war, bei dem es was zu holen gab.

Viele werden es nicht gern hören, doch ist es nun einmal die Wahrheit: Manch einer war aus keinem anderen Grund Lützower geworden als dem, bei uns unterzutauchen. Entweder war er vor der Polizei geflohen, vor seinen Gläubigern oder der Frau, die er zur Mutter gemacht hatte, aber nicht heiraten wollte. Als diese mal mehr, mal weniger wilden Gesellen abzogen, atmete ich auf.

Wo aber sollten Thies und ich nun hin? Anfangs dachte ich an Siebeneichen. Mutter Marie würde Thies schon gesund pflegen. Doch war Siebeneichen viele Tagesritte weit entfernt, eine solche Tortur hätte Thies nicht überstanden. Fort aber mussten wir, und so bestiegen Thies und ich schon bald unsere

Gäule – Thies seine Fuchsstute nur unter großen Schmerzen und mit meiner Hilfe – und machten uns auf den Weg dorthin, wo es Leute gab, die, wie wir hofften, den Schwarzen Jägern wohlgesinnt waren.

Dritter Teil Jetzt oder nie

Gundel

Ein Ritt, der sich hinzog. Viel zu oft, immer dann, wenn Thies' Schmerzen zu stark wurden, mussten wir Erholungspausen einlegen. Ich half ihm vom Pferd und er legte sich ins Gras und atmete tief durch. Ging es ihm danach wieder besser, lächelte er jedes Mal, als wollte er sich dafür entschuldigen, dass er mir eine solche »Last« war.

Ich lächelte kein einziges Mal zurück. Er war mir keine Last. Vielleicht hatte er mir das Leben gerettet; es war meine Pflicht, alles zu tun, damit er bald wieder auf die Beine kam. Außerdem: Waren wir denn nicht längst Freunde geworden?

Zum Glück war es ein sehr sonniger, warmer Tag. Der Wind war lau und das Gras duftete satt, und wir hatten genügend Proviant dabei: Brot und Schinken. Unsere Feldflaschen konnten wir bei jeder Rast neu auffüllen, so viele kleine Bäche quirlten neben uns her.

Erst als sich ein milder roter Abend über die ebene, mal grüne, mal braunerdige Landschaft senkte, machten wir uns Gedanken über unser Nachtquartier. Sollten wir in einem der kleinen Wäldchen links oder rechts vom Weg unser Lager aufschlagen?

Besser nicht! Dieser schöne, warme Tag und der Streichelwind, der uns umwedelte, durften uns nicht zum Leichtsinn verleiten. Es war bereits Anfang September, die Nächte wurden schon kühl. Eine schlimme Erkältung oder gar eine Lungenentzündung hätte der geschwächte Thies nicht überlebt.

Blieb uns nur zu hoffen, dass wir irgendwann auf jemanden stoßen würden, den wir nach dem nächsten Gehöft fragen konnten. Ein Heuschober oder eine Scheune wäre genau das Richtige für uns gewesen. Lange aber trafen wir niemanden. Es war, als wären wir beide, abgesehen von Vögeln und Feldhasen, die einzigen Lebewesen auf der ganzen weiten Welt.

Endlich, als es schon dämmerte, entdeckten wir weit vor uns eine dunkle Frauengestalt. Am Rande eines Feldweges ging sie, einen Handwagen zog sie hinter sich her. Wir verfielen in einen kurzen Galopp, holten sie ein und sahen, dass sie nach Kartoffeln gegraben hatte. Der mehrfach mit Bast und Weidenruten geflickte Handwagen, der jedes Mal, wenn er über einen Stein rumpelte, knarrte und knackte, als wollte er unter seinem Gewicht zusammenbrechen, war voll davon. Obendrauf lag eine leere Kiepe.

Sie hatte unser Hufgetrappel gehört und war stehen geblieben, um uns voller Misstrauen entgegenzublicken. Ich sah, dass sie noch sehr jung war, und grüßte höflich, um ihr jede Sorge zu nehmen.

Auch Thies wünschte ihr einen guten Abend und bat sie, sich nur ja nicht zu fürchten. »Wir sind nichts weiter als zwei sehr, sehr müde Gesellen, die ein Nachtquartier suchen«, sagte er lächelnd. »Und Sie kommt doch sicher aus einem Dorf und weiß, wer eine Scheune oder einen Heuschober zu vermieten hat.«

Das mit dem »vermieten« sollte lustig klingen. Die junge Frau jedoch – groß, kräftig, dunkle Augen, dunkles Haar und trotz des noch warmen Abends in mehrere Röcke und Schals gewickelt – blieb ganz ernst. Lange musterte sie Thies, dann mich, dann wieder Thies. »Ihr tragt die schwarze Uniform«, sagte sie danach und bewies uns damit, dass sie nicht hinter dem Mond lebte. »Seid Ihr Lützower?«

Thies nickte nur stumm und ich blickte gespannt diese noch so junge Frau an. Wie würde sie reagieren? Viele Dörfler bewunderten die Schwarzen Jäger, andere fürchteten sie, weil die Franzosen nicht gerade zimperlich mit denen umsprangen, die einen Lützower beherbergten.

Wieder blickte die junge Frau erst Thies, dann mich und danach erneut Thies an. »Und warum seid Ihr nur zu zweit?«

Auch dieses Misstrauen bewies einen wachen Verstand. Konnte sich ja jeder Rock und Hose schwarz färben, um als einer der viel bewunderten Lützower um Aufnahme zu bitten. Und am nächsten Morgen hatte er vielleicht seine Wirtsleute ausgeplündert und ihnen aus lauter Dankbarkeit zuvor auch noch die Kehle durchgeschnitten.

»Ich bin verwundet«, erklärte Thies bereitwillig. »Eine Kugel im Rücken. Zwar ist sie herausgeschnitten worden, doch bin ich noch sehr geschwächt und brauche Ruhe. Und der Joss hier, das ist mein Samariter. Ohne ihn bin ich hilflos wie ein Vogel ohne Flügel.«

Sagte es und sah die junge Frau fest an. Ein Blick, den ich so deutete: »Weshalb sollte ich lügen? Sehe ich aus wie ein Strauchdieb oder Meuchelmörder?«

Sie dachte nach und wir warteten. Was würde sie jetzt tun? Würde sie uns in ihr Dorf geleiten? Ja, aber was für Menschen lebten in diesem Dorf? Mutige oder eher ängstliche, hilfreiche oder verräterische?

Sie überlegte lange, doch am Ende nickte sie. »Na, dann folgt mir. Ist nicht mehr weit. Doch kann ich Euch nichts versprechen, bin auf dem Hof nur die Magd.«

Und damit zog sie weiter ihren voll beladenen Handwagen hinter sich her, und wir folgten ihr wie zwei Schatten, um deren Begleitung sie nicht gebeten hatte.

Das Dorf hieß Wulfshagen und bestand aus nicht mehr als zehn oder zwölf Höfen. Der Hof, auf den die junge Frau ihren Handwagen zog, lag ein gutes Stück abseits von den anderen. Was Thies und ich als gutes Omen betrachteten. Konnte uns denn Besseres passieren? In der Mitte des Dorfes wäre unsere Ankunft sicher aufgefallen und nichts wünschten wir uns weniger.

Einander erleichtert zunickend, ja, fast schon froh gestimmt, ritten wir in diesen Hof ein. Die Verhandlung allerdings, die Thies danach in der dunklen, nur durch ein Öllämpchen erhellten Bauernstube führte, ernüchterte uns bald.

Ich sehe noch alles vor mir: Wir beide, Thies und ich, wie wir an dem großen, wuchtigen, vor Alter schon ganz schwarzen Tisch saßen, der fast die ganze Stube ausfüllte. Uns gegenüber der Bauer, ein langer, eckiger, stumpfnasiger Mann in hohen Stiefeln und mit nur noch wenigen dünnen, grauen Haaren auf dem von Wind und Wetter gegerbten Schädel. Sogar zu Hause trug er seine dicke Joppe. Rechts neben ihm seine Frau: groß wie ein Grenadier, hageres Gesicht, tiefe Krähenfüße unter den Augen, abweisender Blick. Links von ihm seine oder ihre Mutter, eine schon sehr alte Frau mit eng stehenden, kalten Augen und so trockener, schlaffer Haut, dass sie ganz und gar aus Pergamentpapier zu sein schien. Auf ihrem Kopf eine rosa Nachthaube, obwohl noch längst nicht Schlafenszeit war.

Die Magd, von der wir inzwischen wussten, dass sie Gundel hieß, hatte ihnen gesagt, weshalb wir gekommen waren. Der Bauer – sein Name war Nufer, Leberecht Nufer – schien auch gar nicht abgeneigt zu sein, uns seine Scheune für die Nacht zu überlassen. Doch wollte er sie uns tatsächlich »vermieten« und nicht etwa nur für ein freundliches Dankeschön überlassen.

»Ihr wisst sicher, dass wir uns in Gefahr begeben, wenn wir Lützower aufnehmen«, entschuldigte er sich mit so knarziger Stimme, als kostete jedes Wort ihm große Mühe. »Werdet Ihr entdeckt oder verraten, wird der Franzos uns nicht erst lange fragen, warum und wie lange wir Euch beherbergt haben.«

Thies wusste sofort, worum es ging. »Das ist unbestritten«, sagte er und nickte, »Er geht ein Risiko ein. Doch für wie viel ist Er bereit, die Gefahr auf sich zu nehmen? Und denke Er bitte nicht an eine einzige Nacht – denke Er an zwei Wochen. Ich bin verwundet und brauche Ruhe. Und weshalb sollte ich mich woanders sicherer fühlen als in Seiner Scheune?«

Damit hatte ich nicht gerechnet. Zwei Wochen? Nicht eine einzige Nacht, sondern zwei Wochen? Und die bei diesem Bauern und den beiden so griesgrämig blickenden Frauen? Dem Nufer sah man doch an, dass er geizig und geldgierig war. Zwar war seine Furcht vor den Franzosen nicht unberechtigt, doch änderte das Geld, das er Thies abluchsen wollte, etwas an der Gefahr, der er sich aussetzte? Auch könnte er, falls wir entdeckt wurden, doch sagen, wir hätten uns heimlich in seine Scheune geschlichen, um uns dort vor aller Welt – also auch vor ihm! – zu verstecken. Wer wollte ihm anderes beweisen?

Ja, und dann: Fühlte Thies sich tatsächlich so schwach, dass wir tags darauf nicht weiterreiten konnten, oder gab es dafür noch einen anderen Grund?

Ich sah ihn an – und bemerkte den freundlichen Blick, mit dem er die Magd musterte. Was uns auf dem Weg in dieses Dorf nicht aufgefallen war, weil bereits die Abenddämmerung eingesetzt und die junge Frau so viele Röcke und Schals getragen hatte, sahen wir jetzt: Zwar war sie kräftig, doch von schlanker Figur und auf herbe Art hübsch. Ihr so ausgeprägtes

Kinn verriet eine gehörige Portion eigenen Willen, der sehr weiche, schön geschwungene Mund aber deutete an, dass sie keine sture Person war.

Sie errötete unter Thies' Blick, doch wich sie ihm nicht aus. Viel eher schien sie ihn auf stumme Art fragen zu wollen: »Meint Ihr das im Ernst? Wollt Ihr wirklich ganze zwei Wochen auf unserem Hof bleiben? Bei diesen Nufers? Und das, wenn ich Euren Blick richtig verstehe, vielleicht nur meinetwegen? Glaubt ja nicht, dass ich Euch aus lauter Dankbarkeit für Eure Zuneigung um den Hals falle. So schön, junger Herr in der schwarzen Uniform, seid Ihr nicht.«

Eine Abfuhr, die nicht zu missdeuten war. Thies jedoch ließ sich davon nicht beeindrucken, und ich begriff, dass er zwei Fliegen mit einer Klappe erschlagen wollte: Einerseits wollte er die junge Magd, die ihm offensichtlich sehr gefiel, nicht so schnell wieder aus den Augen verlieren und uns andererseits – was sehr, sehr klug gedacht war – die Geldgier dieses Bauern zunutze machen. Einer, der uns allein für ein Dankeschön aufgenommen hätte, wäre vielleicht noch in dieser Nacht zu den Franzosen geritten, um bei denen die Hand aufzuhalten. Für vierzehn Tage Quartier aber konnte dieser Leberecht Nufer mehr verlangen, als die Franzosen ihm als Kopfgeld in die Hände gedrückt hätten.

Und richtig, nur kurz rieb sich der Bauer seinen harten Schädel, als müsste er das Ganze erst noch überdenken, dann seufzte er laut, als wollte er sich über die böse Welt beschweren, und sagte: »Tja! Ist ja nun mal so: Im Leben kriegt man nichts geschenkt. Besonders unsereins muss von früh bis spät die Hände rühren, um sich sein bisschen Brot und Brei zu verdienen. Und wenn Ihr bleibt – und dann auch noch so lange! –, werden wir Euch ja wohl ernähren müssen … Und auch Eure

Gäule brauchen ihren Hafer und einen Platz im Stall. Darf sie ja keiner sehen.«

»Rechne Er nur alles in allem und sage Er mir, wie viel«, unterbrach ihn Thies mit gespielt freundlichem Gesicht.

Der Bauer sah erst seine Frau und dann die Alte an, die entweder seine Mutter oder Schwiegermutter war. Die beiden Frauen jedoch machten noch immer keine gnädigen Gesichter, obwohl die Aussicht auf das Geld, das sie für die »Vermietung« ihrer Scheune bekommen würden, sie hatte aufhorchen lassen.

»Alles in allem?« Erneut rieb der Nufer sich den Schädel. »Na ja, drei Taler werden es schon sein, die wir Euch abverlangen müssen.«

»Fünf«, verbesserte seine Frau ihn streng. »Fünf Taler! Und die Hauptbedingung ist, dass der Herr Jäger seine schwarze Uniform verbrennt und Bauernkleider anzieht. Auch müssen die Büchsen und Säbel weit von hier in einen Bach geworfen werden. Ansonsten soll der Herr Jäger seine Taler nur weiter in der Hosentasche wärmen und rasch weiterziehen.«

»Hat Sie denn Kleider für mich?« Thies machte noch immer freundliche Miene zu all diesen Bemühungen, an seiner Not zu verdienen. »Und will Sie mir die verkaufen? Wenn ja, für wie viele Groschen?«

»Ich«, plötzlich hob die Magd, die dieser Verhandlung bisher nur schweigend gefolgt war, die Hand, »ich hätte Kleider für Euch. Sie gehörten meinem verstorbenen Vater und … und Ihr müsst sie mir nicht bezahlen.«

Sie sagte das mit fester Stimme und wieder flog ein Hauch Röte über ihr Gesicht. Rasch sprach sie weiter: »Hose und Hemd werden Euch zu groß sein und sind auch schon sehr zerschlissen, doch erkennt darin niemand den Schwarzen Jäger. Säbel und Büchsen aber müsst Ihr nicht fortwerfen und Eure

Uniform nicht verbrennen. Ich werde alles gut verstecken … dort, wo es niemand findet. Ihr … Ihr wollt, wenn Ihr wieder gesund seid, doch ganz gewiss zu Euren Kameraden zurück.«

Ein Angebot, das der Bäuerin nicht gefiel. Sie zog ein Fischmaul. »Was redet Sie denn da für dummes Zeug? Welches Recht hat Sie, uns in unsere Geschäfte hineinzufuhrwerken?«

Thies überhörte diesen Einwand wie lästiges Fliegengesumm. Höflich wandte er sich Gundel zu. »Ich danke Euch für Eure Bereitschaft, Hilfesuchenden wirkliche Hilfe zu gewähren. Und bin schon jetzt mit allem einverstanden, was Ihr zu tun gedenkt.«

Ein Schlag mitten ins Gesicht der Bauersleute. Er hatte von »wirklicher Hilfe« gesprochen, ganz im Gegensatz zu dem Geschäft, das die Nufers mit ihm machen wollten. Und noch viel schlimmer: Er hatte Gundel mit »Euch« angeredet – und damit wie eine behandelt, die mit ihm auf einer Stufe stand. Den Bauern und seine Frau hatte er ja unentwegt mit »Er« und »Sie« angeredet und so vor ihnen den jungen Herrn gespielt; nicht anders, als sie es von ihm erwartet hatten.

»Setzt meiner Magd keine Flausen in den Kopf!«, beschwerte sich denn auch gleich der Nufer. »Sonst bildet die Trine sich noch ein, hier die Prinzessin spielen zu dürfen. Hab die Waise aus Großherzigkeit aufgenommen, sonst wäre die Knechtstochter uns noch verhungert.«

»Sehr mildherzig!« Thies' Lippen kräuselten sich zu einem spöttischen Lächeln. »Nur – mit Verlaub! – eine Prinzessin ist sie doch. Alle hübschen jungen Frauen sind Prinzessinnen, wenn auch jede auf ihre Art.«

Sagte es und – ein Wunder! – die bisher so ernste Gundel konnte nicht mehr an sich halten und prustete los. Zum ersten Mal sahen wir sie lachen, und so offenbarte sich uns eine ganz andere Gundel: ein junges, heiteres Mädchen, das nur durch ihre Lebensumstände zu so viel Ernsthaftigkeit gezwungen wurde.

Für die beiden Nufer-Frauen war dieses Lachen eine Anmaßung. Hätte nicht die Aussicht auf die fünf Taler bestanden, vielleicht hätten sie Thies und mich in diesem Augenblick doch abgewiesen.

Bauer Nufer half sich aus der Verlegenheit, indem er seine Magd anherrschte: »Lach Sie nicht so albern! Rühre Sie sich und bring Sie den beiden Jägern ein paar Kartoffeln und ein Schälchen Rübenöl in die Scheune! Das aber rasch, unsere Gäste haben sicher Hunger.« Und zu Thies gewandt fügte er hinzu: »Ihr müsst schon damit vorliebnehmen, Besseres haben wir nicht zu bieten. Sind keine guten Zeiten für uns Bauern. Der Franzos frisst uns die Haare vom Kopf.«

Damit wollte er uns verabschieden. Kaum aber waren wir aufgestanden, kam die Frage: »Und wie ist's mit der Bezahlung?«

»Bei Abreise«, antwortete Thies kühl. »Wir handhaben es, wie es üblich ist: Kost und Logis wird bei Abreise beglichen.«

War ja nicht undenkbar, dass diese »hilfsbereiten« Bauersleute zweimal abkassieren wollten – zuerst bei uns und danach bei den Franzosen.

Wir aßen unsere Kartoffeln in der Scheune, im Stroh und zwischen allerlei dort abgestellten Sensen, Harken und Schaufeln; das Lichtstümpfchen in der Stalllaterne, die Gundel mitgebracht hatte, verbreitete nur wenig dämmriges Licht. Zwei, drei Meter von uns entfernt war alles in tiefste Finsternis getaucht. An unserem großen Appetit aber änderte diese Düsternis nichts. In Rübenöl getunkt, schmeckten die erst frisch vom

Feld geholten und in der Schale gekochten Knollen so gut, dass ich Berge davon hätte verdrücken können.

Nach dem Essen zündete Thies sich seine selbst geschnitzte Tabakspfeife an und begann, Gundel ein wenig über ihr Leben auszufragen. Dass sie eine Waise war, wussten wir ja schon.

Anfangs nur zögernd, später redseliger werdend, erzählte sie uns, dass sie in diesem Dorf aufgewachsen war und ihre Eltern, die sich bei den Nufers als Tagelöhner verdingt hatten, früh gestorben waren. Geschwister, Onkel oder Tanten, die sie hätten aufnehmen können, hatte sie nicht. So waren Nufers tatsächlich ihre Rettung gewesen.

»Zuerst waren sie freundlich zu mir. Ich sollte ihnen die fehlende Tochter ersetzen. Später wurde ich immer mehr ihre Magd.« Sie sagte das eher achselzuckend. Es schwang keinerlei Anklage mit.

Thies konnte seine Augen nicht von ihr lassen. »Aber jetzt«, sagte er voller Mitgefühl, »jetzt bist du doch alt genug, um fortzugehen und dich bei anderen Leuten zu verdingen. Weshalb bleibst du?«

Eine Frage, über die Gundel erschrak. Allerdings nicht, weil ihr eine Antwort schwergefallen wäre – allein, weil Thies sie geduzt hatte. Er hatte sie nicht »Ihr« genannt, wie er es zuvor getan hatte, um sie über die Nufers zu stellen, und nicht »Sie«, wie es üblich gewesen wäre, wenn ein Kaufmannssohn, Student und Oberjäger mit einer Magd sprach. Er hatte sie geduzt, als ob sie verwandt oder befreundet miteinander wären.

»Wie redet Ihr denn mit mir?«, beschwerte sie sich auch gleich. »Wollt Ihr Euch über mich lustig machen?« Und vor Scham und Verlegenheit stand sie auf, als wollte sie gehen.

»Ich rede mit dir, wie ich mit jeder guten Freundin reden würde«, antwortete Thies ernst. »Wärst du nicht gewesen, hätten wir vielleicht kein Quartier gefunden und die Nacht im Wald verbringen müssen. Und das hätte meiner Wunde ganz bestimmt nicht gutgetan. So hab ich allen Grund, dir dankbar zu sein.« Und er streckte die Hand aus und sagte: »Ich heiße Thies und du heißt Gundel, und so sollten wir uns anreden.«

In Gundel erwachte neues Misstrauen. Wozu bot dieser junge Herr ihr die Freundschaft an? Was bezweckte er mit seinen Worten? Wollte er sie weichreden, damit sie sich in der Nacht zu ihm legte?

Thies zog die Hand nicht zurück. »Du kennst mich nicht, traust mir vielleicht sogar Schlechtes zu. Aber bitte, der Joss, mein Freund und Samariter, er soll mein Zeuge sein: Bin ich ein Isegrim? Bin ich ein Windbeutel? Hab ich schon mal jemandem etwas Böses getan?«

Gundel sah mich an und was sollte ich tun? Ich schüttelte den Kopf. Thies war ganz bestimmt kein Isegrim und kein Windbeutel, aber ob er schon mal jemandem etwas Böses getan hatte? Woher sollte ich das wissen?

Thies zog die Hand noch immer nicht zurück, sah Gundel nur bittend an. »Ich geb's ja zu: Du gefällst mir! Eine wie dich hab ich noch nicht kennengelernt. Und deshalb … deshalb würde ich mich gern öfter mit dir unterhalten. Aber nie, hörst du, nie würde ich dir was zuleide tun.«

Wie gebannt starrte ich mal Thies, mal Gundel an. Auf welch direkte und zugleich selbstverständliche Weise Thies ihr seine Zuneigung gestanden hatte! Und das, obwohl die beiden sich doch erst seit ein paar Stunden kannten …

Gundel, inzwischen dunkelrot vor Scham, starrte lange nur stumm in sich hinein. Thies aber hielt immer weiter die Hand ausgestreckt; wohl nach einer ganzen Stunde Warten hätte er sie nicht zurückgezogen.

Endlich hob Gundel den Kopf und forschend sah sie Thies in die Augen. Und als er seinen Blick nicht abwandte, sondern ihr nur weiter so bittend zulächelte, holte sie tief Luft, nahm seine Hand und ließ sie gleich wieder los.

Da lachte er dankbar und fragte nur noch: »Und wie, Gundel, heiße ich, falls du das noch nicht vergessen hast?«

»Thies.« Sie musste lachen und ich fiel mit ein, und von nun an konnten wir drei miteinander reden, als würden wir uns schon sehr viel länger kennen.

Bald darauf wurde es Zeit, dass Thies die Kleider wechselte. Gundel brachte ihm Hose, Hemd und Joppe ihres Vaters – Bauernkleider voller Arbeitsspuren – und hinter ihrem Rücken zog er sich um.

Ich musste ihm helfen und berührte dabei aus Versehen seine Wunde und er konnte einen leisen Schrei nicht unterdrücken.

Gundel erschrak. »Ist die Wunde noch so frisch? Soll ich den Bader holen?«

Frisches Blut sickerte durch Thies' Verband. Er lächelte verlegen. »Falls du dich nicht fürchtest, Gundel, mein Rücken unterscheidet sich kaum von deinem … Kannst du mir nicht den Verband wechseln? Der liebe Joss hat nicht die zartesten Finger.«

Sie fasste Mut, drehte sich um und besah sich den Verband. Und erschrak zum zweiten Mal. »Aber das sieht ja schlimm aus! Besser, ich hole den Bader. Du kannst ihm vertrauen, wäre er kein so alter Mann, sicher wäre er längst einer von euch.«

Und ohne erst eine Antwort abzuwarten, lief sie fort und kehrte nur wenig später mit einem kleinen alten Mann zurück. Er trug einen kurzen, blauen Rock und eine graue Jagdmütze, in der Hand hielt er ein schon sehr abgestoßenes, braunes Lederköfferchen.

»Lützower?«, fragte er sofort und kratzte sich den dichten, weißen Kinnbart, obwohl Gundel ihn darüber sicher längst informiert hatte. Und als Thies nur stumm nickte, kicherte er vor Freude, als hätten wir ihm mit unserer Anwesenheit ein ganz persönliches Geschenk gemacht. »Keine Bange, meine Herren! Siegesmund Hirsch ist kein Dreigroschenjunge, er wird niemanden verraten. Im Gegenteil, er ist stolz darauf, dass er auf diese Weise die Gelegenheit bekommt, auch etwas für unsere Befreiung von den Franzosen tun zu dürfen.«

Und schon im nächsten Augenblick besah sich der Bader, der zwar Hirsch hieß, aber viel eher ein lustiger Vogel zu sein schien, die Wunde. »Hhm«, machte er dann. »Das sieht wirklich nicht sehr gut aus. Hab gehört, Ihr seid den ganzen Tag geritten. Na, mein lieber Herr Jäger, das hättet Ihr lieber bleiben lassen sollen. Aber freilich, ich verstehe: Ihr musstet fort, konntet nicht bleiben, wo Ihr wart.«

Offenbar redete er gern, dieser kleine, alte Dorfbader mit der Jagdmütze. Seine Hände aber waren genauso flink wie sein Mund. Innerhalb weniger Minuten hatte er Thies den Verband abgenommen und die Wunde mit irgendeiner bräunlich-roten Mixtur beträufelt, die er seinem Koffer entnommen hatte. »Es darf kein Wundbrand hineinkommen«, ermahnte er Thies. »Also: Vorsichtig mit diesem Gruß aus Frankreich umgehen! Der Wundbrand ist eine Erfindung des Teufels.«

Und im Nu hatte er Thies einen neuen Verband angelegt.

Die ersten Worte, die Thies sagen konnte, lauteten »Danke!« und »Was bin ich Euch schuldig?«.

»Was Er mir schuldig ist?«, trompetete da der kleine, alte Weißbart mit zornig blitzenden Augen und degradierte Thies mit diesem Er zu einem ungezogenen kleinen Jungen. »Er ist mir nur zweierlei schuldig, nämlich so rasch wie möglich wieder gesund zu werden und danach stehenden Fußes zu seinen Kameraden zurückzukehren. Aber das, Herr Jäger, ist Er nicht nur mir schuldig, das ist Er unserem ganzen armen Vaterland schuldig.«

»Gut!« Thies lächelte. »Diese Schuld will ich gern abtragen. Vorerst noch einmal: Danke!«

Gleich strahlte der Bader wieder. »Hat Sie das gehört?«, fragte er Gundel. »Es gilt, eine heilige Pflicht zu erfüllen. Nicht dass Sie dem Herrn Jäger schöne Augen macht, um ihn zum Hierbleiben zu verführen!«

Vor Verlegenheit wusste Gundel lange nicht, wo sie hinschauen sollte, dann entschied sie sich, dem Bader mit gleicher Münze heimzuzahlen. »Aber ich mach doch nur Euch schöne Augen, Herr Siegesmund«, sagte sie und lachte. »Weshalb sollte ich Euch denn untreu werden?«

»Ja, das weiß ich auch nicht.« Wieder kicherte der weißbärtige, kleine Bader und seine Augen funkelten belustigt. »Kerle wie mich, nicht groß, aber zäh, gibt's nicht so viele auf der Welt.«

Und damit wendete er uns den Rücken zu, winkte noch mal und schon hatte die Finsternis vor der Scheune ihn geschluckt.

Im Strohparadies

Was ich in dieser ersten Scheunennacht träumte? Es hatte mit meiner frühen Kindheit zu tun.

Ich war noch sehr klein und saß in einer mit Holzspänen gefüllten Kiste. Um mich herum roch es nach Holz, Leim und Staub … Eine Schreinerwerkstatt, nichts anderes. Ich blickte mich weiter um – und da lächelte mir ein großer, kräftiger Mann zu, der gerade dabei war, ein Brett glatt zu hobeln.

War das mein Vater? Der so groß gewachsene Schreiner mit dem dichten, blonden Vollbart und der kleinen, holzstaubübersäten, ein wenig zu spitzen Nase erschien mir nicht fremd. Aber war er wirklich mein Vater?

Ich wollte ihn fragen, doch brachte ich kein Wort heraus. War ich noch zu klein, konnte ich noch gar nicht sprechen?

Eine Frau betrat die Werkstatt, dunkelhaarig, rundlich, mit Bauch und Doppelkinn. Sie nahm mich auf den Arm, sagte etwas zu dem Mann und lachte. – Aber was hatte sie gesagt? Kein Laut war an mein Ohr gedrungen.

Die Frau schien mich sehr lieb zu haben. Immer wieder streichelte und küsste sie mich. Heulend presste ich meinen Kopf an ihren Busen. Sie *musste* meine Mutter sein! Und der Mann mit dem dichten, blonden Vollbart war bestimmt niemand anderes als mein Vater. Weshalb sonst sahen die beiden mich so liebevoll an, weshalb sonst war ich in dieser Schreinerwerkstatt?

Nur: Wo waren die anderen Kinder? Grotmudder Tattermusch hatte von Geschwistern erzählt. Waren alle diese Brüder und Schwestern schon groß, spielten sie im Freien oder gingen sie bereits einer Arbeit nach?

Der Mann sagte etwas zu der Frau, und jetzt blickte sie traurig, küsste mich noch mal – und verschwand. Löste sich vor meinen Augen in Luft auf. Und auch der Schreiner war mit einem Mal verschwunden. Ja, und jetzt, erst jetzt sah ich, dass er an einem Sarg gearbeitet hatte. Zwei, nein, drei weitere Särge waren schon fertig …

Waren das die Särge für Leutnant Körner, Thomas Kelch und die anderen beiden Toten? Aber wie konnte das denn sein, wenn ich noch so klein war?

Ich wurde immer unruhiger, wachte auf und starrte lange mit weit aufgerissenen Augen in das Scheunendunkel hinein. Was für ein Traum! Von jenem Brand, den Grotmudder Tattermusch gesehen haben wollte, hatte ich inzwischen ja schon öfter geträumt, doch noch nie von einem Mann und einer Frau, die meine Eltern gewesen sein könnten. – Hatten sie wirklich so ausgesehen? Hatte mein Vater eine Schreinerwerkstatt besessen? Aber weshalb und für wen hatte er Särge gezimmert? Hatte ich das nur geträumt, weil ich den Tod der Kameraden noch nicht verwunden hatte? Oder war mein Vater von Beruf Sargtischler gewesen; einer, der überhaupt nichts anderes schreinerte als Särge?

Ich konnte nicht mehr einschlafen, beobachtete, wie der neue Tag durch die Ritzen der Scheune zu Thies und mir hineindrang, und spürte meinen Gefühlen nach.

Ach, was hatte ich in dieser Nacht für eine Sehnsucht nach Siebeneichen, nach Mutter Marie und Vater Mewes und Maicke. Auch Jeppe fehlte mir, Jeppe, mit dem ich reden konnte wie mit mir selbst. Da gab es keinerlei Abstand. Seit ich von Siebeneichen fort war, lebte ich unter Männern. Alle hatten sie mir etwas voraus; unter ihnen war und blieb ich Lehrling.

Eine Erlösung, als auch Thies sich endlich rührte und erwachte. Es war nicht gut, allzu oft zurückzublicken. An dem, was gewesen war, konnte ich ja doch nichts ändern.

Die folgenden Tage schnurren in meiner Erinnerung zu beinahe einem einzigen zusammen. Es passierte ja nicht viel. Im Dorf durften wir uns nicht blicken lassen – auch wenn wir nicht verraten wurden, die Franzosen und ihre Verbündeten hatten überall ihre Spione –, so blieben wir fast die ganze Zeit über in der Scheune und ein Tag verlief wie der andere.

Erhoben wir uns morgens von unserem Strohlager, spähten wir zuerst vorsichtig in den Hof hinaus, ob wir auch nicht gesehen wurden, dann wuschen wir uns am Brunnen. Das aber nie zur gleichen Zeit; während der eine sich wusch, behielt der andere die Umgebung im Auge. Danach rasierte Thies sich. Rasiermesser, Rasierpinsel, Rasierseife und Taschenspiegel, als Lützower hatte er alles dabei. Er hätte sich auch einen Bart stehen lassen können, doch wuchs der sehr uneben. Weshalb er sich das, was da spross, lieber abschabte. Schließlich kam jeden Morgen und jeden Abend Gundel in die Scheune.

Morgens brachte sie uns Haferbrei und Brot und einen großen Krug Wasser, abends Kartoffeln und auch mal ein Stück Wurst oder Schinken. Die Bäuerin teilte ihr das zu, und nur selten gelang es Gundel, uns heimlich auch mal einen Löffel Butter zukommen zu lassen.

Wir waren dennoch mit allem zufrieden. Den ganzen lieben langen Tag freuten wir uns auf Gundel. War sie bei uns, erschien uns unsere Scheune gleich viel wärmer und lebendiger.

Ein anderer Besucher, den ich gern kommen sah, war Pompom, ein streunender, rotblonder Kater, der besonders mich ins Herz geschlossen hatte. Jeden Tag um die Mittagszeit kam er in die Scheune und strich mir behaglich maunzend um die Beine. Er war ein flinker Rattenfänger, auch deshalb freuten uns seine Besuche.

Woher Pompom seinen Namen hatte? Die kleinen Kinder im Dorf, die noch nicht richtig sprechen konnten, hatten ihn mal »Komm! Komm!« rufen wollen, aber nur ein »Pompom« herausgebracht, wie Gundel uns erzählte. »Na, und seither heißt er so. Ist doch ein schöner Name für einen Kater, oder etwa nicht?«

Lange war Pompom der einzige »Dörfler«, der von unserer Anwesenheit wusste. Doch selbst wenn er es gekonnt hätte, er hätte uns nicht verraten. Pompom war ein Kater mit Charakter.

Weitere Abwechslungen, abgesehen von den Besuchen des Dorfbaders, der sich nach wie vor um Thies kümmerte, gab es nicht. Thies und mir blieb gar nichts anderes übrig, als viel miteinander zu reden, wenn wir nicht den ganzen Tag nur trübe vor uns hin dösen wollten.

Ich erzählte ihm in aller Ausführlichkeit noch einmal meine Geschichte, berichtete von Mutter Marie und Vater Mewes, Jeppe und Henning Struve. Nur Maicke verschwieg ich ihm. Weil ich sonst feuchte Augen bekommen hätte. Thies erzählte von der Stadt Wolgast, in der er aufgewachsen war. Sein Vater, ein tüchtiger, nicht reicher, aber wohlhabender Tuchhändler, sei die Redlichkeit in Person, sagte er. Seine Mutter allerdings habe er gar nicht erst kennengelernt, sie verstarb bei seiner Geburt am Kindbettfieber. Weshalb er schon bald eine Stiefmutter bekam, die ihr Stiefkind aber nicht stiefmütterlich behandelte.

»Sie war eine gute Frau, die meinem Vater noch zwei Töchter schenkte und uns Kinder viel zu sehr verwöhnte«, erzählte er. Jetzt aber liege auch sie bereits auf dem Friedhof und seine beiden Schwestern würden wohl bald heiraten. Seine große Hoffnung: Bis zu ihrer Hochzeit wollte er nicht nur wieder gesund, sondern auch kein Jäger mehr sein müssen.

Über seine Studentenzeit erzählte er nicht so gern. Als er es dann doch tat, schüttelte er über sich den Kopf. »Was für ein leichtsinniges, oft sogar sinnloses Leben haben wir geführt! Immer nur raufen und saufen, immer nur den Wirt prellen oder dem Nachtwächter einen Streich spielen … Dazu diese ewigen Duelle; Händel, allein aus Stolz und Neid geboren. Wegen Nichtigkeiten dem anderen den Säbel über den Kopf hauen oder ein Loch in die Brust schießen … Jetzt, ja, jetzt gibt es eine Ehre, für die es sich lohnt, sein Leben aufs Spiel zu setzen; unsere Studentenhändel waren nichts als kindische und leider oft mörderische Spielereien.«

Wie er während dieser Gespräche vor mir saß! Mal hatte er seine lange Tabakspfeife mit den daran befestigten bunten Troddeln im Mund -- die Farben der Burschenschaft, der er angehörte –, mal die viel kleinere, selbst geschnitzte aus Lindenholz.

Wenn der Krieg vorüber sei, so sagte er, wolle er weiterstudieren, sich dann aber dafür einsetzen, dass die Burschenschafter sich mit den wirklichen Problemen der Zeit beschäftigten anstatt mit dümmlichen Ehrenhändeln. Sie, der gebildetere Teil im Volk, sollten den Fürsten nicht nur auf die Finger schauen, sondern ihnen öfter mal draufklopfen, falls sie zur alten Willkürherrschaft zurückkehren wollten.

»Unser Kampf gegen Napoleon, Joss, muss auch ein Kampf für eine bessere Zukunft sein. Es muss sich vieles ändern, darf nicht ewig nur alle Macht von den Fürsten ausgehen. Und das muss schon im Kleinen beginnen. Ob irgendwo eine Brücke oder Straße gebaut wird, das darf nicht mehr allein der Fürst oder einer seiner Höflinge entscheiden. Die Bürger, die die Brücke oder Straße dringend benötigen, müssen ein Mitspracherecht bekommen.«

Seine Augen bekamen etwas Träumerisches. »Was aber noch viel wichtiger ist – wir brauchen endlich ein großes, einiges, starkes Deutschland. Die Franzosen sind uns da weit voraus. Ob einer Mecklenburger, Bayer, Preuße, Sachse oder Württemberger ist, darf keine große Rolle mehr spielen – Hauptsache Deutscher!«

Worte, die bei mir auf fruchtbaren Boden fielen. Ein Deutschland, groß und stark wie Frankreich, aber friedlich und gerecht – wenn das kein schöner Traum war! Zwar war ich kein Student und würde sicher nie einer werden, doch warum sollte ich nicht denken wie Thies? Warum sollte ich, Joss aus dem Wald, mich mit kleineren Wünschen und Hoffnungen zufriedengeben?

Inzwischen weiß ich: In den Tagen unserer Scheunengefangenschaft begann langsam, ganz langsam der Joss zum Leben zu erwachen, der ich heute bin. Zu verdanken habe ich das den vielen Gesprächen, die Thies und ich miteinander führten. Hinzu kam aber noch etwas anderes, für mich inzwischen Lebensnotwendiges:

Eines Morgens, er hatte sich gerade erst rasiert, fragte Thies mich ganz einfach: »Sag mal, hast du nicht Lust, Lesen und Schreiben zu lernen?«

Was für eine Frage! Wie oft hatte ich, der Junge aus dem Dorf, der nie eine Schule besucht hatte, schon darüber nachgedacht, wie ich diese beiden Künste wohl erlernen könnte. Ich beneidete jeden, der sie beherrschte, und war mir oft dumm und klein vorgekommen, wenn ich die Schwarzen Jäger über den Briefen sitzen sah, die sie irgendwann erhalten hatten oder an denen sie schrieben.

»Ich will schon«, so meine kleinlaute Antwort. »Aber wer soll's mir beibringen? Und wann und wo?«

Ich hatte nicht vergessen, dass er mir diesen Unterricht bereits angeboten hatte. Wenn einmal Zeit dafür sein sollte, hatte er gesagt. Doch hatte ich jenes Angebot nicht ernst genommen. Wer hatte schon einen solchen Schatz zu verschenken? Und warum sollte gerade ich der Beschenkte sein?

»Wer?« Thies lachte. »Na, ich! Und wann? Na, jetzt! Und wo? Na, hier, in unserem gemütlichen Strohparadies! Wenn jetzt nicht Zeit dafür ist, wann dann? Oder wollen wir uns all die Tage, die wir noch hierbleiben müssen, von morgens bis abends nur immer wieder dieselben alten Geschichten erzählen? Sitzen wir erst wieder im Sattel, bleibt keine Zeit fürs ABC.«

Er meinte es ernst. Ich, Joss aus dem Wald, sollte schreiben und lesen lernen. Was für ein Angebot! Wer in Siebeneichen beherrschte diese Künste? Außer dem Pfarrer vielleicht noch zwei oder drei, die zuvor in Camin gelebt hatten, mehr ganz bestimmt nicht. Und nun sollte irgendwann auch ich, der Junge, der nicht einmal seinen Namen kannte, zu diesen Auserwählten gehören?

Thies wartete nicht länger. Die Aufgabe, die er sich gestellt hatte und uns die Zeit verkürzen sollte, begeisterte ihn. Noch am Abend dieses Tages bat er den Bader um etwas Papier und schon am nächsten Morgen drückte er mir seinen Bleistift in die Hand.

Anfangs fiel es mir schwer, jene Kringel aufs Papier zu zeichnen, die Thies Buchstaben nannte. Schief und verbogen wurden sie, doch war ich mit Feuereifer bei der Sache. Wenn Thies sich, längst ermüdet von der Lernsucht seines Schülers, auf seinem Lager ausstreckte, übte ich weiter. War das denn nicht wie Zauberei, wenn ein Wort entstand? Ein Buchstabe, der allein gar nichts bedeutete, an einen anderen gereiht und noch einer dazu, und schon war ein Wort entstanden. Und nahm ich aus dem einen Wort nur einen einzigen kleinen Buchstaben heraus, so entstand ein ganz anderes Wort und ich sah ein ganz anderes Bild vor mir.

Das erste Wort, das ich selbstständig schreiben konnte, hieß *Joss*, das zweite *Thies*, das dritte *Gundel*. Dann immer so weiter: *Maicke, Jeppe, Henning, Mewes, Marie …*

Später wagte ich mich an so schwierige Wörter wie *Lützow, Freischar* oder *Napoleon*, und Thies fand bald Gründe, seinen Schüler zu loben.

»Du hast eine schnelle Auffassungsgabe«, befand er. »Wärst du in keinem Dorf aufgewachsen, sondern in der Stadt und dort zur Schule gegangen, wer weiß, was aus dir geworden wäre.«

Ein Lob, das eine Einschränkung enthielt. Er merkte es selbst und verbesserte sich: »Aber ist es denn schon zu spät? Du bist ja noch jung, kannst immer weiterlernen und noch viel aus dir machen.«

Das klang schon besser. Ich lachte stolz, denn eines wusste ich: Thies sagte nichts, woran er nicht wirklich glaubte.

So vergingen die Tage. Ich übte und übte, mal kam Gundel, mal Pompom. Und jeden zweiten oder dritten Abend kam Siegesmund Hirsch, der Dorfbader. Er begutachtete Thies' Wunde, rieb sie mit seiner Tinktur ein und verband sie neu. Und war alles getan, setzte er sich zu uns, paffte sein kleines holländisches Pfeifchen mit dem Meerschaumkopf und unterhielt sich mit Thies.

Er wollte alles über die Lützower wissen und besonders Leutnant Körner interessierte ihn. Er kannte einige Gedichte von ihm, und am zweiten oder dritten Abend sagte er, dass es immer die Edelsten wären, die zuerst fielen. Eine Bemerkung, die Thies die Stirn runzeln ließ. Er hielt nichts davon, die Menschen in edle und nicht so edle einzuteilen.

Der Bader sah das, kümmerte sich aber nicht drum, nannte alle Schwarzen Jäger Volkshelden und bedauerte zutiefst, dass er leider schon viel zu alt sei, um sein »Scherflein« zur Befreiung von der Knechtschaft beitragen zu können.

Thies sah sich und seine Kameraden nicht als Volkshelden. Sie täten nur, was getan werden musste, sagte er. Und leider hätten sie das größte und weitaus bedeutsamere ihrer beiden selbst erklärten Ziele bisher total verfehlt.

Was das für Ziele gewesen seien, wollte der Bader wissen.

Thies' Antwort: Ihr erstes Ziel sei es gewesen, den Feind zu schwächen, indem sie ihn bei all seinen Aktionen störten. Was ihnen auch öfter mal gelungen sei. Das zweite, wesentlich wichtigere Ziel aber hätte darin bestanden, in den besetzten Gebieten einen Volksaufstand herbeizuführen. »Jeder zweite kampffähige Deutsche sollte zur Waffe greifen. Das aber hat schon der Major von Schill nicht erreicht und das haben leider auch wir nicht geschafft. Weder die Sachsen, Bayern, Rheinländer, Württemberger oder Hessen haben sich gegen ihre französischen Besatzer erhoben. – Na ja, ist ja auch viel leichter, sich hinter seinem Ofen zu verkriechen und still bei sich zu hoffen, dass die wenigen Mutigen für die anderen die Kastanien aus dem Feuer holen.«

»Nicht jeder ist zum Held geboren.« Siegesmund Hirsch

wollte sich »sein Volk« nicht schlechtreden lassen. »Auch hat manch einer Frau und Kinder, die versorgt werden müssen. Das darf man ihnen doch nicht vorwerfen.«

»Streichen wir die von der Rechnung, bleiben immer noch genug.« Wie damals in Siebeneichen, wenn es um die Bereitschaft ging, gegen Napoleon zu Felde zu ziehen, ließ Thies nicht mit sich reden. Sein Lieblingsthema aber war, wie es nach der Befreiung von der Franzosenherrschaft in Deutschland weitergehen sollte.

»Wir Lützower wollen nicht länger in einem Vaterland leben, das aus einem Mosaik aus zahllosen kleinen und größeren Staaten besteht und allein vom Adel und der Kirche regiert wird«, verriet er dem Bader. »Napoleon hat Hunderte von diesen Winzlingsstaaten aufgelöst und sie größeren zugeordnet. Das muss weitergeführt werden. Allein eine einheitliche große deutsche Nation ist dazu in der Lage, ihr Überleben aus eigener Kraft zu sichern.«

Worte, voller Überzeugung gesprochen. Was den Bader empörte.

»Aber was sagt Ihr denn da? Der Kaiser der Franzosen hat mit uns Würfel gespielt, den einen Staat hat er dorthin geworfen, den anderen dahin. Kein Stein ist auf dem andern geblieben, keine Maus ist sich noch ihres Lochs sicher. Wenn das Fortschritt sein soll und so weitergeht, stehen in Deutschland bald mehr Ruinen als in Rom.«

So ging es hin und her, und ich nahm immer mehr auf, was Thies so voller Leidenschaft vertrat. Ich konnte gar nicht anders, als ihm recht zu geben. Und das betraf auch, was er über die Fürsten sagte.

»Unsere hohen Herren«, so setzte er dem Bader eines Abends auseinander, »leiden viel weniger unter dem napoleonischen Joch als das einfache Volk. Schnell haben sie sich dem Sieger an die Rockschöße gehängt oder Geschäfte mit ihm gemacht. Der preußische Fritz, dieser ›Friedensfürst‹, hat er sich nicht von dem Korsen im Falle eines erfolgreichen Siegeszuges gegen Russland für die zwanzigtausend Mann, die er ihm zu Hilfe schickte, Kurland, Livland und Estland erbeten? Als kleines Dankeschön sozusagen? Erst jetzt, da dieser ›Siegeszug‹ gegen Russland zum Todeszug für die Franzosen geworden ist, wagt er es, seinem ›fürstlichen Bruder‹, der ihn zuvor nicht mal seine Stiefel putzen ließ, die Stirn zu bieten.«

Das war zu heftig, solche »Schmähworte« konnte der kleine, weißbärtige Bader nicht ertragen. Zornerfüllt sprang er auf, sein Schatten an der Wand wurde riesengroß. »Nein, nein, nein!«, schimpfte er. »Bei aller Sympathie, Ihr redet mir zu rigoros, Herr Oberjäger. Ihr verkennt die Zwänge. Unsere Fürsten haben uns nicht verraten. Sie haben sich allein der Übermacht ergeben, um damit ein noch viel größeres Blutvergießen und vielleicht sogar den Untergang aller deutschen Staaten zu verhindern. Ist es denn nicht ganz natürlich, dass der Besiegte den Sieger um gut Wetter bittet? Er trägt doch Verantwortung für seine Untertanen.«

Thies musste lachen. »Aber das ist es doch, was ich die ganze Zeit über sage«, rief er laut. »Weil wir nicht einig waren, konnte ein Napoleon uns erpressen. Und so haben am Ende unsere Fürsten dem fremden Eroberer sogar ihre eigenen Landeskinder verkaufen müssen. Nein, nein, nein!« Er machte eine Handbewegung, als wollte er unterstreichen, was er gesagt hatte. »Zuerst war das Ganze Erpressung, dann wurde es Geschäft.«

Siegesmund Hirsch konnte nur noch den Kopf schütteln. »Ihr seid ein Tagträumer, Herr Oberjäger. Wenn ich Euch recht verstehe, wünscht Ihr alle Fürsten zum Teufel. Und wer soll uns dann regieren?«

»Keine Herren sind die besten Herren!« Thies zuckte die Achseln, als könne er ja nichts dafür, dass die Welt so ist, wie sie ist. »Aber leider, es wird wohl immer Fürsten geben – geborene und selbst ernannte. Und deshalb lautet die Frage, die mich bewegt, ganz einfach: Werden wir, das Volk, nach diesem Krieg mal ein Wörtchen mitreden dürfen? Werden unsere Fürsten, nachdem wir uns für oder auch gegen sie geopfert haben, endlich ein offenes Ohr für uns haben und wir mehr Freiheiten ›genehmigt‹ bekommen als in früheren Zeiten?«

»Mitreden! Mitregieren!« Siegesmund Hirsch war der Verzweiflung nahe. »Aber kann das Volk das denn? Was versteht der Bauer, was versteht der Handwerker oder Arbeitsmann denn von Politik? – Und Freiheit? Was heißt Freiheit? Glaubt Ihr etwa an solche Binsenweisheiten wie ›sich fügen heißt lügen‹? Das einfache Volk braucht eine Obrigkeit, der es in Ehrerbietung, Respekt und Gehorsam untertan ist. Es *braucht* ein Oben und Unten. Wir alle müssen wissen, wo unser Platz ist.«

Stundenlang hätte ich den beiden zuhören können. Was sie redeten, ihre gegensätzlichen Standpunkte, interessierte mich, obwohl ich, kein Kind mehr, aber noch längst kein gestandener Mann, nicht immer verstand, worum es ging.

War der Bader gegangen, durfte ich meine Fragen stellen oder Bemerkungen machen. Und so sagte ich an jenem Abend, an dem Thies über die Fürsten gesprochen hatte: »Das werden sie sich aber nicht gefallen lassen, dass ihnen beim Regieren in die Suppe gespuckt wird. Sonst sind sie ja gar keine richtigen Fürsten mehr.«

Thies' Antwort, an die ich mich fast wortwörtlich erinnere: »Müssen unsere Fürsten denn für alle Zeiten ›richtige Fürsten‹ bleiben? Dürfen wir sie, die ja nicht immer an unserer Seite gestanden haben, nicht auch mal infrage stellen?«

Was hätte ich darauf antworten sollen? Ich wollte lernen und Thies nicht den Dorfbader ersetzen.

»Was vereint uns mit den Fürsten?«, fragte Thies weiter. »Dass wir die gleiche Sprache sprechen? Dass wir auf demselben Fleckchen Land leben? Nein, Joss, das ist mir zu wenig. Schau sie dir doch an, all unsere Könige und Großherzöge. Sie sind uns fremd, sehr fremd, viel fremder als der französische Bauer oder Handwerker, der ja nur unser Feind wurde, weil *sein* Fürst ihm befahl, gegen uns in den Krieg zu ziehen.«

Er legte mir die Hand auf den Arm. »Die Fürsten, Joss, sehen ihr Volk als bloßes Material an, das sie bearbeiten dürfen wie Holz oder Metall oder gar verkaufen, wenn es ihnen etwas einbringt. Und damit es ihnen auch weiterhin nützlich ist, werfen sie ihm ab und zu ein paar Krumen hin. Was aber ist mit dem, der sich mit diesen Krumen – egal ob es um Brot oder Gesetze geht – nicht einverstanden erklärt? Den knuten sie oder sperren ihn ein. Soll das auf ewig so weitergehen?«

Sprachloser konnte ich nicht werden. Mir war, als hätte Thies mit diesen Worten auch die Existenz Gottes infrage gestellt. So ungläubig starrte ich ihn an, dass er über mich lachen musste. »Denk mal über alles nach, vielleicht spuckst dann ja auch du den Fürsten zu gegebener Zeit in die Suppe. Zuzutrauen wäre dir das.«

Vielleicht aber war es gerade diese Rigorosität, die mich dazu antrieb, immer weitere Fragen zu stellen. Und so ging es bald auch wieder um den Kaiser der Franzosen. Seit jener Nacht vor dem Gefecht, bei dem Thies verwundet worden war, wusste ich, dass er diesen Napoleon Bonaparte nicht ganz so düster sah wie viele andere. Ich hatte das Gespräch am Morgen fortsetzen wollen, unser rascher Aufbruch hatte das verhindert. Jetzt war mehr als genug Zeit dafür, ihn an die Nacht am Seerosenteich zu erinnern, und geduldig erzählte Thies von der Französischen Revolution des Jahres 1789, von der ich zuvor noch nie etwas gehört hatte.

Ihren König hatten sie abgesetzt und am Ende sogar umgebracht, die Franzosen, und drei, wie Thies sagte, hehre Ziele angestrebt – die Freiheit, Gleichheit und Brüderlichkeit aller Menschen. Doch hätten die führenden Revolutionäre danach einander gegenseitig aufs Schafott geschickt, weil jeder von ihnen meinte, den besten Weg zur Erreichung dieser drei Ziele zu kennen, und den anderen misstraute.

»Ein Blutbad folgte dem anderen.« Er seufzte und schüttelte den Kopf. »Ein Umsturz, den ich niemandem zur Nachahmung empfehlen möchte. Die angestrebten Ziele aber waren gut und der junge Revolutionsgeneral Napoleon Bonaparte von der Insel Korsika trat für sie ein. Später allerdings wollte er immer mehr Macht. Erst ließ er sich zum Ersten Konsul von Frankreich wählen, danach krönte er sich zum Kaiser. König zu werden, war ihm wohl zu wenig. Und damit er an der Macht blieb, kontrollierten und überwachten schon bald Spitzel sein Volk … Zeitungen, die nicht in seinem Sinne schrieben, ließ er verbieten … Und so wurde aus dem Revolutionär mit der Zeit immer mehr ein Halbgott, den niemand infrage stellen durfte. Na ja, und dann all die Kriege, in die sein hemmungsloser Ehrgeiz ihn trieb …«

Nachdenklich sah er mich an. »Alles nicht sehr sympathisch, nicht wahr? Und doch hat dieser Mann vieles auf den Weg gebracht, was seither nicht mehr wegzudenken ist. Wer das nicht zugeben will, wird ihm nicht gerecht.«

Was sollte ich dazu sagen? »Gut« und »böse« lässt sich leicht auseinanderhalten, aber »einerseits gut« und »andererseits böse«?

Ich gestand, dass Thies' Worte mich verwirrt hatten, und er nickte mir zu. »Ja, das kann ich mir gut vorstellen. Aber so geht's nun mal zu auf der Welt. Gar zu gerne verraten wir Menschen unsere eigenen Ideale. Und deshalb können wir uns oft selbst nicht begreifen.«

Sonne über den Feldern

Tage der Gefangenschaft, aber keine vertane Zeit. Ich übte Lesen und Schreiben, lauschte den Streitgesprächen zwischen Thies und dem Bader und unterhielt mich selbst viel mit Thies. Und jeden Abend brachte Gundel uns etwas für den Magen und setzte sich zu uns, um ebenfalls mit uns zu reden.

Auch Thies wurde die Zeit nicht lang. Ich hatte geglaubt, es zöge ihn mit aller Macht zu den Kameraden zurück, und nun hausten wir in dieser Scheune, als sollte es ewig so weitergehen. Und daran trug wohl allein Gundel die Schuld.

Nach etwa zehn Tagen aber sollte sich das ändern. Da kam eines Abends der Bader glückstrahlend in die Scheune gestürzt, um uns »frohe Kunde« zu bringen.

»Wir haben den Franzmännern mal wieder kräftig den Arsch versohlt«, rief er schon in der Tür. »Unser alter Blücher hat dem Korsen seinen Zweispitz über die Ohren gezogen. Jetzt steht er im Dunkeln und weint.«

Was geschehen war? An jenem Tag, an dem wir bei Gadebusch die Proviantwagen der Franzosen überfielen, hatte nicht weit von der Oder eine große Schlacht stattgefunden. Unter General Blüchers Führung hatten die verbündeten preußischen und russischen Truppen nach einer vom Mittag bis in die späten Abendstunden hinein tobenden Regenschlacht die ihnen zahlen- und waffenmäßig weit überlegenen Franzosen in die Flucht geschlagen. In wilder Hast war der Feind westwärts geflohen, hatte Geschütze, Wagen und Munition aufgeben müssen und war erst nach Tagen wieder zum Stehen gekommen.

»Das ist wie bei Großbeeren«, jubelte unser Bader. »Sollen sie sich wehren, so viel sie können, die Herren Eroberer, sollen sie vor Wut Steine zerbeißen, ihre Frauen können schon mal die Suppe aufsetzen. Bald sitzen ihre Männer wieder bei ihnen am Küchentisch.«

Eine Nachricht, die Thies' Blut in Wallung brachte. »Verflucht!«, schimpfte er. »Jetzt, wo wir sie zum Laufen bringen, lieg ich in dieser Scheunengruft. Wie lange wird's denn noch dauern, bis ich wieder in den Sattel darf? Sagt mir was Erfreuliches, Herr Hirsch, oder schert Euch zum Teufel.«

Und voller Hoffnung und zugleich voller Unruhe sah er den alten Dorfbader an. Der untersuchte die Wunde gründlich und machte ein bedenkliches Gesicht. »Werdet nicht ungeduldig, Herr Oberjäger! Nützt Ihr dem Vaterland, wenn Ihr beim ersten scharfen Ritt vom Pferd fallt? – Nein, nein, lehrt Euren jungen Gefährten nur weiter Schreiben und Lesen und wartet den Tag ab, an dem Ihr wieder völlig genesen seid. Das ist das Beste für Euch und erst recht fürs Vaterland.«

»Aber wie lange denn noch?«, drängte Thies. »Könnt Ihr mir wenigstens das verraten? Noch eine Woche? Oder etwa zwei?«

»Drei«, antwortete der Bader kühl. »Mindestens drei. Und ich weiß eine, die über diesen Befund gar nicht traurig sein wird. Kennt Ihr die auch?«

Thies lachte nur und winkte ab. Doch hatte ihn die Nachricht vom Sieg an der Oder aus seiner Ruhe gerissen, mit Macht zog es ihn zu den Kameraden zurück. Nur: Was wurde aus Gundel, wenn er sie verließ? Die beiden waren sich in den Tagen zuvor sehr nahe gekommen. Zwar blieb morgens nicht viel Zeit zum Miteinanderreden, da warteten die Ställe und Felder auf Gundel, an den Abenden jedoch, wenn sie bei uns in der Scheune saß, konnten sie oft den Blick nicht voneinander wenden. Dann sahen sie manchmal einander so lange nur schweigend an, bis ich wusste, dass ich störte. So tat ich, als würde ich ganz plötzlich frische Luft benötigen, trat vors Scheunentor und verkroch mich in den Heuschober. Begab ich mich danach in die Scheune zurück, lächelte Thies mir jedes Mal dankbar zu. Oder er lag da, die Augen ins Nirgendwo gerichtet, und schnurrte wie ein zufriedener Pompom.

»Die Gundel«, sagte er an einem solchen Abend zu mir, »das ist ein Prachtmädchen. Sie hat nicht nur Kraft in den Armen, sie hat auch Kraft im Herzen. Mit der macht keiner, was er will, kein Bauer und kein späterer Ehemann.«

Eines Tages jedoch, daran gab es keinen Zweifel, würde er sie verlassen müssen. Ein Gedanke, der ihn schon jetzt schmerzte und auch mich bedrückte. Ich wollte nicht, dass Gundel litt, doch war ich nicht von Siebeneichen fortgegangen, um den ganzen Herbst und Winter in dieser Scheune zu verbringen.

Für Thies und mich galt gleichermaßen: Unser Scheunenleben war ein Dasein mit gemischten Gefühlen. Thies hatte Gundel, ich hatte meine Schreib- und Leseübungen – und dennoch bedrückte uns dieses ewige Halbdunkel um uns herum von Tag zu Tag mehr. Und so wurden wir unvorsichtig.

Es begann eines Morgens. Kaum hatten wir uns im Hof gewaschen und waren aus der prallen Sonne in unser Verlies zurückgekehrt, schimpfte Thies: »Ich muss mal hier raus, brauche Bewegung und frische Luft. Mir ist, als wären alle meine Gelenke eingerostet. Matt wie eine Fliege im Winter fühle ich mich, meine Lunge ist voller Staub.«

Ich hätte ihm widersprechen, hätte alle möglichen Bedenken äußern müssen, doch lasteten ja auch auf mir die ewigen, von

Spinnweben überzogenen Dachbalken der Scheune und all der Strohstaub in der Luft. Und natürlich wollte auch ich mal wieder meine Beine bewegen.

Vorsichtig spähten wir in die Sonne hinaus, und als wir längere Zeit niemanden sahen, der uns hätte beobachten können, wagten wir uns ins Freie.

Im Pferdestall unsere Gäule, wie erregt sie wieherten, als sie uns erblickten. Zärtlich klopften und tätschelten wir ihnen den Hals. Ich hatte Hera auch zuvor jeden Tag besucht, um ihr die Gefangenschaft erträglicher zu machen, denn natürlich mussten die beiden Stuten im Stall bleiben. Fremde Pferde auf der Nufer-Weide – auch sie hätten uns verraten können. Da ich diesmal nicht allein gekommen war, glaubte sie wohl, nun würde es wieder losgehen, durch den Wald und über die Felder. Ungeduldig scharrte sie mit den Hufen.

Ich beruhigte sie, indem ich ihr allerlei Tröstendes zuflüsterte, dann schlichen Thies und ich uns ins Freie hinaus, um das Dorf in großer Entfernung zu umkreisen. Das immer an einem lustig sprudelnden Flüsschen entlang. Unsichtbar konnten wir uns allerdings nicht machen. Es gab keinen Wald, in dem wir hätten eintauchen können, nur Felder und Büsche und mehrere Sumpfwiesen, denen wir ausweichen mussten. Dennoch: Vielleicht hätten wir diesen und folgende Spaziergänge ungesehen hinter uns bringen können, wenn Thies nicht auf einem der Kartoffelfelder drei Frauen hätte arbeiten sehen – und wenn eine dieser Frauen nicht Gundel gewesen wäre.

Erst beobachteten wir die emsig Kartoffeln lesenden Frauen nur von fern, dann wagte Thies sich Schritt für Schritt näher heran. – Seine Gundel! Wie schnell sie arbeitete! Viel schneller als die beiden Nufer-Frauen. Mit einem so kräftigen Ruck riss sie die welken Stauden aus dem Acker, dass die Knollen öfter bis in die benachbarten Furchen flogen. Kaum einmal richtete sie sich auf, um sich die Fäuste in den Rücken zu stemmen; ihre Kiepe füllte sich immer rascher.

Lange standen wir nur da und sahen zu, bis die jüngere Nufer-Frau auf einmal mitten in der Bewegung verharrte. Sie musste unsere Blicke im Rücken gespürt haben. Erschrocken fuhr sie herum und Thies machte vor ihr einen Kratzfuß. Ein freundlicher Scherz, nichts anderes. Die große, hagere Bäuerin aber blickte nur kalt und sagte was zu der Alten, sodass schließlich auch sie und Gundel sich zu uns umwandten.

»Guten Morgen!«, rief Thies, so laut er konnte, und: »Na, beißen die Fische?«

Ich musste lachen: Der Kartoffelacker – ein See? Die Knollen – Fische? Was für ein lustiger Vergleich.

Die beiden Nufer-Frauen jedoch verzogen keine Miene und auch Gundel lachte nicht. Erst sah sie sich nur vorsichtig um, dann kam sie so rasch angelaufen, als wollte sie ein Rudel Wildschweine vertreiben.

»Was ist denn in dich gefahren?«, schimpfte sie. »Bist du übermütig geworden?«

Der tatsächlich ein wenig übermütig gewordene Thies spielte weiter den Höfling. Mit verzücktem Gesicht ergriff er Gundels erdbraune Hand und küsste sie, als ob er eine Gräfin vor sich hatte. »Zürnt uns nicht, Ihro Gnaden! Allein Madame Sonne ist schuld. Es wird ja nun Herbst und sicher geht sie bald auf Reisen. Wir wollten uns ihr noch einmal in voller Schönheit zeigen, bevor sie für lange, lange Zeit auf einen so herrlichen Anblick wie uns verzichten muss.«

»Gut!« Gundel machte ein Gesicht wie eine Mutter, die ihr Kind sehr liebte, aber doch öfter mal streng ermahnen musste. »Jetzt hat sie euch gesehen und deshalb solltet ihr schleunigst in die Scheune zurück. Sonst werdet ihr die liebe Sonne vielleicht bald nie mehr zu sehen bekommen.«

»Solche Reden an einem so schönen Morgen?« Thies strahlte seine Gundel, die er lange nicht bei hellem Tageslicht hatte sehen können, so verliebt an, als wäre ihm hier, mitten zwischen den Feldern, eine wunderschöne Fee erschienen.

»Schöner Morgen?«, fragte Gundel nur und wies mit dem Kopf in Richtung der beiden Bäuerinnen. »Auf dem Feld ist jeder Morgen gleich.«

»Auch wenn so lieber Besuch kommt?«, umschmeichelte Thies sie.

»Auch dann!« Gundel spielte weiter die Strenge, ihre Augen allerdings straften sie Lügen. Es freute sie ja doch, dass Thies zu ihr gekommen war, und das, ganz egal wie sehr sie sich darüber sorgte, was die beiden Nufer-Frauen dazu sagen würden und dass wir entdeckt werden könnten.

»Aber was sollte ich armer Kerl denn machen?«, verteidigte sich Thies. »Gleich nach dem Aufwachen hab ich an meine Liebste denken müssen. Bekam sie einfach nicht aus dem Kopf. Nicht auf den Krieg oder irgendwelche bösen Menschen konnte ich meine Gedanken lenken, hab immer nur meine Liebste vor mir gesehen. Und da, ich schwöre es, bekam ich mit der Zeit eine so gute Laune, dass ich unbedingt mal an die frische Luft musste.«

Gundel konnte nur noch den Kopf schütteln. »Ja, ja! Du hast an mich und ich hab an dich gedacht. Und dabei Angst bekommen. Und diese Angst nimmt mir die Luft. Es ist ja trotz allem noch immer Krieg und ihr könnt entdeckt und verraten werden … Und … und ist deine Wunde erst verheilt, begibst du dich erst recht in Gefahr …«

Zärtlich streichelte Thies ihr die Wange. »Aber Gundelmundel, so viele Männer setzen ihr Leben ein, um unserem Land die Freiheit zurückzubringen, darf ich da abseitsstehen? Willst du dich meiner schämen müssen? Und warum soll denn nicht alles gut werden? Bleibe ich am Leben, das schwöre ich dir, kehre ich zu dir zurück und hole dich von hier fort – als meine mir angetraute Frau.«

Solche Techtelmechtel genierten mich. Rasch ging ich ein paar Schritte fort und wandte mich ab, bis Gundel aufs Feld zurückgelaufen war. Zu dritt arbeiteten die Frauen weiter. Thies aber nahm ewig lange keinen Blick von Gundel. Er hatte seine Worte sehr ernst gemeint.

In den folgenden Tagen verließ ich meinen Heuschober immer erst am Morgen, sodass Thies und Gundel die ganze Nacht für sich hatten. Thies verlangte das nicht von mir, wir sprachen nicht einmal darüber. Doch wenn ich frühmorgens die Scheune betrat, erntete ich jedes Mal ein so dankbares, fröhliches Lächeln, dass ich unwillkürlich zurücklächeln musste.

An einem dieser Morgen verriet er mir, dass er Gundel über alles liebe, da sie genau die Frau sei, die er sich immer gewünscht habe. »Keine Zierpuppe, verstehst du? Keine, die immer nur schöne Kleider und ihre Duftwässerchen im Kopf hat. Mit einer wie Gundel kann man nicht nur Pferde stehlen, mit der kann man alt und grau werden.«

Leider war Thies, wie wir bald darauf erfahren mussten, nicht der Einzige, der sich Gundel zur Frau wünschte. Es gab weitere Freier. Unser Dorfbader erzählte von ihnen. Einer der hartnäckigsten: der Nachbarssohn Hannes Overbeck, ein kleiner, aber sehr muskulöser Mann mit breiter Brust und imposantem Schnauzbart, der eines Tages den Hof seines Vaters erben würde. Schon zwei- oder dreimal habe er der Gundel einen Antrag gemacht, so der Bader. Zwar habe sie bisher alle abgelehnt, doch schreckte das diesen Hannes nicht ab. Immer wieder komme er den Nufer besuchen, damit der Bauer ein gutes Wort für ihn einlege.

Thies kümmerten diese Mitbewerber nicht. Er wusste, dass Gundel allein ihn liebte. Mich beunruhigten diese Männer mehr. Unser Feldspaziergang! Was, wenn einer dieser Freier uns gesehen hatte und, um Thies von Gundel zu trennen, zu den Franzosen lief?

Riese mit Herz

Ich will es kurz machen: Wir *wurden* verraten.

Es war Anfang Oktober. Thies hatte unseren Aufenthalt in der Scheune erst um eine und danach um eine weitere Woche verlängert und dafür noch weitere Münzen aus seinem langsam schmaler werdenden Geldbeutel nehmen müssen. Doch hatten wir keine Wahl, wir mussten bleiben. Zwar ging es Thies von Tag zu Tag besser, stieg er jedoch zu früh in den Sattel, bestand die Gefahr, dass die Wunde wieder aufbrach.

Jener sonnige Tag, der uns das erste Mal ins Freie lockte, hatte den Sommer verabschiedet. Tags darauf hielt der Herbst Einzug, ein steifer Wind fegte die Blätter von den Bäumen. Was Thies leider nicht davon abhielt, trotz Gundels Befürchtungen und des alten Dorfbaders Warnung immer öfter mal die Scheune zu verlassen, um über die Felder zu streifen und Gundel bei der Kartoffelernte zu beobachten. Und war sie allein auf dem Feld, lief er zu ihr hin, um ihr zu helfen. – Was einmal gut gegangen war, weshalb sollte das nicht weiter gut gehen?

Mir waren diese Fluchten aus unserem Scheuneneinerlei nicht geheuer, doch was hätte ich dagegen tun können, ich, ein fünfzehn- oder sechzehnjähriger Bursche? Ich wollte nur nicht dabei sein, wenn Thies es mal wieder ohne Gundel nicht aushielt, wollte die Liebe der beiden nicht stören und übte stattdessen lieber Schreiben und Lesen.

Außerdem – warum soll ich es nicht zugeben? – verspürte ich, wenn ich die beiden Turteltauben beobachtete, jedes Mal eine starke Sehnsucht nach Maicke. Nun hatten wir uns schon so viele Wochen lang nicht mehr gesehen, was dachte sie von mir? Empfand auch sie Sehnsucht – oder hatte der Zorn über meine Flucht ohne jeden Abschied alle guten Gefühle für mich in ihr erstickt?

Es kam der Tag, an dem es so heftig regnete, dass die Kartoffellese unmöglich war und Thies und ich in unserer Scheunengruft hockten und Trübsal bliesen. Wie aus dem Boden gewachsen stand da – es war schon später Nachmittag – auf einmal der Nufer vor uns, das Gesicht vor Angst ganz grau, die Augen weit aufgerissen.

»Ihr müsst fort!«, flüsterte er Thies zu, als könnte uns jemand hören. »Man hat Euch gesehen. Fragt nicht, wann und wo, dafür ist keine Zeit. Ihr müsst reiten, jetzt sofort!« Und bittend wie ein Kind, das Strafe fürchtete, rang dieser so wuchtige, eckige Mann die Hände.

Thies war sofort aufgesprungen, doch machte er keinerlei Anstalten, seine Siebensachen zusammenzuraffen. Stand nur da und zog die Stirn kraus. »Woher weiß Er das?«

»Aber das muss Euch doch jetzt nicht kümmern!«, drang der Nufer weiter in ihn, so sehr saß ihm die Angst im Nacken. Dann flüsterte er wieder: »Zögert nicht länger, reitet! Bleibt Ihr, bringt Ihr nicht nur Euch, Ihr bringt auch meine Frau, meine Mutter, mich selbst und auch die Gundel in Gefahr.«

Langsam, sehr langsam sammelte Thies sein weniges Zeug zusammen, doch machte er noch immer keinen Schritt in Richtung Stall. Er sah den Bauern an und wartete.

Und ich, ich wartete auch. Sollten wir denn fliehen, ohne zu wissen, wer uns verraten hatte? Vielleicht war es ja gar keiner von den Männern, die um Gundel freiten; vielleicht war es eine der beiden Nufer-Frauen, die alte oder die jüngere. Beiden traute ich es zu. Wäre es ihnen nicht um Thies' Taler gegangen, sie hätten schon längst alles getan, um uns loszuwerden.

Der Nufer sah ein, dass wir nicht gehen würden, ohne Bescheid zu wissen. Er stöhnte auf, als hätte ihm wer ein Messer in den Bauch gerammt, und flüsterte schließlich: »Der Overbeck war's. Er hat Euch, einen Fremden, bei der Gundel auf dem Feld gesehen und sich seinen Teil gedacht. Und nun hat er sie vor die Entscheidung gestellt: Gibt sie ihm ihr Jawort, will er stillhalten, wenn aber nicht … Er kenne den Weg zu den Franzosen.«

Vor Zorn ballte er seine großen, schwieligen Hände zu Fäusten. »Die Gundel aber, das dumme Ding, hat ihm ihr Jawort nicht geben wollen. Als ob ihr etwas Besseres hätte passieren können. Und mich hat sie geschickt, Euch zu warnen, weil sie den Abschied von Euch fürchtet, dieses leichtsinnige Kalb.«

»Was sagt Er da?« Auch Thies packte der Zorn, und das so sehr, dass ich befürchtete, er könnte dem Bauern an den Hals gehen. »Überlege Er sich fortan besser, was Er sagt, sonst muss ich Ihm Bescheid stoßen, bis er klüger geworden ist.«

»Was soll ich denn sonst sagen?«, verteidigte sich der Nufer mit weit ausgestreckten Armen. »Die Gundel ist doch nur eine dumme Magd, denkt nicht weit genug. Ihr, Herr Oberjäger, seid in jedem Fall bald fort und kommt niemals wieder. Der Overbeck aber, der erbt einen Hof und will sie zur Bäuerin machen. Ein Geschenk des Himmels für dieses Waisenkind. Was aber macht die störrische Trine? Spielt das hohe Fräulein, ein Hof ist ihr nicht genug, Madame wünscht sich ein Schloss.«

»Aber was redet Er denn da? Hält Er mich für einen Schuft?« Thies' Hände ruckten und zuckten, als wollte er sich wirklich jeden Augenblick auf den Nufer stürzen. Langsam aber gewann der grobschlächtige Mann seine Selbstbeherrschung zurück.

»Mit Verlaub, Herr Oberjäger«, sagte er kalt, »wir einfachen Leute kennen das. Mit unseren Mädchen legt Euresgleichen sich gern ins Heu, was aber nicht heißt, dass Ihr sie auch zur Frau nehmen wollt.«

Nur kurz dachte Thies nach, dann antwortete er so ruhig, als ginge es um nicht mehr als um den Kauf eines Sackes Weizen. »Hör Er zu! Er mag in manchem recht haben, doch sollte Er nicht alle, die nicht Seines Standes sind, über einen Kamm scheren. Die Gundel ist meine Verlobte, und wenn der Franzose aus dem Land ist, kehre ich zurück, um sie zu meiner Frau zu machen. Wenn Er aber weiter so abfällig über sie spricht und sie wie den letzten Dreck behandelt, rasiere ich Ihm nach meiner Wiederkehr mit meinem Säbel beide Ohren ab. Und wenn ich dafür ins Gefängnis komme, ich schwör's bei allen Heiligen, ich tu's!«

»Gut! Gut!«, beschwichtigte ihn der Nufer, dem wieder eingefallen war, dass höchste Eile geboten war. »Wenn Ihr ein so großes Herz habt, mir soll's recht sein … Aber bitte, jetzt reitet doch endlich! Ihr bringt uns ja in allerhöchste Not.«

Er hatte recht, wir mussten fort. Doch durfte Thies nicht fliehen, ohne Gundel noch einmal zu sehen, egal ob sie sich vor diesem Abschied fürchtete oder nicht. Ohne auch nur ein einziges Wort darüber zu verlieren, lief er aus der Scheune ins Haus hinüber, in seinem Gefolge der ihn vor lauter Angst immer heftiger bedrängende Nufer.

Ich sattelte die Pferde und verstaute unsere wenige Habe in den Satteltaschen. Kaum war ich damit fertig, kamen Gundel und Thies angelaufen, Gundel, Thies' schwarze Uniform in den Armen, er seinen und meinen Säbel in den Händen, unsere Büchsen über der Schulter.

Die Uniform verschwand in Thies' Satteltaschen, die Säbel schnallten wir um, die Büchsen nahmen wir auf den Rücken. Und dann, ja, dann sahen die beiden Liebenden, mitten im prasselnden Regen stehend, einander zum Abschied lange an und Gundel überreichte Thies mit bleichem Gesicht eine Kette aus vielen kleinen, bunt angemalten Steinen. »Nimm sie«, stammelte sie unter Tränen. »Leg sie dir um. Mein Vater hatte sie meiner Mutter geschenkt – sie soll dir Glück bringen.«

Eine Kette, wie kein Mann sie tragen konnte, ohne sich lächerlich zu machen. Aber Gundel besaß ja nichts anderes und vielleicht brachte diese Kette Thies ja wirklich Glück.

Ohne eine Sekunde zu zögern, legte er sich die Kette um den Hals, küsste Gundel lange und sagte fest: »Ich komme wieder. Vertrau mir! Und sollte der Himmel einstürzen, ich komm zu dir zurück!«

Mit großen Augen sah sie ihn an, dann nickte sie still. Doch natürlich, Gundel war viel zu klug, um nicht zu wissen, dass ein solches Versprechen – egal wie ernst und aufrichtig es gemeint war – nichts war, auf das sie bauen durfte. Allein der Herr im Himmel entschied über das Schicksal der Menschen. Und das erst recht im Krieg.

Noch einmal umarmten und küssten sich die beiden, dann umarmte Gundel auch mich und flüsterte mir zu: »Pass auf ihn auf, ja? Seine Wunde … er darf sich nicht überanstrengen.«

Mir saß ein Kloß im Hals. Alles, alles wollte ich dafür tun, dass die beiden sich wiederfanden.

Fort ging es, fort von den Nufers, diesem Overbeck und von Gundel. Ein böser Wind fauchte und pfiff durch den späten Abend, immer schwerere Regentropfen prasselten auf uns nieder. In wenigen Minuten waren wir völlig durchnässt. Doch durfte uns das nicht kümmern; waren die Franzosen uns erst auf der Spur, zählte jede Meile, die wir ihnen voraus waren.

Zum Glück waren Hera und auch Thies' Fuchsstute voller Kraft und Unternehmungslust. Die vielen Tage im Stall hatten ihnen zugesetzt. Als wollten sie die lange Zeit der Gefangenschaft mit aller Macht von sich abschütteln, so galoppierten sie durch Sturm und Regen.

Doch – wohin? Wir waren auf der Flucht, aber ohne jedes Ziel. Weder wussten wir, wo die Lützower sich jetzt aufhielten, noch wo wir für diese Nacht Unterschlupf finden konnten.

Lange galoppierten wir nur schweigend voran, jeder in seine Gedanken vertieft. Erst als wir glaubten, in den nächsten Stunden von niemandem mehr eingeholt werden zu können, gönnten wir unseren Gäulen eine etwas ruhigere Gangart. Bis wir – es war längst Nacht – auf einen großen See stießen. Regen und Wind hatten ihn aufgewühlt, da uns kein Mond leuchtete, erschien er mir düster und unheimlich.

»In dem hausen tausend Wassermänner«, scherzte Thies, um mich aufzuheitern. »Was da blubbert und gluckert, sind die schlimmen Flüche, mit denen sie uns vertreiben wollen. Aber das sicher nur, weil sie uns für Franzosen halten. Letzten Endes sind's ja deutsche Wassermänner.«

Langsam ritten wir an dem See entlang, bis wir auf eine einsame Fischerhütte stießen. Zögernd sahen wir uns an. Der Regen hatte noch immer nicht nachgelassen; wenn der Fischer nicht hier nächtigte – welch prächtiges Dach über unseren Köpfen.

»Probieren wir unser Glück. Wenn der Franzmann uns wirklich auf der Spur war – sicher hat er sie längst verloren.« Thies stieg ab, band seine Stute an einem Baum fest und näherte sich der Hütte vorsichtig.

Ich tat es ihm nach.

Fenster gab es in dieser Hütte nicht, sie war aus unbearbeiteten Baumstämmen zusammengefügt. Die aus rohen Brettern bestehende Tür aber ließ sich öffnen. Doch natürlich knarrte sie laut.

Thies schob erst mal nur seinen Kopf in den Spalt und fragte laut: »Hallo? Ist da wer?« Und mit lächelndem Unterton erklärte er: »Es gibt keinen Grund, sich zu fürchten. Wir sind Bauersleute, die vom Regen überrascht wurden. Wir suchen nichts als ein trockenes Plätzchen.«

Lange blieb drinnen alles still, dann brummte es in der Finsternis: »Was soll ich tun? Ich muss Ihm glauben. Wie viel sind's denn, die mir Gesellschaft leisten wollen?«

Also war doch jemand in der Hütte, gleich wollte ich zu Hera zurück. Thies hielt mich fest, und dann antwortete er im gleichen freundlichen Ton: »Nicht mehr als zwei. Allerdings sind wir so durchnässt – wir wiegen für vier.«

»Nur zwei?«, ertönte es drinnen schon nicht mehr ganz so brummig. »Na, dann kommt herein, ich will auch gleich ein Licht anzünden.«

Wir warteten, bis in einer Ecke ein Talglicht aufflammte, dann betraten wir die Hütte, in der sich nichts befand außer einer Bank und einem Tisch, beide aus rohen Brettern zusammengefügt. Ein Geruch nach kaltem Feuer, Rauch und Erde umfing uns. Auf einem Strohhaufen aber, dicht neben dem Talglicht, lag ein riesiger, in mehrere Decken gewickelter Mann. Den Kopf zierte ein Berg schwarzgrauer Haare, das Gesicht versteckte sich hinter einem ebensolchen Bart.

Der hünenhafte Mann musterte uns lange, dann stand er auf und begann, in einer von Steinen umgebenen Feuerstelle ein schon bald hell flackerndes Feuer anzuzünden. Die trockenen

Holzscheite waren unter dem Tisch aufgestapelt. »Zieht Euch aus!«, sagte er zu Thies. »Sonst holt Ihr Euch noch den Tod.«

Stumm gehorchten wir. Er hatte Thies mit »Euch« angeredet, also nahm er ihm den Bauern nicht ab.

Jeder eine seiner Decken um die Schultern, saßen Thies und ich schon bald dicht am Feuer, und der Riese betrachtete uns, bis er endlich sagte: »Ihr tragt Bauernkleider, werter Herr, doch seid Ihr kein Bauer. Allerdings muss Euch diese Entdeckung nicht sorgen, mir ist jeder recht, der nichts Böses im Schilde führt.« Er lachte heiser. »Bei mir gibt's ja auch gar nichts zu holen, fahre erst in der Früh auf den See hinaus. Und wegen ein paar Fischen ist noch niemand umgebracht worden.«

Thies lächelte auch. »Behaltet Eure Fische. Ihr habt recht, wir sind keine Bauern, aber auch keine Raubmörder. Wir sind Lützower, falls Euch das was sagt. Ich war verwundet und hielt mich versteckt. Weil wir verraten wurden, sind wir auf der Flucht. Wisst Ihr vielleicht, wo unsere Kameraden sich aufhalten?«

Hielt Thies den Fischer für so vertrauenswürdig? Sicher, dieser Riese konnte uns nicht überraschen, indem er die Franzosen an den See holte – falls er fortlief, waren wir weg, bevor sie den See erreicht hatten. Unsere Spur aber, die hätten sie dann gefunden.

»Freilich weiß ich, wer die Lützower sind.« Jetzt sah unser Gastgeber Thies noch viel aufmerksamer an. »Aber wo sie sich zurzeit aufhalten?« Er zuckte die mächtigen Achseln. »Es heißt, sie vollbringen mal hier, mal dort ihre tolldreisten Heldentaten. Und danach verschwinden sie wieder wie ein Spuk. Manchmal«, er lachte wieder so heiser, »glaube ich, es gibt sie gar nicht. Die Leute träumen nur von ihren Taten, weil sie sich solche Helden wünschen.«

Thies' Antwort: »Manches wird Wunsch sein, anderes entspricht den Tatsachen. Zweierlei allerdings steht fest: Wir Lützower sind kein Spuk und auch nicht aus besserem Material geschnitzt als andere. Wir wollen nur eines: mithelfen, den Franzmann in sein schönes Frankreich zurückzujagen. Wir haben die Franzosenfuchtel satt, Ihr etwa nicht?«

»Aber was glaubt Ihr denn von mir?« Nun war er fast ein wenig beleidigt, unser Riese. »Mit Euren Worten habt Ihr mir aus der Seele gesprochen. Und deshalb wünsche ich Euch nichts als gutes Gelingen und dass Ihr Eure Kameraden bald wiederfindet. Solange aber Eure Kleider noch feucht sind, macht es Euch in meiner Hütte bequem. Und solltet Ihr drei Tage oder drei Monate bleiben wollen, Leute wie Ihr sind mir mehr als nur willkommen.«

Und damit stand er auf und machte aus dem einen Strohhaufen drei.

Tags darauf, als wir in unseren immer noch nicht ganz trockenen Kleidern vor die Fischerhütte traten, war das Wetter umgeschlagen. Keine Wolken mehr, kein Regen. Eine kalte, grelle Sonne strahlte auf uns herab, auf dem Gras funkelte der Tau, neben der Hütte färbte sich ein Busch violett, der See glitzerte blau.

Tief atmeten wir die frische Luft ein, fühlten uns gestärkt und ausgeruht. Nur: Wo war unser Riese, dessen Namen wir noch gar nicht kannten? Wir hatten uns ihm nicht namentlich vorgestellt und er sich uns ebenfalls nicht. Und nun war er fort – und nirgendwo am Ufer war ein Kahn festgemacht …

Besorgt sahen wir einander an. Wir hatten uns vor einer Überraschung sicher geglaubt, aber nicht bedacht, dass dieser freundliche Fischer unsere Müdigkeit ausnutzen könnte, um, während wir schliefen, heimlich über den See zu rudern, um zu den Franzosen zu gelangen.

Ein rascher Blick zu den Bäumen, an denen wir unsere Pferde festgebunden hatten – Gott sei Dank, sie waren nicht fort, sahen zu uns her und scharrten mit den Hufen, wie um uns zu bitten, sie zu füttern und zu tränken. Wenn der Fischer uns den Franzosen hätte ausliefern wollen, dann hätte er sie doch sicher losgebunden und fortgejagt. Oder hatte er befürchtet, ihr Wiehern könnte ihn verraten?

Wir wollten schon aufsitzen, um rasch davonzugaloppieren, da kam der Kahn um das dichte Schilf gebogen, auf der Ruderbank unser Riese, die Fischkästen bis an den Rand gefüllt.

»Holla!«, rief er bestens gelaunt. »Gut geschlafen, die Herren Lützower?«

Beinahe hätten wir vor Freude laut gelacht. Was waren wir froh, uns in unserem Gastgeber nicht getäuscht zu haben. Wir halfen ihm, die Kästen an Land zu tragen, und er erzählte uns, dass er stets noch bevor der Morgen graute, auf den See hinausfuhr, um die Netze einzuholen. »Ist nun mal die beste Zeit, wenn man dem Tag so viele Stunden wie möglich abgewinnen will. Nur deshalb übernachte ich hier, hab's zu Hause schon gemütlicher.«

Nach dem Frühstück, so berichtete er weiter, würde er die Fische dann mit dem Handkarren ins Dorf bringen. »Meine Frau nimmt sie aus, und wenn sie damit fertig ist, kommt der Händler aus der Stadt und tauscht den Fang gegen Taler ein.« Er lachte nicht unzufrieden. »Ja, meine Herren, so verläuft es, unser Leben. Nicht besonders aufregend, aber sicher nicht ungesund.«

Gleich darauf nahm er zwei große Hechte aus einem der Kästen und schnitt sie in Stücke, während Thies und ich ein

Feuer entfachten. Wir garten die auf Zweige gespießten Fischkoteletts, bis sie herrlich dufteten und noch besser schmeckten, und unser Riese teilte sein Brot mit uns und erfreute sich an unserem Appetit.

Erst als wir uns voneinander verabschiedeten, nannte Thies ihm unsere Namen und der Fischer nannte uns seinen. »Kasimir heiße ich, mit Nachnamen Schuba. Und solltet Ihr Euch wieder mal irgendwo verstecken müssen, so fragt nur nach dem Riesen Schuba. Selbst meine Frau sagt Schuba zu mir. Kasimir klingt ihr zu vornehm.«

Wieder lachte er und wir lachten mit, dann verabschiedeten wir uns per Handschlag von unserem freundlichen Gastgeber, der, seinen Karren mit den Fischkästen vor sich herschiebend, schon bald zwischen den Bäumen verschwunden war.

Woher, wohin?

Warum es Thies, nachdem wir die Fischerhütte verlassen hatten, ausgerechnet in Richtung Süden zog?

Er wusste es selbst nicht. »Irgendwas lenkt mich dorthin«, sagte er. »Ein Bauchgefühl. Und weshalb sollten wir denn nach Norden, Osten oder Westen reiten, solange wir nicht wissen, wo die Kameraden sind?«

Ich folgte ihm ohne Widerworte. Welchen anderen Weg hätte ich denn vorschlagen können?

Der Abschied von Gundel schmerzte Thies noch immer. Wenn wir rasteten, wie oft öffnete er sein Hemd und betastete die bunten Steine der Kette, die sie ihm geschenkt hatte.

Sah ich das, musste ich wieder an Henning Struves Worte denken: Was man nicht hasst, bekämpft man nur halbherzig. Nein, da irrte Henning. Zwar hasste Thies die Franzosen nicht, doch hätte einer, der sie nur mit halbem Herzen bekämpfen wollte, sich denn von seiner Liebsten getrennt, um jetzt mit mir nach den Kameraden zu suchen, von denen wir nicht mal wussten, wo sie zu finden waren? Wäre Thies der Wunsch, die Franzosen aus den deutschen Ländern zu vertreiben, nicht so tief ins Herz gebrannt, dann hätte er seine Gundel vor sich aufs Pferd gesetzt und wäre mit ihr in sein heimatliches Wolgast zurückgekehrt. Seine Familie hätte sie aufgenommen, er hätte sein Studium fortsetzen und sie schon bald zu seiner Frau machen können.

Thies, ich wusste es längst, war von keiner geringeren Leidenschaft besessen als Leutnant Körner, Hassgefühlen aber wollte er sich nicht überlassen. Mein Respekt vor ihm wuchs von Tag zu Tag.

Wir kamen durch Dörfer und kleine Städte und nicht selten waren gerade die Dörfer sehr arm. Nichts als niedrige Lehmkaten rechts und links der Straße; aus den Fenstern blinkte uns der blanke Hunger entgegen. Ich musste daran denken, was Thies mir über die napoleonischen Gesetze erzählt hatte, nach denen niemand mehr Bauer bleiben musste, nur weil er von seinem Grundherrn nicht loskam. Müsste ich in einem solchen Dorf leben, ganz sicher wäre ich sehr für dieses Gesetz; keinen Tag länger als nötig würde ich in einem solchen Dorf bleiben wollen.

Aber auch in vielen Städten roch es nach Armut. Die Besetzung durch die Franzosen, all die Plünderungen, Brandschatzungen und Einquartierungen hatten ihre Spuren hinterlassen. Oft ritten wir an bröckligen Fachwerkmauern und ruinenhaft-winkligen Querhäusern vorüber, und nicht selten hatte ich das Gefühl, die Männer, Frauen, Greise und Kinder, die in diesen Häusern lebten, starrten uns nach, als wären wir Boten aus einer fremden Welt.

Eine Szene werde ich nie vergessen: In einer dieser Städte hockte in einem Torbogen eine junge Frau – in ihrem Arm ein halb verhungerter Säugling. Das Kind war ganz still, plärrte und brüllte nicht, und die Frau wiegte es nicht und flüsterte ihm keine Trostworte zu. Mit leeren Augen blickte sie in sich hinein.

Schweigend warf Thies der Frau ein paar Münzen in den Schoß. Doch erhielt er weder ein Dankeschön noch einen freundlichen Blick. Die Frau sah nicht mal auf; so als nütze ihr diese Gabe nur wenig.

An diesem Tag kehrten wir in keines der Gasthäuser ein, die

am Weg lagen. Wir kauften uns einen Laib Brot und dazu etwas trockenen Käse und tranken aus dem Dorfbrunnen.

Zwei Tage später trieb es uns dann aber doch wieder in einen Gasthof. Es war ein sehr kühler Tag, wir brauchten etwas Warmes im Bauch.

Es war um die Mittagszeit, die große Gastwirtschaft war von vielen lustig lärmenden oder laut streitenden Fuhrleuten besucht; es war schwierig, freie Plätze zu finden. Und so nahm, kaum dass wir saßen, an unserem Tisch auch ein Herr mit Kinnbart Platz, der mir bald unheimlich wurde. Höflich hatte er gefragt, ob uns seine Anwesenheit recht sei, dann aber, uns gegenübersitzend, fixierte er Thies mit seinen eisgrauen Augen so gründlich, als wollte er ihn ausforschen.

Groß und hager war er, dieser Tischnachbar, aber wirklich ein Herr. Unter dem braunen, sehr städtischen Gehrock trug er eine gelbe, bis obenhin zugeknöpfte Weste und zur blauen Hose feine, kniehohe, ebenfalls braune Stulpenstiefel. Seine schwarze Tuchmütze glänzte noch ganz neu. Als er sie abnahm, um sie neben sich auf den Tisch zu legen, sahen Thies und ich, dass nicht nur sein Bart, sondern auch sein Haar die Farbe seiner Augen hatte – eisgrau.

Ein Spion der Franzosen? Petrus Himmel hatte mir erzählt, dass viele Deutsche sich für ein Handgeld bei der französischen Militärmacht beworben hätten, um die eigenen Landsleute auszuspionieren. Besonders unter den städtischen Beamten sollte es viele davon geben, aber auch unter den Gewerbetreibenden und Handwerksgesellen. »Groschenfuchser« hatte Petrus diese Spitzel genannt und gesagt, besonders gern säßen sie in Gasthäusern herum, um den Gesprächen ihrer Tischnachbarn zu lauschen oder sie zu despektierlichen Äußerungen über die

Franzosen zu verleiten. Und sagte dann einer was gegen die Franzosenherrschaft, würden sie nicht zögern, ihn anzuzeigen.

War dieser Eisgraue ein solcher Groschenfuchser? Weshalb sonst starrte er Thies so unentwegt an?

Mir wurde immer mulmiger zumute. Am liebsten wäre ich aufgestanden und gegangen. Da aber geschah etwas Seltsames: Mit einem Mal lächelte der Eisgraue und fuhr sich mit dem Mittelfinger der rechten Hand über die Stirn.

Ich begriff nicht, was das sollte, bis mir klar wurde, dass er sich ein Kreuz auf die Stirn gezeichnet hatte. Ja, und was passierte dann? Sogleich lächelte auch Thies und schob seine rechte Hand in die Bauernjoppe, die er noch immer trug, bis nur noch der kleine Finger herausschaute. Mit dem winkte er wie ein Spaßmacher und flüsterte dabei: »Helf Gott!«

Und der Eisgraue antwortete vergnügt: »Prosit!«

Ich muss in diesem Augenblick ein sehr dummes Gesicht gemacht haben. Was sollten diese Mätzchen?

Thies aber lächelte nur noch breiter, und dann legte er mir die Hand auf die Schulter und wisperte mir ins Ohr: »Einer von uns.« Und von dieser Entdeckung nicht weniger erlöst als ich, erklärte er mir, dass, was unser Tischnachbar und er soeben aufgeführt hatten, ein Ritus der Lützower war – nämlich die Möglichkeit, einander zu erkennen zu geben, wenn man nicht sicher war, einen Kameraden vor sich zu haben. Anfangs sei das Ganze nur ein Spaß gewesen, später hätte sich dieser Spaß immer öfter von großem Nutzen erwiesen. Und so nun auch an diesem Tag.

Thies und der Eisgraue hatten sich zuvor schon hin und wieder gesehen. Nur trug dieser Richard Gripp damals noch keinen Bart und hatte noch keine schwere Verwundung hinter sich, weshalb er zu jener Zeit noch sehr viel jünger ausgesehen und Thies ihn nicht gleich erkannt hatte.

Nachdem sie wussten, wer da einander gegenübersaß, lachten die beiden Männer fröhlich, und keine drei Minuten später besprachen sie leise ihr Woher und Wohin.

Ich erfuhr, dass Richard Gripp einer derjenigen war, der bei Kitzen eine schwere Verwundung erlitten hatte. Die Kugel, die ihn niederstreckte, war ihm in die Hüfte gedrungen und musste herausgeschnitten werden. Und das ohne jede Narkose, denn kein Arzt oder Feldscher war in der Nähe und lange gewartet werden durfte nicht.

»Hab vor Wut und Schmerzen geschrien, dass in halb Deutschland das Geschirr in den Küchenschränken geklirrt haben muss«, erzählte Richard Gripp. »Na ja, und danach – danach war ich weg, ins Land der Träume abgeglitten. Erst Tage später, beim ersten Blick in den Spiegel, sah ich, dass aus mir ein grauhaariger Alter geworden war.«

Bauern versteckten ihn, um ihn Tage später im Heuwagen zu seiner Frau und seinen Kindern zu bringen. Dort sollte er, wie er sagte, bis ans Ende seiner Tage gehegt und gepflegt werden. Und vielleicht hätte er, der mit Leib und Seele Kaufmann war und den Niedergang seines Handelsgeschäftes fürchtete, sich schon bald auf das angenehme Zivilleben eingelassen, wenn er nicht …

Der Wirt brachte uns das Kartoffelgericht und die drei Humpen Bier, die wir bestellt hatten, und solange er uns noch bediente, schwieg Richard Gripp. Kaum war der Wirt weg, fragte er Thies, ob er sich noch an August Renz erinnern könne.

Thies lachte. »Der Schneider mit der hellen Stimme? Prinz Zierlich aus dem 1. Bataillon, über den so gern Witze gerissen wurden?«

»Genau der.« Richard Gripp nickte traurig, und dann erzählte er uns, was ihn umgestimmt hatte.

Jener zierliche August mit der hellen Stimme hatte sich als einer der Ersten bei den Lützowern gemeldet und sogar Gewehr samt Bajonett mitgebracht. Und als die Männer über diese halbe Portion von einem Kriegshelden grob spotteten, bewies der junge August ihnen, was für ein treffsicherer Schütze er war. Auf hundertfünfzig Schritt traf er die Schießscheibe. Mit einem Schlag verstummte jeder Spott. Ein so gutes Auge hatten nur wenige. Und auch später, in den Gefechten, bewies dieser August Mut und Umsicht und wurde am Ende sogar zum Trommler bestimmt.

»Und er konnte auch das. Er trommelte, als hätte er nie zuvor mit Schere, Nadel und Zwirn zu tun gehabt, sondern immer nur getrommelt. Aber nur einen Tag später, in einem Wald nicht weit von Lüneburg, da geschah es – ein Granatsplitter zerschmetterte ihm das linke Bein. Eine böse Sache.«

Und erst an diesem Tag, als der Feldarzt jenem August die Hose auszog, um das Bein untersuchen zu können, gestand der Schneider mit schmerzgequältem Gesicht: »Herr Leutnant, ich bin kein Kerl, ich bin ein Mädchen.«

Verbergen hätte er oder hätte sie das ja nun nicht länger können. Zu retten aber war diese Leonore, wie »der Schneider« in Wahrheit hieß, nicht mehr. Zwei Wochen später erlag sie dem Wundfieber.

Wir schwiegen erschüttert und auch Richard Gripp sagte lange nichts. Dann, nachdem er tief Luft geholt hatte, berichtete er mit belegter Stimme, dass diese Leonore in den letzten Tagen viel von sich erzählt haben soll. Sie sei die Tochter eines früh verstorbenen Potsdamer Garde-Unteroffiziers gewesen und im Militärwaisenhaus aufgewachsen. Dort habe man ihr das Schießen und auch das Trommeln beigebracht. Später allerdings habe sie als Kindermädchen gearbeitet, ein sehr unkriegerischer Beruf. Im Frühjahr jedoch, als es endlich wieder losging gegen die Franzosen, habe sie nichts mehr im Haus gehalten. Sie, die Mut für drei besaß, wollte mehr leisten als nur kleine Kinder behüten. Und da sie wusste, dass die Lützower nicht zum regulären Militär gehörten, es also keine medizinischen Anfangsuntersuchungen gab, habe sie sich dort einschreiben lassen.

»Tja!« Richard Gripp nickte sich selbst zu. »Als ich diese Geschichte hörte, wurde mir klar, dass ich mich nicht länger in meinen Geschäftsbüchern vergraben durfte. Wer an eine höhere Gerechtigkeit glaubt und überzeugt davon ist, dass jedem Unrecht Widerstand entgegengesetzt werden muss, der muss zu seinem Glauben stehen. Und das, ganz egal wie die Sache am Ende ausgeht. Dies ist die simple Weisheit, die mich unser ›Prinz Zierlich‹ gelehrt hat.«

Nein, zu einer solchen Geschichte gab es nichts zu sagen; Thies und ich, wir konnten vor dieser Leonore nur den Hut ziehen.

Still aßen wir weiter, dann stellte Richard Gripp viele Fragen und Thies berichtete von dem Gefecht bei Gadebusch, seiner Verwundung und Leutnant Körners Tod.

Lange schwieg Richard Gripp, dann seufzte er. »Was für großartige Menschen gibt es doch! Und wie bestärken mich all diese Opfer in meinem Entschluss, mich nicht in meine Wohlgeborgenheit verkriechen zu dürfen. Darf unsereiner denn allein an sein persönliches Wohlergehen denken? Frau und Kinder? Ja, natürlich! Aber bin ich denn der Einzige, auf den eine Familie wartet?«

Es war Richard Gripp, von dem wir erfuhren, dass Thies'

Bauchgefühl, das uns nach Süden reiten ließ, nicht getrogen hatte. Nachdem sie im August und September einige herbe Niederlagen hatten einstecken müssen, hätten die Franzosen sich in den Leipziger Raum zurückgezogen, wie ein preußischer Kurier ihm berichtet hatte. Was bedeute, dass sich dort die große Entscheidungsschlacht anbahne. Oder warum sonst bewegten sich auch die Armeen der Russen, Preußen, Österreicher und Schweden in diese Richtung?

Eine Nachricht, die Thies froh auflachen ließ. »Ja, mein Bauch war schon oft klüger als mein Kopf!« Und sofort fragte er Richard Gripp, ob es unter diesen Vorzeichen nicht sinnvoll sei, gemeinsam weiterzureiten. »Drei sind mehr als zwei.«

Zur Antwort streckte Richard Gripp nur die Hand aus und Thies schlug ein. Und als unser neuer Reisegefährte auch mir die Hand hinhielt, obwohl ich das Gespräch nur schweigend verfolgt hatte und aus seiner Sicht doch sicher ein noch ganz und gar grüner Junge war, schlug auch ich ein.

Gold für Eisen

Der schon etwas ältere Mann mit dem eisgrauen Bart und den eisgrauen Augen, der noch ganz und gar bartlose junge Mann mit der kühn geschwungenen Adlernase und ich, ein vielleicht fünfzehn-, vielleicht sechzehnjähriger Bursche, der in den Krieg gezogen war, um seine Eltern und Geschwister zu rächen – wie ein Vater mit seinen zwei Söhnen, so ritten wir drei Lützower von nun an nebeneinanderher.

Richard Gripp erwies sich bald als ein sehr ruhiger, bedächtiger Mann. Bevor er ein Wort in den Mund nahm, wog er es ab. Auch sprach er zu mir nicht anders als zu Thies. Seine ganze Erscheinung, all das Städtische, Beherrschte und Überlegte, das von ihm ausging, nötigte mir schon bald Respekt ab.

Thies erging es nicht anders. Ein Großhandelskaufmann in dritter Generation, der sein Wohlleben dem Kampf gegen die Fremdherrschaft opferte, wie hätte ein solcher Mann ihm nicht imponieren sollen? Und allein die Geschichte von einem tapferen Mädchen, das für diesen Kampf sein Leben hingegeben hatte, war es gewesen, die ihn, den bereits einmal schwer Verwundeten, zum erneuten Aufbruch gedrängt hatte. Wie viel Herz steckte hinter dieser Entscheidung!

Richard Gripp war kein Rächer selbst erlittenen Unrechts wie Konrad Kohlsaat, Burchard Voss oder das Findelkind Joss. Es ging ihm – mit seinen Worten gesprochen – um nicht weniger als das große Ganze: die Freiheit der deutschen Länder und die Freiheit Europas.

Und was uns ebenfalls nicht wenig imponierte: Er war aufgebrochen, um erneut am Kampf teilzunehmen, obwohl seine Verwundung noch längst nicht ausgeheilt war. Ich bemerkte es schon, als wir das erste Mal unsere Pferde bestiegen. Seine Hüfte schmerzte noch immer, und so ächzte er laut, als er sich auf seinen Rappen schwang. Helfen lassen aber wollte er sich nicht.

»Was ist das für ein Jäger, den man aufs Pferd hieven muss?«, fragte er nur abwinkend. »Wenn ich mich nicht mehr bewege, dann kann ich bald keinen einzigen Schritt mehr tun.« Und er tröstete sich und uns: »Wenigstens kann ich noch reiten, die Büchse halten und den Säbel schwingen. Und mehr ist ja nicht vonnöten, solange mein braver Antonius mich trägt.«

Antonius! Ein seltsamer Name für ein Pferd. Irgendwie aber passte er zu dem schwarzen Hengst und seinem Reiter.

Ansonsten erzählte Richard Gripp nicht viel von sich. Allein dass seine Frau und seine Kinder trotz der wegen des Krieges nicht mehr so gut gehenden Geschäfte auch während seiner Abwesenheit keine Not leiden würden, erfuhren wir. »Hab vorgesorgt, denn Vorsorge beruhigt – und das in guten wie in schlechten Zeiten.«

Die schwarze Uniform steckte in seinem Mantelsack. Nicht anders als Thies wollte er sie erst wieder anlegen, wenn wir die Unseren erreicht hatten.

In den ersten Tagen unseres gemeinsamen Ritts beschäftigte ich mich in Gedanken viel mit unserem neuen Reisegefährten. Auf eine sehr leise Art hatte Richard Gripp das Kommando übernommen. Er schlug die Richtung vor, in die wir reiten sollten, er zahlte für Kost und Unterkunft und den Hafer für die Pferde. Und musste einer der Gäule neu beschlagen werden, entlohnte er auch den Schmied. Protestierte Thies gegen diese

Großzügigkeit, obwohl sein eigener Geldbeutel schon so gut wie leer war, wies er ihn freundlich zurecht. »Du bist jung und fast wieder ganz gesund, bezahl mit deiner Münze, wenn wir erst wieder unsere Uniformen tragen.«

Doch schon bald verloren solche Fragen jede Bedeutung. Denn je weiter wir nach Süden kamen, desto öfter stießen wir auf preußische Bataillone: Landwehrmänner in gelben Hosen und blauen Röcken und auf dem Kopf flache, blaue Schirmmützen; blaugraue Dragoner mit schwarzen Tschakos; rote oder grauschwarze Husaren; Gardisten, Kürassiere und Ulanen.

Die Landwehrmänner hatten an der Mütze ein weißes Blechkreuz befestigt, die Aufschrift lautete *Mit Gott für König und Vaterland*. Was Thies zu leisem Spott anregte. Es reiche schon, für das Vaterland zu kämpfen, murmelte er laut vor sich hin, als er das las, der König sei doch nur der Pudding nach der Hauptmahlzeit.

Eine Bemerkung, die Richard Gripp die Stirn runzeln ließ. Doch sagte er nichts dazu. Solange es um das große Ganze ging, so seine feste Überzeugung, gehörten alle Meinungsverschiedenheiten in den Keller verbannt.

Der Preußenadler wurde so etwas wie unser Wegweiser. Wo all diese Bataillone hinzogen, dorthin mussten auch wir uns wenden.

Und egal durch welche Städte wir nun kamen, von Tag zu Tag merkten wir deutlicher: Das ganze Volk war in Aufregung. Überall meldeten sich Freiwillige, um am Kampf gegen Napoleon teilzunehmen: Handwerksgesellen, Lehrlinge, Gymnasiasten, Handlungsgehilfen, Studenten, Kaufleute, Beamte; es gab keine Berufsgruppe, die abseitsstehen wollte. Darunter ältere Männer, junge und auch ganz junge. Viele waren arm, wie ihre erbärmliche Bekleidung verriet, andere eher begütert. Fast alle jedoch waren sie schlecht bewaffnet, allein ihre Begeisterung verlieh ihnen Mut.

Es wurde aber auch nicht gerade wenig gespendet. Für die Kriegskasse. Überall waren Sammelstellen für Wertsachen, Kleidungsstücke und Lebensmittel eingerichtet worden. Frauen opferten ihren Schmuck und erhielten dafür nichts als eine Metallmünze mit der Inschrift *Gold gab ich für Eisen*, wohlhabende Männer legten hohe Geldbeträge auf die Sammeltische. Ach, und mit welch frohen Gesängen, lautem Jubel und Hurrarufen die preußischen Bataillone empfangen wurden! Endlich, endlich ging es gegen die Franzosen, endlich sollte die Last der Fremdherrschaft abgeschüttelt werden.

Für Thies ein Anblick, der ihn staunen ließ. Wie oft hatte er sich zuvor beschwert, dass viel zu wenige bereit waren, sich Napoleons Herrschaftsansprüchen entgegenzustellen. Nun wurde er eines Besseren belehrt, und Richard Gripp erklärte ihm, dass er nicht überrascht sei, da es im Leben für alles eine richtige und eine falsche Zeit gebe. »Als der Schill aufbegehrte, war es noch viel zu früh, auf das Volk zu hoffen. Es hatte noch längst nicht genug gelitten. Auch waren die Franzosen viel zu stark und wir Deutschen zu schwach, um sie ernsthaft in Bedrängnis bringen zu können. Das hat sich geändert, und der Mensch wird eben nur dann mutig, wenn er glaubt, dass er sich nicht wegwirft, wenn er Widerstand leistet. Ich für meinen Teil halte das für keine dumme Überlegung.«

Thies konnte nicht anders, als dem so viel älteren und weitaus lebenserfahreneren Mann recht zu geben, und schon bald ritt auch er, trunken vor Glück über diese Opferbereitschaft, durch die hin und her wogende Menschenmenge. Um uns herum das Pferdegetrappel der Kavallerieschwadronen, rasselnde

Kanonen, ratternde Munitionswagen und knarrende Bagagefuhrwerke.

Die schmucken Offiziere mit den breiten Epauletten, den Stehkragen und Achselschnüren und dem Degen an der Seite, aber auch die einfachen Soldaten, die da so aufrecht gegen die Franzosen zogen, wie viel Hoffnung ruhte auf ihnen! Keiner dieser Männer wusste, ob er die große Schlacht überleben würde, doch entdeckte ich nichts als Mut und Entschlossenheit in den Gesichtern. Viele der Älteren, vielleicht hatten sie schon *für* Napoleon marschieren müssen und enge Kameraden fallen sehen in diesem Krieg, der nicht der ihre war, jetzt ging es *gegen* den, dem sie all dieses Leid zu verdanken hatten.

Ach, wie wünschte ich mir, dass wir bald auf den Feind stießen! Das bei Gadebusch war ja nur ein kleines, sehr kleines Gefecht gewesen; allein mit Überfällen auf ihre Proviantwagen waren die Franzosen nicht zu besiegen. Die große Schlacht, von der nun alle redeten und auf die alle hofften, sie musste das Ende dieses Krieges bringen.

Thies, so glaube ich, dachte Ähnliches. Oft zuckten seine Hände nervös; er musste sich anstrengen, seiner Fuchsstute nicht die Sporen zu geben.

Allein Richard Gripp blieb ruhig. Zwar beobachtete er den Aufmarsch der preußischen Bataillone ebenfalls mit zufriedener Miene, doch bewahrte er kühlen Kopf. »Napoleons Ende ist nah«, sagte er einmal zu Thies. »Aber wie viele Opfer wird uns dieser Sieg kosten?« Und er beantwortete sich diese Frage selbst: »Das ist ja das Schlimme an all diesen Kriegen, egal mit welchem Recht sie geführt werden, es kommen so viele Menschen darin um, die kein frühes Ende verdient haben. Würde es allein die wirklichen Kriegstreiber treffen, wie leicht würde es mir fallen, gegen sie zu Felde zu ziehen.«

Vielleicht dachte er in diesem Augenblick wieder an jene Leonore, die als Mann verkleidet aufseiten der Lützower gekämpft hatte. Oder an Leutnant Körner, aus dem ein großer Dichter hätte werden können, hätte er nicht so früh sein Leben lassen müssen. Bedenken, die mir halfen, meine Ungeduld zu zügeln.

Wir hätten uns gern wieder unseren alten Kameraden angeschlossen. Doch wo kämpften die Lützower zurzeit? Thies fragte immer wieder nach, keiner der Offiziere konnte ihm Auskunft geben. Alle wussten nur von Gerüchten zu erzählen.

Kurz vor Leipzig stießen wir dann immer öfter auch auf russische Regimenter. Ihr Wappen war kein Adler, sondern ein Bär; ihre Farbe nicht Blau, sondern Grün. Ich musste an die Kosaken denken, die bei Gadebusch mit uns gekämpft hatten, und – es erscheint mir noch heute wie die prompte Erfüllung eines Wunschgedankens – da kamen sie schon herangeritten. An der Spitze ihr Hauptmann mit dem blonden Bart im braunen Gesicht.

Er erkannte Thies nicht gleich; Thies trug ja noch immer Bauernkleider. Der Kosak aber, der direkt hinter ihm ritt, zügelte erstaunt sein Pferd. Und kam danach im raschen Galopp auf uns zugeritten, um laut lachend zu rufen: »Ei, verflixt noch mal! Da soll mich doch gleich der Teufel auf seine Hörner nehmen, wenn das nicht Thies und Joss sind.«

Petrus Himmel? Aber wie konnte das denn sein? Petrus Himmel in keiner schwarzen, sondern in einer bunten Kosakenuniform?

Doch tatsächlich, er war es! Und wie er sich freute, uns zu sehen! Er lachte und lachte und klopfte erst Thies und danach mir auf die Schulter und jubelte so laut, dass die ganze Kosakenschar zu uns hinsah: »Herr im Himmel, ist das schön! Was für ein Geschenk wird mir denn da gemacht? Bist du also wieder ganz gesund, Bruder Thies? Und du, Bruder Joss, hast ihn gefüttert und ihm den Arsch gewischt, solange er das nicht selber konnte? – Prachtkerle seid ihr, Prachtkerle alle beide!« Und er strahlte uns an, dass sein verfilzter Zausebart sich immer weiter in die Breite zog. Nicht viel, und er hätte vor Glück geweint.

Jetzt hatte uns auch der Kosakenhauptmann erkannt, kam herangeritten und begrüßte uns ebenfalls. Sein Deutsch war inzwischen nicht besser geworden, dennoch verstanden wir jedes Wort: Er wollte wissen, ob wir nicht Lust hätten, uns ihm anzuschließen. Es sei ja nun bald so weit, endlich würde Monsieur Napoleon der Marsch geblasen.

Thies fragte nach den Lützowern. Doch weder Petrus noch der Kosakenhauptmann wussten, wo sie sich zurzeit aufhielten. So wechselten Richard Gripp und er nur einen kurzen Blick und das Angebot war angenommen. Wenn wir uns dem Hauptmann unterstellten, blieben wir freie Jäger; schlossen wir uns einem der preußischen Bataillone an, so unterlagen wir der preußischen Dienstordnung. Das wollten weder Thies noch Richard Gripp.

Und so ritten sie nur wenig später in ihren schwarzen Uniformen hinter den Kosaken her. Sie wollten kenntlich machen, woher sie kamen und wer sie waren, und ich bedauerte mal wieder, noch immer keine Gelegenheit gehabt zu haben, meine Joppe schwarz zu färben.

Wie Petrus Kosak geworden war?

Er hatte die Lützower, wie er uns bald erzählte, nicht lange nach dem Gefecht bei Gadebusch verlassen. Warum? Weil er, der ehemalige Bäckergeselle, nicht immer nur kleine »Brötchen«, sondern endlich mal ein großes »Brot« backen wollte.

»Freiwillig hatte ich mich dem Major angeschlossen, freiwillig bin ich wieder gegangen«, sagte er stolz. »Dem Franzmann immer nur Gruben graben, ihn pieken und stechen war mir zu wenig. Ich wollte auch mal zuschlagen dürfen. Außerdem, weiß der Geier, die Kosaken sind ein lustiger Haufen, so recht nach meinem Herzen.«

Gleich am ersten Abend, als wir gemeinsam mit den Kosaken am Lagerfeuer saßen und von ihrer rötlich-gelben, ziemlich scharfen Suppe aßen, erfuhren wir das.

Thies fragte nach den Kameraden – und uns traf ein Schlag: Auch Rudolf Irritje lebte nicht mehr. Der Rittmeister war einem Schuss aus dem Hinterhalt erlegen.

»Direkt in den Rücken«, erzählte Petrus. »Und von dort ins Herz … Wir haben alle geweint. Dem Franzosen, Sachsen oder Württemberger, der das getan hat, mit glühenden Zangen würde ich ihm die Eingeweide herausreißen, bekäme ich ihn zu fassen.«

Wer Petrus kannte, nahm solche Drohungen nicht ernst. So krauste allein Richard Gripp unwillig die Stirn. Petrus sah es und beruhigte ihn. »Nimm's nicht wörtlich, Bruder! Dieser Tod – eine so feige Tat! –, mir läuft, wenn ich daran denke, noch immer die Galle über.«

Es war der Tag, an dem unser Rittmeister fiel, an dem Petrus den Entschluss gefasst hatte, die Lützower zu verlassen. »Immer wieder tote Kameraden«, schimpfte er, »immer wieder so schmerzvolle Verluste und keine richtige Antwort darauf … Ist mir nicht leichtgefallen, dem Major die Treue zu kündigen, doch musste ich fort! Unsere ewige Disziplin, sie behagte mir schon lange nicht mehr.«

Die Nachricht von Rudolf Irritjes Tod setzte auch mir zu. Der Rittmeister war es gewesen, der mir als Erster entgegenkam, als ich den Lützowern nachgeeilt war. Oft hatte er über mich gelächelt, mich aber nie von oben herab behandelt. Sogar seinen schwarzen Rock hatte er mir vererben wollen … Wäre ich an jenem Abend allein gewesen und nicht inmitten so vieler, mir größtenteils fremder Männer, die um das hoch auflodernde Feuer saßen, ich hätte auch geweint. Um das Bild des rotbärtigen, so oft milde lächelnden Rudolf »Irrt-nie« in mir zu verdrängen, fragte ich nach Burchard Voß und Konrad Kohlsaat.

Die beiden aber waren, als Petrus die Freischar verließ, noch am Leben. »Die trifft's nicht«, spottete er. »Diese Sorte Brüder sind aus Eisen. Sie fangen die Kugeln mit den Zähnen auf und spucken sie wie eine bittere Medizin wieder aus.«

Eine Nachricht, die mich freute.

Gegenüber: der Teufel

In jenen Tagen lernte ich die Kosaken sehr viel besser kennen. Leidenschaftliche Männer waren sie, brausten schnell auf und griffen nach ihrem *Schaschka* – dem Kosakensäbel – oder nach ihrer *Nagaika* – der geflochtenen Peitsche. Doch verziehen sie einander genauso schnell, nahmen sich in die Arme und küssten sich rechts und links auf die Wange. Manche hatten hagere, düster wirkende, andere sehr runde, fröhliche Gesichter. Aber alle erschienen sie mir kühn und unerschrocken.

Der Kosakenhauptmann, auch das erfuhr ich erst jetzt, hörte auf einen lustigen Namen: Ostap Ostapowitsch Ostapow. Er lachte selbst darüber. Seine Vorväter, so erzählte er, seien witzige Burschen gewesen. Weil einer der frühen Ostapows seinen Sohn Ostap genannt habe, habe der es seinem Vater nachgetan. So sei es zum ersten Ostap Ostapowitsch Ostapow gekommen, denn *Ostapowitsch* bedeute nichts anderes als »Ostaps Sohn«. Von da an sei es so weitergegangen, alle seine Vorväter hätten sich nun den Spaß erlaubt, ihren ersten Sohn Ostap zu nennen. Sodass es inzwischen schon einen ganzen »Turm« von Ostap Ostapowitsch Ostapows gebe. Er sei nur die Spitze davon.

Für mich, der ich nicht einmal meinen wirklichen Vornamen und erst recht nicht Nachnamen oder Vatersnamen kannte, eine sehr schöne, beneidenswerte Tradition. Weshalb ich, als ich den Hauptmann fragte, ob er seinen Sohn, wenn er mal einen haben sollte, denn ebenfalls Ostap nennen würde, die Antwort zum Teil schon kannte. Drei Söhne wünsche er sich, sagte er, und drei Töchter. Der erste Sohn solle selbstverständlich Ostap heißen, der zweite Andrej, der dritte Taras. Die Namen seiner Töchter aber – er lachte – dürfe seine Frau bestimmen.

Ich lernte, dass die Bezeichnung *Kosak* nichts anderes als »freier Krieger« bedeutete und die Kosaken in Reitergemeinschaften als wahrhaft freies Steppenvolk zusammenlebten. Gingen sie nicht auf Beutezüge oder zogen für ihren Zar in den Krieg, bestellten sie ihre Felder, züchteten Pferde und alles mögliche andere Viehzeug und angelten in den großen Flüssen, an denen ihre Dörfer lagen, nach meterlangen Fischen.

Unserem Kosakenhauptmann machte es Spaß, Thies und mir mit Händen und Füßen seine Welt zu erklären, die so ganz anders war als die, aus der wir kamen. Besonders mich schien er schon bald ins Herz geschlossen zu haben. Er nannte mich Jossik, und da er meine Geschichte kannte – Petrus Himmel hatte sie ihm erzählt –, wollte er, dass ich nach dem Krieg mit ihm und seinen Leuten in seine Heimat zurückkehrte. Damit er mir all das zeigen konnte, wovon er erzählt hatte. Auch seine Marussja wollte er mir vorstellen, das Mädchen, das auf ihn wartete und eines Tages die Mutter seiner sechs Kinder werden sollte.

Stolz erklärte ich ihm, dass auch auf mich bereits eine »Marussja« wartete und ich ihn deshalb nicht in sein Dorf begleiten konnte.

Das verstand er. Er kniff ein Auge zu, schnalzte mit der Zunge und lachte. Ja, die Mädchen, so übersetzte ich mir dieses Lachen, sie sind unser ganzes Glück. Gebe Gott, dass wir gesund zu ihnen heimkehren.

Petrus wurde von den Kosaken nur Petja oder Petruschka gerufen. Sie lachten über seine papageienhaft bunte »Kosakenuniform« – schwarz, rot, grün, gelb, blau – und brachten ihm oft russische Wörter bei, die etwas ganz anderes bedeuteten als das, was sie ihm einredeten. Benutzte er sie danach voller Stolz über sein neues Wissen, schlugen sie sich vor Begeisterung über ihren Spaß gegenseitig auf die Schultern.

Ja, trotz der uns bevorstehenden großen Schlacht wurde viel gelacht, viel Unsinn getrieben und viel gegessen und getrunken. Oft war mir, als wollten die Männer aus dem fernen Russland vergessen, dass Krieg war und einige von ihnen, vielleicht sogar viele, ihre Heimat niemals mehr wiedersehen würden.

Wie Thies und ich uns mit ihnen verständigten? Per Zeichensprache. Richard Gripp hielt sich lieber abseits. Allein mit dem Hauptmann redete er öfter. Einmal hörte ich, wie sie über die große Schlacht sprachen, die mit jedem Tag näher rückte. Beide waren sie überzeugt davon, dass sie die Entscheidung in diesem Krieg bringen würde.

»Es wird schlimm werden«, so Richard Gripp. »Der Kaiser der Franzosen ist ein großer Feldherr, der stets mit stark konzentrierten Kräften zuschlägt. Den Feind niedermachen, bevor der überhaupt weiß, wie ihm geschieht, das ist seine Devise. Doch darf er in dieser Schlacht nicht siegen, sonst ist unser schon so arg malträtiertes Europa ganz und gar am Ende.«

Der Kosakenhauptmann hatte nicht jedes einzelne Wort verstanden, den Sinn von Richard Gripps Überlegungen jedoch hatte er erfasst. Zum Glück sei dieser Napoleon nur der Kaiser der Franzosen und nicht der Kaiser der Welt, so reimte ich mir zusammen, was er antwortete. »Er hat sich überschätzt, als er unser heiliges Russland angriff, und er überschätzt sich noch immer. Und deshalb wird er sich über kurz oder lang selbst zu Fall bringen. Wenn nicht heute, dann eben morgen. Man muss nicht besonders klug sein, um das vorauszusehen.«

Ein Gespräch, das mich so sehr erregte, dass ich schon bald an nichts anderes mehr denken konnte. Die Schlacht, die uns bevorstand, bestimmte ja auch über mein Leben – und vielleicht sogar darüber, ob ich weiterleben durfte oder nicht …

Endlich hatten wir die Vororte der Stadt Leipzig erreicht. Hier reihte sich Feldlager an Feldlager. Heute weiß ich, dass es allein auf unserer Seite am Ende mehr als dreihunderttausend Soldaten waren, die sich rund um Leipzig versammelt hatten: Preußen, Russen, Schweden und Österreicher. Es war, als hätten sich alle Heere Europas geschworen, an dieser Stelle den Eroberungsgelüsten Napoleons ein für alle Mal ein Ende zu bereiten.

Was für unterschiedliche Gesichter ich zu sehen bekam! Im russischen Heer kämpften ja auch Kalmücken und Baschkiren, die ich anfangs für Chinesen hielt. Lebten also nicht nur in dem sagenumwobenen China Menschen mit solch schmalen Augen?

Gleichzeitig musste ich daran denken, dass auf der anderen Seite – unter Napoleons Befehl – ja auch deutsche Soldaten standen, Sachsen und Württemberger. Was für eine seltsame Welt! All die preußischen Soldaten und auch Thies, Richard Gripp, Petrus und ich, wir kämpften Seite an Seite mit Russen, Schweden und Österreichern – ein großer Teil unserer Landsleute aber kämpfte für die Franzosen! Und damit waren sie in der Schlacht, die uns bevorstand, unsere Todfeinde.

Gemäß dem Befehl, den unser Hauptmann erhalten hatte, umritten wir die große Stadt. In der Nähe eines kleinen Ortes namens Wachau sollten wir biwakieren. Rings um Leipzig, überall waren Napoleons Truppen aufmarschiert. Was Thies sehr bedauerte. »Schade«, sagte er zu mir, »nun lernst du sie nicht kennen, die Stadt der Eleganz und feinen Manieren. Egal wer hier studiert, jeder hält sich für einen kleinen Goethe.«

Ich wusste noch immer nicht, wer dieser Goethe war, fragte aber nicht. Es machte keinen Spaß, ewig der unwissende Bauernbursche zu sein, der von der Welt nur wusste, wann Frühjahr, Sommer, Herbst und Winter war.

Auf einem Hügel, auf dem schon viele andere Truppenteile biwakierten, bezogen wir Stellung, und schon bald verbreitete sich unter den Offizieren, Unteroffizieren und Soldaten das Gerücht, uns direkt gegenüber, in den Stellungen, die die Franzosen und ihre Verbündeten bezogen hatten, habe auch der Kaiser der Franzosen sein Zelt aufschlagen lassen. Ein Gerücht, das sich bald bestätigen sollte und an jenem sonnigen, leicht dunstigen Oktobertag die Kosaken zu allerlei dreisten Ankündigungen verleitete. Petrus Himmel immer vorneweg. Den Hintern wollte er diesem »Napolibum« versohlen, ihm faule Äpfel ins Maul stopfen, ihm die Nase aus dem Gesicht reißen und jeden Zahn einzeln ziehen und vieles, vieles mehr.

Mir verschlug diese Nachricht den Atem. Der Kaiser der Franzosen, der mir Vater, Mutter, Geschwister und sogar den Namen und jede Erinnerung an meine Familie geraubt hatte, nur wenige Hundert Meter entfernt von mir? Wenn er mit seinem Fernrohr unsere Stellung ins Visier nahm, vielleicht sah er mich ja, beobachtete, wie ich Hera fütterte oder tränkte …

Thies musste mich beruhigen. Er hatte mal ein Bild von diesem Napoleon Bonaparte gesehen. Der Maler, so sagte er, habe ihn bestimmt geschönt dargestellt, und doch war deutlich zu erkennen gewesen, dass auch dieser berühmte Kaiser, Feldherr und Eroberer nur ein Mensch war. »Stell ihn dir nackt vor«, riet er mir, »ein körperlich viel kleinerer Mann als du, dafür mit dickem Arsch, Bauch und Hamsterbäckchen – und auf dem Kopf den Zweispitz. Würdest du dich vor dem fürchten?«

Ich musste lachen. Nein, vor einem kleinen, dicken, nackten

Mann mit Zweispitz auf dem Kopf fürchtete ich mich nicht. Erst später fiel mir ein, wie viele Hunderttausend Soldaten für diesen kleinen, dicken Kaiser in den Krieg gezogen waren und was für Schlachten sie geschlagen und auch gewonnen hatten, und die schlechten Gefühle und Vorahnungen kehrten zurück.

Der Tag, an dem wir vor Leipzig in Stellung gingen, war ein Freitag. Am Morgen darauf – es war der 16. Oktober, ein Datum, das ich nie vergessen werde, ansonsten aber ein ganz normaler, sonniger Frühherbstmorgen – begann die Schlacht.

Wer konnte in der Nacht zuvor schlafen?

Ich lag da, starrte in mich hinein und dachte an Mutter Marie, Vater Mewes, Jeppe Jessen, Henning Struve und Maicke. Würde ich sie je wiedersehen? Und wenn ja, wie würde ich vor sie hintreten? Als Invalide wie Henning? Oder einigermaßen unversehrt?

Der Kampf bei Gadebusch, welche Opfer hatte er gefordert, obwohl es sich in diesem Fall doch nur um ein ganz kleines Scharmützel gehandelt hatte. Jetzt erwartete mich eine Schlacht riesigen Ausmaßes. – Ja, ich gebe es zu: Ich hatte Angst; Angst davor, den kommenden Tag nicht zu überleben, und Angst davor, dem, was mich erwartete, nicht gewachsen zu sein.

Es waren dann unsere Truppen, die zum ersten Sturmangriff ansetzten. Die Sonne glitzerte auf den Bajonetten, der Hufschlag Tausender Pferde erfüllte die Luft, ein Hurra ertönte, dass die Trommeln, die Mut machen sollten, und die Hörner, die zum Angriff bliesen, kaum noch zu hören waren.

Und ich, der Bauernbursche Joss, fünfzehn oder sechzehn Jahre alt? Ich saß auf Hera, den Säbel in der Hand, und wartete darauf, dass unser Hauptmann seine Kosaken und damit auch

Thies, Richard Gripp, Petrus Himmel und mich in den Kampf schickte.

Hera spürte meine Unruhe und begann nervös zu tänzeln. Sachte klopfte ich ihr den Hals. »Was ist denn? Was jetzt passiert, das haben wir doch gewollt. Da drüben steht der Kaiser der Franzosen. Haben wir ihn verjagt, kehren wir heim. Und dann darfst du wieder zu Hilla auf die Wiese.«

Thies hatte mein Geflüster gehört. Besorgt blickte er mich an. »Wag dich nicht zu weit vor, bleib an meiner Seite! Will nicht meinen besten Freund verlieren.«

Was hatte er da gesagt? Bester Freund? Wollte er mich damit nur aufmuntern – oder war das ernst gemeint?

Fragend sah ich ihn an und er nickte mir zu: Er hatte es ernst gemeint.

Endlich hob unser Hauptmann die Hand – das Signal zum Sturmangriff – und schon preschten auch wir vorwärts, hinein in das alles übertönende Kampfgetöse. Voran unser Hauptmann, ihm nach die schnellsten Kosaken, neben mir Thies, Richard Gripp und Petrus Himmel; so als hätten alle drei es sich zur Aufgabe gemacht, mich zu beschützen.

Ein wildes Gefühl überkam mich, mein Herz raste, mein Kopf glühte. Ich wollte nicht beschützt werden, ich wollte kämpfen. Hatte ich denn nicht immer davon geträumt, mich für all das zu rächen, was die Franzosen meinen Eltern, Geschwistern und mir angetan hatten? Der Tag der Rache, er war gekommen … Die Kosaken schrien »Hurra!« und ich schrie mit.

Die tiefen Stimmen der Kanonen, die unseren Angriff abwehren sollten, ich hörte sie, doch war mir, als beträfen sie mich nicht. Was konnte mir denn jetzt noch geschehen? Nichts! Ich war ja kein Mensch mehr, ich war ein Rächer, von Gott dazu auserkoren. Da vorn stand der Teufel; es galt, ihm den Garaus zu machen, damit endlich wieder Frieden sein konnte auf der Welt.

Nicht lange und wir gerieten ins Kreuzfeuer der französischen Infanterie. Nun dröhnten nicht nur die Kanonen, die uns mit Sechs-, Acht- und Zwölfpfündern beschossen, Gewehrschüsse mähten die vordersten Reihen nieder.

Ich hörte die Kugeln pfeifen und sah reiterlose Pferde in heller Panik über das Schlachtfeld galoppieren. Über Tote und Verwundete hinweg jagte ich immer weiter voran. Eine rasende Wut über diese heftige Gegenwehr hatte mich erfasst. Hätte ich in diesem Augenblick einen Franzosen, Sachsen oder Württemberger vor mir gehabt, ich hätte nicht gezögert, ihm mit meinem Säbel den Kopf zu spalten; war ja längst nicht mehr ich selbst, war in dieser Stunde nur noch Soldat – und damit Teil einer furchtbaren Tötungsmaschinerie.

Dann, ganz plötzlich, eine Staubwolke oder eine riesige, graue Wand, die sich uns näherte und aus der sich bald immer mehr Pferde und säbelschwingende Reiter herausschälten – die französische Kavallerie! Wahre Reitermassen kamen da auf uns zugestürmt. Dieser Vielzahl *mussten* wir unterlegen sein. Rasch wurde zum Rückzug geblasen, und wieder hieben wir unseren Gäulen die Sporen in die Flanken, diesmal, um davonzukommen, bevor wir niedergemetzelt wurden.

Ich jagte Richard Gripps Rappen nach – und da passierte es: Ich sah, wie das vor Schweiß glänzende Tier stürzte und der seit seiner Verwundung hüftsteife Mann unter seinem Antonius begraben wurde. Und was tat ich? Ohne erst lange nachzudenken, zügelte ich Hera und sprang aus dem Sattel, um ihn unter dem Hengst, dem ein Schuss die Kinnlade zerschmettert hatte, hervorzuziehen.

Petrus Himmels Gaul, beinahe wäre er über Hera gestürzt.

Mit meinem kopflosen Hilfeversuch hatten weder Ross noch Reiter rechnen können. »Steig auf, reite weiter!«, schrie Petrus mir im Vorbeijagen zu und: »Verfluchter Lumpenhund, ist dir dein Leben so wenig lieb?«

Doch hatte ich Richard Gripp längst unter den Armen gepackt. Ich konnte ihn doch nicht so liegen lassen. Sollte sein Antonius ihn denn ganz und gar zerquetschen? Oder der erstbeste französische Säbel ihn treffen?

»Junge!«, stöhnte Richard Gripp mit schmerzverzerrtem Gesicht. »Mach dich nicht unglücklich. Lass mich hier liegen ... Gott wird mich beschützen.«

Und sicher hätte ich dieser Aufforderung am Ende folgen müssen; Richard Gripp war schwer, es kostete mich viel Mühe, ihn unter seinem Hengst hervorzuziehen. In dem Moment aber – ich hörte schon die ersten französischen und russischen Flüche, weil wir eingeholt und Thies und andere längst in Nahkämpfe verstrickt worden waren – nahte Hilfe. Wie dichte Wespenschwärme brachen sie hinter dem Hügel hervor, auf dem wir in Stellung gelegen hatten, die Baschkiren- und Kalmückenkompanien. In gelbe Schafpelze gekleidet, ihre Lanzen im Anschlag, stürmten sie auf die uns weit überlegenen Franzosen los. Und nun war es am Feind, die Rösser zu zügeln und zurückzupreschen. Mit einem Säbel gegen Lanzen ankämpfen? Das hätte nichts als einen sinnlosen Opfergang bedeutet.

Ich sah Versprengte und Abgedrängte flüchten, sah, wie manche, die nicht schnell genug waren, mit der Lanze vom Pferd gestoßen oder aufgespießt wurden, und hörte ein neues lautes Hurra der Unseren. Und deshalb, nur deshalb durfte ich mich weiter um Richard Gripp kümmern.

Mit all meiner Kraft zog ich ihn unter seinem Antonius hervor, half ihm auf Hera und stieg hinter ihm auf, um mit ihm in unsere Stellung zurückzureiten. Doch hatte er noch eine Bitte. »Lass meinen Antonius nicht im Stich«, flüsterte er mir mit halb erstickter Stimme zu. »Erlöse ihn von seinen Schmerzen.«

Der schöne schwarze Hengst! Schaum vor dem Maul und heftig mit den Augen rollend, blickte er wie fragend zu seinem Herrn hoch. Rasch stieg ich wieder ab, legte den Lauf meiner Büchse an seinen Kopf, schloss die Augen und drückte ab.

Es blieb der einzige Schuss, den ich während dieses ersten Angriffs abgeben sollte. Denn kaum war ich wieder aufgesessen, um Richard Gripp zum Verbandplatz zu bringen, mussten Thies, Petrus und die Kosaken sich erneut zurückziehen. Unser Angriff, so erfolgreich er begonnen hatte, er war abgeschlagen worden.

Wie leicht schreibt sich das: Unser Angriff war abgeschlagen worden! Wer aber noch nie im Krieg war, wie soll der wissen, was diese Worte bedeuten?

Jener erste Angriff, wie viele Kameraden waren ihm zum Opfer gefallen? Und wie viele Tote hatte die Gegenseite zu beklagen? Und war, wer nur verwundet worden war, etwa im Glück? So grausam entstellte Kameraden waren zum Verbandplatz gebracht worden, dass ich ihre Verletzungen nicht näher beschreiben will. Die Bilder vor meinen Augen schmerzen noch immer.

Auch unser Hauptmann war im Kampf gefallen. Ganz vorn war er geritten, eine Kugel hatte ihn mitten in die Stirn getroffen. Und zwei seiner Leute – Mitja und Tomka waren sie gerufen worden – hatten nicht anders gekonnt als ich. Trotz des Kugelhagels waren sie abgestiegen, um nach ihrem Hauptmann zu sehen. Und obwohl sie feststellen mussten, dass er nicht mehr lebte, hatte der krausköpfige Tomka ihn vor sich aufs

Pferd gelegt, um ihn ins Lager zurückzubringen. Mitja aber war, noch ehe er wieder sein Pferd besteigen konnte, ebenfalls von einer Kugel getroffen worden – und auf dem Schlachtfeld geblieben.

Unser Hauptmann und auch dieser rundköpfige, braunäugige, fast immer verschwörerisch zwinkernde Mitja, wie voller Lebenslust waren sie gewesen! Alle hatten sie gemocht. Und nun? Der Krieg hatte sie und viele ihrer Kameraden ganz einfach ausgelöscht. So, als ob es sie nie gegeben hätte. Und deshalb würde es nun wohl auch keinen weiteren Ostap Ostapowitsch Ostapow mehr geben; der Kriegsgott hatte es anders gewollt.

Arnulf

Wie viele Sturmangriffe wir an jenem ersten Tag der großen Schlacht auch ritten, alle wurden sie abgeschlagen.

Die Trompeten, Trommeln und Signalhörner und das tiefe Brummen der Kanonenkugeln, alles wurde mir zur ständigen Begleitmusik. Ich jagte durch Pulverdampf, sah unzählige rote Blitze um mich herum aufzucken, feuerte aus sicheren Deckungen heraus meine Kugeln ab, sah Kameraden fallen und hörte die Schreie der Verwundeten – irgendeine Furcht aber empfand ich nicht mehr. Ich musste mich auf eine seltsam gleichgültige Weise damit abgefunden haben, ebenfalls bald einer Kugel oder einem Säbel zum Opfer zu fallen. Anders kann ich mir die schlimme Kälte, die mich erfasst hatte, nicht erklären.

Aber steckte dahinter nicht auch so etwas wie Logik: Wo so viele ihr Leben ließen, wie konnte ich erwarten, heil davonzukommen? Nur hoffte ich, dann gleich tot zu sein. Als grausam Verstümmelter hinter die eigenen Linien gebracht zu werden, erschien mir das schlimmere Schicksal. Henning Struve, das wusste ich nun, war ja noch einigermaßen glimpflich davongekommen. Wer ein Bein verlor, der konnte weiterleben, reden, lachen, weinen, schimpfen, rudern, reiten – mit einem von Säbelhieben zugerichteten Kopf oder einem von Granaten zerrissenen Körper wurde jedes Überleben zur ewigen Marter.

Maicke, an die ich doch sonst so oft dachte, Mutter Marie, Vater Mewes, Jeppe, Henning Struve, das ganze Siebeneichen, wie fern war es mir nun, da ich nichts mehr war als ein ganz kleiner, verschwindend kleiner Teil dieser riesigen Masse von

Menschen, die so blindwütig tobend aufeinander losstürmten. Ich spürte wieder: Ich war nicht mehr ich. Doch begriff ich das jedes Mal erst dann, wenn wir in unser Lager zurückgeritten waren und ich das Erlebte vor meinem inneren Auge ein zweites Mal ablaufen ließ.

Am Nachmittag startete der Feind einen Gegenangriff. Zu Tausenden kamen sie herangeritten, die Franzosen, Sachsen und Württemberger, und unsere Artillerie empfing sie, wie sie uns empfangen hatten. Der Geschützlärm drang mir so laut in die Ohren, dass ich meinte, davon taub zu werden. Nicht viel später ritten *wir* einen weiteren Sturmangriff. Auf meiner Hera, den Säbel in der rechten Hand fest gepackt, stürmte ich vorwärts; Thies und Petrus Himmel wie immer an meiner Seite. Allein Richard Gripp war im Lager geblieben. Mit all den anderen Leichtverwundeten kümmerte er sich um die, die es schlimmer getroffen hatte.

Französische Kavallerie kam uns entgegengeritten und bald sah ich nichts mehr außer sich aufbäumenden Gäulen und geschwungenen Säbeln. Im Ohr der Lärm der Schüsse aus Kanonen und Gewehren, in der Brust diese seltsame Kälte, war ich bereit, ebenfalls zuzuschlagen und mein Leben mit all den Kräften, die mir zur Verfügung standen, zu verteidigen. Doch wer kam da, ebenfalls den Säbel in der Hand, auf mich losgestürmt? Ein schon älterer Mann mit weißem Schnurrbart und blutüberströmtem Gesicht. Einer meiner Kameraden musste ihm bereits den Tschako vom Kopf und den Säbel quer übers Gesicht geschlagen haben.

Entsetzen packte mich. Was sollte ich tun? Durfte ich dem Mann, der bereits schlimm schwankte und drohte, jeden Augenblick vom Pferd zu fallen, noch jenen letzten Säbelhieb versetzen, der ihn endgültig ums Leben gebracht hätte? Ich wollte ja kämpfen, wollte töten und verletzen und das eigene Leben bis zum letzten Blutstropfen verteidigen – aber dieser Franzose war ja schon halb tot und noch dazu so alt wie ein Großvater, dem konnte ich doch nicht einfach den Rest geben …

Verwirrt vom Anblick dieses auf mich einstürmenden blutüberströmten alten Mannes, fiel mir nichts anderes ein, als die Flucht zu ergreifen. Wie vor einem Geisterreiter – einem Gespenst ohne Kopf – hetzte ich davon. Dabei liefen mir die Tränen übers Gesicht. Wovor ich mich am meisten gefürchtet hatte, nun war es trotz all der Kälte, mit der ich mich gewappnet hatte, doch passiert – ich hatte versagt, hatte nicht meinen Mann gestanden, war zu weich; war ein Feigling, wenn es darum ging, Härte zu zeigen.

Ich stürmte ins Lager zurück, sprang ab und warf mich, ohne Hera irgendwo festzubinden, zu Boden, den Kopf unter den Armen vergraben. Die Schande zerriss mir das Herz. Was hatte ich dumm herumgeschwätzt: Rache nehmen und ein tapferer Krieger sein! Und jetzt hatte ich nicht mal die Kraft gehabt, einen schon Halbtoten vom Pferd zu schlagen … Vielleicht hatte dieser Franzose in seinem langen Kriegerleben Hunderte meiner Landsleute niedergemetzelt, vielleicht war er es gewesen, der die Brandfackel ins Haus meiner Eltern und Geschwister geworfen hatte, ich aber war vor ihm geflüchtet, hatte ihm nichts zuleide tun können … Ich schämte mich maßlos!

Thies hatte meine Flucht beobachtet. Am späten Abend, als der erste Tag jener gewaltigen, heute in Heldenliedern besungenen Schlacht vorüber war, kam er zu mir, müde und abgekämpft, aber heil und unversehrt.

Vorsichtig legte er seine Hand auf meine Schulter; ich wagte nicht, ihn anzublicken. »Musst dich nicht grämen«, sagte er leise. »Dieser alte Mann, das war ja kein ebenbürtiger Gegner mehr. Hab gesehen, wie er kurz danach vom Pferd fiel, direkt unter die Hufe der nachfolgenden Gäule … Es hätte dir keine Ehre gemacht, hättest du ihnen diese Arbeit abgenommen.«

Auch Richard Gripp, der sich zusammenreimen konnte, was passiert war, versuchte, mich aufzumuntern. »Heute Morgen, Joss, hast du mir das Leben gerettet und dabei dein eigenes gefährdet. Also: Zweifle nicht an deinem Mut!«

In mir jedoch blieb alles taub und stumm; ich glaubte nicht mehr an mich.

Längst war es tiefe Nacht, da blickte ich noch immer – abseits von allen anderen sitzend – in die weite, tiefe Ebene vor unserem Lager hinunter.

In der Ferne leuchteten die Wachtfeuer der Franzosen; wenn sich der Mond durch die Wolken schob, erblickte ich die Silhouetten vieler von Kanonenkugeln zerschossener Bäume und so manche im Feuerhagel in Brand geratene Windmühle, die anklagend ihre skelettartigen Flügel in die Lüfte streckte. Kosaken streiften herum, als fiele es ihnen schwer, den nächsten Tag und damit den nächsten Sturmangriff abzuwarten; Nachtvögel riefen, irgendwelches Kleingetier wieselte durchs nächtliche Gras.

All die vielen Toten, die es an diesem ersten Tag der Schlacht schon gegeben hatte, wie bedrückten sie mich. Noch schlimmer aber war der Gedanke an die Verwundeten. Wenn ich mich umdrehte, sah ich, wie die Chirurgen, Feldscher und Sanitäter im Schein vieler Fackeln unermüdlich arbeiteten; Arme und Beine wurden amputiert, gellend laute oder nur noch gegurgelte Schmerzensschreie drangen vom Verbandplatz zu mir her, ein widerlich süßlicher Blutgeruch hing in der Luft.

Jener Abend in Siebeneichen! Jetzt wusste ich: Thies war im Recht gewesen; ich hatte nicht gewusst, was das Wort »Krieg« bedeutet. Welch tiefe Abscheu empfand ich nun gegen das, was ich erlebt hatte und weiter würde miterleben müssen. Und doch – der Krieg musste weitergehen! Er musste weitergehen, weil der größte Menschenschlächter, den unsere Zeit hervorgebracht hatte, noch immer bereit war, Hunderttausende von Männern seinen ausufernden Machtinteressen zu opfern. Er musste weitergehen, weil es keinen Gott gab, der diesem Napoleon Bonaparte, der jetzt nur einige Hundert Meter von mir entfernt in seinem Biwak saß und sich mit Speisen und Wein bedienen ließ, Einhalt gebot. Wir mussten es selber tun. Wir Menschen mussten den Menschenschlächter besiegen, indem wir ebenfalls zu Menschenschlächtern wurden.

Eine Erkenntnis, die mir in der Seele schmerzte, aber durch nichts zu verdrängen war.

Der darauffolgende Tag war ein Sonntag, und dort, wo wir in Stellung lagen, blieb es größtenteils ruhig. Im Norden Leipzigs allerdings wurde heftig gekämpft – und gesiegt. Preußische Truppen drangen bis an die Stadttore vor.

Wir hörten den Geschützlärm, und ich war nur froh, dass wir nicht schon wieder Attacke reiten mussten. Jener weißbärtige, blutüberströmte Franzose, ich sah ihn noch immer vor mir.

Dann, um die Mittagszeit, lauter Jubel: Hunderttausend Mann Verstärkung waren eingetroffen, und der von dieser Übermacht unserer Truppen nun doch zur Einsicht in seine Ohnmacht gezwungene Napoleon, so hieß es, habe um Waffenstillstandsverhandlungen gebeten.

Wohin ich auch blickte, überall freudiges, oft ungläubiges

Staunen. So rasch wollte der Kaiser der Franzosen sich in die Niederlage fügen? Dann musste er wirklich wenig Hoffnung haben, noch einigermaßen ungeschoren davonkommen zu können.

Doch lehnten die österreichischen, preußischen, russischen und schwedischen Oberkommandierenden jede Verhandlung ab. Sie würdigten den Kaiser der Franzosen nicht mal einer Antwort; hier, bei Leipzig, sollte er einsehen lernen, dass seine Zeit abgelaufen war.

Das alles wäre schon Grund genug zu Freude und Aufregung gewesen, ich aber sollte an jenem Sonntag noch etwas erleben, das – jedenfalls für mich – alles andere weit in den Hintergrund rückte. Ich sollte endlich erfahren, woher ich kam und wer ich bin.

Es war am Nachmittag. Gerade hatte ich mich um Hera gekümmert und war noch dabei, ihr zärtlich die Ohren zu kraulen, als ich mit einem Mal hörte, wie über mich gesprochen wurde. Ich fuhr herum und sah einen Mann auf mich zukommen, von dem ich sofort wusste, dass ich ihn schon mal gesehen hatte. Nur musste er damals noch sehr viel jünger gewesen sein; so, wie er jetzt auf mich zukam, kannte ich ihn nicht.

Er war sehr groß und sehr blond, trug eine preußische Husarenuniform und sah mich neugierig an. Vor Aufregung wurde mir übel; mein Herz begann so heftig zu schlagen, dass ich es bis in den Hals spürte. Eine schräg über die linke Wange verlaufene, tiefe Narbe verlieh dem Gesicht dieses Mannes eine gewisse, wenn auch nicht unsympathische Härte.

»Ist Er der Junge, der Joss gerufen wird?«, fragte er mich mit markiger und zugleich heller Stimme, mich dabei noch immer so aufmerksam musternd.

Ich konnte nur nicken, die Aufregung verschloss mir den Hals.

»Und was weiß Er sonst noch von sich?«, fragte der Husar weiter. »Es heißt, Er sei ein Findelkind.«

»Ich … ich …« Meine Zunge blieb gelähmt. Ich ahnte Großes, doch wagte ich nicht zu hoffen, was ich ahnte.

»Weiß Er nicht mehr, wie Er heißt oder in welchem Ort Er aufgewachsen ist?«

Noch immer keines Wortes fähig, schüttelte ich den Kopf. Wie hatte Grotmudder Tattermusch es mir vorhergesagt? »Du musst ihn gar nicht erst suchen, deinen Bruder. Wenn die Zeit heran ist, wird er zu dir kommen …« War es so weit, sollte ihre Weissagung sich erfüllen?

Der Husar blickte mich weiter so ernst an, dann sagte er: »Na gut, dann habe ich nur noch eine einzige Frage: Hat Er am rechten Schenkel ein großes Muttermal? Es erinnert an ein Ahornblatt?«

In diesem Moment versagten mir die Knie. Fast wurde ich ohnmächtig, Tränen liefen mir über die Wangen. Wer sonst konnte von dem Muttermal wissen, wenn nicht jener noch lebende Bruder, von dem Grotmudder Tattermusch erzählt hatte?

»Nun?«

Ich hatte noch nicht geantwortet und konnte auch jetzt nur stumm nicken. Und das unter noch mehr Tränen.

Eine Zeit lang sah der Husar mich an, als fragte er sich, weshalb ich lügen sollte, dann, mit einem Mal, breitete er beide Arme aus und lachte so glücklich, wie es zu dem Gesicht mit der Narbe eigentlich gar nicht passte. »Na, dann komm her, Brüderchen! Endlich, endlich habe ich dich gefunden. Mir wurde erzählt, dass noch einer von uns überlebt haben, aber fortgelaufen sein soll. Doch niemand wusste, wohin. Und, mein Gott, wie lange habe ich nach dir gesucht!«

Und er packte mich an den Schultern, zog mich fest an sich und drehte sich mit mir im Freudentanz. »Teufel! Teufel! Was ist unser Herrgott doch für ein Schlitzohr! Da lässt er mich ewig lange nach dir suchen, und ausgerechnet hier, umgeben von Geschützlärm, Toten und Verwundeten, erweist er mir die Gnade, meinen kleinen Bruder wiederzufinden.«

Tags zuvor die Flucht vor dem alten Franzosen, inzwischen die Hoffnung auf einen raschen Sieg, nun der Bruder, der mich endlich gefunden hatte – es war zu viel geworden. Ich wusste nicht mehr, was ich fühlen oder denken sollte, klammerte mich nur fest an diesen Husaren und heulte ihm die Brust nass, während er mir bald nur noch begütigend die Schulter klopfte, als wäre ich ein nervöses Pferd, das beruhigt werden musste. »Ist ja gut! Nun ist ja alles gut. Wir haben uns wieder und niemand wird uns mehr auseinanderbringen.«

Ja, an diesem Sonntag, während um Leipzig die große Schlacht tobte, fanden Arnulf und ich einander wieder – zwei Brüder, von denen der jüngere sich an den älteren kaum noch erinnern konnte und der ältere im Rückblick einen sechs- oder siebenjährigen Knaben vor sich sah. Allein das starke Gefühl, dass ich Arnulf in meiner frühen Kindheit gekannt haben musste, und sein Wissen um jenes »Ahornblatt« an meinem Schenkel bewiesen mir, dass wir wohl tatsächlich Brüder waren.

Wie er mir »auf die Spur« gekommen war?

Ein Zufall, nichts als ein Zufall. Einer seiner Kameraden war als Kurier zu den Kosaken geschickt worden, er kannte Arnulfs Geschichte und wusste von seiner Suche nach mir. Als er hörte, wie Thies mich Joss rief, musste er daran denken, dass auch

Arnulf stets von einem »Joss« gesprochen hatte. Er erkundigte sich bei Petrus Himmel, wer dieser Joss war, und Petrus erzählte ihm, was er wusste.

Ob Grotmudder Tattermusch tatsächlich hellsehen konnte? Es bestätigte sich gleich an diesem ersten Tag jener wundersamen Wiederbegegnung ja so vieles von dem, was sie gesehen und wovon sie berichtet hatte. Ich erfuhr, dass »Joss« die von meiner Mutter gebrauchte und von allen anderen Familienmitgliedern übernommene Koseform von Josef war und dass mein vollständiger Name *Josef Sebastian Cornils* lautete. Aufgewachsen bin ich in der Kleinstadt Tensin, und Arnulfs und mein Vater war, wie ich es im Traum gesehen hatte, wirklich Schreinermeister gewesen.

Arnulf war der Erstgeborene, der zweitälteste Bruder trug den Namen Heinrich. Wir drei Brüder hatten aber auch zwei Schwestern: Elisabeth, die große, ernste, von allen nur Bette gerufen, und die kleine Wiebke, die ein wahrer Wirbelwind gewesen sein und ständig etwas vom Tisch gerissen haben soll.

Arnulf war schon früh bei uns ausgezogen, um bei einem Schweriner Sattlermeister in die Lehre zu gehen. Nur deshalb war er nicht im Haus, als die Flammen alles niederfraßen. Denn auch der große Brand, von dem Grotmudder Tattermusch erzählt und von dem ich geträumt hatte, war keine Spökenkiekerei gewesen.

Auch wie es zu diesem Brand gekommen war, wusste Arnulf zu berichten.

Zu jener Zeit gab's viele Einquartierungen. Die Franzosen legten sich in fremde Betten und stahlen den Leuten auch noch das letzte Stückchen Brot. Wie wir Deutschen, wie die Tensiner nach ihrem Abzug weiterleben sollten, interessierte sie nicht. Zweimal, so Arnulf mit düsterer Miene, sei die Stadt Tensin von den Franzosen heimgesucht worden. Beim dritten Mal habe der Bürgermeister, ein sehr tapferer, aber wohl nicht sehr kluger Mann, ihnen die Stadttore nicht öffnen wollen. »Und da haben diese verdammten Froschfresser kurzen Prozess gemacht. Brandfackel über Brandfackel haben sie über die Stadtmauer geworfen, und als alles lichterloh brannte, mussten die Tore doch geöffnet werden. Sonst wären sicher noch mehr Kinder, Frauen und Männer in den Flammen umgekommen und auch du hättest nicht überlebt.«

Die Narbe in Arnulfs Gesicht vertiefte sich mit jedem Wort. Der unbändige Hass auf den Feind, der seiner Familie und seiner Heimatstadt das angetan hatte und den Arnulf nicht zu verbergen suchte, wie erinnerte er mich an Henning Struve, Konrad Kohlsaat und Burchard Voß.

Aber war dieser Hass denn nicht berechtigt? Die inneren Bilder, die Arnulfs Schilderungen in mir wachgerufen hatten, erweckten eine würgende, ohnmächtige Wut in mir. Allein das Erlebnis mit dem alten, blutüberströmten Franzosen ließ mich daran zweifeln, dass ich einer von denen war, die ihre Gefühle zu Waffen machen konnten.

Ich weiß nicht mehr, wie lange Arnulf und ich an diesem Tag miteinander redeten. Auf einem umgestürzten Baumstamm saßen wir, er hatte den Arm um meine Schultern gelegt, Geschützlärm drang zu uns hin. Doch nahm ich diesen Lärm längst nicht mehr wahr. Mich bewegte so viel anderes. Endlich kam Licht in das Dunkel meiner Herkunft, endlich wusste ich, wer ich war. Endlich war ich nicht mehr allein.

»Nur gut, dass wenigstens du dich retten konntest!« Arnulf wollte sich freuen, verfiel dann aber doch wieder in Bitterkeit. »Unsere Eltern und Geschwister, Teufel noch mal, leider hatten sie nicht so viel Glück ... In einer Schreinerei gibt's nun mal so verdammt viel wie Zunder brennendes Holz.«

Er biss sich auf die Lippen, wie um sich zu ermahnen, diesen Tag der Freude nicht mit traurigen Erinnerungen zu verwässern. »Hab so lange nach dir gesucht, du musst weit, sehr weit fortgelaufen sein ... Na ja, und später? Später habe ich mich dann zu den Soldaten gemeldet und wurde gefangen genommen.«

In einer Festung hoch in den französischen Alpen hatten er und seine Mitgefangenen ihre Tage verbringen müssen – die Berge, die Grotmudder Tattermusch gesehen hatte? Die Kerker waren in die Felsen gehauen, die Außenmauern dick. Nur die Schlimmsten, so hatte es geheißen, seien dort hingekommen. Und aus Sicht der Franzosen war Arnulf einer der unbeugsamsten und renitentesten Gefangenen gewesen.

Er lachte verächtlich, als er davon erzählte. »Diese Schnecken- und Froschfresser! Was haben sie denn erwartet? Dass ich mich bei ihnen dafür bedanke, dass sie mir meine Eltern und Geschwister genommen haben? – Nein, Joss! Das darfst du dir merken: Wer keinen Hass kennt, kennt auch keine Liebe. Bei lebendigem Leibe hätte ich sie verfrühstücken können, diese Ungeheuer, die uns unsere Eltern und Geschwister genommen haben ... Klingt nicht schön, aber anders geht es nicht: Schmerz muss mit Schmerz bekämpft werden.«

Ich spürte, wie ich innerlich versteifte. Arnulf sagte nichts, was nicht auch viele andere sagten. Noch vor wenigen Wochen hatte auch ich so gedacht und geredet. Inzwischen aber hatte ich mich viel mit Thies unterhalten und über seine Weltsicht nachgedacht – und das hatte, ob ich wollte oder nicht, einen anderen aus mir gemacht.

»Doch bin ich ihnen entkommen.« Jetzt blickte er stolz,

mein endlich wiedergefundener Bruder. »Sie glaubten, aus dieser Festung gäb's kein Entrinnen. Irrtum, Messieurs! Zu dritt haben wir die Flucht gewagt und dabei hab ich mir das hier zugezogen.« Er tippte sich mit dem Zeigefinger auf die Narbe. »Der jedoch, der mir diesen Schmiss verpasst hat, dieser kleine, krummbeinige Franzose mit dem pissgelben Gesicht, der hat keine Nase und auch keine Ohren mehr und seither nicht wieder die Sonne aufgehen sehen. Wenigstens der hat bezahlt.«

Ich blickte von ihm weg, konnte ihn, während er so redete, einfach nicht ansehen. Was, wenn Thies diese Worte mit angehört hätte? Sicher wäre er nur ganz still geworden und fortgegangen. Und was hätte Arnulf dann von Thies gedacht oder über ihn gesagt?

Ich will nicht lange drum herumreden, schon an jenem ersten Tag unseres Wiederfindens ahnte ich, dass Arnulf es mir nicht leicht machen würde, ihm ein wirklicher Bruder zu werden. Noch aber wollte ich das nicht wahrhaben; nach all den Jahren, in denen wir uns gesucht und aufeinander gewartet hatten, durfte doch kein solcher Abstand zwischen uns sein; wir waren vom selben Blut, wir gehörten zusammen.

Arnulf merkte nicht, was in mir vorging. Voller Genugtuung erzählte er, wie seine Kameraden und er sich als Bauern verkleidet durch halb Frankreich geschlagen und sich, endlich wieder auf deutschem Boden, auf die Erde niedergeworfen hatten, um sie mehrmals heftig zu küssen. Die geliebte Heimat jedoch, inzwischen war sie gänzlich von Franzosen besetzt.

»Blieb mir gar nichts anderes übrig, als wieder als Sattler zu arbeiten. Diesmal in der Stadt Boizenburg. Habe aber nur auf den Tag gewartet, an dem es endlich wieder gegen die Franzosen ging. Und jetzt, Joss, jetzt ist es endlich so weit. Jetzt werden wir sie massakrieren, wie sie uns massakriert haben.

Und kommen wir nach Frankreich, werfen wir tausend und abertausend Brandfackeln über die Stadtmauern, wenn sie uns nicht innerhalb von Sekunden die Tore öffnen.«

Wie leuchteten Arnulfs Augen, als er das sagte, und wie still senkte ich den Kopf. Was war richtig und was falsch an dem, was er gesagt hatte? War mein neues Denken nicht vielleicht allein von meiner Feigheit diktiert?

Der Mann am Tor

Wieder eine Nacht, in der ich kaum Schlaf fand. Und das trotz all der Müdigkeit, die in mir war, und obwohl in dieser Nacht alles ruhig blieb und kein Kanonendonner und keine Schüsse mich beunruhigten. Die Schlafdecke bis ans Kinn hochgezogen, starrte ich zu den wenigen durch die Wolken schielenden Sternen hoch – und sah immer wieder Arnulf vor mir. Die Begegnung mit ihm, wie tief hatte sie mich ergriffen und verstört.

So war ich tatsächlich nicht der Einzige, der von meiner Familie übrig geblieben war. Grotmudder Tattermusch, wie hatte sie das wissen können? Und auch was Arnulf über den Tod unserer Eltern und Geschwister erzählt hatte – meine Träume hatten nicht gelogen. Die himmelhoch aufzüngelnden Flammen, jenes furchtbare, tödliche Rot, die Flucht aus dem brennenden Haus – der kleine Joss hatte das alles tatsächlich miterlebt.

Das Schreinerpaar, von dem ich geträumt hatte – keine Fantasiegestalten! Arnulf hatte sie mir genauso beschrieben, wie ich sie im Traum vor mir gesehen hatte. Und dass er mich so lange gesucht und nicht gefunden hatte, weil ich in jener Nacht weiter fortgelaufen sein musste, als er und Vater Mewes es für möglich gehalten hätten – ein Rätsel nach wie vor.

Blieb keine andere Erklärung als diese: Der kleine Joss in seinem versengten und verschmutzten Nachthemd musste sich auf irgendeinem Fuhrwerk versteckt haben, um möglichst weit von den Flammen fortzukommen. Und der Fuhrwerksbesitzer hatte mich nicht bemerkt und war gefahren und gefahren, und ich bin vor Erschöpfung eingeschlafen und erst im Caminer Wald wieder aufgewacht und vom Wagen gesprungen, um ohne jede Erinnerung an das grausige Geschehen durch diesen mir so fremden Wald zu irren.

Niemand wird mir je verraten können, ob es wirklich so war, alles andere aber erscheint mir nicht vorstellbar.

Ein weiterer Gedanke, der mich in jener Nacht beschäftigte: Endlich wusste ich, wann ich geboren worden war – am 17. August 1798. Was bedeutete, dass ich nicht älter als acht war, als ich fortlief. Also war ich jetzt, vor Leipzig, erst fünfzehn und keine sechzehn Jahre alt.

Arnulf hatte alle Geburtsdaten meiner Eltern und Geschwister im Kopf. »Lange Zeit gab es sechs Tage im Jahr, an denen ich morgens aufwachte und schon wusste, dass mir Zorn und Trauer den ganzen Tag verderben würden«, hatte er mit streng gekrauster Stirn gesagt. »Jetzt, Joss, sind es nur noch fünf.«

Ich rief mir das Schreinerpaar, von dem ich geträumt hatte, in Erinnerung: Der große Mann mit den freundlichen Augen, die kleine, auf mich so warmherzig wirkende Frau mit dem Doppelkinn – meine Eltern! Auch die Schreinerwerkstatt mit all dem Holz und dem Geruch nach Leim sah ich wieder vor mir und hätte mir gern auch meine Geschwister vorgestellt – die ernste Bette, Bruder Heini, Wiebke, den Wirbelwind –, doch nein, da war nichts. Zwar sah ich ein großes und ein kleines Mädchen und einen lachenden Jungen vor mir, doch blieben sie Erfindungen; Geschwister, die mir meine Fantasie vorgaukelte.

Und der junge Arnulf? Ich fand auch für ihn kein Bild, war ja noch sehr klein, als er von uns fortging. Jetzt aber hatte ich ihn wieder. Dieser schmucke, große Husar mit der Narbe im

Gesicht – er war mein Bruder, war tatsächlich mein Bruder! Wie aber würde es weitergehen mit uns? Würden wir, wenn erst der Krieg vorüber war, in irgendeinem Ort zusammenleben? So gehörte es sich doch, wenn aus einer Familie nur zwei übrig geblieben waren, oder etwa nicht?

Doch was wurde in diesem Fall aus Maicke und mir? Und Mutter Marie und Vater Mewes? Durfte ich sie denn ein zweites Mal im Stich lassen? Unruhig wälzte ich mich von einer Seite auf die andere und weckte damit Thies, der wie immer neben mir lag. Schlaftrunken sah er mich an – und lächelte. »Schön, dass du deinen Bruder wiedergefunden hast, nicht wahr?«

Ich konnte nur nicken, mir saß ein Kloß im Hals. Am Abend zuvor hatte ich Thies und Arnulf miteinander bekannt gemacht – und schon nach den ersten Worten, die sie miteinander gewechselt hatten, gespürt, dass sie sich nicht mochten. Die Mauer, die da innerhalb von Minuten zwischen ihnen hochgewachsen war, fast mit Händen hätte ich sie greifen können. Ihre Einstellung zum Krieg und zu den Franzosen, sie hätte unterschiedlicher nicht sein können.

Keine schöne Situation für mich. Arnulf war mein leiblicher Bruder, ich war glücklich, ihn endlich wiedergefunden zu haben – und doch stand Thies mir näher. Mit dem Herzen ergriff ich Partei, obwohl ich das gar nicht wollte. Ich hatte von Anfang an das Gefühl, Thies gegen Arnulf verteidigen zu müssen.

Sah Thies mir meine Ratlosigkeit an? »Was wohl passiert wäre, wenn dieser Kurier nicht in unser Lager gekommen wäre?«, fragte er nachdenklich. »Dann hätte er nicht von dir erfahren und zwei Brüder hätten in einer Schlacht gekämpft und nichts voneinander gewusst. Vielleicht wäret ihr irgendwann sogar aneinander vorbeigelaufen, ohne euch zu erkennen. Was für ein Glück, dass es anders gekommen ist!«

Er hatte recht, es hatte Glück, sehr viel Glück dazugehört, dass Arnulf und ich uns inmitten dieser Hunderttausenden von Soldaten gefunden hatten. Auch hätte es ja sein können, dass einer von den beiden Brüdern oder gar alle beide schon am ersten Tag dieser Schlacht gefallen wären. Auch dann hätten wir nichts voneinander erfahren …

Der dritte Tag der Schlacht. Wieder ritten wir einen Sturmangriff. Und diesmal mit besonders hoch schlagenden Herzen. Die Sachsen und ein großer Teil der württembergischen Truppen, so hatte es die Runde gemacht, hatten sich vom Kaiser der Franzosen losgesagt und waren zu uns, zu den Preußen, Russen, Österreichern und Schweden übergelaufen. Das hieß, von nun an kämpften sie nicht mehr gegen, sondern mit uns. Was für eine gute, beglückende Nachricht!

Thies war sogar der Meinung, dass die Sachsen und Württemberger nun, da es gegen den ging, dem viele von ihnen ja nur unwillig gefolgt waren, mit mehr Mut und Herzblut kämpfen würden als je zuvor. Nur die wenigsten, glaubte er zu wissen, seien gern für Napoleon in den Krieg gezogen. Mancher Sachse oder Württemberger hätte es sogar vorgezogen, sich den Zeigefinger abzuhacken, nur um kein Gewehr bedienen zu können und so als Soldat nutzlos zu werden. Andere hätten sich in den Wäldern versteckt oder sich vom Arzt irgendein Leiden bescheinigen lassen, das den Soldatendienst unmöglich machte.

War ich müde? Nach dieser für mich so kurzen Nacht hätte ich's sein müssen. Doch nein, ich war hellwach, ritt zwischen Thies und Petrus Himmel und gab, den Säbel in der Hand,

Hera ein ums andere Mal die Sporen. Der Sieg war nahe, und das zu wissen und die Vorfreude darauf machten mir neuen Mut.

Thies musste mich ermahnen, nicht in die ersten Reihen vorzupreschen. »Hör auf deinen Verstand, nicht nur auf dein Herz.« – Ach, ich sah es ihm an, am liebsten hätte er mich, den jungen Brausewind, zu Richard Gripp zurückgeschickt, damit er mich unter seine fürsorglichen Fittiche nahm. Doch kannte Thies mich inzwischen viel zu gut; er wusste, dass ich ihm nicht gehorcht hätte.

Kavallerie wurde uns an diesem Tag nicht entgegengeschickt, so kam es zu keiner Begegnung wie zwei Tage zuvor, die mir noch immer zusetzte und so etwas wie den Wunsch nach Wiedergutmachung in mir geweckt hatte. Unter Führung des neuen Kosakenhauptmanns, einem mir nicht sehr sympathischen Mann mit teigigem Gesicht, stürmten wir immer weiter voran, empfangen von einem wilden Kugelhagel.

Ich sah Pferde stürzen und Kameraden fallen, doch schaffte ich es erneut, jeden Gedanken an Furcht zu verdrängen. Wäre ich während dieses Sturmritts einer Kugel zum Opfer gefallen und hätte noch Zeit zum Nachdenken gehabt, ich glaube, ich hätte nichts bereut. An diesem Tag wäre ich im Rausch gefallen, mit glühendem Herzen und fieberheißem Kopf.

Nicht lange und wir hatten einen Leipziger Vorort erreicht. Vor uns die Stadtmauer und ein verschlossenes Tor. Schon wollten wir die Stadt umreiten, um weiter vorwärtszustürmen, da wurde das Tor mit einem Mal geöffnet. Ein Bürger dieses kleinen Ortes hatte das getan. Begeistert beide Arme schwenkend, hieß er uns willkommen …

Eine Szene, die ich bis ans Ende meiner Tage nicht vergessen werde: Das rundlich-freundliche Gesicht dieses Mannes, die schmale Brille auf seiner ein wenig zu kleinen, ebenfalls sehr runden Nase, der karmesinrote Frack, die grüne Weste, die blassgelbe Hose, die schwarzen Stiefel mit den braunen Stulpen – ein richtig feiner Herr stand da im offenen Tor. Und wie er jubelte und uns anstrahlte. Wir waren die, die ihn von den Franzosen befreiten.

Unser Hauptmann grüßte dankend und schon ritten wir durchs Tor und durch die Straßen.

Unternehmungslustig hielt ich nach Franzosen Ausschau. Sie sollten sich ergeben, verdammt noch mal, dann würde ihnen nichts geschehen.

Plötzlich: eine enge Gasse. Ich blickte zu den Fenstern hoch – und da sah ich sie: Franzosen! Überall auf den Dächern hockten sie – und legten ihre Büchsen auf uns an.

»Da!«, konnte ich nur ganz entsetzt schreien, im gleichen Moment fielen die ersten Schüsse. Uns aber blieb keine Zeit, ebenfalls nach den Büchsen zu greifen, sie hätten uns sonst allesamt niedergeschossen. Diese enge Gasse, sie war nichts als eine Falle, in die wir blindlings hineingeritten waren.

»Vorwärts!«, schrie Thies und schlug mit der stumpfen Seite seines Säbels so kräftig auf Hera ein, dass sie erschreckt aufwieherte und wie wild weiter vorwärtspreschte. Ich konnte nur beten und hoffen, von den Kugeln, die uns umschwirrten, nicht getroffen zu werden.

Vor uns Kosaken, hinter uns Kosaken, so jagten Thies, Petrus Himmel und ich durch diese Gasse, verfolgt von den wütenden Schüssen der Franzosen. Erst als wir einen Marktplatz erreicht hatten, sprangen wir ab und die einen – darunter Petrus und ich – gingen hinter dem Brunnen, andere in Häusernischen in Deckung. Die Büchse im Anschlag, blickte ich mich nach Thies um, doch war er nirgends zu entdecken.

Sofort durchzuckte mich der Gedanke an Gadebusch. War es dort nicht genauso gewesen? »Thies!«, rief ich, so laut ich konnte, und noch einmal »Thies!«, bekam aber keine Antwort.

Entsetzen würgte mich. Hatte Thies, der hinter mir ritt, mal wieder das Schutzschild für mich abgegeben?

Hera, deren Läufe erregt gezittert hatten, hatte ich fortgetrieben, hinein in das Tor einer Schmiede, damit sie keiner Kugel zum Opfer fiel. Dort stand es nun, das kluge Tier, um mit großen Augen zu mir hinzublicken, der ich wie besinnungslos aus Sorge um Thies immer wieder nachlud, um einen Schuss nach dem anderen abfeuern zu können – mit dem Ziel, möglichst viele von den Männern auf den Dächern zu treffen. Wie sollten wir denn anders herauskommen aus dieser Menschenfalle? Und ich musste doch in die Gasse zurück, um Thies zu suchen.

Voller Ungeduld glaubte ich viel zu früh, es sei so weit, sprang auf – und wurde so hart zurückgerissen, dass ich hinstürzte.

Petrus war es, der mich am Arm gepackt hatte. »Nein!«, befahl er. »Du bleibst hier! An meiner Seite.«

Er hatte das auf so ernste und strenge Weise gesagt, dass ich sofort begriff: Es war nicht allein die Sorge um meine Unversehrtheit, die ihn bewegte; er wusste mehr als ich.

Sofort fragte ich nach – und richtig: Er hatte gesehen, wie Thies getroffen vom Pferd stürzte. »Aber vielleicht ist er ja nur verletzt«, sagte er und versuchte, mir Mut zu machen. »Haben wir erst den letzten Franzmann vom Dach geputzt, schauen wir nach ihm.«

Und so schossen und schossen wir auf die Franzosen und verfluchten jeden Fehlschuss. Doch ging mir bei aller Sorge um Thies auch der Mann am Tor nicht aus dem Kopf. Sein Willkommensgruß, seine Freude, uns zu sehen – alles nur gespielt! Ein Spion oder Helfershelfer der Franzosen war er, eine von den vielen Kreaturen Napoleons, die im Falle einer Niederlage ihres Brotherrn um ihren täglichen Sold oder gar um ihr Leben bangten.

Welch abscheulicher Verrat, begangen an den eigenen Landsleuten! Ich hätte diesem feinen Herrn meinen Säbel quer über sein rundes, feistes Gesicht ziehen mögen. Dieser gewissenlose Schuft war kein alter, halbtoter Franzose, er hatte kein Mitleid verdient.

Das Gefecht zog sich hin. Hinter dem Brunnen hervor und aus Häusernischen und Erkervorsprüngen heraus, immer weiter schossen wir auf die Franzosen, die längst nicht mehr so zahlreich waren, sich aber nicht ergeben wollten.

Meine Ungeduld wuchs ins Unermessliche. Was, wenn Thies schlimm verwundet war und vor Schmerzen schrie und niemand kam, um seine Wunde zu versorgen oder ihm etwas gegen die Schmerzen zu geben? Die Bilder, die meine Fantasie mir eingaben, ließen die Wirklichkeit vor meinen Augen ein ums andere Mal verschwimmen. Ich musste mich zusammenreißen, um nicht erneut aufzuspringen und in die Gasse zurückzulaufen.

Erst am späten Nachmittag konnten wir die Häuser und Dächer stürmen. Wer überlebt hatte und sich uns ergab, dem wurde der Gewehrkolben ins Gesicht geschlagen oder er wurde mit dem Bajonett niedergestochen. All unsere Wut brach sich Bahn; es kam zu grausamen Szenen.

Kaum war der Kampf beendet, galoppierte ich auf Hera in die enge Gasse hinein; Petrus, dem ein Streifschuss die Wange »verziert« hatte, an meiner Seite.

Noch war ja Hoffnung. Andererseits war da aber auch schon so etwas wie eine Ahnung in mir … Und dann, ja, dann entdeckte ich Thies. Zwischen mehreren toten und verwundeten Kosaken lag er – und war nicht nur verwundet. Das sah ich auf den ersten Blick.

Zwei, drei Minuten lang wagte ich nicht abzusteigen. Saß auf Hera und fror unsäglich, obwohl es gar nicht kalt war. Erst als Petrus neben Thies kniete, um zu überprüfen, ob nicht vielleicht doch noch ein Funken Leben in ihm war, stieg auch ich ab, setzte mich auf das unebene Straßenpflaster und bettete Thies' Kopf in meinen Schoß. Und dann weinte ich; heulte laut wie ein kleines Kind und fühlte mich auch so.

Die Kugel hatte Thies in die Schläfe getroffen. Mit offenen Augen lag er da, die schmalen Lippen fest aufeinandergepresst, als starrte er in irgendeine geheimnisvolle Ferne hinein.

Wenn er in seinen letzten Sekunden noch etwas hatte denken können, was war ihm dann durch den Kopf gegangen? Eine Frage, die ich mir noch heute manchmal stelle. Hatte er Gundels Bild vor sich gesehen? Oder seinen Vater und die beiden Schwestern? Oder hatte er an mich gedacht – und mich verflucht, weil ich ja unbedingt in den Krieg ziehen wollte und er immer wieder meinen Beschützer spielen musste?

Wie lange ich Thies' Kopf in meinem Schoß gehalten hatte, weiß ich nicht mehr. Irgendwann legte Petrus mir die Hand auf die Schulter und sagte leise: »Er war ein feiner Kerl. Der beste Kamerad, den man sich denken kann. Nie werden wir ihn vergessen, du nicht und ich nicht, und so wird er immer bei uns sein. Aber jetzt, Bruder, jetzt müssen wir ihn ins Lager zurückbringen. Das dürfen wir niemand anderem überlassen.«

Ich konnte nur heftig schluchzend nicken, und dann legten

wir Thies, da wir seine Stute nirgendwo finden konnten, quer über Hera und ich stieg hinter ihm auf. Und gemeinsam mit den Kosaken, die ihre gefallenen oder verwundeten Kameraden geborgen hatten, ritten wir ins Lager zurück.

Sieger und Besiegte

Noch in dieser Nacht wurden unsere Gefallenen beerdigt. Ein russischer Feldgeistlicher segnete sie.

Ich stand dabei und weinte nicht. Konnte nicht mehr weinen. Starrte nur trübe in mich hinein.

Was spielte Gott da für ein Spiel mit mir? Tags zuvor hatte er mich meinen leiblichen Bruder wiederfinden lassen – und nur wenige Stunden später entriss er mir den, der mir längst zum wahren Bruder geworden war?

Im Krieg zähle ein Einzelner nicht, hatte unser alter Rittmeister Irritje mal zu mir gesagt. Im Kriege zählten, so bitter das auch klinge, nur Sieg oder Niederlage. Eine Wahrheit, gewonnen aus den vielen Schlachten, an denen er teilgenommen hatte. Dennoch: Eine Wahrheit, die allein für die Kaiser, Könige, Fürsten und Generäle galt; für die, die Freunde oder Verwandte verloren, galt sie nicht.

Doch nein, ich hatte kein Recht, Gott Vorwürfe zu machen. Trug denn letzten Endes nicht ich die Schuld an Thies' Tod? Er hatte nicht gewollt, dass ich ein Lützower wurde – vielleicht weil er schon in Siebeneichen eine dunkle Ahnung davon gehabt hatte, dass ich ihm kein Glück bringen würde …

Ja, wir, die verbündeten Truppen, führten einen gerechten Krieg. Wir befreiten uns von einem Eroberer und Unterdrücker. Opfer aber forderte der Krieg bei Feind *und* Freund; bei denen, die im Unrecht, und bei denen, die im Recht waren. Und deshalb war jeder Krieg, egal von wem angezettelt, nichts anderes als ein entsetzliches Verbrechen.

Meinen Hass auf die Franzosen, plötzlich spürte ich ihn nicht mehr. Von diesem Tag an war er endgültig dem auf den Krieg gewichen.

Wie hatte Thies einmal gesagt? »Jeder hat nur ein Leben. Er sollte sich gut überlegen, wofür er es einsetzt.«

Lohnte es sich denn, sein Leben einem Krieg zu opfern, egal wie gerecht er war? War der Preis, den wir für unsere Freiheit bezahlten, nicht zu hoch? Wer dankte es Thies denn, dass er sein Leben für sein Vaterland gegeben hatte? Das Vaterland, von dem niemand so genau wusste, wo es anfing und wo es aufhörte? Oder etwa die Könige und ihre Generäle? Die kannten ja nicht mal seinen Namen. Und selbst wenn es anders gewesen wäre: Für Tote kam jeder Dank zu spät.

Solche Gedanken bewegten mich in jener Nacht. Dabei hätte es so viel Grund zur Freude und zum Jubeln gegeben. Die große Schlacht, sie war so gut wie vorüber. Zwar war hier und da noch Gefechtslärm zu hören, doch waren das nur noch Rückzugsgeplänkel. Den Kaiser der Franzosen, wir hatten ihn vom Sockel gestoßen. Seinen unendlichen Machtgelüsten war ein Ende gesetzt, egal ob er das zu diesem Zeitpunkt schon wusste oder nicht.

Ich aber empfand keinerlei Genugtuung. Wie eine mechanische Puppe, die irgendjemand aufgezogen hatte, bewegte ich mich nach dem Begräbnis durch unser Lager. Saß mal hier, mal dort unter einem Baum, wagte nicht, mich zum Schlaf niederzulegen. Es war eine helle Nacht, jeder Zweig an den Bäumen war überdeutlich zu erkennen; mir war, als würde ich die Welt durch ein Vergrößerungsglas betrachten.

»Und sollte der Himmel einstürzen, ich komme zu dir zurück«, hatte Thies zum Abschied zu Gundel gesagt. Der Himmel war nicht eingestürzt, die Zukunft aber, die Gundel und er sich erträumt hatten, die würde es nicht mehr geben; nicht für Thies und nicht für Gundel …

Bevor er ins Grab gesenkt wurde, hatte ich ihm noch rasch die bunte Kette abgenommen, die Gundel ihm zum Abschied geschenkt hatte. Ich hatte das ganz unbewusst getan, wusste selbst nicht, warum. Doch was sollte ich damit tun? Sie Gundel zurückgeben, wenn ich ihr die Nachricht von seinem Tod brachte? Irgendwann würde das ja sein; wer sonst wusste von Gundel, wer sonst hätte diese Aufgabe übernehmen können? Drückte ich mich davor, würde sie sicher noch lange auf Thies warten und ihn am Ende für einen dieser treulosen Schufte halten, von denen der Nufer gesprochen hatte.

Kaum aber dachte ich an Gundel, sah ich auch Maicke vor mir. Wie wäre ihr wohl zumute gewesen, wenn ich auf dem Schlachtfeld geblieben wäre? Hätte sie mich als Helden gesehen, der für sein Vaterland gefallen war? Oder wäre ich für sie nichts als ein untreuer Abenteurer gewesen, der sie ohne jedes Abschiedswort im Stich gelassen hatte?

Für Henning Struve, ganz sicher, wäre ich ein Held gewesen. Sicher hätte er viel von mir erzählt und immer wieder an mich gedacht. Doch in meinen eigenen Augen, nein, da wäre ich ganz bestimmt kein Held gewesen, sondern nichts als einer, den die Kriege des französischen Kaisers herumgewirbelt hatten wie ein vom Sturm fortgewehtes Blatt eines längst nicht mehr gesunden Baumes.

Nur gut, dass Jeppe nicht bei mir war! Wie hätte er unter dem fortgesetzten Blutvergießen gelitten. Sein Land Überall, im Krieg war das nicht zu finden. Im Gegenteil, jeder Krieg bewies, dass es solch menschenfreundliche Länder nicht gab. Als Kind, ja, da durfte man von solchen Ländern träumen, nicht aber als einer, der das Gefühl hatte, jeden Tag erwachsener zu werden. So einer musste seine Kindheitswünsche dahin verbannen, wo sie hingehörten – in die Kindheit.

Gedanken, die das Einsamkeitsgefühl, das in jener Nacht von mir Besitz ergriffen hatte, bis zur Unerträglichkeit verstärkten. Mich verlangte nach beschützenden Armen, in die ich mich hätte hineinflüchten können. Mutter Marie, Vater Mewes, Maicke, Jeppe oder Henning Struve, jedem Siebeneichener, der in dieser Nacht zu mir gekommen wäre, um mich zu trösten, wäre ich um den Hals gefallen. Petrus Himmel und Richard Gripp hatten es versucht, doch so nahe sie mir auch standen, Männer, denen sich ein Junge wie ich an die Brust werfen konnte, waren sie nicht.

»Kriege sind nun mal die größten aller Ungeheuer«, hatte Richard Gripp nach der Beerdigung zu mir gesagt. »Sie fressen alles, was in ihre Nähe gelangt. Und ganz besonders mögen sie die jungen Pflanzen, die gerade erst im Aufblühen begriffen sind.«

Das war sicher richtig. Leutnant Körner, Thomas Kelch, diese Leonore, die sich den Lützowern angeschlossen hatte, der Kosakenhauptmann mit dem lustigen Namen, Thies – alle waren sie solche »junge Pflanzen« gewesen. Richard Gripp hatte aber auch noch etwas anderes gesagt: »Wenn man an eine höhere Gerechtigkeit glaubt und überzeugt davon ist, dass jedem Unrecht Widerstand entgegengesetzt werden muss, dann muss man zu seinem Glauben stehen, ganz egal wie die Sache am Ende ausgeht.« Und genau das, nichts anderes hatten sie getan, all diese »jungen Pflanzen«. Und sicher war das ein Grund, stolz auf sie zu sein. Nur war das eben kein Trost. Im Gegenteil, solche Wahrheiten verstärkten das Gefühl von Wut und Trauer in mir nur.

Erst spät ging ich zu den anderen zurück, legte mich hin und zog mir die Decke über Augen und Ohren und schlief tatsächlich ein. Gegen Morgen aber quälte mich ein Albtraum.

In diesem Traum wimmelte eine Unzahl kleiner grauer, laut fiepender Mäuse um mich herum. Sie fraßen mir die Kleider vom Leib und versuchten, mir in die Ohren, die Nase, die Augen und in den Mund zu kriechen. Vor Ekel und Entsetzen schlug ich um mich, bis Richard Gripp mich in die Arme nahm und mir zuflüsterte: »Joss! Junge! Wach auf! Die Wirklichkeit ist schlimm genug, belaste dich nicht noch im Schlaf.«

Ich schlug die Augen auf und keuchte, als wäre ich am Ersticken.

Richard Gripp streichelte mir die Schultern. »Ja, es ist schlimm! Du hast mehr verloren als nur einen Freund. Aber glaube mir, mit dem Tod ist nichts zu Ende. Uns bleibt ja noch die Ewigkeit und in der gibt es keinen Anfang und kein Ende.«

Worte, die mir nicht halfen.

Er sah mir das an und nickte. »Ich weiß, unsereins hat Mühe, sich die Ewigkeit vorzustellen. Doch gibt es einen Gott, der mehr weiß als wir. Oft fällt es uns schwer, seinen Willen nachzuvollziehen, doch können wir, wenn wir klug sind, nichts Besseres tun, als seine Entscheidungen zu respektieren.«

Petrus, ebenfalls erwacht, hatte das gehört. »Mit was für einer Heilsalbe hantierst du da?«, polterte er los. »Wer kann so dumm sein, auf so billigen Schmus hereinzufallen? Hat Gott uns diese Falle gestellt? – Nein, mein lieber Herr Quacksalber, ich sag dir: Es war nicht Gott, der uns das Tor öffnete, um uns in diese Gasse zu locken, es war ein sächsischer Lumpenhund im Auftrag der verfluchten Franzosen.«

Richard Gripp kannte Petrus inzwischen viel zu gut, um beleidigt zu sein. »Du musst mir nicht folgen, Petrus«, antwortete er ganz ruhig. »Jeder darf die Welt mit *seinen* Augen sehen. Doch was nützt unserem Joss dein Zorn auf diesen Fallensteller? Charakterlose Menschen wird es immer geben. Sie sind es nicht wert, sich länger als nötig mit ihnen zu beschäftigen.«

Darauf wusste Petrus keine Antwort. Ich aber fragte mich, was die Kaiser, Könige und Generäle, wenn sie gegeneinander Krieg führten, ohne solche Lumpenhunde oder Fallensteller wohl beginnen würden. Offensichtlich brauchten sie viele von dieser Sorte. Vielleicht war ja der Kaiser der Franzosen, von dem sogar seine Feinde sagten, er sei ein »großer Mann«, nur deshalb so groß, weil so viele solcher Marionetten aus Fleisch und Blut ihm dienten, ganz egal welche Politik er verfolgte und wie viele Hunderttausend fremde Leben er dafür opferte.

Doch sprach ich nicht aus, was mir im Kopf herumging. Ich wollte selber, ohne alles Hineingerede von außen, über all diese Dinge nachdenken. Richard Gripp und Petrus Himmel, sie meinten es gut; doch mit den »Mäusen«, die an mir fraßen, musste ich ganz allein fertigwerden.

Wenige Stunden später gab es keinerlei Zweifel mehr: Der Sieg war unser! Die Franzosen zogen ab! Mit all ihren Fuhrwerken und wappenverzierten Kutschen zogen sie westwärts. Ein riesiger, trostloser Tross. Von unserem Hügel aus gesehen: nichts als dunkle Flecke im Herbstgrün, die im Schneckentempo vorwärtskrochen.

Ein wahrhaft schmählicher Rückzug! Einige der Marschierenden hatten sogar ihre Gewehre, Säbel oder Tornister fortgeworfen. Für sie nur noch Ballast. Auf ihre Offiziere hörten sie nicht mehr.

Richard Gripp bedauerte die französischen Soldaten. »Da

hat ihr Kaiser sie nun durch ganz Europa gejagt«, sagte er kopfschüttelnd, »hat ihnen Opfer um Opfer abverlangt und sie am Ende von einer Niederlage in die andere gestürzt. Wie wird ihnen jetzt zumute sein? Unter Hurragesängen ist's leicht zu marschieren, so bitter gedemütigt abziehen zu müssen, das ist eine ganz andere Sache.«

Petrus wollte von Mitleid nichts hören. Er hoffte darauf, dass das Oberkommando uns befahl, den Franzosen nachzusetzen. Bis nach Paris wollte er sie treiben, die »Banditen und Mörder«, die ihm so viele seiner Kameraden genommen hatten. »Mitgegangen, mitgefangen, mitgehangen«, sagte er kühl. »Wer für seinen Kaiser marschiert, muss auch für seinen Kaiser bluten.«

Doch wurde anders entschieden. Das Nachsetzen hatte Zeit. Erst einmal musste die Stadt Leipzig gestürmt werden. Eine nun eher leichte Sache. Die Truppenteile der Franzosen, die die Stadt verteidigen sollten, bis ihre Kameraden abgezogen waren, suchten ihr Heil bald in der Flucht. Wer nicht mehr fliehen konnte und sich rechtzeitig ergab, wurde gefangen genommen; wer sich nicht ergeben wollte, fiel unserer Rache zum Opfer. Einer – wie ich inzwischen schon oft beobachtet hatte – nicht selten sehr grausamen Rache.

Ich war bei allem dabei, ritt auf Hera durch die Gassen dieser großen und mir so fremden Stadt mit all den zerschossenen Fassaden, zerborstenen Dächern und umgekippten Planwagen und setzte einmal einem flüchtenden französischen Grenadier nach. Rache für Thies wollte ich nehmen und hatte den Säbel schon erhoben. Als der Mann jedoch, wie in Abwehr oder um sich zu ergeben, beide Arme hob, ließ ich ihn rasch sinken. Die vor Furcht weit aufgerissenen Augen, das schreckensblasse Gesicht …

Nein, diesmal blickte ich keinem blutüberströmten alten Franzosen ins Gesicht; dieser hier war ein eher noch junger Mann, der mich in gewisser Weise an Henning Struve erinnerte – und doch konnte ich es mal wieder nicht. Ich war kein Racheengel und würde es, wie es mir in diesem Augenblick bewusst wurde, wohl auch nie werden.

Als die Stadt dann endlich in unseren Händen war, welcher Anblick bot sich uns! Überall Verwundete, Sterbende und nicht wenige grausig verstümmelte Menschenleichen. Dazwischen Pferdekadaver. Ein endloses Wimmern, Stöhnen, Heulen und Röcheln drang uns in die Ohren, in den Gassen hing ein so scharfer Blutgeruch, als könnte er nie wieder daraus vertrieben werden. Viele, allzu viele von uns hatten ihrem Wunsch nach Rache freien Lauf gelassen.

Noch entsetzlicher der Anblick der Schlachtfelder vor der Stadt. Zusammen mit anderen Kameraden war ich zum Einsammeln der Waffen abkommandiert worden; Hera ging im Schritt neben mir her.

In der Ferne viele noch brennende Dörfer, über uns eine bleierne Sonne, die über der schrägen, noch immer von dünnen Rauchfäden überzogenen Ebene hing, als wollte sie vor diesem Anblick ihr Gesicht verhüllen. Rechts und links von uns und zu unseren Füßen auch hier Leichen und zerfetzte, verstümmelte Körper. Ein Friedhof ohne Gräber, so riesig, dass kein Ende abzusehen war. Von den Toten – viele lagen schon seit zwei, drei Tagen hier – ging eine furchtbare Stille aus. Eine Stille, die sich auch auf uns übertrug. Schweigend schritten wir durch die Reihen der Toten und an den offenen Schlünden der längst erkalteten Kanonen vorbei, starren Blicks sammelten wir die Gewehre und Säbel unserer toten Kameraden und die der von uns getöteten Feinde ein und warfen sie auf die Fuhrwerke, die uns begleiteten. Die Kanonen wurden von Pferdegespannen fortgezogen.

Wie bemühte ich mich, den Toten, denen ich das Gewehr, das manche noch fest umklammert hielten, nicht selten mit all meiner Kraft aus den Händen reißen musste, nicht in die Gesichter zu schauen; stieß ich auf Gefallene in preußischer Husarenuniform, befürchtete ich jedes Mal, Arnulf unter ihnen zu entdecken.

Einmal stand ich lange vor einem Franzosen, den irgendjemand bis zum Hals mit einem Bärenfell zugedeckt und ihm den Tschako in seine zusammengefalteten Hände gelegt hatte. Ein fast friedlicher Anblick, der mich sehr verwunderte. Wer trug denn mitten in der Schlacht ein solch schweres Bärenfell mit sich herum? Hatte der Tote es als Satteldecke benutzt und vielleicht ganz besonders geliebt? Aber wer hatte ihn dann so feierlich hingelegt und auch noch mit dem Bärenfell zugedeckt? Wer hatte den Toten gesucht und sich die Zeit für diese Geste genommen? Vielleicht sein bester Freund?

Der Kosak, der neben mir ging, entdeckte es auch, dieses Fell. Wütend spuckte er aus, nahm es, warf es auf sein Pferd und sagte etwas in seiner Sprache. Ich verstand kein Wort, begriff aber den Sinn des Gesagten. Seiner Meinung nach war es ein russisches Bärenfell und von dem, der damit zugedeckt worden war, während Napoleons Marsch durch Russland einem russischen Bauern oder Soldaten gestohlen worden.

Der Mann, der unter dem Bärenfell gelegen hatte, war kein Jüngling mehr. Grauer Haarkranz, grauer Schnauzbart, dicke, gerötete Augenlider. Ich fragte mich, was er wohl alles miterlebt hatte, wenn er tatsächlich für seinen Kaiser bis nach Moskau geritten war. Durch ganz Europa war er dann gezogen, an den furchtbarsten Schlachten hatte er teilgenommen und durch den tödlichen russischen Winter hatte er fliehen müssen. Oft, sehr oft waren seine Kameraden und er Sieger geblieben, jetzt waren sie zum wiederholten Male die Besiegten – und würden das hoffentlich auch bleiben.

Nein, ich habe keine schönen Erinnerungen an diesen Tag des Sieges. Und dabei hatte ich noch Glück, gehörte ich doch nicht zu denen, die die Gefallenen bergen mussten. Zigtausende hatten in diesen drei Tagen vor Leipzig ihr Leben gelassen; es dauerte mehrere Tage, bis alle in ihren Massengräbern lagen.

Später erfuhr ich: Während wir die Waffen einsammelten und die Gefallenen bargen, waren der preußische König, der russische Zar und der Kronprinz von Schweden durch Leipzig geritten, empfangen von einer jubelnden Menge.

Ich durfte mich mal wieder wundern: Die Sachsen, bis vor wenigen Tagen waren sie Napoleons Verbündete – und nun feierten sie seine Besieger? Ja, es war ihr König, der, vom französischen Kaiser erpresst, sich auf die Seite unserer Feinde geschlagen hatte, und nicht sein Volk – Sachsen wie unser Leutnant Körner hatten ihr Leben gegen die Franzosen gelassen. Aber war denn ein König alles und sein Volk gar nichts? Wenn alle Völker, egal ob mit ihren Fürsten an der Spitze oder ohne sie, sich gemeinsam gegen die Eroberung ihrer Länder gewehrt hätten, so wie sie es jetzt getan hatten, hätten dann die Franzosen so lange über uns herrschen können?

Zu meiner großen Erleichterung gehörte Arnulf nicht zu den Gefallenen. Noch am Abend dieses Tages kam er ins Lager geritten, voller Sorge um mich. Auch er hatte befürchtet, den eben erst wiedergefundenen Bruder bereits wieder verloren zu haben.

Freudestrahlend nahm er mich in die Arme. »Gott sei gepriesen, du lebst und bist unversehrt!«

Bereitwillig ließ ich mich von ihm drücken. Er hatte alle Kämpfe heil überstanden; keine neue Narbe war an ihm zu entdecken, seine Uniform saß straff und glatt wie immer. Dann aber, in Erinnerung an Thies, kamen mir die Tränen und ich presste mich noch fester an ihn.

Er klopfte mir den Rücken. »Na, na! Benimmt sich so ein Held?«

Da konnte ich nicht anders, ich erzählte ihm von Thies.

»*C'est la guerre*, wie die Franzosen sagen.« Er seufzte und zuckte die Achseln. »Das ist der Krieg. Allein der Herr im Himmel entscheidet, wer bleiben darf und wer gehen muss. Freue dich, dass es keinen von uns beiden getroffen hat. Wir Cornils haben schon genug Blutzoll entrichtet.«

Er kannte Thies nicht, weshalb hätte er mehr Mitleid mit ihm haben sollen als mit all den anderen, die in diesen Tagen ihr Leben lassen mussten? So verteidigte ich vor mir dieses Achselzucken. Nur – eine Frage, die ich lange nicht aus dem Kopf bekam – weshalb zeigte er, wenn er schon mit Thies kein Mitleid hatte, für mein Leid nicht mehr Verständnis? Ich hatte meinen besten Freund verloren, und er riet mir, mich darüber zu freuen, dass es weder mich noch ihn getroffen hatte?

Das Gefühl der Fremdheit, das ich gegenüber Arnulf empfand, da war es wieder. Durften leibliche Brüder denn so verschieden denken und fühlen? Oder spielte, wenn es um die wirklichen Dinge im Leben ging, die gemeinsame Herkunft gar keine so große Rolle?

Pläne

Am Morgen darauf – das Schlachtfeld war noch längst nicht völlig von Kanonen und Gefallenen geräumt – kam Arnulf erneut in unser Feldlager geritten.

Leichtfüßig sprang er von seinem Apfelschimmel, nahm mich in die Arme und drückte mich und packte mich danach mit seinen fast schaufelförmig großen Händen fest an den Schultern. »Bruderherz!«, sagte er, mir bedauernd in die Augen blickend. »Wir müssen Abschied nehmen. Mein Regiment rückt ab. Aber wie schön, dass wir uns gefunden haben, nicht wahr? Von jetzt an, das verspreche ich dir, wird nur noch der Tod uns trennen können. Und das, Joss, das musst auch du mir versprechen. Willst du das?«

Ich konnte nur stumm nicken, brachte kein Wort heraus, hätte sonst losgeheult.

Ja, es war ein großes Glück, dass wir uns wiedergefunden hatten. Ja, es war schön, dass ich einen solch stattlichen großen Bruder hatte. Und ja, ich war froh, dass ich endlich wusste, dass ich Josef Sebastian Cornils war, gebürtig in Tensin, Sohn des Schreinerehepaares Johann Heinrich und Alisa Catharine Cornils, geborene Gerstmann. Wenn wir Menschen über unsere Herkunft nicht Bescheid wissen, was sind wir dann anderes als Bäume ohne Wurzeln?

Er tätschelte mir den Rücken. »Bist ein braver Kerl, Joss. Musst jetzt nichts sagen. Ich bin stolz darauf, dass du den gleichen Weg gegangen bist wie ich. So haben wir beide hier gesiegt, und so werden wir weiter siegen, egal wo uns dieser

Krieg noch hinführt. Jetzt aber präge dir ein, wo du mich finden kannst, wenn wir diesen verdammten Napoleon endlich in der Seine ertränkt haben.«

Er nannte mir eine Adresse in der Stadt Boizenburg. »Der Meister dort ist schon ziemlich alt, doch schätzt er meine Arbeit. Bin sein bester Geselle. Was aber noch viel schöner ist«, – vergnügt grinsend zwinkerte Arnulf mir zu –, »sein Töchterlein schätzt mich noch viel mehr. Deshalb werde ich wohl bald dort einheiraten und eines Tages meine eigene Sattlerei besitzen. Wenn du willst, kannst du bei mir in die Lehre gehen.«

Ich wusste auch darauf nichts zu sagen, war voller zwiespältiger Gefühle. Ich war so unendlich traurig über Thies' Tod – und zugleich unsagbar glücklich darüber, endlich zu wissen, wer ich war. Und dass dieser große, schmucke Husar mein leiblicher Bruder war, warum sollte ich darauf nicht stolz sein? Weil er mir noch immer fremd war? Aber war das denn nicht ganz natürlich nach dieser langen Zeit der Trennung?

Wären wir in diesem Augenblick auseinandergegangen, sicher hätte ich mich schon bald bei dem Boizenburger Sattlermeister nach Arnulf erkundigt. Es kam aber alles ganz anders. Und das noch an diesem Tag.

Arnulf konnte nicht lange bleiben, doch fiel es ihm schwer, mich loszulassen. Wussten wir denn, ob wir einander wiedersehen würden? Die große Schlacht war vorüber, doch würde es sicher noch viele Schlachten und Gefechte geben, bis die Franzosen endgültig aus den deutschen Ländern vertrieben waren. Schon tags darauf konnte es einen von uns treffen.

So standen wir beieinander und sahen uns an, als wollte jeder das Bild des anderen in sich festhalten, als mit einem Mal ein langer Zug französischer Gefangener an uns vorübergeführt wurde. Mit vor Bitterkeit stumpfen Gesichtern stolperten sie vorwärts, die Männer der verschiedenen Waffengattungen. Doch was für mitleiderregende Gestalten waren das! Die Stiefel der Infanteristen waren aufgeschnitten – sicher weil ihnen die Füße von den langen Märschen, die sie in den letzten Tagen hinter sich bringen mussten, allzu stark angeschwollen waren –, die Gamaschen hingen herab oder fehlten. Blickten sie mal nicht zu Boden, was für tote Blicke trafen uns da! Das einzig Lebendige darin die Erkenntnis: Jetzt ist es zu Ende! Sollen die Sieger mit uns machen, was sie wollen, nur keine neuen Feldzüge, keine neuen Schlachten mehr.

Den Infanteristen folgten Kürassiere. Ohne ihre Rösser erschienen sie mir nur noch halb so imposant. In ihren hohen Reitstiefeln, auf dem Kopf die Helme mit den wippenden Rossschweifen, die goldglänzenden Brustpanzer hinter weißen Mänteln versteckt, schritten sie dahin, bemüht, trotz ihrer Niederlage ein stolzes Gesicht zu machen. Einige trugen Sättel über der Schulter, als wollten sie sagen: Ich habe mein Ross geliebt und werde bald wieder eines besitzen.

Hinter den Kürassieren: Gardisten. Mit ihren hohen Bärenfellmützen überragten sie alle anderen. Danach Ulanen, Dragoner, Husaren … Es wurden immer mehr, der Zug nahm kein Ende und mich überkam ein merkwürdiges Gefühl. Diese waffenlosen, müde und zerschlagen wirkenden Männer sollten die Teufel sein, als die ich sie mir so lange vorgestellt hatte? Wie sie da an uns vorübergeführt wurden, wirkten sie eher schutzbedürftig, ganz egal wie stolz der eine oder andere blickte.

Viele Kameraden sahen das anders. Sie bildeten Spalier, verhöhnten und bespuckten die Männer, denen so viele der Unsrigen zum Opfer gefallen waren. Manche bewarfen sie mit Erdbrocken oder Steinen.

Arnulf griff sich keinen Stein, doch mit welchem Blick maß er die Gefangenen! Wie viel Verachtung lag darin und welch abgrundtiefer Hass. Noch schlimmer wurde es, als mit einem Mal einer der französischen Husaren an mich herantrat; ein noch junger Mann mit vom Hunger gezeichnetem, schmalem Gesicht. Sein Wangenbart war so dünn, dass er an verdorrtes Gestrüpp erinnerte.

»*Pardon, camarade, parlez-vous francais?*«, sprach er mich an.

»*Camarade?*«, schrie Arnulf sofort. »Ich werd Ihm was, von wegen *camarade*. Er ist nicht unser *camarade*, Er ist nichts als ein dreckiges Franzosenschwein!« Und er spie vor dem jungen Mann aus und schrie noch lauter: »Höre Er gut zu, Herr Monsieur, es hat sich ausgeparlezvoust! Wir haben Sein französisches Kauderwelsch lange genug ertragen müssen, es wird Zeit, dass Er Deutsch lernt.«

Der junge Franzose wollte dennoch die Hoffnung nicht aufgeben. Sein Hunger war wohl zu groß. Wieder wandte er sich mir zu. »Brott, Monsieur? Brott, *oui*?«

Ich sah ihn an – seine bittenden, ja schon fast flehenden, dunklen Augen! – und kurz entschlossen langte ich in meinen Brotbeutel und reichte ihm ein kleines Reststück. Wie er da gleich zugriff, wie gierig er in das Brot biss! Und dann kaute und schlang er so hastig, dass ich mich beschämt abwendete – und Arnulfs entsetzten Blick auf mir ruhen sah. In der gleichen Sekunde verlor er die Beherrschung. Wütend schlug er dem Franzosen das Stückchen Brot aus der Hand. »Was, diese französische Küchenschabe wagt es noch immer, deutsches Brot zu fressen? Und das nach all dem, was er und seinesgleichen uns angetan haben?«

Der Gefangene wollte sich nach dem Brot bücken, Arnulf

stellte seinen Stiefel drauf und zertrat es, indem er den Fuß hin und her drehte. »Ihr Mördergesellen habt mir meine Eltern und Geschwister genommen«, schrie er mit sich vor Wut überschlagender Stimme. »Und mich, mich habt ihr wie Vieh behandelt, da oben in eurem Gefangenenverlies. Und jetzt bettelt Er um Brot? Hat Er denn nicht schon genug geräubert und geplündert? – Ach, verrecken sollt ihr! Unter einem Berg von Mist werden wir euch begraben.«

Und mit dem blanken Säbel trieb er den jungen Franzosen in die Reihen seiner Kameraden zurück.

Ich starrte das zertretene Stück Brot an, dann sah ich dem Husaren nach, wie er mit schlaffen Schultern und gesenktem Kopf hinter seinen Kameraden hertrottete. Erst danach wandte ich mich Arnulf zu. »Warum hast du das getan?«

Eine Frage, die ihn zutiefst überraschte. »Das fragst *du* mich, du, mein Bruder? Leben deine Eltern und Geschwister denn noch?« Mit dem Säbel, den er noch immer in der Hand hielt, fuchtelte er in der Luft herum, als wollte er irgendetwas von sich abwehren. »Joss! Dein Mitleid ist fehl am Platze. Diese Mörder und Plünderer haben es nicht verdient. Wie konntest du dem Kerl nur Brot zustecken? Hast du denn gar keinen Stolz?«

Ich wollte nicht mit ihm streiten. Stillschweigen aber konnte ich zu dem, was ich gesehen und gehört hatte, auch nicht. So sagte ich, was Thies geantwortet hätte, wäre er an meiner Stelle gewesen, nämlich dass der junge Franzose ja vielleicht gar nicht freiwillig Soldat geworden war. Und wenn doch, dann eventuell nur, weil ihm falsche Versprechungen gemacht worden waren.

Worte, die Arnulf nicht gefallen konnten. Eine Weile sah er mich an, als sei es ihm unmöglich zu glauben, dass ich das gesagt hatte, sein leiblicher Bruder, dann fragte er unwillig: »Wo hast du diesen Schleim denn aufgeschnappt? So reden doch allein Schwätzer und Feiglinge. Hat dir dein Freund, der Student, das beigebracht? – Na, dann ist's ja vielleicht nicht das Schlechteste, dass er dir nicht länger in den Ohren liegen kann. Mein Bruder Joss, hörst du, darf nicht so reden. Mein Bruder Joss vergisst nicht, was seinen Eltern und Geschwistern angetan wurde. Mein Bruder Joss ist ein Kerl und kein Beutel voll Dünnschiss!«

Mir stieg das Blut in den Kopf. Thies ein Schwätzer und Feigling? Und es sei gut, dass es ihn nicht mehr gab, damit ich zukünftig nicht mehr auf ihn, sondern auf Arnulf hörte? Nur ganz kurz zögerte ich, dann drehte ich mich um und ging von ihm fort, ließ ihn einfach stehen. Jede Erwiderung hätte viel zu sehr geschmerzt.

Er kam mir nachgelaufen. »Hör zu!«, bat er und hielt mich an den Schultern fest. »Wir beide haben offensichtlich sehr Verschiedenes erlebt, deshalb müssen wir uns erst noch besser kennenlernen. Doch ist so ein kleiner Streit unter Brüdern ja nichts Tragisches. Wir müssen ja nicht immer ein und derselben Meinung sein.«

Kleiner Streit? Nein, so jung und dumm war ich nicht mehr. Instinktiv spürte ich, dass Thies im Recht und Arnulf im Unrecht war: Der ewige Hass zwischen den Völkern konnte zu nichts Gutem führen. Uns trennte mehr als nur ein kleiner Streit unter Brüdern.

Zu jener Zeit hätte ich das nicht in solche Worte kleiden können, ich ahnte nur unbewusst: Wer keine Kriege mehr will, darf nicht ewig Rachegedanken hegen. Arnulf aber hatte zu viel Schlimmes erlebt, um sich von seinem zehn Jahre jüngeren Bruder belehren zu lassen.

Er hatte auf irgendeine Antwort gewartet; als keine kam, streichelte er mir die Schultern. »Bitte, Joss, vergiss sie nicht, die Adresse, die ich dir genannt habe. Komm, wenn Frieden ist, nach Boizenburg. Wir werden viel miteinander reden und am Ende gute Freunde sein. Du bist mein Bruder, ich werde alles für dich tun, was ich tun kann.«

Ich nickte ihm zu, wenn auch nur unter Tränen. Ja, natürlich wollte ich ihn in Boizenburg besuchen, diesen einzigen Bruder, der mir geblieben war. Vielleicht würde er ja, wenn erst Frieden war, schon bald ganz anders reden. Und selbst wenn nicht, so war und blieb er ja mein Bruder.

Was in den darauffolgenden Tagen aus mir geworden wäre, wenn ich Petrus Himmel und Richard Gripp nicht gehabt hätte? Beide kümmerten sich sehr um mich, beide trösteten sie mich, beide sprachen sie mir Mut zu.

Besonders Richard Gripp wurde mir zum väterlichen Freund. »Du bist noch sehr jung«, sagte er am Abend jenes Tages zu mir, an dem Arnulf sich verabschiedet hatte. »Deine Trauer um Thies, ich kann sie gut verstehen. Einen besseren Freund und Kameraden hättest du nicht finden können. Doch glaub mir, dein Leid wird vergehen, und dann wird unsere Welt dir besser gefallen, weil du *ihn* gekannt und *er* dich gemocht hat.«

Petrus versuchte, mir zu helfen, indem er Pläne mit mir schmiedete. »Wir kehren zurück zu den Lützowern«, schwärmte er mir vor. »Und dann, oh Bruder, setzen wir uns dem Napolibum auf die Fersen, treiben ihn durch ganz Frankreich und schubsen ihn ins Meer. Mit dem nackten Arsch rein in die kalte, salzige Brühe. Oder glaubst du, dass er schwimmen kann?«

Wir saßen am Feuer unseres Biwaks, mitten zwischen den

Kosaken, Richard Gripp rechts von mir, Petrus links. Die hoch aufschlagenden Flammen tauchten unsere Gesichter in einen rötlichen Schein, und als ich bemerkte, wie besorgt die beiden mich ansahen, um die Wirkung ihrer Worte zu überprüfen, lächelte ich pflichtschuldig. Petrus sollte glauben, dass seine Worte mich aufgeheitert hatten. In Wahrheit hatte ich längst ganz andere Pläne. Für mich war Schluss mit dem Krieg.

Vielleicht war ich für all das Schreckliche, das ich miterleben musste, noch zu jung; vielleicht bin ich aber ohnehin keiner, mit dem Kaiser oder Könige Kriege gewinnen können. Oder meine Sehnsucht nach Mutter Marie, Vater Mewes, Maicke, Jeppe Jessen und, ja, auch Henning Struve war zu groß. Ich wusste jetzt, wer ich war und woher ich kam und dass es außer meinen Pflegeeltern und meinen Siebeneichener Freunden niemanden gab, der wirklich zu meinem Leben gehörte. Egal ob Joss aus dem Wald oder Josef Sebastian Cornils, ich gehörte nirgendwo anders hin als nach Siebeneichen. Jenes Tensin, in dem ich meine ersten Jahre verbracht hatte, in meiner Erinnerung war es ausgelöscht. Später einmal wollte ich diesen Ort besuchen, um zu überprüfen, ob es nicht doch etwas gab, das ferne Bilder in mir wachrief; zu Hause sein, wirklich zu Hause sein jedoch konnte ich nur in Siebeneichen.

Zuvor allerdings, auch das gehörte zu meinem Plan, wollte ich einen Brief schreiben. An Thies' Vater. Er musste erfahren, wie sein Sohn ums Leben gekommen war.

Ich sprach darüber mit Richard Gripp, und er riet mir, das auch wirklich zu tun. »Wer andere tröstet, tröstet am Ende sich selbst«, sagte er. Und gleich nahm er sein steinernes Reisetintenfass aus der Satteltasche und brachte mir Papier und Federkiel.

Ich legte alles auf einen Baumstumpf und mühselig malte

ich einen Buchstaben nach dem anderen. Bald begann ich zu schwitzen. Aus meinem Kopf purzelten die Wörter nur so heraus, auf dem Papier verhungerten sie und waren irgendwann weg.

Richard Gripp, der nicht gewusst hatte, wie wenig ich die Schreibkunst beherrschte, begriff, dass auf diese Weise niemals ein einigermaßen lesbarer Brief zustande kommen würde. Sachte nahm er mir den Federkiel aus der Hand und bat mich, den Brief vor mich hin zu sprechen. Er wolle alles genauso aufschreiben, wie ich es sagte.

Und so geschah es. Ich erzählte einfach drauflos – wie ich Thies kennengelernt und wie er mir bei Gadebusch und sicher auch hier, vor Leipzig, das Leben gerettet hatte. Von seiner Verwundung erzählte ich und wie wir uns bei Bauern verstecken mussten. Nur über Gundel – kein Wort! Ich wusste nicht, ob ihr das recht gewesen wäre. Ganz zum Schluss dann: Thies' Tod und wie sehr dieser Verlust seine Kameraden getroffen hatte.

Es wurde ein sehr langer und – sehe ich von Thies' Liebe zu Gundel ab – auch sehr ehrlicher Brief.

Als ich nichts mehr zu sagen wusste, blickte Richard Gripp mich mit seinen eisgrauen Augen lange an und nickte mir schließlich zu. »Das hast du gut gemacht. Sogar ich habe Thies jetzt noch sehr viel besser kennengelernt. Und, ja, du kannst dich ausdrücken. Deshalb wäre es sicher nicht falsch, wenn du an dir arbeiten und mit der Zeit richtig schreiben und lesen lernen würdest.«

Hatte Thies nicht genau dasselbe gesagt? Ich versprach Richard Gripp, seinen Rat unbedingt befolgen zu wollen, wenn ich auch noch nicht wüsste, wie, wo und wann.

»Mach das! Es wird dir sicher von Nutzen sein.« Richard Gripp zwinkerte mir noch einmal aufmunternd zu, dann faltete er den Brief zusammen, schrieb die Adresse drauf, die ich ihm nannte, und fragte mich, ob er ihn für mich besorgen solle. »Ich mach mich noch heute auf den Weg zu meiner Familie, kann ja ohnehin kein Soldat mehr sein, bin den Kameraden nichts als eine Last. Auf der nächsten Poststation geb ich ihn ab, deinen Brief.«

Ein Angebot, das ich dankbar annahm.

»Und du?«, fragte er mich gleich darauf. »Was hast du nun vor?«

Da gestand ich ihm, dass ich ebenfalls fortwollte. Dass ich nicht auf geradem Weg nach Siebeneichen reiten, sondern zuerst zu Gundel wollte, um ihr die traurige Nachricht zu überbringen, jedoch verriet ich ihm nicht. Thies hatte nie mit ihm über Gundel gesprochen, weshalb sollte ich es tun?

»Und wovon wollt ihr unterwegs leben, du und deine Hera? Der Weg ist lang, sie braucht ihren Hafer und du dein Brot.«

Er fragte das, wartete aber erst gar keine Antwort ab, sondern griff sofort in seinen Geldbeutel. »Hier! Die paar Münzen darfst du ruhig nehmen. Damit du nicht betteln oder stehlen musst. So etwas hat ein Lützower nicht nötig.«

»Danke!« Ich war nicht beschämt. Er war ein wohlhabender Mann und waren wir nicht Kameraden?

Froh über die Selbstverständlichkeit, mit der ich das Geld genommen hatte, lächelte er mir zu. »Du wirst noch was aus dir machen, Joss. Da bin ich mir ganz sicher. Zwar pflegt Gott uns nicht einzuweihen in die Pläne, die er mit uns hat, ein bisschen aber sind wir auch selbst für uns verantwortlich. Du scheinst das zu wissen.«

Gute, Mut machende Worte! Und ganz sicher ehrlich gemeint.

Er sagte dann noch, dass er sich freuen würde, wenn ich ihn

mal besuchen käme, die Adresse wüsste ich ja, und nur wenig später verabschiedeten wir uns voneinander.

Petrus und ich, zu zweit sahen wir zu, wie er den kleinen, gefleckten Schimmel bestieg, den er den Kosaken abgekauft hatte, und ich musste mir Mühe geben, ihm beim Aufsteigen nicht helfen zu wollen. »Muss das auch allein können«, sagte er. »Hab ja nicht immer so brave Knappen in der Nähe.«

Uns noch einmal zuwinkend, ritt er fort, und Petrus und ich sahen ihm nach, bis er hinter den Bäumen verschwunden war.

Tags darauf war es auch für mich so weit. Ein Abschied, der Petrus noch härter traf. »Schade!«, sagte er. »Hätt so gern mit dir den Napolibum vor uns hergejagt. Aber keine Sorge, Bruder, irgendwann sehn wir uns wieder. Siebeneichen heißt der Ort, aus dem du stammst? Diesen Namen merk ich mir.«

Und dann winkten auch wir uns zu, solange wir uns noch sehen konnten. Erst danach gab ich Hera die Sporen.

Vierter Teil Die Marwicks

Mit Schimpf und Schande

Ein Ritt durch herbstlich trübe Tage. Oft breitete der Himmel dichte, schwere, nasse Tücher über Wälder und Felder aus. Dazu der Geruch der feuchten Erde und des nassen Laubs, das unter Heras Hufen raschelte, und die Tropfen, die auf mich herabprasselten, wenn eine Windbö die Bäume schüttelte – trostloser hätte dieser Heimritt nicht sein können. In mir war so viel Leere, dass ich manchmal glaubte, an mir selbst verzweifeln zu müssen.

Das besonders, wenn die Dunkelheit sich auf den einsamen Reiter herabsenkte. Jeder Eulenruf, jedes von fern heranwehende, wehklagend klingende Geheul der Wölfe erweckte das Kind aus dem Wald in mir. Brach irgendwo ein Wildschwein, Reh, Fuchs oder Hase durchs Unterholz, oder der große Raubvogel, der uns über Tage hinweg begleitete, hing mit weit ausgebreiteten Schwingen regungslos am Himmel, um nach Beute zu spähen, schnürte es mir die Kehle zu.

Eines späten Nachmittags gerieten Hera und ich in ein Gewitter. Ein welterschütterndes Krachen und Dröhnen umgab uns, drohend gezackte, grellweiße Blitze zuckten über unsere Köpfe hinweg, sintflutartiger Regen prasselte auf uns nieder. Und weit und breit kein Unterschlupf. Hätten wir uns unter einen der vielen großen, dicht belaubten Bäume gestellt, ich hätte uns nur zusätzlich in Gefahr gebracht. Sollte ich etwa dem Krieg entkommen sein, nur um vom Blitz erschlagen zu werden?

Dann aber, ganz plötzlich, brach eine flammend rote Sonne

hervor. Die Kiefern, Tannen, Eichen und Buchen warfen lange, blaue Schatten und alles um uns herum glänzte wie frisch gewaschen. Zahllose Vögel, zuvor ängstlich verstummt, jetzt trällerten, tirilierten, tschilpten und sangen sie wieder. Und auch der große Raubvogel war wieder da. Er schwebte über Hera und mir, als hätte er uns trotz dieses Weltuntergangs nicht verlieren wollen. Beinahe hätte ich ihm zugewinkt. Wir drei nahmen den gleichen Weg, gehörten wir nicht längst zusammen?

Die überstandene Gefahr hatte mir meinen Mut zurückgegeben. Mit einem Mal fühlte ich mich nicht mehr einsam. In Siebeneichen warteten Mutter Marie, Vater Mewes, Maicke, Jeppe Jessen und Henning Struve auf mich. Ich musste nur Gundel rasch die schlimme Nachricht überbringen, dann würde ich weiterreiten und schon bald wieder zu Hause sein.

Zuhause! Ein Wort, das so heftige Glücksgefühle in mir auslöste, dass ich immer öfter freudig lächeln musste.

All die Dörfer und Städte, durch die ich kam, kannte ich. Mit Thies und später auch mit Richard Gripp waren wir dort hindurchgeritten. Doch kehrte ich nirgendwo ein. Ich trank frisches Quellwasser und versorgte Hera und mich bei den Bauern, an deren Höfen ich vorüberkam. Fragten sie nach dem Woher und Wohin, log ich ihnen etwas vor.

Ich wollte nicht, dass sie wussten, dass ich an der Schlacht bei Leipzig teilgenommen hatte. Sie hätten sonst zu viele Fragen gestellt.

Die Nächte verbrachte ich in Scheunen, Hera an meiner Seite. Ich vertraute sie keinem Stall an, weil ich die Nächte nicht mutterseelenallein verbringen wollte. Doch war ich in Wahrheit nie »allein«. Mal zischten Fledermäuse durch die Ritzen der Scheune in den hellen Mondschein hinaus und wieder zurück; mal rasteten Scharen kleiner Vögel, die sich auf dem Weg in den Süden befanden, auf dem Scheunendach und kratzten und pickten darauf herum, bevor sie sich in den Morgenstunden laut lärmend wieder erhoben; mal musste ich einer Ratten- oder Mäuseplage Herr werden.

Mied mich der Schlaf, kamen die Bilder. Wie vom Himmel herab sah ich dann auf das Schlachtfeld bei Leipzig nieder und erlebte auf diese Weise jenes dreitägige Gemetzel Mensch gegen Mensch immer wieder neu. Ich hörte die Schreie der Verwundeten und das Geböller der Kanonen und sah, wie über all die vielen Toten hinweggetrampelt und -geritten wurde. Am Ende aber schoben sich jedes Mal jene zwei Bilder vor meine Augen, die mir ganz besonders zusetzten: der Mann am Tor und Thies, wie er dalag und Petrus ihm die Augen schloss …

Wie froh war ich, wenn endlich der Morgen heraufgraute und ich weiterreiten durfte. Das morgendliche Geraune der Natur und das friedliche Gezwitscher der Vögel, wie besänftigend wirkte diese so ganz andere Welt dann auf mich.

Wen ich auf diesem Ritt heimwärts unbedingt wiedersehen wollte? – Den Fischer Schuba, der Thies und mir in jener Regennacht, als wir nicht wussten, wohin, so bereitwillig Unterkunft gewährt hatte. Ich hatte den bärtigen Riesen in bester Erinnerung und wollte ihm von Thies erzählen.

Und ich hatte Glück: Es war noch früh am Vormittag, als ich seine Fischerhütte erreichte, er kam gerade vom See zurück und erkannte mich sogleich. Doch begrüßte er mich auf eher stille Weise. Er hatte mich allein am Ufer stehen sehen und sich seinen Teil gedacht.

»Ist Er also wieder da, Söhnchen«, sagte er, mich freundlich musternd, als er seinem Kahn entstieg. »Aber gute Nachricht, das sehe ich Ihm an, hat Er nicht mitgebracht.«

»Wir waren bei Leipzig«, antwortete ich so leise, dass es wie ein entschuldigendes Flüstern klang. »Da sind viele gefallen!«

Er nickte zwei-, dreimal, als wäre damit alles gesagt, dann, nachdem er seinen Fang an Land gebracht hatte, seufzte er tief. »Ja, schade um die vielen tapferen Männer, die in dieser Schlacht ihr Leben lassen mussten. Doch was, wenn sie sich diesem Napoleon noch immer nicht in den Weg gestellt hätten? Dann wären Leid und Not wohl noch größer geworden.«

Er zündete ein Feuer an, spießte zwei Fische auf einen Zweig und garte beide über den Flammen, um mich wie selbstverständlich zu bewirten. Erst als wir lange schweigend gegessen hatten, wollte er wieder reden. »Tja! Es ist nun mal, wie es ist, bei aller Trauer, um diese Schlacht kamen wir nicht herum. Und wer dort sein Leben gelassen hat, der ist für uns und unsere Mütter und Väter, Söhne und Töchter, ja sogar für unsere noch nicht geborenen Enkelkinder gefallen. Soll einer sagen, was er will: Wer dem Bösen Einhalt gebieten will, muss ihm Pfeffer auf den Schwanz streuen, alles andere ist Pfaffengeschwätz.«

Ein Denken und Reden, wie es mir gefiel. Doch keine einzige Frage nach Thies und wie er ums Leben gekommen war. Wollte er mich damit nicht belasten? Allein der Verlauf der Schlacht und wie es uns am Ende gelungen war, die Franzosen in die Flucht zu schlagen, interessierte ihn.

Ich berichtete, was ich beobachtet und von anderen erfahren hatte, und er hörte mir aufmerksam zu. Danach schwieg er wieder lange. Bis er wissen wollte, wohin ich denn nun ritt.

Ich sagte nur »Nach Hause« und fügte noch hinzu: »In unser Dorf.«

Er nickte. »Das ist gut. Er ist ja noch sehr jung. Nur dort gehört Er hin.«

Um die Mittagszeit, bevor er sich auf den Weg machte, um seinen Fang heimzubringen, bot er mir seine Hütte als Unterkunft an – für den Fall, dass ich nicht gleich weiterreiten wollte.

Dankbar nahm ich an. Ich wollte einige Zeit an diesem See verbringen. Alles hier erinnerte mich an Thies; ich wollte mich ausruhen und an ihn denken.

Der Riese Schuba sah mir das an, nickte wieder so bedächtig und ließ mich allein. Und so saß ich an diesem Tag bis in die späte Dunkelheit hinein an jenem See, hielt das Feuer am Leben und lauschte dem Plätschern und Gurgeln des Wassers, das ans Ufer schlug. Und dachte zuerst viel an Thies und danach an Gundel.

Wie würde sie die Nachricht von Thies' Tod aufnehmen? Sie war kräftig, konnte zupacken und ließ sich so leicht nicht einschüchtern, Thies' Tod aber zerstörte all ihre Zukunftsträume. Ohne ihn kam sie von den Nufers nicht los.

Ach, fast wäre es mir lieber gewesen, nicht diesen Weg genommen zu haben, sondern gleich nach Siebeneichen geritten zu sein. Doch wie hätte mich dann mein Gewissen gequält; wie hätte ich mich nach einer solch feigen Flucht verachten müssen.

Der Nufer-Hof! Hühner liefen Hera vor die Hufe, in einer großen Pfütze schwammen Enten, Gänse liefen schnatternd davon, hinter den Fenstern leuchteten Herbstblumen. Ein Bild des Friedens. Ich aber wusste es besser, nichts als Geiz und Gier regierten dieses Anwesen, und Gundel würde dem weiterhin ausgesetzt sein …

Kaum hatte ich Hera am Holzpfahl festgebunden, trat er auch schon aus dem Haus, der große, stumpfnasige Bauer Nufer mit dem wettergegerbten Schädel. Überrascht, vielleicht sogar ein wenig erschrocken sah er mich an – und blickte gleich darauf den Weg entlang, den ich gekommen war. Seine Augen suchten Thies.

»Kommt Er allein?«, fragte er dann, noch immer in Besorgnis, jeden Augenblick Thies hinter mir auftauchen zu sehen.

»Wenn Er nichts dagegen hat!«

Was war das für eine Begrüßung? Fand er mich keines »Guten Abends« wert? Außerdem: Zu Thies hatte er nie »Er« gesagt, vor Thies hatte er Respekt. Glaubte er, mit mir umspringen zu dürfen, wie er wollte, nur weil ich jünger war? – Ein Kasimir Schuba durfte das, aber kein Leberecht Nufer.

Seine Augen verengten sich zu Schlitzen. »Reiß Er nicht das Maul auf, Bursche! Er denkt wohl, der Franzmann ist weg und jetzt sind Er und Seinesgleichen die Herren im Lande? Irr Er sich da nur nicht! Ist noch längst nicht aller Tage Abend. Eine gewonnene Schlacht bedeutet noch lange keinen gewonnenen Krieg.«

Er redete nicht anders als die vielen Vorsichtigen, auf die ich während meines Ritts gestoßen war: Was, wenn der Kaiser der Franzosen mit neuen Truppen wiederkam und mit all denen, die ihn verraten hatten, abrechnete? War es nicht besser, das Ende all dieser Schlachten abzuwarten, als irgendwas zu riskieren?

»Palaver Er nicht über Dinge, von denen Er nichts versteht«, gab ich kühl zurück – und freute mich über diese neue Frechheit, zu der ich fähig war. »Sag Er mir lieber, wo ich Seine Magd finde.«

Der Nufer starrte mich an, als hätte er nicht recht gehört. Juckte es ihn, nach der Reitpeitsche zu langen, die gleich neben der Tür hing? Ich griff nach meinem Säbel, zog ihn aber nicht aus der Scheide. Der Nufer sollte wissen, dass ich gelernt hatte, mich zu verteidigen, und dass ich ihn mir schon vom Leib halten würde.

Er verstand mich richtig. »Wo will Er sie denn finden?«, fragte er nur und spuckte aus, um mir auf diese Weise seine Verachtung zu bekunden. »Bei der Arbeit natürlich. Im Stall.«

Er sagte nicht, in welchem Stall ich Gundel finden würde, doch wollte ich nicht länger mit ihm streiten. Ich grinste nur breit, um ihm noch einmal zu zeigen, dass Männer wie er mich nicht mehr einschüchtern konnten, dann drehte ich mich weg, um Gundel zu suchen.

Ich fand sie im Kuhstall. Beim Ausmisten. Als sie mich sah, errötete sie vor Freude. »Joss!«, rief sie. »Wie schön ...« Und blickte voller Hoffnung hinter mich, den erwartend, der nicht gekommen war.

Als sie bemerkte, dass sich kein Thies hinter mir versteckte, blickte sie mir fragend ins Gesicht. Und als ich, diesem Blick ausweichend, nur bedrückt den Kopf senkte, überkam sie eine schlimme Ahnung. »Ist ... ist er ... verletzt?«, fragte sie heiser.

Stumm schüttelte ich den Kopf und da wusste sie Bescheid. Ich sah, wie ihr Körper sich so sehr straffte, dass er sich wie ein Bogen spannte, die Mistgabel fiel ihr aus der Hand, mit dem Handrücken schob sie sich eine Haarsträhne aus der Stirn, ihre Augen verdunkelten sich.

Mir kamen die Tränen, ich wandte mich ab und hörte sie nur noch »Nein!« flüstern. »Nein!« Und dann stellte sie sich, ohne noch ein weiteres Wort zu sagen, an die Stallmauer, barg ihr Gesicht in den Händen und presste den Kopf an die Wand. Und dann rang sie nach Luft wie eine, die zu ersticken drohte. Der Schock war viel zu groß, als dass sie schon hätte weinen können.

Ich stand da und hatte noch kein Wort gesagt, meine Tränen aber konnte ich nicht mehr zurückhalten.

Endlich, ich weiß nicht, wie viel Zeit vergangen war, wagte ich, an sie heranzutreten und ihr die Hand auf die Schulter zu legen, um sie sanft und tröstend zu streicheln.

Sie rührte sich nicht. Erst nach längerer Zeit fand sie die Kraft, sich mir zuzuwenden und mich mit leiser, fast nur gehauchter Stimme zu fragen: »Wie lange schon?«

Ich berichtete und still hörte sie zu. Als ich dann verstummte, weil es nichts mehr zu sagen gab, starrte sie noch immer ratlos in sich hinein. »Aber warum denn ausgerechnet er?«

Ich antwortete, dass es bei Leipzig viele Zigtausend Tote gegeben hatte und dass das bei jeder großen Schlacht so sei. Ein Trost war ihr das nicht.

»Und was soll nun werden?«, fragte sie mehr sich selbst als mich. »Was um Himmels willen soll jetzt aus mir werden?«

Was hätte ich darauf antworten, was hätte ich ihr raten sollen, ich, ein gerade mal fünfzehnjähriges Bürschchen?

Gundel aber fasste nach meiner Hand und sah mich mit so angstgeweiteten Augen an, dass ich sofort wusste: Es war nicht allein Thies' Tod, der ihr so zusetzte. Und da, ja, da sagte sie es auch schon: »Joss! Bitte! Denk nicht schlecht von mir, aber – ich erwarte ein Kind!«

Mir stockte der Atem. Was sie mir eben gestanden hatte, was war das denn anderes als eine ganz furchtbare Katastrophe? In Siebeneichen, so mein erster Gedanke, war mal ein Mädchen ins Wasser gegangen, weil sie schwanger war und der Mann, der sie geschwängert hatte, sie nicht heiraten konnte oder wollte, weil er längst mit einer anderen verheiratet war. Jenes Mädchen, Lotte hieß sie, hatte nur noch tot geborgen werden können, und erst als ihre Mutter ihr das Totenhemd anzog, sah sie den Bauch, und der aus Camin herbeigeholte Arzt bestätigte die Schwangerschaft …

Gundel war in keiner sehr viel anderen Situation. Noch sah man ihr die Schwangerschaft nicht an, schon in zwei, drei Monaten aber würde sie in ihrem Dorf eine Verfemte sein. Mit Schimpf und Schande würde der Nufer sie davonjagen und kein Hannes Overbeck würde so eine noch zur Frau haben wollen.

Sie erriet meine Gedanken. »Ich weiß, was du denkst«, flüsterte sie in sich hinein. »Doch wäre es schon noch möglich, die Frau eines anderen zu werden … Manchmal kommen Kinder ja zu früh zur Welt … Wer will mir was nachweisen? Doch nein, dafür bin ich nicht die Richtige. Ich lege mich zu keinem, den ich nicht mit ganzem Herzen will … Und darf ich Thies' Sohn oder seine Tochter denn einem fremden Mann unterschieben und dem Kind ein Leben lang verschweigen, wer sein wahrer Vater war?«

Sie fragte das und verstummte, weil sie nun endlich weinen konnte. Es schüttelte sie so sehr, dass ich sie an mich zog, um sie festzuhalten.

Den Kopf an meine Brust gepresst, beruhigte sie sich nur langsam. »Nur gut, dass wenigstens du heil davongekommen bist!«, sagte sie danach und versuchte sogar zu lächeln.

Ich aber dachte allein daran, dass ihre Frage, was denn nun aus ihr werden sollte, durch ihre Schwangerschaft zum Aufschrei geworden war. Nur ein leiser Aufschrei, aber deshalb nicht weniger dringlich.

»Und?«, fragte sie da, noch immer mit mir beschäftigt. »Was wirst du nun tun?«

Es fiel mir schwer, ihr darauf zu antworten. Wie lange hatte ich mich als Joss aus dem Wald bemitleidet, und jetzt hatte ich die Schlacht bei Leipzig überlebt und Arnulf wiedergefunden und würde zu Mutter Marie, Vater Mewes und Maicke heimkehren. Ich wusste, wer ich war und dass in Siebeneichen auf mich gewartet wurde. So hatte ich alles in allem in letzter Zeit viel Glück gehabt, Gundel hingegen stand ganz allein in der Welt und würde bald noch viel einsamer sein.

»Ich werde nach Siebeneichen heimkehren«, gab ich schließlich zu. »In mein Heimatdorf. Aber das ist ja gar nicht wichtig, viel wichtiger ist doch, was du nun tun wirst.«

Sie zuckte die Achseln. »Weiß nicht. Ist ja alles noch so frisch … Hab ja bis eben …« Sie sprach nicht weiter, holte dann aber tief Luft und sagte mit fester Stimme: »Na ja, irgendwie wird's schon weitergehen … Es geht ja immer irgendwie weiter.«

War das so? Ging es wirklich immer irgendwie weiter? Für die schwangere Lotte war es nicht weitergegangen. »Aber du wirst doch nicht …?«, brach es aus mir heraus, doch verstummte ich gleich wieder. Besser diesen Gedanken nicht aussprechen, besser nichts herbeirufen.

»Was?« Wieder hatte sie erraten, was mir durch den Kopf gegangen war. »Mir das Leben nehmen?«

Ich konnte nur nicken und einen Moment lang starrte sie still in sich hinein. »Darüber … hab ich noch nicht nachgedacht«, sagte sie dann, wie auf den Wörtern herumkauend. »Aber natürlich, es ist gut, einen letzten Ausweg zu kennen … Bist du nicht mehr da, können sie mit dem Finger auf dich zeigen, solange sie wollen, dich kümmert's nicht mehr.«

»Aber nein!«, schrie ich sie an, dass es bis auf den Hof hinaus zu hören gewesen sein muss. »So etwas darfst du nicht tun. Das … das hätte Thies nicht gewollt und … und dann stirbt ja auch euer Kind.«

Ernst, sehr ernst, sah sie mich an. »Alles, was Thies gewollt hat, hab auch ich gewollt. Das darfst du mir wirklich glauben. Aber jetzt, Joss, jetzt ist er nicht mehr da. Und wenn es auch nicht seine Schuld ist, so hat er mich doch alleingelassen und ich, ganz allein ich muss für unsere Ungeduld büßen.«

Was blieb mir da anderes übrig, als sie dringlich, ja fast schon händeringend noch einmal zu bitten, das doch nicht zu tun. Doch hatte ich dabei kein gutes Gefühl. Mit welchem Recht durfte ich von ihr verlangen, all die Schande und die Anfeindungen, denen sie ganz bestimmt bald ausgesetzt sein würde, auf sich zu nehmen?

Sie versprach mir dann auch – vielleicht aus Mitleid mit mir und meiner Angst um sie und ihr Kind –, sich nichts antun zu wollen. Nur: Durfte ich diesem Versprechen trauen? Vielleicht wollte sie mich ja nur beruhigen, damit ich sie nicht weiter bedrängte …

Ich war nicht zufrieden mit mir, als ich mich von ihr verabschiedete. Und weil ich das Gefühl hatte, Gundel mit dem schlimmen Schicksal, das ihr bevorstand, kalt und herzlos allein zu lassen, machte ich einen schlimmen Fehler: Ich griff in meine Joppe und hielt ihr die bunte Kette hin, die sie Thies zum Abschied geschenkt hatte. »Da, bitte, nimm sie zurück. Ich … ich wollte nicht, dass sie mit ihm …«

Weiter kam ich nicht. Bleich vor Entsetzen starrte Gundel die bunten Steine an und dann stürzte sie wie gehetzt aus dem Stall.

Ich habe Gundel an diesem Tag nicht wiedergesehen. Sie hielt sich vor aller Welt versteckt. So blieb mir nur, aufs Pferd zu steigen und langsam und mit einem wehen Gefühl im Herzen vom Hof zu reiten.

Am Fenster ihres Hauses stehend, sahen die drei Nufers mir nach. Ich würdigte sie keines Blickes. Gundel, die arme Gundel, was würde sie, sobald sie ihre Schwangerschaft nicht länger verheimlichen konnte, unter diesen dreien zu leiden haben!

Am Dorfausgang begegnete ich dem Bader, mit dem Thies so gern gestritten hatte. In seinem Einspänner kam er herangefahren, Jagdmütze auf dem Kopf, den dicken, grauen Mantel mit dem Überfallkragen offen über die Schulter gelegt. Als er mich sah, zog er die Zügel straff und blickte mich lange fragend an.

Ich senkte mal wieder nur still den Kopf, und da wusste auch er Bescheid, stieg aus und trat neben mich. »Friede seiner Seele! War ein feiner Kerl, der Herr Oberjäger. Aber ach, das Schicksal ist oft blind und ungerecht.«

Ich musste an die vielen Streitgespräche zwischen Thies und diesem kleinen, weißbärtigen Mann denken und dass es meiner Meinung nach Thies war, der am Ende recht behalten hatte. Siegesmund Hirsch aber hatte auch an diesem Tag seine eigene Meinung zu all dem, was in den letzten Wochen im Land vor sich gegangen war.

»Im Großen und Ganzen, lieber junger Freund«, sagte er, nachdenklich zu mir hoch blickend, »ist aber doch noch alles gut geworden. Die Klugen unter uns, davon bin ich überzeugt, hat dieser Krieg geduldiger und großherziger werden lassen. Sie haben viele, sehr viele wertvolle Erfahrungen sammeln können, was uns allen noch einmal zugute kommen wird.«

Ich wusste nicht, was Thies darauf entgegnet hätte. Auch war ich in Gedanken viel zu sehr mit Gundel und ihrem weiteren Schicksal beschäftigt, um über diese Worte nachdenken zu wollen. So nickte ich nur, als dächte ich ebenso, dann verabschiedete ich mich höflich und ritt weiter.

Zu Hause

Der Abend meiner Heimkehr nach Siebeneichen! Was für unterschiedliche Gefühle stritten in mir. Ich freute mich auf Mutter Marie und Vater Mewes, auf Maicke, Jeppe Jessen und Henning Struve – und konnte doch Gundel nicht vergessen.

Was, wenn sie sich etwas antat? Wie ein Widerhaken hatte sich dieser Gedanke in meinem Kopf festgesetzt. Ich kann mich an die letzten Tage meines Heimritts kaum noch erinnern, saß wie betäubt auf Hera, sah weder nach rechts noch nach links. Mich quälte das Gefühl, sie im Stich gelassen zu haben.

Endlich von fern das Dorf, in dem ich aufgewachsen war. Danach schon bald unser Hof, die Ställe, die Scheune, das Haus. Von den Nachbarn hatte mich niemand gesehen, hinter Mutter Maries und Vater Mewes Stubenfenster brannte die Öllampe …

Ein Anblick, der so viel Wärme und Geborgenheit ausstrahlte, dass ich schlucken musste. Leise ritt ich vors Fenster und spähte hinein. Und dann schnürte es mir endgültig den Hals zu: Mutter Marie und Vater Mewes! Sie saßen am Ofen, Mutter Marie strickend, Vater Mewes an einem Stück Holz schnitzend, das wohl ein Kochlöffel werden sollte. Jetzt, im November, gab es auf den Feldern nicht viel zu tun, und die Ställe waren bereits versorgt; sie konnten sich die abendliche Muße leisten.

Ich hatte es geschafft, war wieder zu Hause. Der Krieg und all das Schreckliche, das er mit sich gebracht hatte, lagen hinter mir. Bemüht, kein lautes Geräusch zu machen, stieg ich ab und band Hera am Haus fest. Danach öffnete ich, ohne anzuklopfen, die Tür. Doch natürlich, sie knarrte. Mutter Marie und Vater Mewes, fast gleichzeitig sahen sie auf.

Ihr freudiges Erschrecken, ich sehe es noch vor mir. Tiefe Scham stieg mir in den Kopf, als ich in ihre vom Glück über meine Heimkehr überwältigten Gesichter sah. Was für Sorgen mussten sie sich gemacht haben! Wie tief hatte ich sie verletzt!

Mutter Marie sprang als Erste auf, kam auf mich zu, strahlte mich an – und schlug mir mit voller Kraft die Hand ins Gesicht. »Du undankbarer Kerl!«, schrie sie mich an, wie um alle Freude und Erleichterung zu übertönen. »Du garstiger Bursche! Wie hast du uns das antun können? Womit haben wir diese Strafe verdient? Durftest du so mit uns umspringen?«

Keine leibliche Mutter hätte sich mehr Sorge um ihren Sohn machen und mehr Glück über seine Heimkehr empfinden, keine herzhafter zuschlagen können.

Ich antwortete nichts, konnte einfach nichts sagen, zog sie, die so viel kleiner war als ich, nur an mich und küsste sie viele Male. Auf den Mund, die Stirn, die Wangen.

Wie sie das genoss! Wie sie sich an mich lehnte! Dennoch schimpfte sie – unter Tränen – nicht weniger heftig weiter. »Einfach fortzulaufen! In den Krieg zu ziehen! Sein Leben aufs Spiel zu setzen! Hast du dich denn gar nicht gefragt, welchen Schmerz du uns zugefügt hättest, wenn du nicht wiedergekommen wärst?«

Bald stand auch Vater Mewes vor mir. Sein dichter Vollbart war in den Monaten meiner Abwesenheit noch grauer geworden, und wie belegt klang seine Stimme, als er mich mit beiden Händen an den Schultern packte und schüttelte, als wollte er irgendwas in mir zurechtrücken.

»Junge!«, schimpfte er. »Wie hast du deiner Mutter das nur antun können?«

Er hätte auch »deinem Vater« sagen können, das sah ich ihm an. Ich aber lachte nur glücklich und sagte: »Jetzt bin ich ja wieder da. Und ich bin so gern gekommen. Ach, ihr wisst ja gar nicht, welche Sehnsucht ich nach euch hatte.«

Noch am gleichen Abend, am knisternden Ofen, bei von Mutter Marie dick belegten Broten und mich wärmendem und belebendem Pfefferminztee, erzählte ich, weshalb ich unbedingt fortgemusst und was ich erlebt hatte. Ich ließ auch die Begegnung mit Arnulf nicht aus und berichtete, was meiner Familie passiert war und weshalb Vater Mewes und ich auf der Suche nach meiner Herkunft niemanden finden konnten, der mich kannte. So erfuhren endlich auch meine Pflegeeltern meinen Namen: Josef Sebastian Cornils.

Vor allem aber erzählte ich von Thies und wie er für mich gesorgt und mir ganz sicher zweimal das Leben gerettet hatte. Allein Gundels Geschichte verschwieg ich. Mein Gefühl sagte mir, dass dies nicht der richtige Abend dafür war.

»So darfst du dich fortan jedem unter deinem Geburtsnamen vorstellen«, konstatierte Vater Mewes zufrieden. »Das ist schön für dich. Der Mensch muss wissen, woher er kommt und wer er ist.«

Ja, es war gut, dass ich seit Leipzig meine Herkunft kannte, doch was wusste ich wirklich über diesen »Josef Sebastian Cornils«? Nicht mehr, als dass er der leibliche Sohn des Tensiner Schreinerehepaares Cornils war und vier Geschwister gehabt hatte, von denen nur noch ein Bruder lebte. Sicher würde Arnulf mir eines Tages noch viel über unsere Eltern und Geschwister erzählen, dennoch: All das, was er zu berichten hatte, wie sollte das mehr als irgendwelche verschwommenen, unwirklichen Bilder in mir zum Leben erwecken? Der Verlust meiner leiblichen Eltern und Geschwister, mit nichts war er wiedergutzumachen oder auch nur zu mindern.

Hier aber waren Mutter Marie und Vater Mewes. Ich kannte und liebte sie seit vielen Jahren. Meine leiblichen Eltern, wo immer sie jetzt auch sind, müssen mir das verzeihen, an jenem Abend, als ich Mutter Marie und Vater Mewes nach unserer ersten längeren Trennung gegenübersaß und ihnen das tiefe Glück über meine Heimkehr ansah, wusste ich: Egal wie ich heiße, ich werde immer ihr Sohn sein. Sie hatten den Findling aufgelesen, ihm ihre Liebe geschenkt, umsorgt und, wenn er krank war, gepflegt und sie liebten ihn noch immer. Und das, obwohl er sie so bitter enttäuscht hatte.

Was für ein Geschenk, dass es sie gab!

Mutter Marie hätte mich nach diesem langen Bericht am liebsten ins Bett geschickt. »Du hast solche Strapazen hinter dir, du musst jetzt erst mal tüchtig ausruhen«, bat sie mich. »Und das nicht nur heute und morgen, sondern am besten bis in den Advent hinein. Gibt ja jetzt nicht viel zu tun. Und was wir beiden Alten an Arbeit bis gestern geschafft haben, das schaffen wir auch morgen.«

Doch nein, wie hätte ich mich an jenem Abend so mir nichts, dir nichts zum Schlafen niederlegen können? War viel zu aufgewühlt und wäre am liebsten zu dieser späten Stunde noch zu Maicke gelaufen. – Ob sie mir sehr böse war? Schnitt sie mich vielleicht sogar? Oder würde sie mir diese Flucht ohne jedes Abschiedswort rasch verzeihen, wenn ich ihr erst alles erklärt hatte?

Bei Maicke und ihren Eltern jedoch konnte ich um diese Zeit nicht mehr klopfen. Henning Struve hingegen, dem konnte ich seine Hera wiederbringen und ihm erzählen, welch treue Dienste sie mir geleistet hatte. Ein Weg, den ich gehen musste – und doch: ein Opfergang. Der Gedanke, Hera, meine schöne, tapfere Hera zu verlieren, schmerzte sehr.

Ich tröstete Mutter Marie damit, dass ich noch genug Zeit zum Schlafen haben würde, der Winter beginne ja jetzt erst so richtig, dann bestieg ich Hera, um die paar Schritte bis zum Struve-Hof zu reiten. Dabei kraulte ich ihr immer wieder den Hals und die Kruppe und flüsterte ihr zu, was für ein herrliches Ross sie sei und dass ich ihr ewig dankbar sein und sie jeden Tag besuchen kommen würde.

Im Haus von Maickes Eltern brannte eine Kerze oder ein Talglicht, und ein, zwei Minuten lang hoffte ich, Maicke würde spüren, dass ich zurück war, und vor die Tür treten. Aber nein, nichts rührte sich.

Auch im Struve-Haus brannte ein Licht. Ich machte Hera neben dem Stall fest, dann klopfte ich an die Tür. Hier war ich nicht zu Hause, hier durfte ich nicht einfach eintreten.

Es war Henning, der zur Tür kam. Ich hörte seine »Tatzen« auf den Dielenbrettern. Er öffnete, sah mich – und dann verriet sein Gesicht neben aller Freude und Überraschung eine so große Erleichterung darüber, dass ich heil zurück war, dass ich gar nicht anders konnte, als auf ihn zuzueilen und ihn zu umarmen.

»Joss!«, flüsterte er glücklich. »Joss!« Und dann ließ er seine Krücken fallen, um sich an mir festzuhalten und mir immer wieder die Schultern zu streicheln. »Bist du wieder zurück? Und am ganzen Körper heil und unversehrt?«

Ich konnte nur dankbar lachen. Wie froh war ich, wieder zu Hause zu sein – und zu diesem Zuhause gehörte auch Henning Struve; Henning, der mich nie als unmündiges Kind behandelt hatte, nicht mal, als ich noch eines war. Dass ich inzwischen vieles anders sah, als er es mir beigebracht hatte, konnte meine Wiedersehensfreude nicht trüben. Nur die allerwenigsten dachten und redeten wie Thies. Und wusste ich denn, ob Thies nicht auch ein ganz anderer geworden wäre, hätte er Hennings oder Arnulfs Erfahrungen gemacht?

Lange saßen wir in jener Nacht beisammen, Henning, seine Fine und ich. Auch in der gemütlichen Struve-Stube knisterte ein Ofen und wieder musste ich viel erzählen. Und hörte die so große und stattliche, ernste Fine mir auch nur mit besorgter Miene zu, Henning nickte zu jedem dritten, vierten meiner Worte.

»Ja«, sagte er zufrieden, als ich meinen Bericht beendet hatte. »Das bei Leipzig, das war eine wahrhaft große Schlacht und ein Triumph für unsere Truppen. Noch in hundert Jahren wird davon erzählt werden. Du aber, Joss, bist einer von denen, die diesen Sieg miterfochten haben. Darauf darfst du stolz sein. Und ich, ich darf stolz auf dich sein.«

Und damit stand er auf, stützte sich nur mit den Ellenbogen auf seine Krücken und hielt mir mit feierlicher Miene die Hand hin.

Eine Szene, die mir ein bisschen peinlich war. Was hatte ich denn groß zu diesem Sieg beigetragen? Doch was sollte ich tun? Ich lachte, stand ebenfalls auf und schlug ein.

Henning aber, noch immer mit feierlichem Gesicht, hielt meine Hand fest. Und dann sagte er etwas, das ich kaum glauben konnte.

Er sagte: »Weißt du was, Joss? Hera gehört von heute an dir. Du hast sie dir redlich verdient. Fine und ich, wir haben doch nicht nur den einen Gaul, wir haben eine ganze Zucht. Es ist nur recht und billig, dass zwei, die so viel miteinander erlebt haben, nicht wieder getrennt werden.«

Ich stand wie erstarrt. Konnte das denn sein, Hera, meine Hera sollte wirklich *meine* Hera werden? Ich sah Fine an – und als sie mir still lächelnd zunickte, begriff ich, dass Henning und sie mir wirklich diese übergroße Freude machen wollten … Und ja, es ist wahr, heimlich, ganz tief drinnen in mir, hatte ich mir gewünscht, Hera behalten zu dürfen. Nur hätte ich das nicht mal vor mir selbst zugegeben, so ungehörig erschien mir ein solcher Wunsch. Henning und Fine aber hatten ganz von selbst daran gedacht, mir dieses überaus großzügige Geschenk zu machen … Wie dankbar umarmte ich die beiden, wie strahlte ich sie an.

Hätte es eine glücklichere Heimkehr geben können? Nein! Allein eines verwundert mich, wenn ich heute an jene kleine Wiedersehensfeier zurückdenke: Warum habe ich Henning und Fine weder von Thies noch von Arnulf erzählt? Hatte ich, was noch folgen sollte, im Geheimen schon geplant?

Wahre Lügen

Die Nachricht von meiner Heimkehr, in Windeseile hatte sie sich im Dorf herumgesprochen. So erfuhr auch Maicke davon. Und schon am folgenden Morgen, als ich nach ausgiebigem Schlaf ans Fenster trat, um frische Luft zu atmen, stolzierte sie schnellen Schritts an mir vorüber.

Anfangs wollte ich es nicht glauben: Sollten denn alle meine Wünsche prompt in Erfüllung gehen? »Maicke!«, rief ich laut und glücklich. »Maicke!«

Doch lief sie an mir vorüber, als wäre sie taub und blind.

Verdutzt starrte ich ihr nach. Sollte das ein Zufall sein, dass ihr roter Wuschelkopf gerade jetzt vor Mutter Maries und Vater Mewes Haus aufgetaucht war?

»Maicke!«, rief ich noch einmal, und dann stürzte ich aus dem Haus, um ihr nachzulaufen. »Maicke!« Und als sie nicht stehen blieb, sondern weiter so tat, als hätte sie mich weder gesehen noch gehört, packte ich sie an der Hand.

Mit einer Kraft, die verriet, dass sie nur darauf gewartet hatte, dass ich ihr nachlief, riss sie sich los. Und dann spielte sie die Kühle, Gleichgültige. »Ach! Ist Er wieder da, der Herr Ausreißer? Na dann: Guten Tag und guten Weg!«

»Aber Maicke!«, bat ich. »Hör dir doch erst mal an, was ich dir zu sagen habe. Ich will dir ja alles erklären.«

»Nein! Nein!« Sie winkte ab, als wollte sie eine lästige Fliege verscheuchen. »Er muss mir nichts erklären. Und Er soll mich nicht aufhalten. Bin auf dem Weg zu meinem Verlobten und der wartet genauso ungern wie ich.«

Wie hatte Mutter Marie gesagt, als Maicke und ich uns als Kinder zum ersten Mal sahen? Tritt sie ein Pferd, dann tritt sie zurück. Genauso war es gekommen: Ich, der ich ohne jedes Abschiedswort in den Krieg gezogen war, hatte sie »getreten«, nun »trat« sie zurück. Und das mit aller Kraft.

»Du bist verlobt?« Durfte ich das denn glauben?

»Ja«, antwortete sie ernst. »Mit Toni Stövesand. Das ist einer, auf den man sich verlassen kann.«

Toni Stövesand? Sie war verlobt mit Barthel Stövesands ältestem Sohn Anton, der mal den großen Stövesand-Hof erben würde? Aber der war doch schon weit über zwanzig und im ganzen Dorf als großer Weiberheld verschrien. Auf jedem Dorffest schwenkte er die Mädchen herum, als wären sie nur seinetwegen zur Welt gekommen. Nein, diese »Verlobung« wollte ich ihr nicht glauben. Der Stövesand, wenn auch kein übel aussehender Bursche, passte doch gar nicht zu Maicke. Außerdem: Wie lange war ich fort gewesen? Keine vier Monate. Und da sollte sie sich dermaßen verändert haben, dass einer wie Toni Stövesand – egal wie groß der Hof war, den er mal erben würde – für sie infrage kam?

Sie sah mir meine Zweifel an und lachte laut. »Er glaubt mir nicht? Nun, da wird Er sich noch wundern.« Und damit stolzierte sie davon. Mir blieb nur, ihr nachzustarren wie ein junger Ochse, der nichts begriff.

Ich konnte – oder besser: wollte – Maicke diese neue Liebe nicht glauben und wurde schon bald eines Besseren belehrt. Nur eine Stunde später, ich war auf dem Weg zu Jeppe, sah ich sie mit Toni Stövesand am See entlangschlendern – sonntäglich herausgeputzt! Langer, roter Rock, blaues Samtmieder, in ihren wilden, roten Locken ein leuchtend grünes Band. Kaum hatte sie mich entdeckt, lachte sie wieder laut. Offenbar hatte der tolle Toni gerade einen ganz großartigen Scherz gemacht.

In mir begann es zu kochen. Das hätte ich Maicke nicht zugetraut. – Ja, sie durfte zornig auf mich sein! Ja, ich hatte ihr Vertrauen auf ganz böse Weise verletzt! Ja, ich hatte Strafe verdient! Aber Toni Stövesand? Und dass sie nicht einmal wissen wollte, was ich zu meiner Entschuldigung vorzubringen hatte?

Abrupt wandte ich mich ab, betrat den Jessen-Hof und fand Jeppe im Heuschober. Beim Heuwenden. Kaum hatte er mich gesehen, warf er die Forke hin und kam auf mich zugestürzt. »Du Verräter!«, beschimpfte er mich ohne jede Begrüßung. »Einfach verschwinden! Und sagst kein einziges Wort. Warum hast du mich nicht mitgenommen?«

Niemand wünschte sich leidenschaftlicher von Siebeneichen fort als Jeppe. Doch der kleine, schmale Jeppe bei den Lützowern? Jeppe vor Leipzig? Das war nicht vorstellbar.

Aber durfte ich ihm das sagen? »War leider keine Zeit mehr, noch zu dir zu kommen«, redete ich mich heraus. »Die Schar war ja schon aufgebrochen. Und außerdem – wo hättest du denn so schnell ein Pferd hernehmen sollen?«

Auch wenn es ihm schwerfiel, er musste einsehen, dass sein Vorwurf unberechtigt war. Und dann wollte natürlich auch er wissen, was ich in der Zwischenzeit alles erlebt hatte. Erneut begann ich zu erzählen. Alles das, was Maicke nicht hatte hören wollen, breitete ich vor Jeppe aus und mit großen Augen und oft kopfschüttelnd vor Verwunderung hörte er mir zu. Am Ende aber gestand er ein, dass ein Krieg, dass Kämpfen und Töten nicht das war, was er sich wünschte, wenn er Siebeneichen mal den Rücken kehrte. »Ich fände es schöner, viele neue Leute kennenzulernen, die nicht wissen, woher ich komme und was ich bin. Die wissen dann ja auch nichts von meinem Vater.«

Ich sagte ihm, dass auch ich keine Freude an all diesen Gemetzeln gehabt hätte, und dann wollte ich endlich wissen, ob das denn stimme, was Maicke mir über ihre Verlobung mit Toni Stövesand erzählt hatte.

Er zuckte die Achseln. »Mir hat sie's auch erzählt. Aber das erst heute Morgen und vielleicht nur, weil sie weiß, dass du mich fragst und sie dich eifersüchtig machen will.«

Wenn allein das ihre Absicht gewesen war, hatte sie ihr Ziel erreicht. Der Stövesand und sie, wie sie am See entlangspaziert waren – am helllichten Tag! So etwas taten doch sonst nur zwei, die sich einander bereits versprochen hatten ... Vor allem aber: Wie sie gelacht hatte! So ganz anders, als es früher ihre Art gewesen war. Hoffte sie etwa, dass ich vor ihr auf die Knie fiel und sie bat, den Toni mitsamt seinem großen Erbe sausen zu lassen und zu mir zurückzukehren? Aber ich hatte doch kein Verbrechen begangen, auch waren vier Monate kein halbes Leben ...

Ich wünschte mir sehr, dass Jeppe recht behielt und Maicke mich nur ein bisschen quälen wollte. Dennoch: Die Eifersucht fraß mir ein Loch in die Brust. Ich hätte zu meinem Säbel greifen und mich auf den hübschen Toni stürzen mögen. Nur mit Macht konnte ich all die Gedanken und Gefühle, die mich bedrängten, unterdrücken. Da war ja auch noch Gundel, die mir im Kopf herumspukte. Ich hatte auch Jeppe nichts von ihr, Thies und Arnulf erzählt. Das aber nun schon ganz bewusst, denn am Morgen im Bett, gleich nach dem Aufwachen, hatte ich noch einmal über alles nachgedacht. Und seither glaubte ich zu wissen, was ich tun musste, um Gundel zu helfen. Und das Erste war, dass ich den mir noch immer fremden Josef Sebastian Cornils umbringen musste.

Die Angst, dass Gundel sich etwas antun könnte, wenn sie die Schande und das Ausgegrenztsein nicht länger aushielt, ich wurde sie einfach nicht los. Immer wieder fragte ich mich, ob ich, Thies' Freund, das zulassen durfte. Ich hatte Thies so viel zu verdanken, war es nicht meine Pflicht, mich um seine Frau und sein Kind zu kümmern?

Sollten andere schlecht über Gundel denken, für mich war sie Thies' Frau. Er hatte mit ihr zusammenleben, sie hatten heiraten wollen. Was war so schlimm daran, dass sie noch keine Gelegenheit gefunden hatten, zum Pfarrer zu gehen? Es war ja allein der Krieg, der die Schuld daran trug, dass Thies sein Versprechen nicht wahr machen konnte.

Noch an diesem Abend, dem zweiten seit meiner Heimkehr, sprach ich mit Mutter Marie und Vater Mewes über Gundel. Sie als Einzige mussten die Wahrheit wissen, allen anderen wollte ich Lügen auftischen.

Wieder saßen wir am Ofen und nun erzählte ich ohne Umschweife von Gundel und Thies' Liebe und Gundels Schwangerschaft. »Sie waren nicht beim Pfarrer«, sagte ich mit fester Stimme, »doch gehörten sie einander an wie Mann und Frau. Und hätte Thies die Schlacht überlebt, hätte er Gundel zu sich genommen und auch vor Gott zu seiner Frau gemacht.«

Eine Geschichte, von der Mutter Marie glaubte, sie schon oft gehört zu haben. »Das versprechen viele junge Burschen, wenn sie sich ein Mädchen gefügig machen wollen.« Sie winkte ab. »Und danach? Danach sind sie dann auf Nimmerwiedersehen verschwunden. Dafür müssen sie gar nicht erst in den Krieg ziehen. Nein, nein, auf solches Grillengezirp dürfen Mädchen nicht hören. Und wenn eine doch darauf hereinfällt, ist sie selbst schuld.«

Sie kannte Thies nicht, so war es verständlich, dass sie seinen

Treueschwur anzweifelte. Ich musste ihr so ernst und heftig widersprechen, dass sie mich schon bald ganz verwundert ansah.

»Thies war kein solcher Schuft«, sagte ich. »In all der Zeit, in der wir beisammen waren, habe ich ihn besser kennengelernt als jeden anderen meiner Kameraden. Auch stehe ich in seiner Schuld, denn ohne ihn säße ich jetzt nicht hier. Und deshalb werde ich meine Schuld abtragen. Ich weiß auch schon, wie.«

Und noch bevor Mutter Marie oder Vater Mewes mich Weiteres fragen konnten, verriet ich ihnen, dass allein sie, meine Eltern, von meinem Vorhaben erfahren sollten. Danach, so beschwor ich sie, dürften sie entscheiden, ob sie mir helfen oder meinen Plan ablehnen wollten. Ich aber könne gar nicht anders handeln, als mein Gewissen es mir befahl, ganz egal wie ihr Urteil ausfallen würde.

Die Entschiedenheit, mit der ich sprach, beeindruckte nicht nur Mutter Marie, sondern auch Vater Mewes. Noch nie hatten die beiden mich so ernsthaft und fest entschlossen reden hören.

Mein Plan ging so: Mich, Josef Sebastian Cornils, hatte es nie gegeben, wohl aber einen Josef Sebastian Marwick. Dieser Joss Marwick, den sie, meine Pflegeeltern, im Wald gefunden hatten, hatte meine Lebensgeschichte hinter sich – und bei den Lützowern seinen leiblichen Bruder wiedergefunden: Thies Marwick. Jenem Bruder wiederum, der vor Leipzig im Kampf gegen die Franzosen sein Leben gelassen hatte, war vor einem halben Jahr eine Frau angetraut worden – meine Schwägerin Gundel Marwick, nun eine alleinstehende und noch dazu schwangere Witwe. War es in diesem Fall keine Selbstverständlichkeit, dass sich der Schwager um die Witwe seines im Befreiungskrieg gefallenen Bruders kümmerte?

Mutter Marie und Vater Mewes, wie sie mich anstarrten! Als hätte ich ihnen eine Spukgeschichte erzählt. All diese Lügen wollte ich unter die Leute bringen? Ich, ihr Joss? Das mussten sie erst einmal verdauen. Ich aber dachte an Grotmudder Tattermusch. Hatte sie nicht gesagt, Namen seien nichts als Stempel auf den Menschen und leicht abzuwaschen? Was machte mich zum Cornils? Arnulf war mir fremd, Thies hingegen war mir nah und hatte es sich mehr als nur einmal verdient, dass ich mich seiner Frau und seines Kindes annahm.

Vater Mewes schüttelte erst nur lange den Kopf, dann kraulte er sich den Bart. »Solche Geschichten passieren ja immer wieder«, knurrte er schließlich in sich hinein. »Ein junger Bursche, ein Mädchen, die zu viel zusammen sind … Doch ist es wirklich deine Pflicht, dich um diese Gundel zu kümmern? Du weißt ja sicher, dass sie und dein Freund, dieser Thies, nicht recht getan haben.«

Ich hätte antworten können, dass die beiden sich eben sehr lieb gehabt hatten und dass von Thies, wenn Gundel und er diese Sünde nicht begangen hätten, nichts geblieben wäre. Nun würde immerhin schon bald ein Sohn oder eine Tochter sein Leben fortsetzen. Doch verkniff ich mir das lieber. »Wenn ich mich nicht um sie kümmere, sorgt sich keiner um sie«, antwortete ich nur leise. »Sie hat ja sonst niemanden, ist eine Waise, wie ich eine war, bevor ihr mich zu euch genommen habt. Sie aber lebt bei Leuten, die ihr nicht wohlgesonnen sind. Wenn erst mal zu sehen ist, dass sie ein Kind erwartet, wird sie geächtet und vertrieben. Doch weiß sie ja gar nicht, wohin. Hier bei uns – in Siebeneichen – wird ihr Kind kein Bankert sein. Hier ist sie meine Schwägerin, die von den Franzosen zur Witwe gemacht wurde. Und in Wahrheit war es ja auch so, Pfarrer hin oder her.«

»Aber dieser Thies hat doch Eltern«, wandte Mutter Marie ein. »Und die sind dann doch die Großeltern von dem Kind. Warum bittet deine Gundel nicht sie um Hilfe?«

»Er hatte nur noch einen Vater«, so meine Antwort. »Und vielleicht denkt dieser Mann ja, Gundel wäre nichts als ein leicht zu habendes Mädchen. Oder er wirft ihr vor, selbst an allem schuld zu sein, weil sie seinen Sohn verführt hat. Außerdem ist ihr Kind auch dort nichts als ein Bankert.«

Ich holte tief Luft, und dann sagte ich viel zu laut: »Ich will aber nicht, dass Thies' Kind verachtet und ausgestoßen wird. Wächst es bei uns auf, werde ich es so in mein Herz schließen, wie ihr es mit mir getan habt. Ihr habt mich gelehrt, dass Blutsverwandtschaft nicht alles ist. Dafür bin ich euch dankbar und deshalb wird dieses Kind für mich wie mein eigenes sein.«

Der gerade einmal fünfzehn Jahre alte Joss, wie er sprach! Als ob er wirklich schon eine Vaterrolle hätte übernehmen können. Heute lächle ich über das viel zu große Horn, in das ich an jenem Abend stieß, doch glaubte ich zu wissen, was richtig war und was falsch, und so sprach ich voller Überzeugung.

»Je nun!« Vater Mewes wiegte den Kopf, als wollte er jedes einzelne meiner Worte in sich nachklingen lassen. »Die Dinge darf jeder werten, wie er will. Muss aber die Hochzeit von deinem Thies nicht ins Kirchenbuch eingetragen sein? Und muss jene Gundel, wenn sie gefragt wird, nicht einen Trauschein zum Herzeigen haben?«

Mit diesem Einwand hatte ich gerechnet. »Alles verbrannt«, antwortete ich achselzuckend, als wäre es wirklich so gewesen. »Die Kirche, in der sie getraut wurden, und auch das Haus, in dem sie lebten, nichts steht mehr. Weiß ja jeder, wie die Franzosen, als sie aus Russland flüchten mussten, bei uns gebrandschatzt und geplündert haben.«

Da fragten Mutter Marie und Vater Mewes sich wohl nur noch, wie so wenige Monate aus mir einen so ganz anderen Joss gemacht haben konnten. Durfte man sich die Welt denn zurechtlegen, wie es einem gerade passte?

Mutig ging ich aufs Ganze. »Das also ist mein Plan. Aber er wird nur aufgehen, wenn ihr mich nicht Lügen straft. Und ohne dass ihr bereit seid, Gundel bei euch aufzunehmen, wird es für uns sehr schwer werden. Weil ich nun mal weder sie noch ihr Kind ernähren kann. Doch ist Gundel eine tüchtige Magd und wird euch nicht zur Last fallen, sondern sich ihr Stückchen Brot mit ihrer Arbeit selbst verdienen.«

Mutter Marie sah Vater Mewes an, Vater Mewes sah Mutter Marie an. Da ich gesagt hatte, dass ich mich, falls sie meinen Plan nicht unterstützen sollten, dennoch um Gundel kümmern wollte, hatte ich sie in gewisser Weise erpresst. Was konnten diese Worte denn anderes bedeuten als: Wenn ihr Gundel nicht bei euch aufnehmen wollt, werdet ihr auch mich verlieren?

Es war Vater Mewes, der als Erster einlenkte. »Warum denn nicht?«, fragte er Mutter Marie. »Was sollten wir dagegen haben, zu unserem Sohn noch eine Tochter und später ein Enkelkind zu bekommen? Haben wir uns denn nicht immer Kinder gewünscht? Und nun, im Alter, beschert Gott uns sogar drei.«

Ich hätte vor Freude losheulen mögen, sprang auf, umarmte und küsste ihn. Das hatte ich zuvor noch nie getan, viel zu groß war mein Respekt gewesen. In diesem Augenblick aber hätte ich ihn am liebsten nie wieder losgelassen.

»Musst mir nicht danken«, murrte er schmunzelnd. »Sagt man nicht, ein Bauer ohne tüchtige Magd, das ist wie einer ohne Hände? Marie und ich, wir hatten nie eine Magd. Doch werden wir mit jedem Tag älter und könnten Hilfe gebrauchen, denn ich glaube nicht, dass wir ewig mit dir rechnen dürfen.

Außerdem ist deine Geschichte, so abenteuerlich sie klingt, gut ausgedacht. Wer im Dorf sollte sie anzweifeln? Steckt ja auch ein bisschen Wahrheit darin.«

Und damit zündete er sich seine Pfeife an, paffte ein paar Züge und fuhr nach einigem Nachdenken fort: »Doch ist's wohl besser, das Ganze nicht auf die lange Bank zu schieben. Warum soll das Mädchen sich noch länger sorgen? Wir sollten gleich morgen losfahren, um sie zu uns zu holen.«

Mutter Marie, wie sie von einem zum anderen sah! Sie wusste noch immer nicht, wie sie das alles werten sollte. Vater Mewes aber hatte auch für sie einen Auftrag. »Und du, Mariechen«, entschied er, »bist auch nicht faul. Du sorgst dafür, dass sich die Geschichte von den Marwicks im Dorf herumspricht. So was könnt ihr Frauen ja nun mal am besten. Wenn wir zurück sind, sollen alle wissen, wer da gekommen ist.«

Bange sah ich Mutter Marie an. Würde sie Vater Mewes widersprechen? Sie war keine Frau, die ihrem Mann in allem folgte.

Sie fing meinen Blick auf, dachte noch einen Moment nach und nickte schließlich ergeben. »Na dann, wenn ihr Männer das so wollt – meinetwegen: Holt sie! Wir werden ja sehen, was das für eine ist.«

M und A und I und C und K und E

Mit Hera vor dem Wagen, obwohl sie ja ein Reit- und kein Zugpferd war, ging es nach Wulfshagen. Unser alter Elias hätte die lange Fahrt hin und zurück nicht mehr geschafft. Doch nur anfangs wunderte meine schöne Hera sich über die ungewohnte Aufgabe, bald trabte sie munter vor uns her.

Vater Mewes war noch nie sehr redselig gewesen, er schwieg auch während dieser Fahrt viel. Und ich? Ich bekam den Mund nicht auf, weil mich die Angst, dass Gundel sich längst etwas angetan haben könnte, so quälte. Während unser Wagen durch herbstliche Wälder und über feuchte, triste Feldwege rollte, rechnete ich mir immer wieder aus, wie viel Zeit wir noch benötigen würden, um in ihr Dorf zu gelangen.

Nachts lagen wir auf dem Stroh, mit dem wir den Wagen beladen hatten, und schützten uns mit mehreren Decken gegen die schon sehr kühlen Nächte. Zum Glück regnete es nicht, sonst hätten wir in Scheunen oder Heuschobern Zuflucht suchen müssen. Denen aber wollte Vater Mewes lieber ausweichen. »Wir sind weder Soldaten noch Landstreicher«, sagte er.

Mir machten die Nächte im Freien nichts aus. Bei den Lützowern, vor Leipzig und auch als ich heimwärts ritt, wie oft hatte ich mich mit dem freien Himmel zugedeckt. Unter dem mal sternenklaren, mal wolkenverhangenen Nachthimmel konnte ich meine Gedanken in alle Richtungen schweifen lassen. Auch mochte ich den Geruch nach Laub und Erde und die morgendlichen Rufe der Vögel, die noch nicht in Richtung Süden abgeflogen waren oder ohnehin keine Zugvögel waren.

In einer dieser Nächte kam Thies mich besuchen. So deutlich stand er vor mir, als wäre er noch am Leben. Mit nachdenklichem Gesicht sah er mich an und schwieg.

Ich wartete darauf, dass er etwas sagte. Seltsamerweise wusste ich, dass ich nur träumte, doch *wollte* ich diesen Traum. Es war irgendwie schön, Thies so unverletzt wiederzusehen. Doch sagte er nichts. Er sah mich nur an und lächelte, als wüsste er irgendein Geheimnis, von dem ich nichts ahnte, und dann drehte er sich um und ging langsam davon.

Ich wollte ihm nacheilen, schrak auf und konnte bis zum frühen Morgen nicht wieder einschlafen.

Thies! Würde ich ihn mir bewahren können? Würde er auf irgendeine Weise immer bei mir bleiben? Gedanken, die ich lange nicht aus dem Kopf bekam.

Ja, und dann: Arnulf, den ich mit meinem Lügenspiel verleugnete. Wüsste er von meinem Namenswechsel, würde er mir das nie verzeihen, dessen war ich mir sicher. Wie hätte ich unter diesem »Verrat« nicht leiden, wie keine Gewissensbisse haben sollen? Nur: Durfte ich deshalb Gundel – und damit ja auch irgendwie Thies – im Stich lassen? Arnulf und ich, wir hatten nur wenige Stunden miteinander verbracht, denn an meine frühe Kindheit konnte ich mich nicht mehr erinnern, mit Thies war ich vier Monate lang Tag für Tag von morgens bis abends zusammen gewesen. Gemeinsam hatten wir die gefährlichsten Abenteuer überstanden, er hatte mich vieles gelehrt und über alles Mögliche mit mir geredet und mir ganz sicher zweimal das Leben gerettet. Arnulf brauchte mich nicht, er hatte seinen Sattlermeister und dessen Tochter; Thies und Gundel und ihr Kind aber, die brauchten mich.

So redete ich mir gut zu und hoffte inständig, dass Arnulf nie erfuhr, dass ich fortan Marwick heißen wollte. Wie sollte er denn auch? Zwar hatte er mir verraten, wo ich *ihn* finden konnte, doch hatte er je danach gefragt, wo er *mich* wiedertreffen könnte?

Ein Versäumnis, für das ich ihm nun sogar dankbar war. Es erleichterte mir mein Lügenspiel. Es war ja tatsächlich so gewesen: Nicht ein einziges Mal hatte Arnulf mich gefragt, wohin es mich verschlagen hatte. Nie hatte er etwas über meine Pflegeeltern wissen wollen. Es hatte ihn nicht interessiert, was ich in den Jahren zuvor erlebt und wie sehr mich meine ungewisse Herkunft verstört hatte. – Oder war es eine Entschuldigung, dass wir nur wenig Zeit für solche Gespräche hatten? Immerhin hatte er viel von sich erzählt.

Doch nein, ich will mich nicht reinwaschen. Die Schuldgefühle, die mich quälten, waren berechtigt. Ich wusste das und schwor mir, im Frühjahr unbedingt nach Boizenburg zu reiten, um nach Arnulf zu fragen. Dort wollte ich dann, um ihn nicht zu verletzen, auch wieder ein Cornils sein.

Vater Mewes und ich hatten Glück, als wir in den Nufer-Hof hineinfuhren, kam uns keiner der Nufers entgegen – Gundel trat aus dem Stall. Fast so, als ob sie uns schon erwartet hätte. In ihren Händen Milcheimer. Sie hatte gerade die Kühe gemolken.

Voller Überraschung stellte sie die Eimer ab. Mit wem sollte unser Kommen denn zu tun haben, wenn nicht mit ihr? Glücklich darüber, sie so heil und munter vor mir zu sehen, sprang ich vom Wagen und lief auf sie zu. – Was würde *sie* zu meiner Lügengeschichte sagen? Würde sie sich auf diesen »Betrug« an ganz Siebeneichen einlassen?

In meinem Überschwang, aber auch weil mir mein Plan mit einem Mal nicht mehr ganz geheuer erschien, umarmte ich sie.

Sie jedoch stand nur da, steif und stumm, und sah mal mich und mal den fremden Bauern an. Weshalb waren wir gekommen? Allein diese Frage stand ihr ins Gesicht geschrieben.

Ungeschickt platzte ich gleich mit allem heraus, und das so unzusammenhängend und wirr, dass sie mehrfach nachfragen musste. Mit jeder meiner Antworten aber wurden ihre Augen größer, und als sie endlich alles wusste, wollte sie nicht glauben, was sie zu hören bekommen hatte. Und auch meine Zweifel wuchsen: Was hatte ich mir da nur einfallen lassen …

Verwirrt von all dem, was da auf sie herabgeprasselt war, und sich vielleicht auch ein wenig überrumpelt fühlend, trug sie die Einwände vor, die ich schon kannte – das Kirchenbuch, der Trauschein –; Einwände, die ich, wie bereits geübt, leicht widerlegen konnte. Viel wichtiger war mir, dass sie mit der Lüge, die ihre Zukunft bestimmen sollte, leben konnte.

»Ist doch ganz egal, ob ein Pfarrer euch getraut hat oder nicht«, bearbeitete ich sie. »Ihr habt euch eben selbst verheiratet. Und jetzt bist du Thies' Witwe und seines Bruders Schwägerin. Und ein Schwager muss sich um die Schwägerin doch kümmern, wenn sie sonst niemanden hat.«

Wieder sah sie lange erst mich und danach Vater Mewes an, der noch nicht vom Wagen gestiegen war. Sie wusste noch immer nicht, was sie zu dieser Lügengeschichte sagen sollte, schüttelte nur ein ums andere Mal ungläubig den Kopf.

»Meine Pflegeeltern wissen Bescheid«, drängte ich weiter. »Sie freuen sich auf dich, weil sie mit dir endlich auch eine Tochter haben werden. – Ach, komm doch mit! Als Witwe wird dich niemand schief ansehen.«

»Jetzt gleich?« In ihr stritten die unterschiedlichsten Gefühle. Es war ja nicht wenig von ihr verlangt, innerhalb von Minuten eine solche Entscheidung treffen zu müssen.

»Wann denn sonst?«, rief ich ungeduldig. »Etwa erst, wenn der Nufer dich vom Hof gejagt hat?«

Ja, und jetzt, jetzt begriff sie wohl, wie ernst mir das alles war. Eine Weile sah sie mich nur still an, dann fragte sie leise: »Warum willst du das? Nur weil Thies dein Freund war?«

»Nein«, antwortete ich fest. »Es ist nicht nur wegen Thies. Es geht auch um dich und euer Kind. Ich will nicht, dass du unglücklich wirst – und ich will nicht, dass Thies' Kind unglücklich wird.«

Noch zwei, drei Sekunden sah sie mich an, dann schossen ihr die Tränen in die Augen, und als ich sie an der Hand nahm, um sie vor Vater Mewes zu führen, wehrte sie sich nicht.

Er stieg ab, zog die Mütze und sagte wie selbstverständlich: »Guten Tag, Frau Marwick! Oder wäre es nicht das Beste, gleich Gundel zu dir zu sagen? Wir sind ja nun bald eine Familie.«

Erneut kamen Gundel die Tränen. »Ich weiß gar nicht, was ich zu alldem sagen soll«, konnte sie nur stammeln, »schäme mich ja so. Ihr … Ihr wollt mich wirklich mitnehmen?«

Vater Mewes Antwort: »Erstens gilt das Du auch für mich. Sag Vater Mewes zu mir. Zweitens macht allzu lange Scham selbst die fröhlichsten Leute traurig. Also verkneif dir das lieber. Und drittens: Glaubst du etwa, ein so alter Mann wie ich nimmt einen so langen Weg allein aus Jux auf sich?«

Noch ein kurzer, abwägender Blick, dann wusste Gundel, dass sie von dem fremden alten Mann mit der großen, porösen Nase und dem dichten Vollbart keinerlei Vorhaltungen oder lange Fragen zu befürchten hatte. Dankbar nickte sie ihm zu, und dann lief sie schon ins Haus, um ihre wenige Habe zu holen.

Als sie mit dem kleinen Bündel unter dem Arm zu uns zurückkehrte, traten die beiden Bäuerinnen vor die Tür. Verwundert sahen sie zu uns hin. Gundel aber warf nur alles auf den Wagen und setzte sich dazu und ohne jedes Abschiedswort rollten wir vom Hof.

Alles verlief, wie ich es nicht besser hätte wünschen können. Mutter Marie hatte den Auftrag, den Vater Mewes ihr erteilt hatte, getreulich ausgeführt, und so gab es, als wir zu dritt in Siebeneichen einrollten, niemanden mehr, der nicht wusste, dass ich unter den Lützowern meinen Bruder Thies wiedergefunden hatte und mein Name Josef Sebastian Marwick lautete. Alle früheren Vorurteile gegen »Joss aus dem Wald« kehrten sich ins Gegenteil: Fortan war ich ein Kriegsheld und die junge Frau, die Vater Mewes und ich ins Dorf gebracht hatten, eines anderen Kriegsheldens Witwe und meine Schwägerin, die im Sommer entbinden würde und bei ihrer Siebeneichener Familie eine neue Bleibe finden sollte.

Wer hätte etwas dagegen einwenden, wer an dieser Geschichte zweifeln, wer Mutter Marie eine solche Lüge zutrauen sollen?

Einzig Grotmudder Tattermusch wusste es besser. Lief sie durchs Dorf und begegneten wir einander, zwinkerte sie mir mit ihren altershellen Augen belustigt zu. Und einmal flüsterte sie im Weitergehen: »Bruder ist, wer Bruder ist! Muss ja nicht vom selben Blut sein.« Doch verriet sie mich nicht, wofür ich ihr noch immer dankbar bin.

Mutter Marie beobachtete Gundel anfangs eher skeptisch. Ein Mädchen, das sich vor der Hochzeit mit einem jungen Mann einließ? So etwas passte nicht in ihr Weltbild. Schon bald aber wurden ihre Blicke milder. Gundel, das musste sie einsehen, war kein Flattervogel, sondern eine ernsthafte, tüchtige junge Frau. Bald lobte sie ihre neue Tochter und nicht viel später verbot sie ihr die schwersten Arbeiten, damit das Kind in ihrem Leib keinen Schaden nahm.

Ich hätte zufrieden mit mir sein können. Mein Plan war aufgegangen, Gundel war gerettet. Doch was war mit Maicke? Nach wie vor hielt sie Abstand zu mir. Und das, obwohl sie, seit Gundel bei uns lebte, vor Neugier auf diese Schwägerin und die ganze Marwick-Geschichte fast platzte.

Immer öfter sah ich ihre roten Wuschellocken in unserer Nähe auftauchen. Doch ließ ihr Stolz nicht zu, auch nur eine einzige Frage an mich zu richten. Und mein Stolz ließ nicht zu, weiter um sie zu werben. Egal ob sie mich nur eifersüchtig machen wollte oder nicht, ein Joss Marwick hatte es nicht nötig, um Gnade zu flehen. Entweder sie gab mir Gelegenheit, ihr zu erklären, weshalb ich unbedingt zu den Lützowern gemusst hatte, oder sie sollte mit ihrem Toni Stövesand glücklich werden.

Aber wie schwer mir dieser Stolz wurde! Manchmal hätte ich vor Zorn auf Maicke irgendwas ganz Verrücktes anstellen mögen. Oft musste ich mich beherrschen, nicht zu ihr hinzulaufen, um sie zu bitten, mir doch um Himmels willen wieder gut zu sein.

So verging die Adventszeit. Der Heiligabend kam. An den Dächern hingen Eiszapfen, die Fenster waren eisblumenverziert. Gundel, nun schon deutlich als Schwangere zu erkennen, hatte über der Stubentür Ebereschenzweige mit leuchtend roten Beeren aufgehängt, die Dielen bestreute sie mit Tannenzweigen. Wie weihnachtlich es da bald im ganzen Haus roch!

Am frühen Nachmittag hauchte ich ein Loch in eines der vereisten Fenster und spähte lange zögernd in die weiße, im Sonnenschein glitzernde Winterlandschaft hinaus. Der See war schon seit Tagen zugefroren, die Bäume bogen sich unter der Schneelast. Es war ein so wunderbarer Anblick, dass ich mit einem Mal Mut fasste und beschloss, noch an diesem Tag in die Tat umzusetzen, was ich schon seit Wochen vorhatte: Ich wollte zu Pfarrer Steffens gehen, dem Nachfolger unseres alten, schon vor Monaten verstorbenen Pfarrers Rohrmoser.

Zweck dieses Besuches: Ich, Josef Sebastian Marwick, wollte ins Kirchenbuch eingetragen werden, damit im neuen Jahr auch Gundel sich eintragen lassen konnte – als *Gundula Felicitas Marwick geb. Veit*. War das erledigt, würde im Sommer auch Thies' Söhnchen oder Töchterchen dort Eintrag finden.

Pfarrer Steffens, ein noch junger Mann mit dichtem, störrischem Haar und rissigen, möhrenroten Händen – er bewirtschaftete ja auch den kleinen Hof gleich neben der Pfarrei –, freute sich darüber, dass ich nicht länger »ein unbeschriebenes Blatt« sein wollte. Sorgfältig band er sich das weiße Halstuch um und zog den schwarzen Rock über, und dann setzte er sich an seinen Schreibtisch, tunkte die Feder ins Tintenfass und trug mit schwungvollen, großen Buchstaben meinen Namen in das wuchtige Buch ein: *Josef Sebastian Marwick*.

Fasziniert sah ich zu. War ich damit denn nicht wirklich Thies' Bruder geworden? *Joss Marwick* klang gar nicht so viel anders als *Thies Marwick*.

Pfarrer Steffens fragte nach meinem Geburtstag, dem Tauftag, dem Ort meiner Geburt und der Kirche, in der ich getauft worden war. Und froh, nicht mehr lügen zu müssen, nannte ich ihm meinen wirklichen Geburtstag, Arnulf hatte ihn mir ja verraten, und auch den tatsächlichen Ort meiner Geburt: Tensin. Nur die Taufdaten und wie die Tensiner Kirche hieß, wusste ich nicht, doch war sie, wie Arnulf erzählt hatte, in der Nacht meiner Flucht völlig heruntergebrannt – weshalb auch die Kirchenbücher den Flammen zum Opfer gefallen waren und so niemand meinen wahren Namen aufspüren konnte.

Pfarrer Steffens sagte, den Namen der Kirche würde er schon noch herausbekommen, nur meine Taufdaten, die seien wohl für alle Zeiten verloren. All die anderen Daten aber trug er fein säuberlich ins Kirchenbuch ein. Und da musste ich ein wenig zu sehnsüchtig zugeschaut haben. Er bemerkte meinen Blick – und stutzte. »Na? Würde Er auch gern schreiben und lesen können?«

Stolz berichtete ich, dass ich darin schon einige Erfahrungen hatte. »Mein Bruder hat's mir beigebracht.«

»Da hat Sein Bruder sehr klug gehandelt.« Er überlegte kurz, dann schob er mir ein Stück Papier zu, tunkte die Feder in die Tinte und reichte sie mir. »Schreib Er mal Seinen Namen dorthin.«

Den Namen Joss konnte ich schreiben. Das war das erste Wort, das Thies mir beigebracht hatte. Meinen vollen Namen aber – Josef Sebastian Marwick –, den hatte ich mir inzwischen selbst beigebracht, mit dem Bleistiftstummel, den ich noch von Thies hatte.

Pfarrer Steffens sah sich mein Gekrakel an, nickte und diktierte: »Und nun schreib Er: Siebeneichen ist ein schönes Dorf.«

Auch diese Wörter kritzelte ich in meiner unschönen Schrift aufs Papier.

»Gut! Gut!« Wieder nickte er. »Jetzt: Vater unser, der du bist im Himmel.«

Ich holte tief Luft, dann malte ich langsam, langsam ein Wort dieser Gebetszeile nach dem anderen aufs Papier.

Überrascht hob er die Augenbrauen und nun wollte er zu viel. Denn jetzt diktierte er mir einen langen Vers, in dem Wörter wie »himmlische Heerscharen« und »gebenedeit« vorkamen. Ich machte viele, sicher sehr, sehr viele Fehler, doch war er nicht enttäuscht. »Alle Achtung!«, sagte er. »Er kann es lernen, Er muss nur viel üben.« Und kurz entschlossen reichte er mir eine alte, schon sehr zerlesene Bibel und dazu eine bereits sehr abgeschriebene Feder, einen großen Bogen Papier und ein kleines Tintenfass und befahl mir: »Nimm Er alles mit, schreibe Er jeden Tag einen Vers aus der Bibel ab und lese ihn mehrfach laut vor sich hin. Auf diese Weise lernt Er Lesen und Schreiben zugleich. Einmal in der Woche kommt Er dann zu mir, zeigt mir, was Er abgeschrieben hat, und liest mir vor. Ich will Ihn korrigieren und lehren, wie diese Verse zu sprechen sind. Ist Er fleißig, liest und schreibt Er irgendwann nicht schlechter als die Stadtkinder, die zur Schule gegangen sind.«

Was für ein Glück! Ich wusste gar nicht, wie ich mich bedanken sollte. Schreiben und lesen lernen, mein allergrößter Wunsch, er sollte in Erfüllung gehen?

Mit der Bibel in der Hand und Feder, Papier und Tinte in meiner dicken Joppe, verabschiedete ich mich vom Herrn Pfarrer. Und ungeduldig, wie ich war, blätterte ich, noch während ich durch den tiefen Schnee heimwärts stapfte, in dem so schön dicken Buch. Wie viel Text darin war! Und wie viele mir noch gänzlich fremde Wörter!

Ich blätterte und blätterte – und wäre beinahe über Maicke gestolpert. So plötzlich stand sie vor mir, dass ich kein Wort zu sagen wusste, sondern sie nur anstarrte, als wäre ich dem Heiligen Geist begegnet. War sie mir gefolgt? Oder wollte sie auch zu Pfarrer Steffens?

Wie hübsch sie an diesem kalten, schneereichen Heiligabend-Nachmittag war! Das frostgerötete Gesicht, die schwarze Kappe, die sie sich zum Schutz gegen die Kälte bis weit über die Ohren gezogen hatte, die dicken, an einem Band, das ihr rechts und links über die Schultern fiel, befestigten Fellhandschuhe …

»Was machst du da?«, fragte sie streng und wies mit dem Kopf auf die Bibel.

Sie wollte mit mir reden, sich aber nichts vergeben. Wochenlang hatte sie mich zappeln lassen wie einen Frosch, der an einem Bein in die Höhe gehalten wird; jetzt war sie gekommen, doch sollte ich nicht glauben, dass sie vor mir kniete.

»Ich lese«, antwortete ich nur knapp.

Sie starrte mich an, als hätte ich gesagt, ich wollte auf meiner Hand ein Ei braten. »Du liest? Aber du kannst doch gar nicht lesen.«

»Wer sagt das?« Oh, wie genoss ich es, dass sie mir Gelegenheit gab, mich ein wenig aufzublähen. »Natürlich kann ich lesen. Und schreiben auch. Mein Bruder hat's mir beigebracht. Wenn du willst, schreibe ich dir mal einen Brief.«

Nicht fein, diese Prahlerei! Maicke hätte den Brief ja gar nicht lesen können. Doch hatte sie mich allzu lange mit Nichtachtung gestraft; es juckte mich, es ihr endlich mal heimzuzahlen.

Ihre schönen, schrägen Augen wurden zu Schlitzen, so misstrauisch musterte sie mich. »Und wer hat deinem Bruder das Schreiben und Lesen beigebracht?«

»Der Lehrer in der Schule«, antwortete ich, als wär es eine Selbstverständlichkeit, dass in der Stadt, in der ich geboren worden war, alle Kinder eine Schule besuchten. Und gab weiter an: »Später hat er sogar studiert. Nämlich Jura, weil er Richter werden wollte.«

Wieder dieser zweifelnde Blick. »Und jetzt kannst du es auch?«

»Noch nicht so ganz«, gab ich zu. Ich wollte es nicht übertreiben. »Hatte nicht genügend Zeit zum Üben. Aber jetzt, jetzt will ich's richtig lernen. Der Herr Pfarrer gibt mir Unterricht.« Und nun konnte ich nicht mehr anders, ich musste sie anstrahlen. »Was meinst du, wie spannend das ist, hinter die Geheimnisse der Buchstaben zu kommen. Hier, schau her, weißt du, was das heißt?« Und ich ging in die Hocke und malte mit dem Finger ein S, ein C, ein H, ein N, ein E und noch ein E in den Schnee.

Sie hockte sich dazu und starrte die Buchstaben an. »Und? Was heißt das?«

»Das heißt ›Schnee‹«, jubelte ich, als hätte ich das Wort selbst erfunden, und schrieb gleich darauf das Wort »Feld« in den Schnee und danach »Haus« und »See« und erklärte ihr alles. »Nur Buchstaben sind das, aber wenn du weißt, was sie bedeuten, siehst du Bilder vor dir: ein Kornfeld im Wind, ein Haus, in dem Leute wohnen, einen See, in dem du baden oder fischen kannst.«

Als wäre ich in den Monaten unserer Trennung ein großer Gelehrter geworden, so staunte sie mich an.

Das nutzte ich aus. »Warte!«, rief ich und malte ein M, ein A, ein I, ein C, ein K und ein E in den Schnee. Und dann fragte ich, obwohl ich ja wusste, dass ich keine Antwort bekommen würde: »Und was heißt das?«

Sie schüttelte nur hilflos den Kopf und ich lachte. »Das heißt Maicke. Schau her, das ist ein M, das ist ein A, das ein I, das ein C, das ist ein K und das ein E. Und alles zusammen ergibt ›Maicke‹. Und lese ich *dieses* Wort, dann … dann sehe ich *dich* vor mir, ganz genau so, wie du bist.«

Sie wollte es nicht, doch konnte sie nicht verhindern, dass ihre Augen sich mit Tränen füllten. »Du Scheusal!«, rief sie.

»Warum bist du einfach fortgeritten? Hab gedacht, du kommst niemals mehr wieder.«

Da nahm ich sie an der Hand und zog sie hoch. Und als sie vor mir stand und mich mit ihren tränennassen, noch immer empörten Augen ansah, durfte ich ihr endlich, endlich erklären, weshalb keine Zeit gewesen war, mich von ihr zu verabschieden, und auch, weshalb ich unbedingt fortgemusst hatte.

Mit den Füßen im Schnee scharrend, hörte sie sich alles an, dann schimpfte sie weiter. »Im Krieg, da … da fallen so viele Männer. Hatte solche Angst um dich und immerzu an dich gedacht. Und … und dabei bin ich immer böser geworden.«

War ich glücklich! All die Treueschwüre unserer Kindheit, sie waren nicht nur Spielerei gewesen. Das Gefühl, sie in die Arme nehmen zu wollen, es wurde übermächtig. Aber durfte ich das schon, hatte sie mir schon verziehen?

Es hatte wieder zu schneien begonnen. Dicke Flocken rieselten auf uns nieder. Eine fiel Maicke auf die Wimper, sie wischte sie fort und sah mich an, als wünschte sie sich nichts sehnlicher als das, was ich mir wünschte. Und da versuchte ich es, ganz vorsichtig nahm ich sie in meine Arme – und sofort presste sie ihren Kopf an meine Wange.

Wie mir da zumute war? Meine Liebe zu ihr, sie schmerzte mir in der Brust und summte im Kopf. »Ich … ich hab ja auch immerzu an dich gedacht«, flüsterte ich ihr durch die Kappe ins Ohr. »Aber es ging doch nun mal nicht anders … Du … du darfst mir nicht mehr böse sein.«

Ich weiß nicht mehr, wie lange wir so dastanden, über uns, auf einem sanften Hügel, die verschneite Kirche und der Winterwald, unter uns der zugefrorene See und die Dächer der Häuser und Hütten, die sich unter der Schneelast duckten. Jeder hätte uns sehen können, doch war uns das an diesem Tag egal. Maicke hielt sich an mir fest und ich mich an ihr. Und als ich sie erst auf die Stirn, dann auf die Nase und zum Schluss auf den Mund küsste, ließ sie es geschehen.

»Grotmudder Tattermusch hat gesagt, dass du wiederkommst und dass du nicht schlecht bist«, flüsterte sie danach. »Aber das hat nicht geholfen. Ohne dich war mir, als wäre ich ganz allein auf der Welt.«

Was für eine Liebeserklärung! Wieder küsste ich sie, und nun küsste sie mich genauso heftig zurück, bis ich vor lauter Glück lachen musste. Hätten wir das alles nicht schon viel früher haben können? Wie dumm war ein Streit, wenn man einander so lieb hatte.

Hand in Hand kehrten wir ins Dorf zurück, blieben aber alle paar Schritte stehen, um uns erneut zu küssen. Und was fragte Maicke mich nach einem besonders langen Kuss leise? Ob ich ihr, wenn ich es richtig konnte, nicht auch Schreiben und Lesen beibringen könne. »Sonst bist du ja immer so viel klüger als ich.«

Da konnte ich nicht anders, ich musste der Eifersucht, die ja trotz allem noch in mir schlummerte, ihr Recht einräumen. »Wenn Toni Stövesand nichts dagegen hat, warum denn nicht?«

Sie wusste, was mich gekitzelt hatte, ließ es mich aber nicht fühlen. »Ach, der!«, sagte sie nur und winkte ab. »Das war doch allein, weil du mir so wehgetan hast. Und … na ja, da wollte ich dir auch ein bisschen wehtun.«

Wenn Maicke ein Pferd tritt … Ich hatte es ja gewusst. »Dann gehst du jetzt also nicht mehr mit ihm am See spazieren?«, fragte ich und hieb damit weiter in dieselbe Kerbe.

Das war ein Hieb zu viel. »Nur, wenn du nicht mehr solche

dummen Fragen stellst«, gab sie spitz zurück. Dann aber, ja, dann konnte auch sie nicht länger an sich halten. »Und du und deine Schwägerin?«, fragte sie mich und blickte dabei zum Himmel hoch, als interessiere sie meine Antwort nur wenig. »Gefällt sie dir vielleicht?«

Also war auch sie eifersüchtig? Wie mich das freute! »Na ja«, antwortete ich achselzuckend. »Ich werd sie wohl irgendwann heiraten müssen. Das bin ich meinem Bruder schuldig. Doch wird mir das nicht schwerfallen, sie sieht ja nicht gerade aus wie eine kranke Kuh.«

Sie lachte zaghaft. »Aber sie ist doch viel zu alt für dich. Dann hat sie ja zwei Kinder anstatt eines.«

»Das macht nichts«, gab ich kühl zurück. »Dafür backt sie wunderbare Pfannkuchen und die bekomme ich dann jeden Tag dreimal auf den Teller. Und wenn ich rund und dick davon geworden bin, rollt sie mich morgens aufs Feld und am Abend wieder zurück.«

Ich hatte nun eine so gute Laune, ich hätte noch lange so dumm herumwitzeln mögen. Stand es denn jetzt nicht endgültig fest, dass Maicke und ich zusammengehörten und auch sie eines Tages Marwick heißen würde? Maicke Marwick – ein schöner, sehr schöner Name, wie ich fand.

Herrmann Navium

Auf das Weihnachtsfest folgte ein langer, strenger Winter, der uns Bauern zur Untätigkeit verdammte. Einen aber störte das nicht – mich! Hatte ich doch Bibel, Feder, Tinte und Papier. Wenn die Arbeit in den Ställen, die Vater Mewes, Mutter Marie, Gundel und ich uns teilten, mir die Zeit dafür ließ, dann las ich und las und schrieb und schrieb.

Pfarrer Steffens überprüfte meine Fortschritte und war immer öfter sehr zufrieden. »Die Welt der Buchstaben liegt dir«, sagte er eines Tages zu mir. »Du lernst leicht. Und wem Gott eine Gabe verleiht, der muss sie nutzen.«

So kam es, dass mir die Bibel schon bald nicht mehr genügte und ich im Frühjahr, als wir die ersten Feldfrüchte geerntet hatten, an einem Markttag mutigen Schritts zum ersten Mal Herrmann Naviums *Haus der Bücher* betrat. Und so erneut einen Menschen kennenlernte, der meinem Leben die Richtung weisen sollte.

Herrmann Navium war und ist noch heute eine Caminer Berühmtheit. Sein Name ist weit über die Mecklenburger Landesgrenzen hinaus bekannt. Er besitzt eine Buchhandlung, eine Leihbücherei, einen Buchverlag, eine Buchdruckerei und eine Buchbinderei; bei ihm stapeln sich die Werke der Dichter zu ganzen Gebirgen auf.

Als ich sein Ladengeschäft mit den vielen Regalen voller dicker und dünner, in schönes Leder eingebundener Bücher das erste Mal betrat, versank ich vor Respekt fast bis in den Boden. Wer so viele Bücher besaß, wie viel musste der gelesen haben!

Dagegen ich mit meiner Bibel; wäre es nicht besser, gleich wieder umzukehren?

Ein Handwerker und Gelehrter zugleich ist er, der Herrmann Navium, und das, obwohl er ganz und gar nicht wie ein studierter Mann aussieht. Wer ihn nicht kennt, könnte ihn für einen Schlachter halten – großer, runder, stets ein wenig geröteter Kopf, Doppelkinn bis fast hinunter zur Brust, Bauch wie eine Trommel. Doch betritt wer seinen Laden, betrachtet er seinen Besucher mit so großen, hinter seiner Brille stets hellwach funkelnden Augen, dass jeder seine Einschätzung sogleich korrigiert.

An jenem Tag stand ich lange allein in seinem Laden mit den hohen Regalen und bestaunte all die in Gold- oder Silberschrift bedruckten, sorgfältig nach Sachgebieten und Alphabet geordneten Bücherrücken. Herrmann Navium war gerade in der Druckerei beschäftigt, erst die Glocke über der Ladentür rief ihn von seinem langen, hageren, ewig mürrisch dreinblickenden, aber im Grunde herzensguten Gehilfen Baldur weg.

»Was beliebt der junge Herr?«, fragte er höflich, als er endlich vor mir stand, obwohl er auf den ersten Blick gesehen haben musste, dass ich kein junger Herr, sondern nur ein Bursche vom Lande war.

»Ihr … Ihr verleiht all diese Bücher auch?«, stotterte ich verlegen und zeigte auf eines der Regale, als wüsste er sonst nicht, worüber ich sprach. Ich konnte mir einfach nicht vorstellen, dass all diese wunderschönen Bücher ununterbrochen durch fremde Hände wandern sollten. Wie würden sie nach drei- oder viermal Ausleihen aussehen?

Prüfend sah er mich an, dann erklärte er bereitwillig: »Doch, junger Herr! Ich verleihe auch Bücher. Allerdings stehen die nicht in diesem Regal, sondern in diesem.« Und mit seiner großen, fleischigen Hand voller Druckerschwärze wies er auf ein anderes Regal. Die Bücher darin sahen nicht mehr ganz so neu aus, erschienen mir aber ebenfalls wunderschön. Vorsichtig trat ich näher, um zu studieren, was auf den Buchrücken stand.

Herrmann Navium, bereits ein wenig belustigt über diesen seltsamen Dorfburschen, der sich in seine Gefilde verirrt hatte, stellte sich neben mich. »Ihr könnt lesen?«, fragte er vorsichtig.

Ich nickte nur still, spürte aber schon so etwas wie Stolz. Jawohl, ich, Joss, der Bauernbursche aus Siebeneichen, der nie eine Schule von innen gesehen hatte, konnte lesen. Und der Herr Druckerei- und Leihbüchereibesitzer, der Buchbinder, Verleger und Buchhändler, dieser Mann aus der großen, weiten, klugen Welt der Bücher, hatte *Ihr* und nicht *Er* zu mir gesagt. Das war natürlich nur die Höflichkeit eines Geschäftsmannes, dennoch: Ein *Ihr* stand höher als ein *Er*.

»Und was lest Ihr so, wenn Ihr lest?«, tastete sich Herrmann Navium weiter vor.

»Die Bibel«, antwortete ich leise. »Nur die Bibel habe ich bisher gelesen. Ich will aber noch anderes und viel, viel mehr lesen.«

Und damit schmolz mein Stolz auch schon weg wie Schnee auf einem Ofen. Wie peinlich, diesem Mann der tausend Bücher eingestehen zu müssen, in meinem ganzen Leben noch kein anderes Buch als die Bibel gelesen zu haben.

In Herrmann Naviums Gesicht jedoch war kein Hauch von Spott zu entdecken. Im Gegenteil, achtungsvoll hob er die dicken, grauen Augenbrauen. »Die Bibel? Nun, das ist ja schon was. Immerhin keine leichte Lektüre! Und noch viel schwerer zu verstehen.«

»Ich hab sie gelesen und vieles daraus abgeschrieben und

danach mit dem Herrn Pfarrer drüber geredet«, gab ich zu. »Ohne seine Hilfe hätte ich das meiste ganz bestimmt nicht verstanden.«

Herrmann Navium schwieg einen Augenblick, dann fragte er voll echter Neugier: »Und jetzt? Was wollt Ihr jetzt lesen?«

Ich zögerte, fragte dann aber doch: »Habt Ihr die Gedichte von Theodor Körner?« Und fügte noch hinzu: »Den kenne ich nämlich.«

Ja, jetzt durfte er staunen, der Herr Buchbinderei-, Buchdruckerei-, Verlags-, Buchhandlungs- und Leihbüchereibesitzer. »*Ihr* kennt Theodor Körner – oder richtiger – Ihr habt ihn gekannt? Er ist ja tot, wie ich weiß. Als Held gefallen.«

Hielt er mich für einen Prahlhans? Fast ein wenig beleidigt erzählte ich, dass ja auch ich eine Zeit lang ein Lützower und dabei gewesen war, als unser Leutnant fiel.

Doch natürlich: Woher sollte er wissen, dass er mir glauben durfte? Vorsichtig stellte er mir – bemüht, nicht misstrauisch zu wirken – viele Fragen über meinen Ritt mit den Lützowern, die er offensichtlich nicht wenig bewunderte. Und am Ende hatten all die Einzelheiten, die ich zu berichten wusste, ihm auch den letzten Zweifel genommen, und fortan musterte er mich noch neugieriger. Von den Gedichten, nach denen ich gefragt hatte, hatte er aber nichts vorrätig.

»Der Körner ist ja inzwischen so beliebt«, sagte er achselzuckend, »ein wahrer Volksheld. Alle Welt bedauert seinen frühen Tod, seine Werke gehen weg wie warme Semmeln. Ja, für so manchen kommt er als Dichter nun wohl gleich nach Goethe und Schiller, obwohl er diesen Rang längst nicht beanspruchen darf. Doch wer weiß, was noch aus ihm geworden wäre? Er war ja noch so jung.«

Er runzelte die Stirn und seufzte bedauernd. »Aber gut,

wenn Ihr möchtet, werde ich, sowie ich wieder ein paar Exemplare vorrätig habe, eines davon für Euch zurücklegen.«

Er sah, wie ich erschrak, und fügte begütigend hinzu: »Nein, nein, Ihr müsst es nicht kaufen! Ich werde es, nachdem Ihr es mir zurückgebracht habt, zu den Leihbüchern stellen. Einer, der mit den Lützowern geritten ist, hat sich eine solche Vorzugsbehandlung verdient.«

Ein Kompliment, das mich verlegen machte. Nur gut, dass Herrmann Navium auch den Dichter Goethe erwähnt hatte. Den Namen hatte ich schon mal gehört. »Und Goethe?«, fragte ich zaghaft, denn in Wahrheit wusste ich noch immer nicht, wer das war. »Habt Ihr von diesem Dichter ein Buch, das Ihr verleiht?«

Da lachte er. »Na, wenn ich keinen Goethe hätte, wäre ich ein schlechter Buchhändler.« Und staunte wieder. »Ihr wollt Goethe lesen? In kleinerer Münze habt Ihr's wohl nicht?«

»Nein«, sagte ich nur. Was hätte ich denn sonst antworten sollen? Welche »kleinere Münze« kannte ich denn?

Er sah mich an und rückte an seiner Brille. Doch dann überlegte er nicht länger, sondern griff in das Regal mit den zur Ausleihe bestimmten Büchern und hielt mir eines hin. »Warum denn nicht?«, fragte er sich selbst. »Dieses Buch hat Mädchenherzen geknickt und so manchen jungen Mann sein Leben wegwerfen lassen. Wäret Ihr von Adel, junger Herr, würd ich's Euch ganz bestimmt nicht empfehlen. Doch einer, der mit den Lützowern geritten ist, wird ja nicht ganz so zart veranlagt sein.«

Ich nahm das Buch, schlug es auf und las den Titel: *Die Leiden des jungen Werther.* Also ging es darin um einen jungen Mann? Das gefiel mir. Ich war ja selber noch jung. »Und wie viel?«, stotterte ich, dieses Buch wie einen unverhofft gefundenen Schatz in meinen Händen haltend. »Ich meine, wie viel muss ich Euch dafür geben, wenn ich dieses Buch für eine Woche ausleihen will? Wir … wir kommen ja erst am nächsten Markttag wieder.«

»So gehört Ihr zu den Bauern vom Markt?« Er tat, als müsste er erst überlegen.

»Ja«, gab ich zu und sah schon alle meine Felle davonschwimmen. Vielleicht fragte sich dieser Büchermensch jetzt: Wozu soll ich einem Bauernburschen, der sicher nicht mal genügend Geld für die Ausleihgebühr aufbringen kann, eines meiner wertvollen Bücher mitgeben? Ein guter Kunde wird der ja sowieso nicht.

Herrmann Navium aber fragte mich etwas ganz anderes: »Und was bietet Ihr feil?«

Brav zählte ich auf, was wir an Frühgemüse in die Stadt gefahren hatten, und aufmerksam hörte er mir zu. Als ich damit fertig war, rieb er sich zufrieden die Hände. »Ich sehe Euch an, Euer Kopf hat Lesehunger. Nun, es gibt auch den Hunger ganz anderer Art, denn von geistiger Nahrung allein kann niemand leben. Deshalb schlage ich Euch ein Tauschgeschäft unter Männern vor: Ihr bedient meinen Magen und ich Euren Kopf. Einverstanden?«

Wie hätte ich nicht einverstanden sein sollen? Aber so ist er nun mal, mein Herrmann Navium. Wer Bücher liebt, den liebt auch er. Könnte er es sich leisten, seine Lieblingstitel zu verschenken, er würde es tun, nur damit sie gelesen werden.

So durfte ich mir von diesem Tag an jedes Mal, wenn Markt war, ein Buch ausleihen und Herrmann Naviums Frau Carola sich dafür bei Vater Mewes und mir ihren Korb mit Obst und Gemüse füllen.

Was habe ich auf diese Weise in den folgenden Monaten nicht alles gelesen! Jede freie Minute, die ich nicht mit Maicke oder Jeppe verbrachte, hockte ich über Herrmann Naviums Büchern. Und wie sehr begeisterte mich schon das erste Werk aus seiner Leihbücherei, Goethes »*junger Werther*«. Es eröffnete mir eine ganz neue Welt, und das traurige Ende des jungen Werther, wie sehr erschütterte es mich!

Hatte ich denn nicht selbst erlebt, wie das ist, wenn das Mädchen, das man liebt, einem anderen den Vorzug gibt? Zwar hatte Maicke nur so getan, als hätte sie sich mit Toni Stövesand verlobt, und ich hatte das ja auch irgendwie geahnt, dennoch: Es hatte wehgetan. Der junge Werther hingegen hatte wirklich verzichten müssen – und deshalb nicht weiterleben wollen.

Eine Geschichte, die mir unter die Haut ging und die auch Maicke, der ich daraus vorlas, erschütterte. Doch hatte Herrmann Navium richtig vermutet, dem Bauernburschen, der mit den Lützowern geritten war, konnte eine solche Lektüre nicht schaden. Auch wenn Maicke sich tatsächlich für Toni Stövesand entschieden hätte, auf keinen Fall hätte ich mir deshalb das Leben genommen. Ich hätte nur sehr, sehr lange um sie getrauert. Andere junge Leute jedoch waren dem Beispiel von Goethes Werther gefolgt und hatten damit, so Herrmann Navium, die Macht des gedruckten Wortes bewiesen, ob sie nun gutzuheißen war oder nicht.

Ja, ich las und las. Es gab so viele Dichter, die mich fesselten, zu Tränen rührten oder lachen ließen. Dieses Eintauchen in Herrmann Naviums Welt der Bücher, es war wie ein Rausch für mich. Und je mehr ich las, desto besser begann ich, mich und die Welt, die mich umgab, zu verstehen.

Herrmann Navium beobachtete meinen Lesehunger aufmerksam und sprach gern mit mir über meine Lektüre. Es imponierte ihm, mit welchem Interesse ich, der Dorfbursche, alles aufsaugte, was die großen Dichter geschrieben hatten. Auch machte es ihm Spaß, mir zuzuhören, wenn ich ihre Werke mit meinen oft sehr einfachen Worten interpretierte.

Frühjahr, Sommer und Herbst gingen vorüber und ach, wie fürchtete ich mich vor einem langen Winter ohne Markttag und damit auch ohne Bücher. Doch wollte Herrmann Navium mir diesen Verzicht nicht antun, und so durfte ich einmal jeden Monat durch Schnee und Eis nach Camin reiten, um mir gleich ganze Bücherstapel auszuleihen. Herrmann Navium verlangte dafür kein Entgelt. »Das machen wir im nächsten Frühjahr wett«, sagte er nur. Doch mehr, als sie benötigte, ließ sich seine kleine, lustige Frau Carola auch im Frühjahr nicht von Vater Mewes oder mir in den Korb legen. »Beim nächsten Mal«, vertröstete sie uns immer wieder. »Beim nächsten Mal.« Und lachte.

Im darauffolgenden Winter handhabten wir es nicht anders. Kein einziger Wintertag sollte mir mehr lang werden; ich konnte Herrmann Navium nicht genug danken.

Dann kam wieder ein Sommer – und mit ihm jener regnerische Markttag, der über mein weiteres Schicksal entscheiden sollte. Denn als ich, der nunmehr fast Achtzehnjährige, an diesem Tag Herrmann Naviums Ladengeschäft betrat, stellte er mir eine Frage, die mich dermaßen erschreckte, dass ich lange zu keiner Antwort fähig war.

Er fragte mich, ob ich nicht Lust hätte, sein Erster Gehilfe zu werden. Er hätte in den Kalender geschaut und festgestellt, dass es ihm nicht anders erging als anderen Leuten – auch er wurde von Jahr zu Jahr älter. Und deshalb wolle er sich, auch auf Wunsch von Frau Carola, arbeitsmäßig ein wenig entlasten und mich all das lehren, was ich an Wissen und Fertigkeiten benötigte, um ein guter Erster Gehilfe zu werden.

Ich wollte es nicht glauben. Ich, der Bauernbursche, der nie eine Schule besucht hatte, sollte ein Büchermensch werden, wie Herrmann Navium einer war?

Nichts auf der Welt hätte ich lieber getan! Und doch, als der erste freudige Schreck vorüber war, erteilte ich Herrmann Navium eine Absage. Mutter Marie und Vater Mewes! Durfte ich sie im Stich lassen und in die Stadt ziehen, um Herrmann Naviums Gehilfe zu werden? Und das nach all dem, was sie für mich getan hatten?

Herrmann Navium akzeptierte meine Entscheidung, wenn auch mit einiger Verwunderung. Seiner Meinung nach konnte einer wie ich nur in der Welt der Bücher seinen ihm gemäßen Platz finden.

Düstere Tage folgten. Der Gedanke, dass ich mir das offene Tor in die Welt, die ich so liebte, selbst verschlossen hatte, nagte an mir und machte mich unleidlich. Das ging, bis Mutter Marie mich eines Abends fragte, was mir mein Leben denn so verbittere. Seit Neuestem falle es ihr schwer, mich anzusehen, ohne selbst in Trübsal zu verfallen.

Jetzt konnte ich nicht mehr anders, ich redete nicht lange um den heißen Brei herum, sondern gestand ihr, was mich quälte.

Noch am gleichen Abend wurde Familienrat gehalten und alle – auch Vater Mewes und Gundel – entschieden, dass ich dieses Angebot nicht länger ablehnen durfte. Ich müsse zu meinen Wünschen und Leidenschaften stehen und mich darin fügen, dass ich nun mal zu einem anderen Leben als dem eines Bauern geboren sei.

»Unser kleiner Hof und unsere wenigen Felder benötigen dich doch gar nicht mehr«, sagte Vater Mewes und schmunzelte. »Die Gundel ist so tüchtig, sie schafft für drei. Also sind wir, wenn du ausfällst, immer noch einer mehr als nötig.«

Da durfte ich ihm, aber auch Mutter Marie und Gundel mal wieder um den Hals fallen und mich ganz, ganz herzlich bei allen dreien bedanken. Sie wollten meinem Glück nicht im Wege stehen, waren sogar stolz darauf, dass ein Herrmann Navium ihrem Joss ein solches Angebot gemacht hatte. Was wollte ich mehr?

Blieb nur noch eine einzige Frage zu klären: Was würde Maicke zu alldem sagen?

Mehrere Tage drückte ich mich davor, Maicke von Herrmann Naviums Angebot und meinem Entschluss, es anzunehmen, zu erzählen. Der Gedanke an eine Trennung von ihr, auch wenn wir uns zwischendurch besuchen konnten, lastete auf mir wie ein böser Albtraum. – Durfte ich ihr das zumuten? Wollte ich ihr erneut antun, was sie schon einmal so hart getroffen hatte, nur eben diesmal mit Ankündigung?

Ich hatte abzuwägen: Auf der einen Waagschale Maicke, auf der anderen Herrmann Naviums *Haus der Bücher*, diese geheimnisvolle Welt der Schriften und Dichter, die mich lockte, immer tiefer in sie einzudringen. Ich schwankte und litt, bis ich es eines Abends nicht länger aushielt.

An diesem warmen Sommerabend lagen wir zu dritt im Gras am See, Maicke, Jeppe Jessen und ich. Wir sahen die Abendsonne immer tiefer sinken, lauschten dem Zirpen der Grillen und den Rufen der Vögel im Schilf und schwiegen. Eine seltsam beklemmende Stimmung hatte uns erfasst. Ich wollte endlich mit der Sprache herausrücken und Maicke und Jeppe schienen das zu spüren und waren ebenfalls voller Unruhe.

Endlich, nach langem Zögern, erzählte ich von Herrmann

Naviums Angebot und sagte, dass es mein allergrößter Wunsch sei, bei ihm in die Lehre zu gehen.

Maicke, längst ein großes, hübsches, fast erwachsenes Mädchen, richtete sich sofort ganz erschrocken auf. »Du … du willst fort?«

»Ich will nicht«, antwortete ich so leise, dass es wie Flüstern klang. »Ich muss. Ich … ich kann einfach nicht anders.« Und ich sagte, was Mutter Marie, Vater Mewes und auch Gundel gesagt hatten, nämlich dass ich zu meinen Wünschen stehen müsse.

Mehr schlecht als recht stotterte ich das heraus, wusste aber schon, dass Maicke mich nicht verstehen würde. Sie hatte inzwischen selbst ganz gut Lesen und Schreiben gelernt. Ich hatte es ihr beigebracht und schon nach kurzer Zeit hatte sie ihre ersten eigenen Wörter geschrieben. Doch nie war sie so voller Lust und Leidenschaft in die Welt der Bücher eingetaucht wie ich.

Noch einmal versuchte ich, ihr zu erklären, dass ich dem wahren Joss, der ja irgendwie in mir steckte, eine Chance geben musste, das zu tun, was er wirklich wollte. Sonst würde ich ganz sicher unglücklich werden und später auch sie unglücklich machen.

Doch nein, ihr, der Bauerntochter, die das Landleben und ihren Heimatort liebte und sich gar kein anderes Leben vorstellen wollte, fiel es schwer, zu begreifen, weshalb die Welt der Bücher für mich eine solch besondere Bedeutung hatte.

Verstört blickte sie mich an. »Du kannst mal wieder nicht anders!«, brach es dann aus ihr heraus. »Immer kannst du nicht anders! Und ich? Ich soll auf dich warten? Und das wie lange? Bis ich eine alte Frau bin?«

Was sollte ich tun? Als Antwort musste ich ihr gleich noch

etwas gestehen, nämlich dass es nicht allein darum ging, dass sie auf mich warten musste, bis ich irgendwann heimkehrte. Ich musste ihr sagen, dass ich niemals mehr auf Dauer, sondern immer nur zu Besuch heimkehren würde, weil ein Büchermensch nun mal nur in der Stadt, nicht aber in einem Dorf seinem Beruf nachgehen konnte.

Jetzt machte sie ein Gesicht, als bezweifelte sie, dass ich diesen Blick in die Zukunft ernst gemeint haben könnte.

Hilflos verteidigte ich mich: »Aber das heißt ja nicht, dass wir nicht zusammenbleiben dürfen. Sowie ich genügend Geld verdiene, werden wir Mann und Frau und du ziehst zu mir.« Und lang und breit erklärte ich ihr, dass das, was Herrmann Navium mich lehren wollte, ja ein richtiger Beruf war. »Wir Bauern verkaufen, was wir auf den Feldern anbauen und was unsere Ställe hergeben. Herrmann Navium handelt mit Büchern wie der Apotheker mit seinen Salben und Tinkturen. Und die Werke der Dichter, glaube mir, die brauchen wir Menschen genauso nötig wie Kartoffeln und Milch, Heilsalben und Kopfwehpülverchen.«

»Ist das wirklich so?« Jeppe, der bisher noch nichts gesagt hatte, als dürfe er sich in dieses wichtige Gespräch zweier, die sich liebten, nicht einmischen, konnte nun doch nicht mehr an sich halten. »Ich meine, wozu sind so viele Bücher denn gut?«

Dachte er, er habe ja seine Träume, wozu brauchte er die Traumgeschichten anderer? »Sie können uns klüger machen«, antwortete ich fest.

Maicke jedoch interessierte es nicht, was Bücher aus den Menschen machten. Für sie hatte nur eines Bedeutung: Mit meiner Ankündigung, in die Stadt ziehen zu wollen, hatte ich all ihre schönen Zukunftspläne zum Einsturz gebracht. Schweigend und mit bösem Blick starrte sie in die nun schon zur Hälfte hinter dem Horizont verschwundene, rötliche Abendsonne.

»Aber diesmal wird's ja kein Abschied für viele Tage«, versuchte ich sie zu beschwichtigen. »Ich komme dich ganz oft besuchen. Und wenn Markttag ist, dann nimmt Vater Mewes dich mit und du kommst zu mir … Und später, das Leben in der Stadt, vielleicht gefällt's dir ja. Und Siebeneichen ist ja auch nicht aus der Welt. Wir werden ganz oft herkommen, sooft du willst.«

Das war meine größte Furcht: Was, wenn Maicke nicht dort leben wollte, wo es mich hinzog? Doch was sollte ich tun? Es war ja nun mal nicht zu ändern, sie oder ich, einer musste sich für den andern opfern, sonst konnten wir nicht zusammenbleiben. Nur: Durfte ich ein solches Opfer von ihr erwarten? Durfte ich verlangen, dass sie ganz allein mir zuliebe Wege ging, die sie nicht gehen wollte? Ich war es doch, der aus unserem gewohnten Leben ausbrechen wollte; welches Recht hatte ich, ihre Liebe zu mir dermaßen auf die Probe zu stellen?

»Es wird dir gefallen«, sagte ich noch einmal. Und dann, zuerst kräftig Luft holend und ihr danach tief in die Augen sehend: »Und wenn doch nicht, dann kehren wir zusammen nach Siebeneichen zurück.«

Ein Versprechen, das sie überraschte. »Ehrenwort?«

»Ehrenwort!«

Es war nun mal so: Ohne Maicke konnte ich mir keine glückliche Zukunft vorstellen.

Gleich blickte sie wieder etwas gelöster, obwohl ganz sicher noch Zweifel in ihr nagten, und Jeppe seufzte neiderfüllt. »Du hast es gut, lernst immer wieder Neues kennen. Eines Tages aber, das könnt ihr mir glauben, ziehe ich auch los. Ganz egal wohin, nur weg von hier.«

Er war noch immer eher schmal und zierlich, doch war ihm in den zurückliegenden Jahren ein starker, schwarzer Bart gewachsen. Das war ungewöhnlich für einen so jungen Mann und bot oft Anlass für Hohn und Spott. Der kleine Waldschrat, so wurde er von den Kindern im Dorf zu dieser Zeit gern gerufen. In meiner Anwesenheit allerdings wagte das niemand. Der ehemalige Lützower und »Held von Leipzig« wurde im Dorf mehr respektiert, als es ihm zukam, und besonders die Kinder bestaunten mich ehrfürchtig.

Jeppe, daran gab es keinen Zweifel, hatte den Wunsch, eines Tages sein Traumland zu finden, noch längst nicht aufgegeben. Er stellte es sich nicht mehr mit verträumten Kinderaugen vor, in stillen Stunden jedoch, das hatte er mir verraten, fand er noch immer dort Zuflucht.

»Warum denn nicht?«, bestärkte ich ihn an jenem Abend in seinem Wunsch, irgendwann ebenfalls fortzugehen. »Du musst bis dahin nur noch Schreiben und Lesen lernen, damit wir uns wenigstens Briefe schreiben können. Sonst verlieren wir uns womöglich noch ganz und gar aus den Augen.«

Worte, die wie ein Scherz klingen sollten, doch nicht nur scherzhaft gemeint waren. Ich ließ auch Jeppe nicht gern in Siebeneichen zurück.

Ein Weilchen dachte er nach, dann sagte er: »Wenn ich's tue, dann nur deinetwegen. Aber wer soll's mich lehren, wenn du fort bist?«

»Pfarrer Steffens«, so meine knappe Antwort. »Du musst dir nur Mühe geben. Sonst verliert er die Lust am Unterricht.«

Ich sagte das, aber ich glaubte nicht, dass Jeppe die Geduld aufbringen würde, in seiner karg bemessenen Freizeit länger als wenige Minuten mit Feder, Tinte und Papier über der Bibel zu hocken. Ich hatte ihm schon oft angeboten, ihn in die Geheimnisse des Schreibens und Lesens einzuweihen, nie hatte er Zeit und Lust dazu gehabt. Gedruckte Buchstaben, so eine seiner Ausflüchte, waren für ihn nichts als Augenpulver, vom Sandmann gestreut, um ihn zu müde für seine Träume zu machen.

Ja, ich glaubte es nicht – und Jeppe glaubte es auch nicht! Doch wollte er mich nicht enttäuschen. Weshalb er mir versprach, es mir zuliebe wenigstens mal zu versuchen. Im gleichen Atemzug aber schränkte er ein: »Du darfst dich nur nicht beschweren, wenn es mir nicht gelingt.«

Ein neues Leben

Jener Abend am See! Wie durfte ich aufatmen! Maicke und ich, beide waren wir bereit, für den anderen Opfer zu bringen. Hätte es einen größeren, schöneren Beweis für die Tiefe unserer Liebe geben können?

Jeppe verabschiedete sich dann bald – er wusste, dass wir noch ein wenig allein sein wollten –, Maicke und ich blieben noch lange am dunklen See sitzen. Beide Arme um sie gelegt, ihre Wuschellocken an meiner Brust, erzählte ich ihr von Camin und Herrmann Navium und versuchte, ihr Mut zu machen zu dem großen Schritt, den sie mir zuliebe tun wollte.

Es wohnten so viele Menschen in Städten, sagte ich, denen es doch gerade deshalb dort gefiel, weil es in der Stadt ein so ganz anderes Leben sei. »Man lebt dort viel mehr in der Zeit und lernt eine Menge sehr unterschiedlicher Menschen kennen. Siebeneichen ist unser Heimatort, immer werden wir zu Besuchen hierher zurückkehren, aber Siebeneichen wird noch in hundert Jahren Siebeneichen sein. In den Städten verändert sich mehr und alles geht viel schneller.«

Ich wollte sie nicht dumm schwatzen und auch das Ehrenwort, das ich ihr gegeben hatte, nicht zurücknehmen. Meine Begeisterung war echt. Sie erkannte das und begriff, zu welchem Opfer ich bereit war, sollte es ihr in Camin nicht gefallen. Und vielleicht erschien ihr mein Ehrenwort deshalb nicht ganz und gar ernst gemeint. Vorsichtig fragte sie noch einmal: »Und du kehrst wirklich mit mir nach Siebeneichen zurück, wenn es mir in Camin nicht gefällt?«

»Ja«, so meine kurze, aber feste und eindeutige Antwort.

Ein Weilchen schwieg sie, dann bohrte sie nach: »Und das würdest du tun, obwohl es dir in der Stadt so viel besser gefällt?«

»Ja.«

»Gut!« Sie nickte zwei-, dreimal und dann machte auch sie ein entschlossenes Gesicht. »So will ich mir die allergrößte Mühe geben, dass es mir in Camin gefällt. Und bis es so weit ist, machen wir es, wie du gesagt hast: Du wirst mich besuchen und ich werde dich besuchen und keiner wird den anderen vergessen.«

Sie wusste nicht, was für ein Geschenk sie mir mit diesen Worten gemacht hatte. In Siebeneichen kannte sie sich aus, es gab nichts, was eine Bäuerin wissen musste, das sie nicht wusste. Sie war tüchtig und konnte zupacken. In Camin würde sie in einer Welt leben müssen, in der sie sich nicht auskannte – was die Leute dort ihr vielleicht bald anmerken würden. Und das alles wollte sie auf sich nehmen – allein mir zuliebe!

Wortlos küsste ich sie, und da schlang sie die Arme um meinen Hals und presste sich ganz fest an mich, als wollte sie mir auch körperlich das Versprechen geben, für alle Zeit zu mir zu gehören. Das erhitzte mich, meine Liebe zu ihr wurde übermächtig, und so fanden wir an jenem späten Abend am dunklen See nicht mehr zurück; zum ersten Mal liebten wir uns wie Mann und Frau.

Erst sehr viel später, als wir atemlos und glücklich nebeneinanderlagen, fielen mir Gundel und Thies ein. Wir hatten getan, was sie getan hatten. Was, wenn es Maicke nicht anders als Gundel erging? – Doch nein, zog ich denn in einen Krieg? Egal was passierte, nie würde sie mich verlieren, immer würde ich ihr zur Seite stehen. Sollten die Leute denken und reden, was und wie sie wollten – was wir getan hatten, war keine Sünde. Wer sich so sehr liebte, der konnte doch gar nicht sündigen.

Eng umschlungen und einander immer wieder küssend, doch kein einziges Wort mehr redend, spazierten wir ins Dorf zurück. Maicke war längst in ihre Kammer entschwunden, da stand ich noch immer vor ihrem Haus und starrte zu dem Licht in ihrem Fenster hoch.

Maicke! Meine Maicke! Von unserem ersten kindlichen Kennenlernen an hatte sie mich in ihr Herz geschlossen. Und jetzt wollte sie bei mir bleiben, obwohl sie sich vor dem Leben in der Stadt fürchtete … Weder mit Gold noch mit ganzen Königreichen war das Glück aufzuwiegen, eine Maicke zu haben.

Gleich am nächsten Markttag sagte ich Herrmann Navium, dass ich meine Meinung geändert hätte und mich sehr darauf freute, bei ihm in die Lehre gehen zu dürfen. Und nur eine Woche später wanderte ich durch Siebeneichen, um Abschiedsbesuche zu machen. Zu Jeppe ging ich, zu Henning Struve und Pfarrer Steffens und noch einigen anderen. Alle wünschten mir Glück, alle baten sie mich, sie nicht zu vergessen, wenn ich Mutter Marie und Vater Mewes besuchen kam.

Zuletzt ging ich mit Maicke an den See und die halbe Nacht lang beredeten wir unsere Zukunft.

Am frühen Morgen dann: der Abschied von Gundel und Mutter Marie.

Mutter Marie konnte ihre Tränen nicht zurückhalten, Gundel jedoch sagte, um einen wie mich müsse ihnen nicht bange sein, ich sei zu klug, um in Mistgruben zu fallen. Und danach küsste sie ihren Schwager nicht weniger mütterlich als zuvor Mutter Marie.

Und wer kam gleich darauf an Gundels Hand auf mich zugelaufen? Der kleine Thies! Ich habe ihn noch nicht vorgestellt. Habe mir Zeit dafür gelassen, jetzt will, jetzt darf ich es tun.

Anderthalb Jahre alt war er nun, Gundel und Thies' Sohn; er machte gerade seine ersten Schritte. Sehr blond, sehr rot- und pausbäckig strahlte er mich an. Ich war sein großer Freund, sein Spielkamerad und Beschützer; ich liebte ihn vom ersten Tag an und er mich inzwischen auch.

Die Nacht, in der er zur Welt kam! Wie unruhig waren Vater Mewes und ich durchs Haus gelaufen, wie zitterte ich um Gundel, die in ihrer Kammer lag, Grotmudder Tattermusch und Mutter Marie an ihrer Seite. Als die Wehen einsetzten, schrie sie laut und ich biss mir vor Aufregung die Lippen blutig. Ich hatte schon Geburten miterlebt – Tiergeburten! –, auf dem Land blieb so etwas nicht aus; Gundel leiden zu hören, war etwas ganz anderes.

Danach dieses Bild: Grotmudder Tattermusch und Mutter Marie, wie sie zu Vater Mewes und mir in die Stube treten, auf Mutter Maries Arm der kleine, noch ganz und gar verschrumpelte, laut krähende und in viele Tücher gewickelte Thies. Gleich nach der Geburt hatte Gundel ihm diesen Namen gegeben, und einen besseren hätte sie nicht finden können.

Noch in dieser Nacht, müde und erschöpft in ihrem Bett liegend, bat Gundel mich um die bunte Kette, die sie Thies zum Abschied geschenkt hatte. »Ich will sie nun doch aufbewahren«, flüsterte sie mir zu, »für seinen Sohn.«

Wie freute mich das! Also hatte ich richtig gehandelt, als ich dieses Erinnerungsstück an mich nahm, anstatt es der Erde zu überlassen.

Tags darauf waren dann die Besucher aus dem Dorf gekommen, und Henning Struve versprach dem kleinen Thies, ihm eines Tages das Reiten beizubringen. Jeppe brachte ihm selbst geschnitzte Tierfiguren, und Maicke wollte ihm, wenn er erst alt genug dafür war, ein eigenes, lebendes Kaninchen schenken. »Damit du immer was zum Streicheln hast.«

Viele Siebeneichener nahmen Anteil an diesem Sohn eines bei Leipzig gefallenen Kriegshelden, doch gab es außer seiner Mutter, Vater Mewes und Mutter Marie niemanden, der mehr am kleinen Thies hing als ich. Weshalb mir der Abschied von ihm ganz besonders schwerfiel. Ich nahm ihn auf den Arm und flüsterte ihm zu, wie sehr er mir fehlen werde und dass ich ihn ganz, ganz oft besuchen kommen und ihm jedes Mal Süßigkeiten mitbringen wolle, die es nur in der Stadt gebe.

Mit großen Augen lauschte er meinen Worten, strahlte mich an und presste sich fest an mich. Er wusste noch nicht, was das Wort »Abschied« bedeutete, mir aber zerriss es das Herz: War ich nicht vielleicht doch zu egoistisch? Dachte ich nur an mich und meine Bücherwelt und verletzte damit alle, die mich liebten und die ich liebte?

Es war Markttag, als ich Siebeneichen verließ. Vater Mewes' neuer, junger Esel, den er der Einfachheit halber ebenfalls Elias rief, obwohl der alte Elias bei uns noch sein Gnadenbrot fraß, zog den Wagen, ich ritt nebenher.

Herrmann Navium hatte versprochen, dass Hera in seinem Stall einen Platz und genügend Hafer finden werde. Wie wäre ich denn sonst öfter mal nach Siebeneichen gekommen? Zum Glück war der Stall gleich neben dem *Haus der Bücher* und auch die direkt dahinter liegende Stadtweide nicht gerade klein; Hera würde es nicht schlecht ergehen.

Kaum waren wir auf dem Marktplatz angelangt, reichte Vater Mewes mir die Hand. Er wollte, dass ich mich »stehenden Fußes« zu Herrmann Navium begab.

Ich hätte ihm gern noch beim Abladen unserer Obst- und Gemüsesäcke geholfen, doch ließ er das nicht zu. »Das ist fortan ganz allein meine Sache«, beschied er mich streng.

So blieb mir nur, leise »Danke!« zu sagen; ein Danke, das für vieles stand, nicht nur dafür, dass er mich so willig freigab.

Er aber murmelte, sich eilig abwendend, nur ein leises »Da doch nicht für« in seinen Bart.

Wie lieb ich ihn in diesem Augenblick hatte! War ich denn nicht ein wahrer Glückspilz? Wenn ich auch fortging, es gab eine Maicke, es gab liebevolle, großzügige Eltern, eine verständnis- und humorvolle Schwägerin und einen kleinen Thies, für den ich mehr war als nur irgendein Onkel. Alles Menschen, die zu mir gehörten. Wer, verdammt noch mal, hatte mehr?

Vielleicht klingt das, als hätte ich meine leiblichen Eltern und vor allem Arnulf ganz und gar vergessen. Doch so war es nicht. Öfter, als es mir lieb war, versuchte ich, mich in die Welt zurückzuversetzen, in der ich aufgewachsen war, auch wenn das mit der Zeit – abgelenkt durch all das, was ich nun lernen durfte – seltener wurde.

Tatsache ist: Ich war noch nicht lange bei Herrmann Navium, da fasste ich eines Abends Mut und bat um einen freien Tag. Und schon am Morgen darauf ritt ich nach Boizenburg, um mich nach Arnulf zu erkundigen. Ich musste endlich wissen, ob er die letzten Kriegstage heil überstanden hatte.

Warum ich mir dafür so viel Zeit gelassen hatte? Weil ich mich vor dieser Wiederbegegnung fürchtete. Wir waren so ungleiche Brüder, ich wollte nicht im Streit mit ihm leben.

Auch will ich es nicht leugnen: Mein schlechtes Gewissen Arnulf gegenüber, es hatte mich all die Zeit über nicht verlassen. Wie durfte ich aufatmen, als er, kaum hatte ich die so sehr nach Leder riechende und mit allerlei Werkbänken und Werkzeugen vollgestellte Sattlerei betreten, schnurstracks auf mich zugeeilt kam, um mich freudestrahlend zu umarmen. Er hatte wohl schon nicht mehr mit meinem Besuch gerechnet.

Ich erfuhr, dass sein Meister, ein knorrig wirkender, mürrisch schweigender Graubart, ihn nach seiner Heimkehr aus dem Krieg sofort wieder eingestellt hatte und dass in nur wenigen Wochen die Hochzeit mit der Tochter des Hauses stattfinden sollte. Und da diese blasse, stille Magda das einzige Kind ihrer Eltern war, durfte er, der Herr Schwiegersohn, sich schon ein wenig als künftiger Besitzer dieser Werkstatt fühlen.

Arnulf flüsterte mir das zu und lachte stolz, während er an einem silberbeschlagenen Zaumzeug arbeitete. Ohne seine Uniform, in Arbeitskleidung und Lederschürze, wirkte er ganz anders auf mich als in jenen Tagen vor Leipzig. Auch war sein Gesicht fülliger und der ganze Körper kräftiger geworden.

War mir der künftige Sattlermeister lieber als der kriegerische Husar? Ich stellte mir diese Frage, beantwortete sie aber nicht.

Natürlich verschwieg ich Arnulf, dass ich mich bei Pfarrer Steffens als Josef Sebastian Marwick ins Kirchenbuch hatte eintragen lassen. Diesen »Verrat« an unserer Familie hätte er mir nicht verziehen. Auch fragte ich ihn nicht, weshalb er sich vor Leipzig nicht nach meiner Adresse und meinen Erlebnissen in all den Jahren zuvor erkundigt hatte. Weder ihm noch mir wollte ich dieses Wiedersehen verderben. Ich beobachtete ihn nur und ließ ihn reden und spürte immer deutlicher, wie verschieden wir waren.

Arnulf liebte diese Magda nicht. Er wollte sie nur heiraten, um eines Tages die Sattlerei übernehmen zu können. Er leugnete das nicht mal, war sich sicher, dass, wer einen klaren Verstand besaß, über eine solche Art von »Zuneigung« keine andere Meinung haben konnte als er. Wie dumm musste der sein, der, wenn ihm das Schicksal einen solchen Leckerbissen hinhielt, nicht zugriff. So dachte er wohl.

Ich aber konnte nicht anders, als mich zu fragen, weshalb es auf der Welt so ungerecht zuging. Zwei, die sich liebten – Gundel und Thies –, durften einander nicht bekommen; zweien, die füreinander kaum etwas empfanden, sondern von denen die eine nur keine alte Jungfer und der andere gern Sattlermeister werden wollte, stand ein langes gemeinsames Leben bevor.

Arnulf musste gespürt haben, dass mir die Art, wie er redete und dachte, nicht gefiel. Doch durfte ich ehrlich zu ihm sein? Was hätte es ihm und mir genützt, einen Bruch herbeizuführen?

Ich wollte Arnulf nicht gänzlich verlieren. Ich versuchte, mir Mühe zu geben, ihn zu verstehen. Warf sogar einen Angelhaken aus, wollte ihm Gelegenheit geben, endlich mal nachzufragen, wo ich denn überhaupt lebte und wer diese fremden Leute waren, die mich aufgenommen hatten. Sorgte er sich denn nicht, dass diese Leute mir vielleicht zu viel Arbeit aufgebürdet oder mich auf andere Weise ausgebeutet oder misshandelt hatten? Ungefragt begann ich, von Mutter Marie und Vater Mewes zu erzählen. Und erwartete Nachfragen.

Aber nein, Arnulf biss nicht an. »Na ja«, sagte er nur. »Jetzt musst du ja nicht mehr bei fremden Leuten leben, wenn du nicht willst. Komm zu mir, werde auch Sattler. Ich bilde dich aus.« Und lachend und so leise, dass sein Meister es nicht hören konnte, flüsterte er mir ins Ohr: »Wer weiß, vielleicht finden wir ja auch für dich eines Tages ein gediegenes Meistertöchterlein, das dir deine Zukunft absichert.«

Er meinte es gut mit mir, doch war dieser Vorschlag nur ein weiterer Beweis dafür, wie wenig er mich kannte. »Nein, nein«, erwiderte ich, lachte ebenfalls und tat, als könne er diesen Vorschlag gar nicht ernst gemeint haben. »Da, wo ich lebe, geht's mir gut.« – Und hatte auf diese Weise zum zweiten Mal die Angel ausgeworfen. Wollte er denn gar nicht wissen, an welchen Ort es mich verschlagen hatte?

Wieder keine Nachfrage. Offensichtlich interessierte ihn an unserer Vergangenheit nur der Brand von Tensin und was er in der Kriegsgefangenschaft erlebt hatte. So blieb mir gar nichts anderes übrig, als mir einzugestehen: Wer Arnulfs Nähe suchte, musste sich selbst aufgeben; andere Welten, andere Schicksale erreichten ihn nicht. Abrupt stand ich auf, um mich zu verabschieden. Ich wollte, konnte ihm nicht länger zuhören.

Verwundert starrte er mich an. »Du willst schon fort? Aber iss doch noch mit uns. Ist ja längst Mittagszeit, du musst doch Hunger haben.«

Ich sagte, ich hätte viel zu gut gefrühstückt, um schon wieder essen zu können. Außerdem müsse ich noch vor Einbruch der Dunkelheit wieder zurück sein, auf mich warte viel Arbeit.

Das war, ohne dass ich es gewollt hätte, so etwas wie ein drittes, abschließendes Auswerfen meiner Angel. Und diesmal biss er an. »Ja, aber wo kommst du denn überhaupt her? Wo leben sie, diese Pflegeeltern?«, fragte er, noch immer bestürzt über diesen plötzlichen Aufbruch.

Ich aber wollte ihm weder von Siebeneichen noch von Herrmann Navium erzählen. Er sollte mir nicht auf die Spur kommen; ich wollte selbst entscheiden dürfen, wann wir uns wiedersahen. »Kletzow heißt das Dorf«, log ich. Ein erfundener Name.

»Kletzow!«, wiederholte er nachdenklich. »Gut! Den Ort merke ich mir.«

»Aber«, so log ich schnell weiter, »ich geh bald dort weg,

will noch ein bisschen was von der Welt sehen.« Nicht auszudenken, hätte er eines Tages nach diesem »Kletzow« gesucht. »Deshalb ist's besser, ich komme zu dir. Und … und beim nächsten Mal bleibe ich dann auch länger.«

»Mach das!« Mit einem schmalen Lächeln nahm er mich in die Arme und ich presste mich an seine speckig-glatte Lederschürze. »Und komm am besten schon zur Hochzeit am Freitag in drei Wochen. Das wird ein großes, lustiges Fest. Geschlachtet wird und getrunken und getanzt, bis die Schwarte kracht.«

»Wenn mein Bauer mich lässt …« Ich nickte. »Ja, dann komm ich.«

Erneut eine Lüge. Ich nahm an Arnulfs Hochzeit nicht teil, und ich wusste schon an jenem Tag, dass ich nicht hinreiten würde.

Ich will Arnulf nicht aus meinem Leben verbannen; irgendwann, wenn wir beide älter geworden sind, werde ich ihn wieder besuchen. Und hoffentlich werde ich bis dahin stark genug sein, um nicht mehr lügen zu müssen, allein um meinem Bruder zu gefallen.

Bei Herrmann Navium fühle ich mich wohl. Bin längst ein Teil seiner Welt geworden, habe viel von ihm gelernt. Ja, ich kann sagen: Was Thies und Pfarrer Steffens säten, unter Herrmann Naviums Händen ist es zur Blüte gelangt.

Herrmann Navium fand heraus, was in mir steckte. Unterliefen mir Fehler – mitunter sehr dumme –, verlor er nicht die Geduld. »Jeder darf mal danebengreifen«, sagte er mir gleich zu Anfang. »Allein woran ein Mensch sein Herz hängt, entscheidet über seinen Wert. Was nützen uns die großen Könner mit dem verkümmerten Gewissen? Die bringen nur sich selbst voran, nicht aber die Menschheit.«

Ich saugte jedes seiner Worte begierig auf, und je mehr ich von ihm und den Dichtern lernte, desto überzeugter war ich, dass er recht hatte: Ein gutmütiger Narr nützt der Welt mehr als ein kluger Teufel.

Bin ich in der Werkstatt oder im Laden beschäftigt, bekomme ich hin und wieder Besuch. Jeden Markttag schaut Vater Mewes zu mir herein, mal ist Mutter Marie an seiner Seite, mal Maicke, mal kommt der kleine Thies zu mir hereingestürmt.

Allein Gundel hat nie Zeit für den Markt. Je älter Vater Mewes und Mutter Marie werden, desto mehr Arbeiten übernimmt sie. Noch immer ist ihr kein Mann über den Weg gelaufen, der Gnade vor ihren Augen gefunden hat. Sie habe ja den kleinen Thies, der sei ihr Mann genug, hat sie mal zu Mutter Marie gesagt, die noch immer hofft, dass eines Tages einer kommt, der Gundel mehr als nur einen kurzen Blick wert ist. Auf Dauer, so Mutter Marie, kann ein Sohn einer Frau nicht den Mann ersetzen.

Will Gundel Thies die Treue halten? Oder will sie ihn nur, solange sein Sohn noch so klein ist, nicht vergessen? Ich wünsche Gundel, dass sie nicht länger allein bleibt. Irgendwo auf der weiten Welt muss es doch einen geben, der zu ihr passt.

Vor einem halben Jahr kam auch Jeppe zu mir. Ein Abschiedsbesuch. Endlich hatte er es geschafft, sich von seiner Familie loszusagen. Zu Fuß will er sich auf Wanderschaft begeben – auf der Suche nach seinem Traumland, auch wenn er es längst nicht mehr so nennt. Briefe allerdings wird er mir nicht schreiben können; er hat den Unterricht bei Pfarrer Steffens bald aufgegeben. Ihm fehlten Zeit und Geduld zum Lernen, auch hatten weder sein Vater noch seine Geschwister Verständnis für diese »Spinnerei«.

Wie versprochen »beschwerte« ich mich nicht darüber, hatte ja zuvor schon nicht viel Hoffnung gehabt, dass er dem »Augenpulver« Zuneigung entgegenbringen würde. Es wäre nur schön, wenn er bald irgendwo eine Welt finden würde, die in etwa seinen Wunschvorstellungen entspricht. Doch fürchte ich, seine Suche wird erfolglos bleiben und ein ewiger Wanderer aus ihm werden; einer von denen, die es von Ort zu Ort zieht, weil sie nirgendwo Wurzeln schlagen können.

Vorigen Monat dann ein eher lustiger Besuch: Petrus Himmel kam zu mir. In Siebeneichen hatte er nach mir gefragt und voller Verwunderung von dem einzigen Joss gehört, den die Leute im Ort kannten und der mit Nachnamen Marwick hieß und in Camin in der Buchhandlung des Herrmann Navium zu finden sei.

Wie er die Augen aufriss, als er vor mir stand! »Sapperlot! Du bist ja ein richtig feiner Herr geworden. Hoffentlich geniert es dich nicht, so einen abgerissenen Liederjan wie mich überhaupt zu kennen.«

Es genierte mich nicht. Im Gegenteil, ich freute mich so sehr, den zausbärtigen, in einen erbsenfarbenen Reitmantel gehüllten Petrus so gesund und munter vor mir zu sehen, dass ich nicht anders konnte, als ihn heftig zu umarmen.

Er drückte mich an sich, als hätte er den verlorenen Sohn wiedergefunden, dann schob er mich ein wenig von sich fort, um mich lange zu mustern. »Ja, ja«, rief er danach, »dem Thomas hättest du gefallen. Aber sicher musst du armer Kerl dich so kleiden, nicht wahr? Vor all diesen Regalen musst du würdig aussehen, sonst glaubt dir keiner, dass du lesen kannst.«

So dachte er noch immer an Thomas Kelch, den Kameraden, mit dem er sich so oft gestritten hatte. Vielleicht betrübte es ihn sogar, dass er all die Kriegswirren heil überstanden hatte und unser Thomas, der so gut zeichnen konnte und vielleicht eines Tages ein berühmter Maler geworden wäre, so früh sein Leben lassen musste.

»Aber seit wann heißt du denn Marwick?« Jetzt konnte er seine Neugier nicht länger zügeln. »Du hast doch deinen Bruder wiedergefunden und weißt, wie du wirklich heißt.«

Bereitwillig erzählte ich ihm von Gundel und dem kleinen Thies. Petrus, das wusste ich, würde mich verstehen und nicht über die Lande ziehen, um aller Welt von meiner großen Lüge zu erzählen.

Und richtig, wie begeistert war er, als er alles wusste. »Braver Kerl!«, rief er, nahm mich noch mal in die Arme und versprach, keinem ein Sterbenswörtchen über die Hintergründe dieses Namenswechsels zu verraten. Noch mehr aber freute ihn, dass Thies in seinem Sohn weiterleben durfte. »Nur schade, dass ich das nicht wusste«, rief er ganz verärgert aus, »sonst hätte ich ihn mir, als ich in deinem Dorf war, doch vorführen lassen. Sieht er Thies denn ähnlich?«

Nein, der kleine Thies sieht dem großen Thies nicht ähnlich. Äußerlich kommt er mehr nach der Mutter. Charakterlich allerdings könnte er seinem Vater nachschlagen. Das gleiche, so nachdenklich-freundliche Wesen, das Thies auszeichnete, habe ich an ihm beobachten können.

Als Petrus dann endlich von sich erzählte, erfuhr ich, dass er zu denen gehört hatte, die Napoleons Truppen bis über den Rhein verfolgt und am Ende Paris eingenommen hatten.

»Mitten in der Neujahrsnacht überschritten wir den Rhein«, so berichtete er und sonnte sich dabei in der Erinnerung. »Und Ende März 14, bei strahlendem Frühlingswetter, ritten wir in Paris ein – an der Spitze der russische Zar und der preußische Fritz. Und weißt du, was das Schönste war? Die Pariser schmähten uns nicht, im Gegenteil, sie bejubelten uns. Sie hatten die Kriege ihres Kaisers satt.«

Ich wusste das alles schon, doch hörte ich es mir gern noch einmal an.

Unsere gefallenen Kameraden, waren sie an diesem Tag denn nicht mit in die große Stadt Paris eingeritten? Hatten sie nicht mitgesiegt? Und, ach, wie sehr hätte es Thies gefallen, dass die Franzosen Petrus und seine Kameraden nicht als Feinde, sondern als Befreier gefeiert hatten.

Im Gegensatz zu Arnulf jedoch, der nach dem Sieg über Napoleon nach Boizenburg heimgekehrt war, war Petrus Soldat geblieben. Und hatte deshalb nur ein Jahr nach diesem Sieg auch zu denen gehört, die dem bereits einmal abgedankten, aber sich noch immer nicht besiegt geben wollenden, nach Paris zurückgekehrten Kaiser der Franzosen bei Waterloo das endgültige Aus bereiteten.

»Das war eine Schlacht!«, seufzte er und schüttelte den Kopf, als könne er, was in jenen Tagen geschehen war, noch immer nicht so recht begreifen. »Nicht viel und dieser Napolibum hätte es wieder geschafft. Doch wir und die Engländer, wir haben ihm gezeigt, dass sein Säbel nicht mehr scharf genug ist, um uns Bange zu machen.«

Auch das war nun schon wieder zwei Jahre her. Seit jenem großen Sieg zieht Petrus ruhelos durch die Lande. Soldat will er nicht mehr sein und Bäckergeselle nicht wieder werden. Mal verdingt er sich bei dem einen Fürsten als Schlosswache, mal bei einem anderen.

»Bin ein unsteter Gesell geworden«, beklagte er sich bei mir. »Der Krieg hat mich verdorben. Kein Dienst macht mir noch Spaß und so halte ich es nirgendwo lange aus. Doch was soll ich tun? Mein Mund ist groß, mein Magen eine Drachenhöhle. Will ich leben, brauche ich Brot, und will ich reiten, braucht mein Gaul seinen Hafer.«

Was hätte ich ihm raten sollen? Aus einem alten Krieger wie Petrus schnitzt keiner mehr einen Bauern oder Handwerker. So sah ich ihm nur nachdenklich nach, als er seinen Gaul bestieg und weiterritt. Erst Jeppe, nun er – zwei, die nicht so viel Glück hatten wie ich.

Hier will ich schließen. Nächsten Monat – im August – werden Maicke und ich uns von Pfarrer Steffens trauen lassen. Die Hochzeit soll in Siebeneichen stattfinden, tags darauf wird Maicke zu mir nach Camin ziehen. In Herrmann Naviums Haus gibt es mehr Räume, als seine Frau und er benötigen.

Ob es Maicke auf Dauer in Camin gefallen wird? Ich hoffe sehr darauf. Wenn aber nicht: Mein Ehrenwort gilt.

Bleibt die Frage, ob ich, nachdem ich das alles aufgeschrieben habe, tatsächlich mehr über mich weiß. Ich glaube ja. Doch ob das Bild, das ich von mir gewonnen habe, dem entspricht, das andere von mir haben? Das werde ich wohl nie in Erfahrung bringen. Auf jeden Fall aber habe ich mich auf diese Weise Maicke gegenüber ehrlich gemacht. Sie wird diesen Bericht lesen und danach wissen, weshalb ich mich Marwick genannt habe und was dieser Name für mich bedeutet. Nicht mehr lange, dann wird ja auch sie diesen Namen tragen.

Napoleons Triumph und Niederlage

Ein Nachwort

Am 14. Juli 1789 begann die Große Französische Revolution. Ihr erklärtes Ziel: die Stärkung der Menschenrechte. Freiheit, Gleichheit, Brüderlichkeit, so die Leitbegriffe dieser Revolution. Dem Despotismus des in Frankreich regierenden Bourbonenkönigs Ludwig XVI. sollte ein Ende bereitet werden. Schon bald aber bekämpften die führenden Köpfe dieser siegreichen Revolution sich gegenseitig, und so mündete der Freiheitsgedanke, der die Franzosen beseelte, bereits ab 1793 in einen neuen, nun von den ehemaligen Revolutionären ausgeübten Despotismus, sodass diese Revolution, die auch im übrigen Europa an den politischen, sozialen und religiösen Konventionen gerüttelt und viele begeisterte Anhänger gefunden hatte, im blutigen Terror endete.

In Frankreich herrscht in der Folge Misswirtschaft. Die Währung bricht zusammen, bald ist der französische Staat so gut wie zahlungsunfähig. Immer wieder kommt es zu Staatsstreichen, immer wieder wechseln die Regierungen. Das Land ist zerrissen – hier Königstreue, dort Republikaner, hier strenggläubige Katholiken, dort Kirchengegner, hier arme Bauern und besitzlose Städter, dort reiche Grundbesitzer und die wohlhabenden politischen Eliten.

Eine Situation, die, wie viele glauben, nach einem starken Mann verlangt: Es wird die Stunde Napoleon Bonapartes. Der junge General, geboren auf der Insel Korsika und im Dezember 1799 gerade einmal dreißig Jahre alt, hat sich durch zahlreiche in Schlachten errungene Siege im französischen Militär hochgedient und behauptet, die Republik und ihre positiven Errungenschaften verteidigen zu wollen. Er ist ein Mann von nie erlahmender Tatkraft, verbunden mit einem unbändigen Willen zur Macht und einem hemmungslosen Ehrgeiz. Der Glorienschein des ewigen Siegers umgibt ihn und Schritt für Schritt macht er sich zum Alleinherrscher über Frankreich.

Im Dezember 1799 verkündet er eine neue Verfassung und ernennt sich – einem regierenden Dreierdirektorium vorstehend – zum auf zehn Jahre gewählten Ersten Konsul des Landes. Nur einen Monat später wird deutlich, wie dieser junge General zu regieren gedenkt: Sechzig Zeitungen, deren politische Ausrichtungen ihm nicht gefallen, werden verboten – und das von insgesamt nicht mehr als dreiundsiebzig Blättern – und ein polizeiliches Spitzelnetz wird aufgebaut, um die Opposition in Schach halten zu können.

Wieder nur einen Monat später wird eine Volksbefragung durchgeführt. Das Ergebnis: Drei Millionen Franzosen votieren für den Ersten Konsul, nur eintausendfünfhundert dagegen. Zahlen, die von seinen Ministern bearbeitet wurden; Napoleons erster großer Betrug am französischen Volk.

Mit seiner Politik aber wird Napoleon das Land befrieden, die Finanzen sanieren und einen Wirtschaftsaufschwung auslösen. Auch wird er ein neues Zivilrecht einführen – den *Code civil*, später auch *Code Napoléon* genannt. Darin übernimmt er die Grundgedanken der Revolution von 1789. Die Gleichheit aller Bürger vor dem Gesetz wird festgeschrieben, die Trennung von Staat und Kirche, die Anerkennung der Freiheit des Individuums, der Schutz des Eigentums, die Beseitigung aller tradierten Gewohnheitsrechte (was besonders den Adel betrifft), eine Neuregelung des Verhältnisses zwischen Bürger und Staat und nicht zuletzt die Gewissens- und Vertragsfreiheit des einzelnen Bürgers nach weltlichem Recht.

Damit nimmt Napoleon ungerechte Erlasse früherer Regierungen zurück, beruhigt die religiösen Konflikte und trägt dafür Sorge, dass begabte Männer, auch wenn sie nicht von Adel sind, politisch und militärisch Karriere machen können; ein Zivilrecht, das später auch in vielen der von ihm eroberten Staaten zur Anwendung kommt und – nach zahlreichen Änderungen – in gewisser Weise bis heute seine Gültigkeit behalten wird.

Nur vier Jahre später allerdings wird Napoleon Bonaparte die Legende von der Rettung und dem Schutz der Republik endgültig zerstören, indem er sich im Dezember 1804 in der Kirche Notre Dame in Paris zum Kaiser Napoleon I. krönen lässt. Er setzt sich die Krone selber auf, und es ist die erbliche Kaiserwürde, die ihm, wie es offiziell heißt, »angetragen« wurde. Auf diese Weise hat er sich für seine Alleinherrschaft eine neue Legitimationsgrundlage geschaffen und zugleich einen Schlussstrich unter die Ära der Revolution von 1789 gezogen. Von nun an wird er sich wie ein Halbgott feiern lassen und aus ungezügeltem Machtstreben immer wieder neue Kriege gegen fast alle Staaten des europäischen Kontinents führen – und auf diese Weise verantwortlich für den Tod von Millionen von Menschen werden.

Zu jener Zeit existieren in Deutschland Hunderte von Staaten unterschiedlichster Größe. Darunter viele Klein- und Kleinststaaten. Sie werden von weltlichen oder kirchlichen Feudalherren regiert und sind nur lose im Heiligen Römischen Reich Deutscher Nation miteinander verbunden, an deren Spitze seit Jahrhunderten der Kaiser aus dem österreichischen Haus Habsburg steht. Bereits um 1800 führt Napoleon gegen Österreich Krieg und gewinnt so die Kontrolle über die linksrheinischen Reichsgebiete, die Niederlande und große Teile Oberitaliens. In der Folge werden auch jene deutschen Fürstentümer, die nach Unabhängigkeit von der Großmacht Österreich streben und dafür bereit sind, mit Frankreich zu paktieren, von ihm unterstützt, indem er weiterhin politischen und militärischen Druck auf Österreich ausübt. So erreicht er, dass 1803 zahlreiche deutsche Kleinstaaten aufgelöst und größeren Fürstentümern zugeschlagen werden. Vor allem die Länder Bayern, Württemberg, Baden und Hessen-Darmstadt profitieren davon. Verlangte Gegenleistung: Im Jahr 1806 müssen sechzehn der von Napoleon abhängigen west- und süddeutschen Staaten, deren Fürsten inzwischen von Napoleon zu Königen oder Großherzögen ernannt wurden, aus dem Heiligen Römischen Reich austreten und eine militärische Allianz mit Frankreich eingehen – den Rheinbund. Allein drei bedeutende deutsche Staaten gehören nicht zu dieser Allianz: Preußen, das Kurfürstentum Sachsen und Österreich.

Mit dieser Politik gelingt es Napoleon, die deutsche Staatenwelt zu spalten, und so legt am 1. August 1806 der österreichische Kaiser Franz II. die Reichskrone nieder (bleibt aber Kaiser Österreichs) und das fast tausendjährige Heilige Römische Reich Deutscher Nation existiert nicht mehr.

Eine Entwicklung, die Preußen nicht gefallen kann, denn Napoleon dominiert auf diese Weise inzwischen über fast ganz Deutschland und bedroht alle Länder, die sich nicht dem Rheinbund angeschlossen haben. Weshalb der preußische König nur dreieinhalb Wochen später die Auflösung des Rheinbundes verlangt. Als Napoleon darauf nicht eingeht, kommt es am 14. Oktober 1806 zu den Schlachten bei Jena und Auerstedt und damit zu einer schmachvollen Demütigung des preußischen Militärs.

Eine Niederlage, für die es viele Gründe anzuführen gibt. Erstens: Das preußische Heereswesen wird von dünkelhaften, überheblichen, selbstsüchtigen und oft überalterten Offizieren und Generälen bestimmt. Zweitens: Die preußischen Soldaten sind kläglich besoldete, schlecht ausgebildete, schlecht verpflegte und durch Prügelstrafen verunsicherte, am Kampf desinteressierte Männer, was die Schlagkraft der Armee beträchtlich lähmt. Drittens: Die preußischen Generäle halten noch immer an der unter Friedrich II. geprägten, inzwischen aber völlig überholten Taktik »Vorgehen in Linie« und »ungezieltes Massenfeuer« fest, während Napoleon längst moderne und somit erfolgreichere Vorgehensweisen bevorzugt. Mit ihren bei Jena in Stellung gebrachten Kanonen beherrschten die Franzosen fast das ganze Schlachtfeld, aus Hecken und Häusern heraus schossen sie auf die in Reih und Glied aufmarschierten preußischen Bataillone.

Eine Folge dieser verheerenden Niederlage: Im Dezember 1806 tritt das zuvor mit Preußen verbündete Kursachsen in den Rheinbund ein und verpflichtet sich, 20000 Soldaten zu entsenden, um Napoleons Rheinbundarmee zu verstärken. 6000 Soldaten allerdings werden Napoleon sofort zur Verfügung gestellt, damit er sie gegen den ehemaligen sächsischen Verbündeten Preußen einsetzen kann. Der sächsische Kurfürst wird für dieses Umschwenken (das nicht sein letztes sein wird) mit der Königswürde belohnt.

Das Land Sachsen aber wird nicht das letzte bleiben, das vor Napoleon in die Knie geht. Auch viele nord- und mitteldeutsche Kleinstaaten, das Land Mecklenburg und die thüringischen Fürstentümer schließen sich Napoleons Rheinbund an.

Immer weitere Klein- und Kleinststaaten löst Napoleon ganz auf und schlägt sie größeren Staaten zu, und nicht zuletzt gründet er zwei neue deutsche Großfürstentümer: das Großherzogtum Berg mit der Hauptstadt Düsseldorf und das Königreich Westfalen mit seinem Bruder Jerome als König; ein Königreich, das von Halle an der Saale bis Osnabrück und von Stendal bis Marburg reicht und in dem nicht weniger als zwei Millionen Deutsche leben.

Auf dem Höhepunkt von Napoleons Machtentfaltung gehören dem Rheinbund vier Königreiche, fünf Großherzogtümer, elf Herzogtümer und sechzehn Fürstentümer an. Und alle, alle, alle müssen sie ihm Soldaten für seine Kriege zur Verfügung stellen.

Das Ende von Napoleons Macht über Europa wird in Russland eingeläutet.

1807 schlägt Napoleon das russische Heer im ostpreußischen Friedland. Im anschließenden Friedensvertrag von Tilsit, abgeschlossen zwischen Frankreich, Preußen und Russland, wird Russland jedoch nicht verpflichtet, die sonst üblichen Kriegsentschädigungen zu zahlen, und es muss auch keinerlei Territorium an Frankreich abtreten. Dem russischen Zar Alexander wird allein auferlegt, die napoleonischen Eroberungen in Deutschland und Italien und Napoleons Kontinentalsperre gegenüber England anzuerkennen.

Auch mit England liegt Napoleon seit vielen Jahren im Krieg. Doch sind seine Seestreitkräfte nicht stark genug, um England zu erobern oder sich auch nur gegen die englische Flotte zu behaupten. So versucht er, den »Erbfeind« wirtschaftlich zu schwächen. Die von ihm bereits im November 1806 verhängte Kontinentalsperre gegen England verbietet jeden Handel und

Briefwechsel zwischen der englischen Insel und dem europäischen Festland. Allen englischen Schiffen soll die Aufnahme in den Häfen des Kontinents verweigert werden. Erster erhoffter Nebeneffekt: Frankreich könnte auf diese Weise auch die den Engländern verloren gegangenen Absatzmärkte für sich gewinnen. Zweiter erhoffter Nebeneffekt: Durch die zu einem großen Teil auf die festländischen Getreideeinfuhren angewiesene, nun dem Hunger preisgegebene Bevölkerung könnte es in England zu Unruhen kommen, was neben der wirtschaftlichen auch eine politische Schwächung zur Folge hätte.

Was Napoleon beim Tilsiter Friedensschluss nicht bedacht oder was ihn nicht interessiert hat: Die über England verhängte Kontinentalsperre bedeutet für Russland, das zuvor Holz, Hanf und große Mengen Getreide nach England lieferte, ebenfalls eine wirtschaftliche Schwächung. Und so verfügt Zar Alexander, kaum hat sich sein Land von der Niederlage bei Friedland einigermaßen erholt, dass die russischen Häfen für Schiffe unter neutraler Flagge geöffnet werden – und das auch, wenn sie mit englischen Waren beladen sind. Aus Napoleons Sicht eine grobe Verletzung des Tilsiter Friedensabkommens, denn natürlich gelangen über Russland die englischen Waren auch nach Deutschland und von dort in weitere europäische Länder. Was bedeutet, dass die Kontinentalsperre ihre Wirkung verliert. Das will er verhindern und so zieht er erneut gegen Russland in den Krieg. Es geht ihm nicht darum, Russland zu erobern, auch hat er keinerlei Interesse daran, das russische Riesenreich zu zerstören, es geht ihm allein darum, den Zaren wieder unter die Kontinentalsperre zu zwingen – es geht ihm um England.

Für diesen Feldzug, von dem Napoleon hofft, dass es sein letzter sein wird, rüstet er auf wie nie zuvor. Allein in Frankreich lässt er Tausende neuer Soldaten ausheben – den Hauptanteil seiner 600 000-köpfigen *Grande Armée* aber müssen die von ihm eroberten Länder und unter diesen vor allem die Rheinbundstaaten stellen.

Und die deutschen Länder Preußen und Österreich, die nicht dem Rheinbund angehören? Die werden mit territorialen Versprechungen verlockt, Soldaten für den Russlandfeldzug abzustellen. Ein Geschäft Land gegen Menschenleben, das der preußische König und der österreichische Kaiser da eingehen. Und so sind es am Ende insgesamt 180 000 Deutsche, die gezwungen sind, Napoleon nach Russland zu folgen. Neben ihnen marschieren Spanier, Schweizer, Holländer, Italiener und Polen.

Es gibt Warnungen. Viele seiner engsten Gefolgsleute raten dem Kaiser der Franzosen, es nicht zu einem Krieg gegen Russland kommen zu lassen. Die gewaltigen Entfernungen, die Härten des russischen Klimas und die dünne Besiedlung dieses Riesenreiches würden einen Sieg unmöglich machen. Napoleon schlägt sie alle aus, er ist überzeugt von seinem Feldherrengenie und glaubt, es mal wieder besser zu wissen.

Es wird ein Feldzug, der in eine Katastrophe mündet. Hundert Kilometer vor Moskau, in der Nähe des inzwischen weltberühmten Dorfes Borodino, findet die bis zum Ersten Weltkrieg wohl blutigste Schlacht seit Menschengedenken statt. Die russische Armee verliert in dieser Schlacht 45 000 Soldaten – Tote, Verwundete, Gefangene –, Napoleons *Grande Armée* zählt 28 000 Mann Verluste. Seine Kavallerie ist nahezu vernichtet, mehr als 35 000 Pferdekadaver bleiben auf dem Schlachtfeld zurück. Dennoch: mal wieder ein Sieg Napoleons. Allerdings einer, der in der Folge zu seiner fürchterlichsten Niederlage führen wird.

Die Russen ziehen sich zurück, Napoleon darf weiter auf Moskau zumarschieren. Doch ist seine Armee böse reduziert. Mit 600 000 Mann brach er auf, als er Moskau erreicht, nach all den vielen Schlachten und Gefechten, die er unterwegs führen musste, sind es nur noch 100 000 Kämpfer, die ihm zur Verfügung stehen.

Vor Moskau blickt er von einer Anhöhe auf die Stadt mit ihren vielen goldglänzenden Palästen und Glockentürmen herab – und wundert sich. Weshalb empfängt ihn keine Delegation vornehmer Bürger und wohlhabender Kaufleute, die ihm als Zeichen der Unterwerfung die Schlüssel der Stadt überreichen? So ist es üblich, nur so kennt er es.

Zwei Stunden wartet er, niemand kommt. Später wird er erfahren, dass der größte Teil der Einwohner die Stadt bereits verlassen hat. Und nur zwei Tage nach seinem Einzug in die Zarengemächer des Kreml, am 16. September 1812 gegen vier Uhr morgens, wird man ihn eiligst wecken: Die Stadt, in der es in den beiden Tagen zuvor schon öfter mal gebrannt hat, ist inzwischen völlig von den Flammen erfasst worden. – Was Napoleon sich niemals hätte vorstellen können, ist geschehen: Die Moskauer haben ihre eigene Stadt angezündet, nur um sie nicht fremden Eroberern überlassen zu müssen.

Zum Glück regnet es am 18. September, so können die Flammen nicht die ganze Stadt erfassen und der vor die Stadt geflüchtete Napoleon kann zurückkehren. Doch ist Moskau zu zwei Dritteln zerstört und noch immer niemand von der russischen Heerführung bereit, mit ihm zu verhandeln.

Er will es nicht glauben. Eine solche Art der Kriegsführung ist ihm fremd, und so wartet und wartet er und schreibt schließlich dem Zaren einen Brief, in dem er beteuert, dass es ihm allein um den Friedensvertrag von Tilsit, also die Einhaltung der Kontinentalsperre geht. Der Zar reagiert nicht. Zur Verstärkung will Napoleon frische Truppen heranrücken lassen, doch erreichen viele Soldaten Moskau nicht; die Verpflegungslage ist zu schlecht, der Hunger rafft viele nieder. Und so langsam gehen auch in Moskau die Vorräte zur Neige.

Das Kriegsglück, das dem Kaiser der Franzosen so oft zur Seite stand, es hat ihn verlassen. Und es kommt noch schlimmer, denn nun hält der Winter in Moskau Einzug, und Napoleon, der nicht damit rechnete, so lange in Moskau ausharren zu müssen, hat keinerlei Vorsorge getroffen, seine Soldaten mit warmer Winterkleidung auszurüsten oder die Pferde mit Winterstollen beschlagen zu lassen. Jetzt, im Oktober, als Moskau das erste Mal unter einer dichten weißen Schneeschicht liegt, ist es dafür zu spät. Der Rückzug muss angetreten werden.

Ein Rückzug, der zum Todesmarsch wird. Napoleon ist nicht länger der Jäger, er wird zum Gejagten. Der Winter wird immer strenger und die Lebensmittelrationen müssen ständig weiter gekürzt werden – und das trotz wochen-, ja, monatelangen Marschierens. Einer solchen Tortur halten viele nicht lange stand. Und zu allem Übel sitzen den napoleonischen Soldaten Tag und Nacht Kosakenregimenter im Nacken. Sie verwickeln die Flüchtenden in kleine Gefechte, zwingen sie zu Umwegen, gönnen den erschöpften, hungrigen Männern kaum Schlaf und verhindern, dass sie sich in den Dörfern mit Lebensmitteln versorgen. Und stoßen Napoleons Soldaten auf Bauern, ergeht es ihnen nicht besser. Zu gut erinnern sich die Dorfleute an das Vieh, das ihnen während des Einmarsches der feindlichen Truppen gestohlen wurde, und auch an all die Kirchen, die von Napoleons Truppen zu Ställen umfunktioniert und damit geschändet worden waren. Es kommt zu grausamen

Racheakten an den halb verhungerten Soldaten der ehemaligen *Grande Armée*.

Dann, am 6. November, beginnt es erneut zu schneien – und hört nicht mehr auf. Und es wird immer kälter und die Soldaten besitzen nicht nur keine Winterkleidung, sie besitzen auch keine Zelte. Hunderte von Fuhrwerken mit dringend benötigten Lebensmittelvorräten müssen zurückgelassen werden, weil die Pferde auf der vereisten Erde stürzen und erfrieren. Tausende von Soldaten sterben – an mangelnder Ernährung, Erschöpfung und Unterkühlung. So sind es bald nur noch 50 000 Mann, die sich mit letzter Kraft in Richtung Westen kämpfen.

Doch die Temperaturen sinken weiter – bis minus 25 Grad. Auf dem Fluss Beresina, der überquert werden muss, treiben trotz der starken Strömung dicke Eisschollen. Zwei Behelfsbrücken werden gebaut. Napoleon, am Ufer stehend, schaut zu, sieht, wie die Männer sich alle fünfzehn Minuten abwechseln, weil keiner länger im eiskalten Wasser stehen kann, und wie nicht wenige von ihnen von der starken Strömung davongerissen werden und nicht wieder auftauchen.

Als die Brücken fertig sind, ist Napoleon der Erste, der mit seinem schwer mit Gold beladenen Wagen – seiner Moskauer Beute – über die Beresina flieht. Danach marschieren den ganzen Tag die Reste der *Grande Armée* über den Fluss. Doch schon tags darauf werden die Brücken von russischen Soldaten beschossen, während auf dem östlichen Flussufer noch immer Tausende von Menschen mit Pferden und Fuhrwerken darauf warten, den Fluss endlich überqueren zu dürfen. Es kommt zur Panik, die Menschen stürmen die Brücken, wer stürzt oder strauchelt, wird von den Nachdrängenden nieder- oder totgetreten. Dazu die Granaten der Russen … Ein Blutbad, das erst endet, als es Napoleons Nachhut gelingt, die Angreifer zurückzudrängen.

Es soll aber *noch* schlimmer kommen: Um dem Feind die Verfolgung zu erschweren, haben Napoleons Truppen die Brücken angezündet – für die Tausenden von Menschen aus Napoleons Tross, die noch immer nicht über den Fluss gekommen sind, nichts anderes als ein Todesurteil.

An der Beresina verliert der Kaiser der Franzosen mehr als 20000 Menschen, darunter mindestens 10000 Zivilisten. Unter ihnen Frauen und Kinder, die zum Tross der *Grande Armée* gehörten.

Und noch immer ist kein Ende dieses panikartigen Rückzugs abzusehen. Am 30. November fegt ein Schneesturm über das Land – und es werden minus 30 Grad gemessen. Viele Soldaten ertragen Hunger und Kälte nicht länger – sie erschießen sich –, andere werden zu Kannibalen. Am 6. Dezember rast Napoleon in seiner Kutsche in Richtung Paris davon, begleitet allein von einer kleinen Kavallerie-Eskorte. Für die Männer, die er zurücklässt – ein zerlumpter, halb verhungerter, demoralisierter Haufen –, gehen die Strapazen weiter. Die Temperaturen fallen bis auf minus 38 Grad, Eisflocken schneiden den Soldaten die Gesichter blutig, viele werden schneeblind, so mancher erfriert im Gehen. Und ständig tauchen Kosaken auf, die Jagd auf Verwundete und Nachzügler machen.

Die wenigen, die sich am Ende retten können, irren wie Gespenster durch Europa. Übersät mit Geschwüren und klaffenden Wunden, verlaust und verdreckt und halb wahnsinnig vor Hunger und Erschöpfung, sind sie auf das Stückchen Brot oder das Schüsselchen Suppe angewiesen, das mitleidige Menschen ihnen opfern. Napoleon Bonaparte hingegen sitzt wieder in seinem Pariser Schloss. Nach zwölftägiger Flucht durch das

Herzogtum Warschau und quer durch Deutschland ist er heil und gesund und nach wie vor gut verpflegt in Paris angekommen – und schon wieder dabei, eine neue Armee auszuheben. Die eine Million Opfer, die sein Russland-Feldzug gekostet hat, sollen nicht die letzten gewesen sein.

Preußens König Friedrich Wilhelm III. wird von vielen Historikern als nicht gerade das hellste Licht auf dem preußischen Thron beschrieben. Er gilt als unentschlossen, zaudernd und abwiegelnd. Eines allerdings bestätigen ihm alle: seinen unbedingten Friedenswillen.

Kurz vor seinem Regierungsantritt im Jahr 1797 schrieb er in seinen *Gedanken über die Regierungskunst*: »Das größte Glück eines Landes besteht zuverlässig in einem fortdauernden Frieden; die beste Politik ist also diejenige, welche stets diesen Grundsatz insofern vor Augen hat, als unsere Nachbarn uns in Ruhe lassen wollen. Man mische sich nie in fremde Händel, die einen nichts angehen ... Um aber nicht wider Willen in fremde Händel gemischt zu werden, so hüte man sich vor Allianzen, die uns früh oder spät in solche verwickeln könnten.«

Friedrich Wilhelm III. bevorzugt eine strikte Neutralitätspolitik – und denkt und handelt nach seinem Regierungsantritt ganz anders als seine beiden Vorgänger Friedrich II. und Friedrich Wilhelm II., die der Meinung waren, »dass nichts auf dem Kontinent sich ereignen konnte, das Preußen nichts angegangen wäre«. Und die aufgrund dieser Politik immer wieder selber Kriege vom Zaun brachen oder in sie verwickelt wurden.

Was Friedrich Wilhelm III. lange nicht erkennt: Napoleons Politik lässt sich nicht vom Friedenswillen seiner Nachbarn beeinflussen. Weshalb Preußens Neutralitätspolitik von vielen kritischen Stimmen als passive Parteinahme für Frankreich gewertet wird.

Auch 1805, als Österreich und Russland sich mit England verbünden, um Napoleons ungezügeltem Machtstreben eine Grenze zu setzen, klammert Friedrich Wilhelm III. sich an seine Neutralitätspolitik. Er bevorzugt, eine Vermittlerrolle zwischen den Kriegsparteien einzunehmen. Doch bevor der preußische Abgesandte von Napoleon überhaupt empfangen wird, hat der schon zugeschlagen, indem er die Russen und Österreicher in der Schlacht bei Austerlitz besiegt und Österreich zu einem Sonderfrieden zwingt. Und das neutrale Preußen? Dem wird von Napoleon ein Bündnis gegen England aufgedrängt, das Friedrich Wilhelm III. nicht abzulehnen wagt, zumal Frankreich doch nun erst recht die stärkste Macht auf dem Kontinent ist.

Es ist überliefert, dass Friedrich Wilhelm III. dieses Bündnis – gemäß seiner Abneigung gegen Allianzen, die ihn in Kriege verwickeln könnten – nicht wollte und dass es ihn beleidigt, dass französische Truppen immer wieder ungefragt durch preußisches Gebiet marschieren. Doch gegen Frankreich in den Krieg ziehen, nur weil man nicht sein Verbündeter sein will? Ist es da nicht besser, zur Absicherung einen geheimen Rückversicherungsvertrag mit Russland abzuschließen, um nicht eines Tages an der Seite Napoleons nicht nur gegen England, sondern auch gegen Russland in den Krieg ziehen zu müssen?

Ein Vertrag, von dem Napoleon erfährt. Seine Reaktion: Er droht dem preußischen König, indem er seine Truppen in Thüringen aufmarschieren lässt. Das besorgte Preußen verlangt, diesen Aufmarsch sofort zu stoppen – und mobilisiert ebenfalls seine Truppen.

Ein Krach unter Verbündeten, der dazu führt, dass Frankreich Preußen maßregelt: Es kommt zu den bereits beschriebenen Schlachten bei Jena und Auerstedt mit den für Preußen so demütigenden Niederlagen. Die Folge: die schnelle Kapitulation Preußens, Friedrich Wilhelms III. Flucht nach Ostpreußen und nicht zuletzt die Übernahme der französischen Reformpolitik durch den preußischen Staatsapparat. So wird schon bald die Selbstverwaltung der Städte, die Gleichstellung von Adel und Bürgertum im Recht auf Landbesitz, die bürgerliche Gleichstellung der Juden und die Gewerbefreiheit in Preußen eingeführt und das Offizierskorps auch für Nichtadelige geöffnet. Auch wird die körperliche Züchtigung der Soldaten abgeschafft.

Ein zu jener Zeit fortschrittliches soziales Programm, wie es von vielen klugen Köpfen innerhalb Preußens schon seit Längerem gefordert, von den reaktionären Kreisen am preußischen Hof und den meisten Militärs aber strikt abgelehnt wurde. Jetzt ist man der Besiegte und gezwungen, das siegreiche System des Siegers zu übernehmen. (Allerdings werden viele der napoleonischen Reformen insgeheim abgelehnt und boykottiert, sodass sie noch lange allein »Papier« bleiben.)

Der französische Kaiser, der nun auch über Preußen herrscht, hat aber nicht nur Reformen im Gepäck. Er schwingt auch die Peitsche, will dieses Preußen, das es wagte, sich seiner Politik zu widersetzen, hart bestrafen. Und so treibt er das Land mit dem Friedensvertrag von Tilsit in die blanke wirtschaftliche Not. Im Gegensatz zu Russland, von dem er nur Wohlverhalten verlangt, fordert er von Preußen 120 Millionen Franc Kriegsentschädigung – eine für die damaligen Verhältnisse fast märchenhaft hohe Summe, die unter französischer Besatzung abgezahlt werden soll. Um sie aufzubringen, muss das nicht gerade wohlhabende Preußen staatliche Domänen verkaufen und Wucherkredite aufnehmen. Was die wirtschaftliche Not noch verstärkt und zu Hass und Verbitterung führt. Auch wird Preußens Territorium auf mehr als die Hälfte seiner ehemaligen Größe beschnitten und verliert so fünf Millionen Einwohner. Hinzu kommen die hohen Kosten für die immerwährenden Einquartierungen der französischen Truppen und die zahllosen Plünderungen durch Napoleon selbst, seine Offiziere und Soldaten.

Viele Historiker gehen davon aus, dass Napoleon Preußen am liebsten zerschlagen hätte, doch ist er, nicht anders als der an den Friedensverhandlungen beteiligte russische Zar Alexander, daran interessiert, Preußen als »Pufferstaat« zu erhalten. Man misstraut sich und will nicht Grenze an Grenze miteinander leben.

Für viele Preußen sind es diese Repressalien, die zum Widerstand gegen die französischen Besatzer geradezu herausfordern. Doch ist man uneins. Zwei Parteien bilden sich heraus. Auf der einen Seite die »Patriotenpartei«, die der Fremdherrschaft möglichst rasch ein Ende bereiten will, auf der anderen die »Franzosenpartei«, zumeist der hohe Adel, der am preußischen Hof seine Fäden zieht und sich Napoleon andient, weil er nach einem Sieg der Patrioten noch schwerwiegendere Veränderungen im Land befürchtet – vor allem einen noch größeren Verlust eigener Privilegien.

Zur Patriotenpartei zählen auch die Männer um den Major Ferdinand von Schill. Schill widersetzt sich der Beschwichtigungspolitik Friedrich Wilhelms III. 1809 will er mit seinen Attacken auf die französischen Besatzer einen Volkskrieg auslösen, der ganz Deutschland erfasst. Doch vergebens, noch ist das deutsche Volk nicht dazu bereit, gegen das so übermächtig stark erscheinende Frankreich in den Krieg zu ziehen. Und so wird der Major von Schill bei der Verteidigung der von ihm eroberten Stadt Stralsund nicht nur sein Leben verlieren, die Franzosen werden seinen abgeschnittenen Kopf bald als Kuriosität zur Schau stellen – ein Bandit, der es gewagt hatte, trotz aller Unterlegenheit gegen sie zu Felde zu ziehen.

Erst nach Napoleons Niederlage in Russland sehen die europäischen Fürstenhäuser eine Chance, Frankreich in die Schranken zu weisen. Und erst jetzt, im Februar 1813, wird auch Friedrich Wilhelm III. sich offen gegen Napoleon stellen und erneut ein Bündnis mit Russland eingehen. Damit stellt er sich in Deutschland an die Spitze derer, die die Befreiung vom napoleonischen Joch erkämpfen wollen. Doch werden es *deutsche* und nicht etwa preußische Befreiungskriege.

Vom Anfang der französischen Besatzung bis zu deren Ende gab es überall in Deutschland Menschen, die die Fremdherrschaft nur zähneknirschend ertrugen und sich bei allererster Gelegenheit denen anschlossen, die sich den Franzosen widersetzten. So kommt es jetzt, im Jahr 1813, zur raschen Bildung mehrerer Freiwilligenverbände, die schon bald gegen die Besatzer in den Kampf ziehen. Der bis heute berühmteste – die Lützowsche Freischar.

1813 sieht Napoleon sich zum ersten Mal einer Allianz aller europäischen Großmächte gegenübergestellt. In einem riesigen Halbkreis von Berlin im Norden über Schlesien im Osten bis nach Böhmen im Süden wird der Bogen um Napoleons Hauptarmee immer enger gezogen. Und ihm Niederlage um Niederlage zugefügt. So sieht er sich bald gezwungen, sich nach Leipzig zurückzuziehen. Dort kommt es am 16. Oktober zur Entscheidungsschlacht zwischen den napoleonischen Truppen und denen der Verbündeten Russen, Preußen, Österreicher und Schweden – jene Schlacht, die wir heute die »Völkerschlacht bei Leipzig« nennen.

Napoleon schickt 190000 Mann in diese drei Tage andauernde Schlacht, die Verbündeten anfangs 200000, später insgesamt 306000 Soldaten: 127000 Russen, 89000 Österreicher, 72000 Preußen und 18000 Schweden.

Die Franzosen sind kreisförmig um Leipzig aufmarschiert, doch erzielen sie nur im Süden der Stadt einige Anfangserfolge. Schon bald neigt sich die Waage zu ihren Ungunsten. Und als das die mit ihnen verbündeten Sachsen und Württemberger erkennen und noch mitten in der Schlacht die Seiten wechseln, ist die Schlacht für Napoleon endgültig verloren.

Von den 190000 Männern, die auf französischer Seite kämpften, wird etwa die Hälfte auf dem Schlachtfeld bleiben – tot oder verwundet – oder in Gefangenschaft geraten. Aufseiten der Verbündeten hat Russland die meisten Verluste zu beklagen (22000 Soldaten), die schwersten im Verhältnis zur Zahl der Kämpfer jedoch verzeichnet Preußen (16000).

Napoleon flieht zurück nach Paris, kann aber den alliierten Truppen, als sie in der Neujahrsnacht 1813/14 unter der Führung des preußischen Generals Blücher bei Kaub den Rhein überschreiten, nicht mehr viel entgegensetzen. Rasch dringt der Feind durch den Festungsgürtel in Frankreich ein und bis Paris vor. Der Kaiser der Franzosen will nicht kapitulieren, das französische Volk jedoch ist kriegsmüde und so wird schon bald eine provisorische Regierung gebildet und Napoleon für abgesetzt erklärt. Auch seine letzte Hoffnung, das bisher immer so treu zu ihm stehende Militär, fällt von ihm ab. So ist er gezwungen, abzudanken, und von den verbündeten Siegern wird ein Bruder des infolge der Revolution von 1789 hingerichteten Ludwig XVI. auf den französischen Thron gesetzt –

Ludwig XVIII. (Ludwig XVII., ein weiterer Bruder, starb nach der Revolution einen frühen Tod.)

In Frankreich herrschen nun wieder die Bourbonen; die blauweißrote Trikolore, das Banner der Revolution, muss dem weißen Lilienbanner der Bourbonenkönige weichen. Und Napoleon? Der Kaiser der Franzosen wird von der neuen Regierung auf die Insel Elba verbannt. Vierhundert Soldaten dürfen ihn begleiten und auch finanziell wird er sorglos gestellt. Er darf sich sogar weiterhin »Kaiser« nennen. Doch will er nicht bis ans Ende seiner Tage ein kleiner Inselfürst bleiben. Diese Mittelmeerinsel misst an ihrer längsten Stelle ja nicht einmal dreißig Kilometer.

Napoleon plant, was er sich schuldig zu sein glaubt: die Flucht von Elba und die Rückkehr an die Macht. Und so wird er im Frühjahr 1815 mit sieben Schiffen und nur wenigen Getreuen zum Festland hinübersegeln und in Richtung Paris marschieren. Über schmale Gebirgspfade und durch Eis und Schnee marschieren die Männer um den längst feist gewordenen, fünfundvierzigjährigen ehemaligen Alleinherrscher über halb Europa. Und ein Wunder geschieht, überall, wo er auftaucht, egal in welchem Dorf, welcher Stadt, wird er begeistert empfangen. Die Erbitterung, die die Franzosen im Vorjahr erfasst hatte, ist längst neuem Zorn gewichen. Nichts in ihrem Leben ist besser, aber vieles schlechter geworden. Besonders die Offiziere sind unzufrieden. Unter Napoleon waren sie wer, Ludwig XVIII. hat sie aus Sparsamkeitsgründen auf Halbsold gesetzt. Wieder schließen sie sich dem Mann an, dem sie sich trotz seiner Niederlagen noch immer verbunden fühlen – ihrem ehemals so siegreichen Kaiser. Ihre große Hoffnung: neue militärische Triumphe und so eine Verbesserung ihrer Lage.

Mit einer kleinen Armee gelangt Napoleon wieder in Paris an. Ludwig XVIII. flieht Hals über Kopf – und der Kaiser der Franzosen darf sein altes Arbeitszimmer beziehen. Und was plant er? Er will und muss wieder Krieg führen. Gegen die Siegermächte von 1814: Russland, Preußen, Österreich und England, die ihn nach seiner Flucht von Elba als internationalen Gesetzesbrecher und Störer des Weltfriedens bezeichnet haben und vier Armeen aufbieten, um ihn erneut in die Verbannung zu schicken.

Zwei Millionen Franzosen zwischen zwanzig und sechzig Jahren lässt Napoleon aktivieren und binnen weniger Wochen werden 240 000 Musketen hergestellt – in zu Fabriken umgebauten Kasernen, Schlachthäusern, Kirchen und Konzerthäusern. Pro Tag schneidern Manufakturen in Paris und Umgebung 1 250 Uniformen.

Und wie zu Anfang seiner Machtergreifung spielt Napoleon den Herrscher, der sein Volk befragt. Nur wird es diesmal keine bloße Volksbefragung, er lässt über eine Verfassung abstimmen – und wieder das Ergebnis fälschen.

Angeblich stimmen nur 4 802 von 26 Millionen Franzosen gegen diese Verfassung. Und das, obwohl die Begeisterung über die Rückkehr des Kaisers rasch verflogen ist. Die allermeisten Franzosen sind ja noch immer kriegsmüde. 900 000 von ihnen haben in den Feldzügen ihres Kaisers ihr Leben verloren – und jetzt rüstet der machtbesessene Korse schon wieder auf. Büsten Napoleons werden zerschmettert, ihm treue Armeeoffiziere erhalten Morddrohungen, Gegner der Bonapartisten rufen laut »Napoleon an den Galgen«. An den Mauern des Tuilerien-Palastes kleben schon bald Plakate mit der Aufschrift *Zwei Millionen Franc Belohnung für jeden, der den Frieden wiederfindet, der am 20. März verloren ging*. Der

20. März – das war der Tag, an dem Napoleon nach Paris zurückkehrte.

Napoleons erneute Herrschaft über Frankreich aber wird nur hundert Tage dauern – wenn auch hundert Tage zu viel, weil sein unbedingter Wille, an der Macht zu bleiben, wiederum vielen Tausenden von Soldaten das Leben kosten wird.

Napoleon weiß: Die gegen ihn verbündeten Truppen wollen ihn im Juli angreifen. Also muss er schneller sein; so hat er ja auch in früheren Jahren seine Siege errungen. Nicht reagieren, sondern agieren, lautet seine Maxime. Weshalb er mal wieder als Erster angreift und anfangs auch Siege erringt, bis es am 18. Juni 1815, nach einer regenschweren Nacht, in der Nähe des belgischen Dorfes Waterloo zu einer erneuten Entscheidungsschlacht kommt.

Hier stehen sich Engländer und Franzosen gegenüber. Tags zuvor hat Napoleon bei Ligny die Armee Blüchers besiegt, nun setzt er darauf, dass die geschlagenen Preußen sich in Richtung Rhein zurückziehen, sodass er es bei Waterloo allein mit den ihm unterlegenen Engländern zu tun bekommt. Die Preußen jedoch denken gar nicht daran, ihm diesen Gefallen zu tun – sie marschieren in Richtung Brüssel, also in den Norden, um den Engländern zu Hilfe zu eilen.

Die Engländer sehen die Schlacht schon fast als verloren an – überliefert ist der Stoßseufzer des Herzogs von Wellington: »Ich wollte, es wäre Nacht oder die Preußen kämen« –, da taucht Blüchers Armee buchstäblich im letzten Moment auf der rechten Seite der französischen Flanke auf und greift sofort an. Der Gegner, den Napoleon geschlagen glaubte, hat sich noch längst nicht aufgegeben und fügt ihm gemeinsam mit den Engländern seine letzte, entscheidende Niederlage bei.

Das unrühmliche Ende Napoleons: In seiner Kutsche sitzend, wird er von preußischen Soldaten überrascht. Er springt heraus, wirft sich aufs Pferd und prescht ohne Hut und Degen davon. Doch noch immer klammert er sich an die Macht – und plant schon wieder, neue Truppen aufzustellen. Aber jetzt spielen die Franzosen endgültig nicht mehr mit. Am 22. Juni 1815 – nur vier Tage nach der Niederlage von Waterloo – muss Napoleon erneut und diesmal für alle Zeit abdanken und Ludwig XVIII. darf nach Paris zurückkehren.

Und wieder wird Napoleon verbannt, diesmal auf keine Insel im Mittelmeer, sondern auf die 8 000 Kilometer von Frankreich und 2 400 Kilometer von der afrikanischen Küste entfernte Insel St. Helena – nichts als ein unwirtlicher Felsbrocken mitten im Meer. In einem rattenverseuchten, feuchten, hölzernen Bauernhaus muss er nun leben, nicht mehr als drei seiner ihm treu ergebenen Offiziere, einen Leibarzt und zwölf Bedienstete hat er in die Verbannung mitnehmen dürfen. Eine erneute Flucht ist schon aufgrund der Entfernung zum Festland nicht möglich, außerdem patrouillieren ständig zwei englische Kriegsschiffe um St. Helena.

Sechs Jahre später stirbt der Mann, der über Europa herrschen wollte und in seinen Träumen sogar bis Indien marschierte. Sein einbalsamierter Leichnam wird in einem Bleisarg im Grund einer Schlucht seiner Insel bestattet und zwanzig Jahre später vom französischen »Bürgerkönig« Louis-Philippe nach Paris heimgeholt. Seither, seit dem 15. Dezember 1840, liegt er im Invalidendom zu Paris, als einer der großen Männer, auf die die französische Nation stolz ist.

Auf die deutsche Geschichte hatte die Franzosenzeit langfristige Auswirkungen. Manche Historiker sprechen ihr sogar eine »heilsame Wirkung« zu: Die Klein- und Kleinststaaten, die Handel und Verkehr zwischen den Deutschen auf unsägliche Weise erschwerten, blieben abgeschafft; aus Hunderten von Staaten wurden – lose in einem Deutschen Bund zusammengefasst – fünfzig.

Friedrich Wilhelm III. sah sich in den Tagen des Krieges gegen Napoleon sogar veranlasst, seinem Volk eine Verfassung zu versprechen. Ziel dieser Zusage war es, die Moral der Kämpfenden zu stärken. Ein Versprechen, an das er sich nicht hielt und das auch sein Nachfolger auf dem preußischen Thron, Friedrich Wilhelm IV., nicht einlösen wollte, bis er sich nach der Märzrevolution von 1848 gezwungen sah, Preußen ein solches »Blatt Papier« zu »gewähren«. Doch blieb es noch lange beim »Gottesgnadentum der Monarchie« und der Exekutivgewalt, die ganz allein beim König lag. Historiker sprechen von einer dem Volk aufgezwungenen Verfassung, »halb wie ein Trinkgeld, halb wie ein Almosen hingeworfen« (K. A. Varnhagen von Ense).

Doch sosehr die deutschen Fürstenhäuser sich in der nachnapoleonischen Zeit bemühten, ihre alten Privilegien zurückzugewinnen, sämtliche durch Napoleon eingeführten Reformen konnten sie nicht tilgen.

»Die Gewalt dieser Grundsätze ist so groß«, schrieb der preußische Reformer Karl August von Hardenberg bereits im Jahr 1807 über die durch Napoleon in Deutschland ausgelösten Veränderungen, »dass der Staat, der sie nicht annimmt, entweder seinem Untergang oder der erzwungenen Annahme derselben entgegensehen muss.«

So hat Napoleon während seiner Herrschaft über Deutschland das Nebeneinander vieler Einzelstaaten und die adeligen Sonderrechte zwar nicht beendet, aber doch erheblich beschnitten und damit in der Folge auch das Ende der Feudalherrschaft eingeläutet. Die Idee von der Rechtsgleichheit aller Menschen und der Wunsch nach der Freiheit jedes einzelnen Bürgers, einmal in den Köpfen der Menschen verankert, war nicht mehr auszulöschen.

Auch wurde im Widerstand gegen die französische Fremdherrschaft vielen Deutschen klar, wie notwendig die Schaffung einer einheitlichen starken Nation war, um in jener Zeit der fortwährenden kriegerischen Auseinandersetzungen nicht jedem Aggressor von vornherein hoffnungslos unterlegen zu sein. Dass viele Jahre später diese vereinte Nation – das Deutsche Kaiserreich – selbst zu einem von seinen Nachbarn gefürchteten kriegerischen Staat wurde, ist eine andere Geschichte.

Berlin, im Februar 2014

Klaus Kordon

© Wonge Bergmann

Klaus Kordon

Klaus Kordon, geboren 1943 in Berlin, studierte Volkswirtschaft und unternahm als Exportkaufmann zahlreiche Reisen nach Afrika und Asien. Heute lebt er als freier Schriftsteller in Berlin. Seine Bücher wurden in viele Sprachen übersetzt und zahlreich ausgezeichnet. Für sein Gesamtwerk erhielt Klaus Kordon den Alex-Wedding-Preis der Akademie der Künste zu Berlin und Brandenburg, den Großen Preis der Deutschen Akademie für Kinder- und Jugendliteratur und den Sonderpreis 2016 des Deutschen Jugendliteraturpreises.
Bei Beltz & Gelberg erschienen unter anderem die berühmte »Trilogie der Wendepunkte« mit den Romanen *Die Roten Matrosen, Mit dem Rücken zur Wand* und *Der erste Frühling*, sowie die »Jacobi Saga« mit den Romanen *1848. Die Geschichte von Jette und Frieder, Fünf Finger hat die Hand* und *Im Spinnennetz. Das Karussell* ist die Vorgeschichte zum autobiographisch gefärbten Roman *Krokodil im Nacken*, der mit dem Deutschen Jugendliteraturpreis ausgezeichnet wurde.

Klaus Kordon

1848. Die Geschichte von Jette und Frieder

Band 1 der »Jacobi-Saga«

Roman, 528 Seiten (ab 13), Gulliver 78851

Berlin im Revolutionsjahr 1848: Überall Verhaftungen, Barrikadenkämpfe, Armut. Die 15-jährige Jette lernt den Zimmermann Frieder kennen, der von Freiheit und Demokratie träumt – der Beginn einer großen Liebe.

Klaus Kordon

Fünf Finger hat die Hand

Band 2 der »Jacobi-Saga«

Roman, 528 Seiten (ab 13), Gulliver 74117

Berlin 1870: Preußen ist im Krieg mit Frankreich. Die nationale Kriegsbegeisterung erfasst auch den 19-jährigen August Jacobi. Gegen den Willen seines Vaters meldet er sich freiwillig an die Front und hofft auf ein Wiedersehen mit seiner großen Liebe Nelly.

Klaus Kordon

Im Spinnennetz. Die Geschichte von David und Anna

Band 3 der »Jacobi-Saga«

Roman, 560 Seiten (ab 13), Gulliver 74260

Berlin 1890: Im Deutschen Kaiserreich stehen protziger Reichtum und politische Willkür bitterer Armut gegenüber. Der 16-jährige David verliebt sich in Anna. Sie will auf ihn warten, falls er ins Gefängnis muss. David hat staatsfeindliche Plakate geklebt …

GULLIVER www.beltz.de

Beltz & Gelberg, Postfach 10 01 54, 69441 Weinheim

Klaus Kordon

Die roten Matrosen oder Ein vergessener Winter

Bd. I der »Trilogie der Wendepunkte«

Roman, 480 Seiten (ab 14), Gulliver TB 78921
Zürcher Kinderbuchpreis »La vache qui lit«, Preis der Leseratten

1918/19: Die Matrosen der kaiserlichen Marine meutern und kommen nach Berlin. Helle und Fritz aus der Ackerstraße freunden sich mit ihnen an und erleben die Revolution …

Klaus Kordon

Mit dem Rücken zur Wand

Bd. II der »Trilogie der Wendepunkte«

Roman, 464 Seiten (ab 14), Gulliver TB 78922
Zürcher Kinderbuchpreis »La vache qui lit«, »Der silberne Griffel«

1932/33: Die Weimarer Republik geht dem Ende entgegen, die Nationalsozialisten übernehmen die Macht. In dieser Zeit lebt Hans Gebhardt, fünfzehn Jahre alt, begeisterter Turner, Hinterhofkind.

Klaus Kordon

Der erste Frühling

Bd. III der »Trilogie der Wendepunkte«

Roman, 512 Seiten (ab 14), Gulliver TB 78923
Buxtehuder Bulle, Evangelischer Buchpreis

1945: Die zwölfjährige Änne erlebt die letzten Monate des Krieges und wie die sowjetische Armee die Stadt besetzt. Eines Tages steht ein Mann vor der Tür, den sie noch nie gesehen hat: Es ist ihr Vater, der das KZ überlebt hat.

GULLIVER
www.beltz.de
Beltz & Gelberg, Postfach 10 01 54, 69441 Weinheim